城
Die Stadt

史密斯儿
Smithy

一个看守的笔记
Aus den Papieren eines Wärters

抛锚
Die Panne

狗
Der Hund

阿布·卡尼发和阿南·本·大卫
Abu Chanifa und Anan ben David

皮提亚之死
Das Sterben der Pythia

倒台
Der Sturz

陷阱
Die Falle

弥诺陶洛斯
Minotaurus

隧道
Der Tunnel

委托
Der Auftrag

Friedrich Dürrenmatt

迪伦马特
中短篇小说集

〔瑞士〕弗里德里希·迪伦马特 著
韩瑞祥 ———— 选编
顾 牧 等 ———— 译

人民文学出版社

著作权合同登记号　图字 01-2018-6384

Friedrich Dürrenmatt
Die Falle, Die Stadt, Der Hund, Der Tunnel, Aus den Papieren eines Wärters, Die Panne, Smithy, Der Sturz, Abu Chanifa und Anan ben David, Das Sterben der Pythia, Minotaurus, Der Auftrag
Copyright © 1986 Diogenes Verlag AG Zürich
Simplified Chinese Translation Copyright © 2021 People's Literature Publishing House, Beijing
All rights reserved

图书在版编目(CIP)数据

迪伦马特中短篇小说集／(瑞士)弗里德里希·迪伦马特著；韩瑞祥选编；顾牧等译.—北京：人民文学出版社,2021
ISBN 978-7-02-016596-4

Ⅰ.①迪… Ⅱ.①弗…②韩… ③顾… Ⅲ.①中篇小说—小说集—瑞士—现代②短篇小说—小说集—瑞士—现代 Ⅳ.①I522.45

中国版本图书馆 CIP 数据核字(2020)第 165325 号

责任编辑	欧阳韬
装帧设计	刘　静
责任印制	任　祎

出版发行	人民文学出版社
社　　址	北京市朝内大街 166 号
邮政编码	100705
印　　刷	三河市鑫金马印装有限公司
经　　销	全国新华书店等
字　　数	243 千字
开　　本	880 毫米×1230 毫米　1/32
印　　张	10.25　插页 3
印　　数	1—6000
版　　次	2021 年 10 月北京第 1 版
印　　次	2021 年 10 月第 1 次印刷
书　　号	978-7-02-016596-4
定　　价	49.00 元

如有印装质量问题，请与本社图书销售中心调换。电话:010-65233595

目　次

1　前言 / 韩瑞祥

1　陷阱 / 顾牧 译
19　城 / 顾牧 译
39　狗 / 顾牧 译
47　隧道 / 叶廷芳 译
59　一个看守的笔记 / 顾牧 译
91　抛锚 / 余杨 译
137　史密斯儿 / 顾牧 译
157　倒台 / 顾牧 译
195　阿布·卡尼发和阿南·本·大卫 / 顾牧 译
211　皮提亚之死 / 顾牧 译
243　弥诺陶洛斯 / 顾牧 译
257　委托 / 顾牧 译

前　言

弗里德里希·迪伦马特（Friedrich Dürrenmatt，1921—1990）是瑞士现代文学的伟大旗手，是战后德语文学最优秀的经典作家之一，被誉为继布莱希特之后"最杰出的德语戏剧家"。① 二十世纪五十到六十年代，他在戏剧和小说创作方面所取得的辉煌成就无疑为德语当代文学赢得了令人敬仰的世界声誉。德国著名文学评论家和学者瓦尔特·因斯曾经这样赞誉说：迪伦马特的喜剧"是在虚构，需要的是能够表现对环境那无可挽回的东西的想象和出人意料的睿智，……是在创造风格"；他的喜剧"不是为现存的世界加砖添瓦，而是展现着那基石上的千疮百孔；它所追求的不是对存在的证明，而是要采用夸张性的模仿去讽刺，去嘲弄，去重新创造；它表现着变化的东西，而自身同样处于变化之中"。② 因斯的这段话不仅一针见血地勾画出迪伦马特喜剧创作的特点，也十分贴切地揭示出其小说创作的风格。迪伦马特的文学创作是虚构、想象和睿智的艺术结合，而不是对生存环境现实主义的直接反映；他的文学艺术不是对现实的褒

---

① Walter Jens: Ernst gemacht mit der Komödie. In: Über Friedrich Dürrenmatt, Hrg. von Daniel Keel, Diogenes Verlag 1990, S. 39-44. Hier: S. 39.
② 同上，第40页。

扬,而是立足于我行我素毫不掩饰的揭示,即"良心"的写照;①他借助怪诞而创新的多样化艺术手段来表现变化的、引起痛苦和不安的现实生存与社会主题。他的艺术风格别开生面,独树一帜,堪称典范。

迪伦马特于1921年1月5日生于伯尔尼市附近一个叫柯诺芬根的村庄。父亲是新教神父。像他的祖辈一样,他几乎在伯尔尼家乡度过了他的一生。对他来说,童年的家乡既是一个祥和之地,又是一个幽灵似的田园。中学时期,他就开始阅读表现主义作家凯泽和卡夫卡的作品,同时也对叔本华和尼采情有独钟。1941年,他进入苏黎世大学学习哲学、自然科学和日耳曼语言文学,主攻克尔凯郭尔和柏拉图哲学。与此同时,他也开始研究阿里斯托芬与古希腊的悲剧诗人。

迪伦马特是在卡夫卡和凯泽的影响下开始了他的文学创作生涯,短篇小说《老人》是他发表的第一部作品。1946年冬,他的第一本剧作《圣经如是说》问世。创作初期,迪伦马特为卡巴莱剧场写了许多卡巴莱小品剧,因此也度过了初期作为自由作家生存的困境。这些成功的卡巴莱小品剧可以被看作是后来喜剧的雏形。

二十世纪五十年代初期,伴随着瑞士经济奇迹的出现,迪伦马特的文学创作也开始脱颖而出。作为戏剧作家的实验场地,他首先发表了一系列广播剧,先后获得了德国战争盲人广播剧奖(1955)和意大利国家奖(1956)。与此同时,他开始创作侦探小说。迪伦马特独具一格的侦探小说也是其在德语文坛上独领风骚的创举,与其戏剧创作竞相争艳,相得益彰。脍炙人口的《法官和他的刽子手》(1951)

---

① Friedrich Dürrenmatt: Gespräche 1960—1990 in vier Bänden. Hrg. v. Heinz Ludwig Arnold. Diogenes Verlag 1996. S. 161.

和《嫌疑》(1953)就是这个时期的杰作。从这个时期开始,迪伦马特在创作实践的基础上也着手探讨戏剧理论问题。1954年发表的《戏剧问题》奠定了这位剧作家一生所遵循的立足于社会观察的戏剧创作思想。二十世纪五十年代初到六十年代中是迪伦马特喜剧创作的高潮。如果说《罗慕路斯大帝》(1948)克服了初期的表现主义倾向而预先实践了他后来的喜剧理论,那么《密西西比先生的婚姻》(1950)、《天使来到巴比伦》(1953)等则是其开始探讨和认识布莱希特戏剧创作的结晶。前者以极其夸张的漫画形式展现出了占统治地位的意识形态的死亡之舞,也奠定了他在联邦德国戏剧舞台上的成功。可以说,他日臻成熟的喜剧创作在很大程度上填补了战后德国重建时期德语戏剧的空白。

1955年,迪伦马特发表了为他带来世界声誉的"悲喜剧"《老妇还乡》,从而使他的喜剧"模式"达到了前所未有的成功。与传统的喜剧不同,突如其来的转折和怪诞的风格和表现手段构成了迪伦马特喜剧表现的核心和与众不同的特色。《老妇还乡》很快就成为世界戏剧舞台上的经典之作,深受东西方观众的喜爱。迪伦马特因此先后获得曼海姆席勒奖和瑞士席勒基金会大奖。《老妇还乡》把迪伦马特迄今在作品中所表现的社会批判升华到对西方社会制度在道德上的控诉。喜剧《物理学家》(1962)是迪伦马特喜剧创作的又一个高潮,是这个时期德语舞台上上演最多的剧目之一。它与后来的《流星》(1965)和处女作《圣经如是说》的新版《再洗礼派教徒》(1966)等彻底确立了迪伦马特在世界戏剧舞台上的重要地位。

从六十年代末以后,迪伦马特趋向于散杂文的创作,越来越关注社会政治问题,文化批评越发尖锐。杂文集《关于以色列的杂文》(1976)收录了作者这个时期许多很有认识价值的政论和文化批评檄文。与此同时,迪伦马特更多地投身于喜剧舞台实践中,他先后担任巴塞尔和苏黎世剧院艺术顾问,改编和导演了自己早期的喜剧以及莎士比亚、斯特林堡、歌德等的剧作。

迪伦马特在喜剧创作上享誉世界,在小说创作上也很有建树,特别是其独辟蹊径的侦探小说可以说在世界文坛上一枝独秀。《隧道》(1952)、《嫌疑》(1953)、《法官和他的刽子手》、《抛锚》(1955)、《承诺》(1958)等一直受到世界各地读者的喜爱。

在同代德语作家中,迪伦马特是很幸运的,由于他的国家的特殊地位,他的家乡没有遭受过纳粹铁蹄的踩躏,他的精神没有受过法西斯奴役的创伤。他几乎一直生活在伯尔尼州比勒湖畔的诺伊堡。从这个静谧的田园里冷静而批判地观察着这个世界的"喜剧",又以犀利的喜剧、小说、广播剧、杂文等艺术形式将他那富有想象力的,但却始终尖锐刻薄的诅咒抛投到读者之中,就是要以惊世骇俗的方式将他们从那可笑可悲的日常现实中唤醒。他的作品不是自我的表现,而更多是力图呈现给这个令人沮丧的世界一面镜子,一面怪诞扭曲的镜子,要以此来认识它。他的全部作品都围绕着这个主题。与他同代作家不同,他的文学表现自始至终都渗透着一种历史悲观主义色彩,正如他所说的,"我认为,人们不可能完全认同一个曾经存在的、现在存在的和将来会存在的社会,而始终必然会以某种方式采取反对的态度。反对是文学艺术的事,而反对需要人,因为只有在与别人的对话中,才会有事物、思想的继续发展。"①

人民文学出版社陆续推出迪伦马特的作品,意在比较系统地向我国读者介绍这位独具风格的瑞士德语作家。本书选编了迪伦马特创作的十二篇作品。

在迪伦马特的文学创作中,中短篇小说同样占有十分重要的地

---

① 转引自:Peter André'Bloch u. Edwin Hubacher (Hrg.): Der Schriftsteller in unserer Zeit. Eine Dokumentation zu Sprache und Literatur in der Gegenwart. Bern 1972. S. 40.

位,与其喜剧和侦探小说共同体现了作者独树一帜的创作风格和审美意识,一直深受世界各地读者喜爱。他的许多中短篇小说,无论从主题还是表现手法上都与其喜剧和侦探小说相互辉映,相得益彰,形成了作者浑然一体的艺术追求。

迪伦马特的中短篇小说创作或多或少地受到了被他奉为大师的卡夫卡的影响,尤其是收集在短篇小说集《城》(1952)中的早期作品如同一个个卡夫卡式的寓言,其中包括脍炙人口的《陷阱》(1946)、《城》(1947)和《隧道》(1952)等。这些带有悲观主义色彩的小说以怪诞的想象、真实的细节描写、冷漠而简洁的语言表述、灰色的幽默,寓言式地表现出一个"成为巨大问号的世界"。迪伦马特称这样的表现是对其喜剧创作的"铺垫"和"前哨"。

《陷阱》是迪伦马特的短篇成名作,它讲述的是一个交织于现实和梦境中的神奇故事。可以说,迪伦马特在这里采用了一种近乎融表现主义与超现实主义于一体的艺术手法,描写了一个虚无主义者怪诞离奇的心路历程。在"野兽"与"猎人"的角色游戏中,小说叙述者"我"与这位虚无主义者邂逅。他们一见如故,情投意合,于是,叙述者"我"就成了"他"倾吐心声的知己,"他"的命运的见证者,一个"双赢人"的故事的讲述者。这个被叙述的"他"与现实世界格格不入。在他看来,这个世界冷酷无情,让人捉摸不透,是一个地地道道的"谎言"。无论他走到哪里,无处不布满陷阱,生存如同一个无法逃脱的天罗地网,他觉得自己就像是被"追捕和猎杀的野兽"。他恐惧,他绝望,他感到自己"像只昆虫一样陌生",在离奇古怪的黑暗中不断地穿过令人恐惧的"空荡荡的时间和空间"。于是他不由自主地沉浸于自杀的渴望中;他玩各种死亡游戏,"研究各种死亡方式"。他把自己的堕落和对虚无与死亡的渴望看成是与"陷入地狱的全人类共命运"。对他来说,时间就像是恶魔,空间就像是地狱。他坠入了"世界的深渊"。最后在虚无的绝望中,他开枪结束了自己的生命。小说《陷阱》是迪伦马特所奉行的"怪诞化表现手法"最初的尝试,或多或少带有存在主义影响的蛛丝马迹。主人公扑朔迷离的命运成为一切现存价值体系无望和崩溃的镜像。

1947年发表的短篇小说《城》无疑是卡夫卡创作风格影响的一个结晶,与小说《城堡》颇有同工异曲之妙。像《城堡》一样,迪伦马特笔下的"城"既不是具体的城市,也不是具体的国家,而只是一个抽象的象征物。它象征着一个虚幻混乱的世界,象征着一种给人们带来灾难不可捉摸的现实;"城"是一个迷宫式的生存隐喻。如果说《城堡》中的主人公K面对近在咫尺的城堡可望而不可即,至死也进不去的话,那么《城》中的叙事者"我"则身临其境,亲身感受着一个离奇的迷宫世界。在这里,"城"成为一个不可动摇难以捉摸的权力的堡垒,"十分完美"。生活在其中的人"一动不动地坐在黑暗里,面面相觑,瞪大眼睛,一声不吭"。叙述者只有通过感知"城"那无比强大的权力和魔力,才会认识到自己的无所适从和"城"的"完美"。他在这里所经历的"完美"无非是个体无望的孤独和生存的困惑。他在其中接受了一个看守囚犯的差事,却弄不明白自己是看守还是囚犯,因为在这监狱里,囚犯与看守在表面上毫无区别,周围的一切都似真似幻,阴森恐怖。在小说《城》里,迪伦马特着力描写的,不是"城"这个象征物本身,而是"我"对它的切身体验。"我"进入这"城"里,好像进入了一个魔幻世界,出现在他面前的一切都是突如其来的、不合逻辑的、稀奇古怪的、惊心动魄的。而"我"身陷其中,只有迷茫和困惑。像《城堡》里的K一样,"我"在"城"制造的迷宫里一筹莫展,始终感受着地狱般的生存,忍受着荒诞的煎熬。

寓言小说《隧道》是迪伦马特早期短篇小说的代表作,也是一篇承上启下的杰作,在迪伦马特的整个艺术创作中占有特殊地位,亦是世界短篇小说经典之作。可以说,伴随着《隧道》的问世,作者开始克服了早期小说表现的悲观主义色彩,从而转向采用反讽的喜剧手法表现那令人可怕,甚至怪诞离奇的东西。小说讲述的是一列平平常常行驶的火车非同寻常地进入一个看不到尽头的隧洞里,一个二十四岁的年轻人发现了人们面临的可怕危险。他越来越焦虑不安,然而,这不祥的征兆似乎没有引起一个乘客的注意。当失去控制的火车越来越快地冲向那黑暗的深渊时,列车长绝望地问这年轻人该怎么办,年轻人则回答说:"什么也不办。"在这里,黑暗的隧洞成为生存危机的象征;冲向黑暗的火车则会自然而然地唤起读者对世界末日的联想。可当危机来临时,人们依然把自己封闭在那平安祥和的现实中,不愿意看到所面临的灾难。《隧道》的主人公是一个典型的迪伦马特式的喜剧人物:如果说他之前为了抵御那令人可怕的东西而可笑地堵塞住了自己全部的感知器官的话,那么当他直接面对这荒诞的事件时,他并未采取任何行动去尝试注定毫无意义的拯救,甚至"轻松地"接受了这种他好像等待已久的可能,因为在他看来,无论一个人怎样试图去努力,都无法挽救这可怕的现实,正如作者在喜剧《物理学家》里所说的,面对一个悲哀荒诞的生存现实,"个人试图去解决关系到大家的事,必然会失败的"。迪伦马特在这里用写实的手法把习以为常的现实荒诞化,寓言式地勾画出荒诞的真实、平淡的可怕。评论家常常把小说《隧道》看作是一个典型的卡夫卡式的寓言。

二十世纪五十年代是迪伦马特喜剧和侦探小说创作的盛期,这个时期鲜有中短篇小说问世,值得一提的是被视为中篇杰作的《抛锚》,后来又相继被改编成广播剧和舞台剧。这篇小说既有浓厚的侦探小说因素,又像是一出叙事喜剧,同时也与卡夫卡的小说《审判》存在千丝万缕的联系。《抛锚》是"一个仍然可能的故事",像作者同年发表的著名喜剧《老妇还乡》一样,它表现的主题同样是社会正义和罪责。小说主人公特拉普斯因为半路上车子抛锚,偶然陷入一个由四个退休法官、辩护律师、检察官和刽子手把玩的审判游戏中。他要在其中充当被告角色。于是,他身不由己地进入了这个所谓的正义空间,最终成为这个所谓的正义游戏的牺牲品,命运的玩偶。这个荒诞的审判游戏促使无辜的特拉普斯最终承认了并非是他犯下的谋杀罪,他的罪责就在于他的上司由于对特拉普斯与其妻子的暧昧关系愤怒而心肌梗死。这就是迪伦马特所说的"完美的犯罪"。特拉普斯最终被判死刑,而面对自己在"审判"中所承认的罪责,他欣然接受了这个死刑判决;"一种对于更崇高的事物、正义、罪孽和惩罚的预感袭上他的心头"。时代的正义和罪责就这样映现在一场荒诞的审判游戏中。像《老妇还乡》一样,《抛锚》的表现充满荒诞和悖谬,无论从结构和内容上都打上了迪伦马特喜剧风格的烙印。作者运用象征和反讽手法,怪诞地勾画出了一个既陌生又熟悉的"正义"世界以及一个个活动在其中的可笑人物。这种变化莫测和荒诞不经的喜剧氛围恰恰也体现了作者与众不同的叙事风格。

中篇小说《倒台》(1971)标志着迪伦马特中短篇小说创作又一个新阶段。它是作者继侦探小说《承诺》(1958)后相隔十三年之久才发表的一篇叙事作品,也是其唯一一篇采用喜剧式的辛辣嘲讽,直接抨击极权政治的小说。这篇小说的问世与作者所经历的时代背景紧密相关;他1965年游历苏联的亲身感受和对六十年代末发生在欧洲的学生运动的态度构成了小说叙事的基调。这一时期,迪伦马特也发表了一些著名的政论杂文,直言不讳地表明了自己的政治态度。小说《倒台》描写的是一个围绕着政治权力的争斗以及国家首脑倒台的故事。整个故事情节颇有戏剧性地发生在一个政治局委员会的会议室里。在这里,一场国家最高权力者的盛会变成了各种政治"小丑"滑稽表演的舞台,演绎出了一幕荒唐离奇的政治闹剧。小说中,参与争斗的政客们都没有姓名,而只有用字母称谓的符号;这里所发生的一切不是简单的人与人之争,而是代表政治权力的符号之间肮脏龌龊的抗衡。从B到N部长们都悉数到场,只有"O部长"缺席。于是,大家围绕着"O部长"缺席的猜疑导致了各种各样的阴谋和诽谤,针锋相对,尔虞我诈。在暗流涌动的较量中,有一种力量攫取了每个参与者的心灵,那就是令人窒息的恐惧。当两个部长被请出会议室成为可能的清除对象时,你死我活的角逐最终便升级为逼迫"A主席"下台,并且以群魔乱舞的方式实现了政治权力的更替。可就在这时,只是姗姗来迟的"O部长"突然出现在会场上,这场荒唐的闹剧便随之收场了。《倒台》是一个结构奇妙意蕴深邃的政治寓言,喜剧式的叙事淋漓尽致地表现了一个极权政体的腐败、可笑和荒谬。小说《倒台》体现了迪伦马特这个时期所主张的"政治喜剧"原则。

二十世纪七十年代中到八十年代是迪伦马特中短篇小说创作后期。这个时期的作品主要包括《阿布·卡尼发和阿南·本·大卫》(1975)、《史密斯儿》(1976)、《皮提亚之死》(1976)、《弥诺陶洛斯》(1985)和《委托》(1986)等。迪伦马特后期的作品在主题和风格上进一步开拓和深化了早期作品如《陷阱》《城》等对"迷宫"母体的表现。"迷宫"成为作者后期艺术创作的核心概念,也就是他所说的"迷宫戏剧原则"。这个时期的作品大多都拥有一个共同特征:世界是迷宫,生存是迷宫,现实是迷宫。上面所提及的前四篇作品可以说是绽放异彩的"迷宫"寓言,作者在其中借用了各种历史神话,从不同的视角寓言式地展现出"迷宫"所蕴含的现实意义。其中特别值得一提的是作者称之为"叙事诗"的短篇小说《弥诺陶洛斯》。古希腊神话人物弥诺陶洛斯是欧洲文学和艺术一个经久不衰的母体。迪伦马特在这篇小说中赋予这个神话人物及其迷宫一个非同寻常的艺术图像。在他的笔下,弥诺陶洛斯从一个食人的怪物变成了一个捉摸不透的环境的牺牲品,一个困惑绝望的生存象征。小说从想成为人的弥诺陶洛斯的视角出发,描写了主人公在由镜子构成的迷宫里追求生存的可悲命运,自然而然地让读者在一个神话人物身上看到了现代人的影子。实际上,这种借古喻今的寓言形式最终要追问的就是现实生存中仁爱和人性的可能。

中篇小说《委托》所描写的世界同样呈现为一个谁也无法逃脱的迷宫。精神病科医生兰贝尔特委托女电影制作人F,要她去弄清他失踪于荒漠的妻子缇娜可能遭到杀害的真相。F本来打算制作一部地球纪录片。于是F接受了委托,踏上了寻找真相的征程,然而自己却被卷入了这个错综交织荒诞离奇的迷宫故事中。随着情节的展开,这一切似乎都变得没有可能,F既不可能找到个体的认同,也不可能制作出一部地球纪录片。F的朋友逻辑学家D告诉F,"我"仅仅是一种想象,是"一个由经历和回忆碎片构成的聚合,就如同一堆最底层的叶片早已变成腐殖质的树叶"。当D和F根据缇娜的日记记载讨论这个患有抑郁症的女人是不是因为她觉得受到别人观察而逃走时,D想象出一种观察的辩证哲学,被理解为决定自然、文化和政治的准则,受到人需要为那毫无意义的东西赋予意义的欲望所驱使。F前往荒漠之后,似乎弄清了一些真相,遭到杀害的人并非是缇娜,而是一个名叫索尔森的北欧女记者。F在探寻真相的过程中也险些遭到这样的厄运。而被认为已经死去的缇娜最终则从藏匿的地方回来了。小说《委托》描写的是一个悬疑重重,甚至有点晦涩的故事,叙事扑朔迷离,错落有致,充满神奇的张力。表面上看,它像一个侦探故事,但实际上却饱含无比广阔的叙事意境和底蕴;在作者精心构思的断片式的叙事流中,个体任人摆布的命运与充满灾难和恐怖的世界迷宫彼此交织,相互辉映,形成了一个万花筒似的叙事图像和复杂的命运镜像:"我就是这样的感觉,面前始终是一片空荡荡的景象,驱使我朝前的是命运。命运在我的身后。生命正是如此,颠倒、残忍、让人难以忍受。"这是小说开篇引用的哲学家克尔凯郭尔的名言,其叙事用意不言而喻。

总而言之，迪伦马特创作的中短篇小说虽然篇幅不是很多，但风格独特，异彩纷呈，与其举世瞩目的喜剧和侦探小说共同铸就了作者在德语当代文学史上不可或缺的地位，也成为当经世界文坛上备受读者喜爱的经典之作，值得一读。我们也希望读者能从这本《迪伦马特中短篇小说集》中获得阅读的愉悦，并有所借鉴和受益。由于水平有限，选编和翻译疏漏在所难免，敬请批评指正。

韩瑞祥
2020年2月于北京

陷 阱

1946 年

顾牧 译

我第一次从一堆人中间感觉到他的目光是在大街上,我停住脚,转过身,却没有看到是谁在盯着我,只有城市午后熙熙攘攘的人群从我旁边经过:钻进旅馆里的商人,站在橱窗前的恋人,带孩子的妇女,大学生;站街女在夜幕降临前第一次巡街,步子还比较迟疑,学生一群群从学校里涌出。从那时起,我就一直确切地感觉到在被他跟踪,走出家门的时候,我经常会一激灵,因为我知道,现在他也离开了藏身的地下室或是倚着的路灯杆,折起佯装在看的报纸,决定继续跟踪。他有时会绕着我转圈,为的是在我突然停下脚步的时候,能够找到新的藏身处。我还曾经在同一个地方一动不动地待着,一个小时又一个小时,或者顺原路返回,就为了能碰上他。后来,我习惯了他带给我的这种因未知而生的恐惧,虽然那已经是几个星期之后了。我开始设陷阱,野兽现在自己变成了猎人。但是他比我狡猾,不断从我设的圈套中逃脱,直到一天夜里,纯粹的偶然让我跟他直接面对面。当时我顺着老城区一路飞奔,几盏灯稀稀落落,星星在可怕的火光中闪烁,天已经快亮了。我从门廊里走出来,穿过一个十字路口,停下脚步,突然出现在面前的雾把我弄糊涂了,雾就像是一堵无形的、浓密的玻璃墙,星星闪烁着沉进那堵墙中去。就在停下脚步的那个短暂的瞬间,我第一次听见身后传来脚步声,听上去就像我自己的脚步声一样,巧妙到我几乎不能将它与自己脚步的回声区分开来。脚步声离我非常近,我脑海中浮现出他从拱形门廊下走到明亮大街上的样子。陌生人被吓住了,他看见雾气中我的轮廓,有些拿不定主意地站在我对面的门廊下,但是,我看不见身在暗处的他。等我慢慢朝他走过去,他突然转身,我快步朝拱廊走去,希望能在陌生人从暗处走到被高高的路灯照亮的地方,好看清他的样子。但是,他躲进了一条小巷子,巷子尽头是一扇门,这样,他就恰好逃进了我的手掌心。我在小巷子口站下,听见他在使劲撞门,并拼命摇晃门把手,呼吸沉重急促。"您是谁?"我问。他没有回答。

"您为什么跟踪我?"我又问。他沉默不语。我们俩站在那里,外面的雾气沉下去,晨光升起。在昏暗的巷子里,我渐渐能够辨认出一个黑色的身影,黑影的两条胳膊就像是被钉在门上一样。但是,我没法走进巷子里去,在我和那个脊背紧贴着门、脸朝着蒙昧晨曦的人之间,有一个我不敢跨越的深渊,因为我们不是将要会面的兄弟,而是像凶手碰到了受害者。所以我放过他,走了,没有再理会他。

如果要我现在复述他一生中最重要的事件,那就离不开他。当时我努力从语气的轻重和他手部的动作解读他在那个夏夜没有说的话,而这正是他的精明之处,他从密密的树丛走到我的桌前,城市和大桥上的灯光从树干之间透过来,一看到他的脸我就知道,这就是那个跟踪者的眼睛。

"我欠您一个解释,先生,"他坐下并开口说道,"最主要是,您跟我说话的时候,我没有回答。"

他点了一杯潘诺茴香酒,一口气喝完:"我跟踪了您,"他说道,"而且还不只如此:我在随时观察您的生活,我在研究您的踪迹。"

"我的踪迹?"我被弄糊涂了。

"每个人都会留下踪迹，咱们就像被追捕、猎杀的野兽，我不仅仅是在研究您，不仅仅是您的居住方式，吃什么东西，看什么书，如何工作，我观察的还有您的朋友。"

"您想做什么？"我问。

"我想把自己的生活讲给您听。"他回答说。

"您就是为了这个跟踪我？"

"当然，"他笑了，"我既然要把自己的一生讲给某个人听，那总得能信任这个人才行。我得像熟悉自己一样熟悉这个人。来吧！"

我们站起身的时候，他继续讲着，说话的方式听上去很奇怪，信马由缰一般随意，时不时还伴着大笑，但他的绝望之强烈却让人胆寒，我们在一起的时间虽不长，他却还是钻进了我的内心，直到今天还侵扰着我的睡梦。我看着他的脸，那张脸的变化很奇怪，在巷子里穿行的时候，那张脸就好像在四分五裂，像正从内向外打开。他没有告诉我是谁生了他，谁是他的父亲，也没有告诉我他从事的工作，我也始终没有听到他的名字。他应该是个大官，他告诉我自己曾受到过的诱惑，但并不是来自金钱或者女人，完全是因为他自己。死亡征服了他，成为他的一部分，就像胳膊是身体的一部分，眼睛是脸的一部分。但他认为是自己掌握着死亡，就像我们手里握着一张能够对牌局起决定作用的牌，只不过这张牌是假的，因为事实上，深藏在他内心中的对死亡的恐惧，让他误以为自己害怕的那些东西是他的所爱，就因为不能克服这种恐惧，所以他绝望。我看见他的额头和双手，我知道，因为死亡，他从来没有享受过快乐。从少年时代开始，他就决定要自杀，他研究各种死亡方式，买了枪，制造了非常少见的毒药，还给自己做了一个断头台。他玩各种死亡游戏，直至葬送了自己，把生活变成一个谎言。他希望谋杀能够使他解脱，摆脱曾经影响着他的恐惧，让他能够在某天早晨放下自己的工作，放开自我，去寻找自己的死地。

离开温暖的汽车时,他原本是打算要自杀的,那是傍晚时分,车窗上结满了霜,基本上看不到外面那些低矮的山丘。天黑得很早,黑得很快,小车站的附近,几栋房子在昏暗的光线下看上去像睡着的动物,街上覆着雪和路灯黄色的光,他仿佛走在梦境中,迷失在白茫茫的冬日里,被冬日的沉寂包裹着,他的人生沉浸在这样的环境中,由此开始在被山丘与河夹在中间的边境小村落里的时光。他爬上山丘,顺着高高的、连绵起伏的山脊一直走,远处的高山上是覆盖着厚厚积雪的针叶林,还有偏僻的村落。他在那片神秘的黑暗中一走就是很久,夜晚的风围着他呼啸打转。他走过晶莹的雪地,落在雪地上的影子是蓝色的,很大一片。白色的天空映衬着前面黑色的树林,偶尔会有人迎面走过来,紧紧裹在蓬乱的毛皮大衣里,红通通的脸上,眼睛眯着。有的时候,他会站在河边的桥上,看河水在桥下阴郁地翻滚,卷来浮冰和朽烂的木头。然后,他又顺着冬日里的道路向上走。这条路通向北边,黑色的鸟围着他扑棱棱地飞,翅膀从他身上扫过。他不常往村子里去,去的时候就看那些人。他站在房子之间瑟瑟发抖,这些房子建在道路两边,中间相隔很远。这个村子没有教堂和公墓,没有中心,没有形状。他看见窝在肮脏的贫民窟里、一脸疑虑的人。这个村子里到处都是陌生人,没人知道这些人是从哪儿来,打算到哪儿去,想做什么,他们之间说的又是什么稀奇古怪的语言。他们穿着宽条纹的大衣,叉着腿大摇大摆地走在马路中间,手指上套着金戒指,戒指上的宝石闪闪发亮。他们经常试着通过贿赂哨兵来绕开边境。这些卫兵或是蹲在岗哨里,或是藏在餐厅的黑暗处喝酒,只有在醉醺醺地穿过街道去找女人的时候,才能在村子里看到他们。那些女人躺在顶楼的小房间里,淫荡、雪白,被照在身上的月光舔舐着。然后,夜便扑过来了,充满血腥,回荡着短暂的、干巴巴的机枪声。他听见叫喊声,声音渐渐被淹没在森林中。但是,这一切似乎都离他很远,他无动于衷,他想的是自己的死,就因为越来越享受死亡,所以听天由命。他走进被边界线横穿的那片森林,枞树的枝干笔直,积雪之下是白色的苔藓。树干之间,一块岩石闪着微光。他爬上那块岩石,一片铺展在他脚下的林间空地笼罩在冬天森林的寂寥之中。有时会有鹿轻轻地、警惕地走过这片空地,或者有猛禽朝高高的枞树飞去。鸟的影子从雪地上飞速掠过,风将动物的叫声从森林里裹带出来。有一次,就在天快要黑的时候,一个男人突然从林木间冲出,飞奔过那片空地,被空地上的光亮笼罩着。一声枪响穿透寂静,男人摊开双手,跌倒在雪地里,就像是被漩涡卷住了一样。他躺在空地中间,黑乎乎、奇形怪状的一堆,双手在雪地里乱刨,从他的身体里先是冒出黑色的东西,在干干净净的空地上蔓延开来,随后那东西就变成了明亮的红色。现在他知道从那个不幸的人躺着的地方露出的是什么了,在死者周围的那个血红色的圆圈里,边界线从尸体的正中间穿了过去。

在接下来的那天夜里,他确信自己离死亡更近了一个小时。他开始往那边走,等他终于走到那片空地的时候,天已经亮了。树枝上挂着冰,他穿过最后的几丛灌木后,看到那个尸体躺在远处。走上空地时,他的脚深陷在雪中。枞树后面,太阳已经从他看不到的地方升起,天空中放射出炽烈的光芒,寒冷穿透了他的外套和衣服,冻得皮肤生疼。他走到那个死人旁边站下。男人脸朝下趴在雪地里,已经看不到血迹,那个一动不动的身体也已经覆盖上了薄薄的、晶莹剔透的一层。他垂下头,站在死人前面,等着从黑乎乎的树干间射出的子弹。他在那具尸体前站了整整一天,潮气渗透进他的身体,空地上方只短暂地出现过又大又红的太阳,但是随后就落到了枞树背后去,然后再次露出,再次沉下,如此反复。他站在忽明忽暗的光线中好几个小时,一动不动地、迫不及待地等待着死亡,一个等待自己朋友的朋友。后来,他仿佛听见雪地里有脚步声在朝自己走来,他抬起眼睛,看到边界对面站着一个女人,跟他面对面,站在死人的另外一边。

"你是谁?"他问。

"我是他的妻子。"她回答说,大笑着用脚踢了踢那个死人。他们站在那里,一言不发。

"你不伤心吗?"他终于问道。

"不伤心。"她说完弯下腰,费力地掰开死人紧握着的手,从上面取下一枚戒指。"他不需要这个了。"她说道。

"你从哪儿来?"过了一会儿,他问。

"从村子里,"她说着指了指身后,他知道,边界那边有个村庄,"那你在这儿做什么?"

他说:"我想自杀。"

"为什么?"她问。

"因为我热爱死亡。"

"你是刽子手?"她笑起来。

"你说得对,"他回答说,"我是个刽子手。"他们盯着彼此,忽明忽暗的光线里两张苍白的脸。

"太阳要下山了,"她说,"你想不想跟我走?"

"我跟你走。"他回答道,从死人身上跨了过去。她走在他前面几步远的地方,边界这边的森林树比较稀,但树干更粗,动物也更多。有一次,他面前响起一声枪声,但她平静的步伐并没有改变,后来他才发现自己的额头在流血。走出森林后,他们下方出现了一个村庄的灯光和轮廓,他们穿行在白天与黑夜之间,朝那里走去,下方是平缓起伏的大地,两只乌鸦跟着他们穿过黄昏,它们的喙就像是骨头做的一样。"这儿总是有鸟,"他心想,"它们总是围着我飞,这是我的灵魂之友,是死亡之鸟。"

狗吠声响起,一匹马在嘶鸣,他们来到了那座陌生的村庄。这里的房屋围着教堂而建,夜色正在降临,夜色中的广场上有一个陈旧残破的喷泉,水面已经完全冻住,变得仿佛一面镜子。他朝清澈的冰面俯下身,却看不见自己的脸。

"这里没有人吗?"他朝四下里看去。

"他们都在林子里。"女人说着,穿过雪地朝一栋房子走过去。他们顺着房子长边那里的一段台阶走上去,房檐下挂着几米长的冰挂,房门开起来很费力。"把手给我。"女人命令他道。他看不清站在黑乎乎的门里面的女人。女人领着他走进房子里,穿过走廊,爬过楼梯,四周一片黑暗,就连窗户的轮廓都看不见,他觉得自己像是钻进了万物的核心之中。

这栋房子应该很旧,因为有的时候会有木头在他的脚下断裂。一扇门在他身后锁上,女人放开了他的手,他独自站着。他听见女人的脚步声,然后,她也站住不动了。火柴亮起,她点上了一根蜡烛。他们在一个小房间里,窗户被厚厚的木板钉死了,房间正中放着一张粗糙的大桌子,蜡烛放在桌子上。桌子前面有一把椅子,靠墙放着一张床,除此之外,房间里就再没有什么了,没有镜子,没有画,没有柜子,只有陈旧的木头,眼之所及,都是裸露的、没有刨过的木头,上面的纤维就像是蔓过房间表面的血管,跟他和她的影子混在一起。

"这是我要死去的房间,"他心想,"我知道它会是这个样子。"他望向那个女人。

"我要跟她一起死,"他又想,"一个人走没有意义。"然后,他笑了起来。

"你笑什么?"女人问。

"我笑,是因为一切都这么简单。"他说完沉默了。他现在知道自己这一生都在做什么了,知道自己为什么放弃了拥有的一切,地位,声望,金钱,来到边境上这个荒凉的村落,来到这个到处是雪和森林的地方,知道自己为什么会一再推迟死亡:他在找一个能让自己愿意与其共赴死亡的人。

等到他们的呼吸平静下来,等到她的身体软绵绵地从他的身体上离开,他们突然沉沉睡去,他做了一个梦,梦见自己站在台阶上,台阶通向下面的夜。台阶很宽,但是他看不见栏杆,也看不见任何标明台阶边界的东西,这台阶就像是一个倾斜的平面,朝四面八方无尽地延展出去。台阶用花岗石做成,上面湿漉漉的,一个小平台将台阶一分为二,平台上已经积起了水洼。悬在石阶上方的夜没有丝毫亮光,他觉得自己就像走在深沉的黑暗中。但是,他能够在这片黑暗中大约看到台阶上面五十级和下面五十级,仿佛他的眼睛不需要光,也能够看似的,这让他很不安。台阶上有人流在翻滚,在他下面,旁边,上面,数量非常之多。他在这些人中如同身陷洪流,是波涛中的一个波涛,并且他知道,自己从一开始就是这洪流的一部分,而他所做的只可能是不断朝面前的深渊走下去。他向下走,走下台阶,经过小的平台,不断向下,经过斜斜地伸向空中、没有光的路灯。跟他一起向下的还有些女人,生育的痛苦已经耗干了她们,乱蓬蓬的长发一缕缕搭在干枯的身体上。孩子们的哭喊声生硬而古怪。他旁边还有男人,说着听不懂的话,胳膊不断画圈,像风扇一样重复着同样的动作。他经过一些蹲在台阶上的人,这些人先是双手交叉冲着面前的深渊,然后又大声叫喊着跳起来。他走着,没有丝毫畏惧,就像是走在已经司空见惯的、熟悉的路上。但是,随着时间越来越长,深渊里的变化开始让他动摇起来。他在台阶下方那片深渊的无尽绝望中,看到了遥远的一点亮光,越往下走,亮光越强,但是人群还没有注意到,他们坚定不移地,一浪又一浪朝他涌过来,他只能偶尔看到个别脸上闪动着恐惧。他于是朝那个越来越强的亮光走下去,仿佛走了几个世纪,同时入迷地盯着那个正将深渊一点点展示在自己面前的东西。亮光像一团红色的云从下面升起,眼前的景象也渐渐改变。一开始,他眼前还是浸没在黑暗中的一片无影无形,只有近处的东西才看得清,但是现在,从深渊里露出一些异常清晰的人的轮廓。这团亮光应该也让其他人有所察觉,因为他发现,有的时候会有某一个不跟着大家一起行动的人掉头往回走,但并没有人阻拦。一片巨大的火海越来越清楚,人流正在汇入其中。他看见深渊里升起炽烈的光球,从燃烧的火山熔岩中喷出仿佛花朵一样的火舌。从下面传来哭喊声和呻吟声,他看见在咒骂声中伸向天空的扭曲的手。天空一动不动地悬在这一切之上,既无日也无月,它就像是罩在燃烧伤口上的黑色教士袍。虽然向上走的人数不断增加,但是人群并没有因此停住。他旁边和上面的人闭着眼睛,加快了脚步,带着下面的人,一起向下涌去。那些已经被火舌舔到的人的哭喊声迎面而来,声音越来越大。这时,他惊恐地看到一个人影正在朝上面冲,并用强有力的胳膊分开朝自己涌去的人流。男人无声地从他身旁经过,朝上奔去,他似乎看到了烧焦的衣服和满是烫伤的手和脚。这个男人的出现和消失让他大为震动,他看到了自己处境的荒谬,并且意识到如果不采取行动的话,自己就完了。他静静地站着,然后突然下决心,朝后转去。一开始,他觉得自己会被巨大的人流砸死,他眼前的这些人叠摞在一起,一直伸向无尽的天空中,那是由人头、身体和四肢垒成的金字塔。后来他开始朝上走,一个台阶,又一个台阶,然后是好几个台阶。火光倒映在从上面朝他走来的人脸上,仿佛鲜血一样。有几次,他已经想要转身了,因为眼前的景象太可怕,但他还是坚持往高处走。有的时候,会有某个人看着他浑身一哆嗦,然后转身,先是喘着粗气跟在他旁边往上跑,后来又尖叫着转身,重新朝下走去。从上面朝他涌来的人流越来越密,有时他不得不用双手分开人群,不过,他觉得那些人脸上倒映出的火光已经没有那么亮。他放慢了朝上走的速度,渐渐的,朝下冲的人流没有那么密了,他发现这些人穿的衣服已经跟他不一样,他们的长袍比他的衣服古老,似乎越往上,时间就越回到从前,他看见几个穿着中世纪服装的人。等他后来回过身的时候,火海已经变成深渊里模糊微弱的光,人也没有那么多了,朝他涌来的不再是铺天盖地的人流,而且他还觉得,从上面下来的某些人是他之前见到过的朝上走的那些,因为他们穿的是跟他一样的衣服。第一批古代的长袍闪过,罗马托加袍,希腊长袍,人群开始明显地分成小群体,每个群体之间的距离在加大。一开始,那个距离还像是不间断人流中偶然出现的空隙,而现在,他已经能够看出这些群体的样子,渐渐的,群体的成员降到了二十人以下,他觉得同一个群体的成员就像是一个整体。长袍的样子开始变得很奇怪,他经常能够看到一些从来没有见过的袍子。他们就像是彩色的首饰,消失在深渊中。他开始观察单个的人,台阶上的景象也开始变化,远处的亮光已经完全被黑夜取代,上面的部分也越来越黑。他继续朝上走,现在只能看到十级左右的台阶,人群静静地走进这个昏暗的空间,又走出去,仿佛凭空生出,又凭空消失。哀号的声音早就听不到了,他只能听见急匆匆朝下走的那些脚步声的回响。小群体散开,他看到的只剩下独自朝下走的单个的人,身上裹着兽毛兽皮。人群就这样从他身边走过,走向深渊。最后一群人过来了,黑乎乎的原始族群,赤裸着身体,像动物一样挤在一起。现在,他常常看不见一个人,独自一个人很长时间,但是,如果他停下脚步,仔细倾听头顶的黑暗,依然能够听到从上面有脚步声越来越近。还有很多他看不见的人从旁边走过,因为台阶的宽也是没有边的,这一点,他到现在才清楚地意识到。他常常想,在这个无尽空间中跟他相同高度的某个地方,肯定有一个人也在往上走,那是他的双影人,跟他一样也是眼睛盯着台阶。夜紧紧环绕着他,那些向下走的人都要到离他很近的地方,他才能够看到。那些巨大的脑袋上,眼睛是白色的石头,窄窄的额头像拳头一样凸出,像动物一样杂乱无章地分布在蒙昧的原始时期中。再然后,这些人也消失了。他继续往上走,没有再碰到从上面走下来的人。现在他越来越频繁地停下来，但停下脚步的时候，已经听不见走过来的脚步声，只从下面远远地传来那些从他身边走过去的人的回声，过了一会儿，这一切也沉入了那个远不知在何处的深渊。他站在一片空荡荡里。他脚步踉跄。但就在这时，他听见有脚步声从上面靠近，速度越来越快，就像是落石一般。他停下向上走的脚步，定定看着上面。夜在那里变成了一堵浓稠的、沉默的墙，脚步声就是从那里朝他飞奔而来。那个男人出现在他面前，就像从黑暗的咽喉中飞出的一支箭，烧焦的手高高地伸向空中，动作无比骇人。他还是站在那里没有动。那个飞奔的人几乎要跟他撞在一起了，这时，被深渊迷住的那个陌生人一头撞在花岗岩上，翻个身，头朝下，闪电般地从台阶上滑向深渊，消失在他下方的黑夜中。他又成了一个人。他继续往上走，感到很费力，这种空让他很混乱。他原本以为走在完全的黑暗中会更好，但夜的这种奇怪的通透让他行动困难。阻碍他向上走的不是别的，就是他自己，他觉得自己就像是上了一个巨大的石头脚踏轮。他想尽量把思想转移到什么地方去，于是试着观察自己的身体，好给注意力找一个安身之所。他看着自己的脚如何朝上走，从突向前的膝盖下露出来，短暂地停留在他的视野中，然后又重新消失在身体之下。他觉得自己很奇怪，像只昆虫一样陌生，他的行动像是一台不真实的机器。他把目光从自己身上转开，重新投向黑夜。他不断向上，穿过空荡荡的空间和时间。思想给他带来恐惧，他觉得这个台阶可能会突然中断，而他将会不得不垂直地看着聚集在下面深渊里的红色的云。这种想象让他难以忍受，虽然并没有迹象表明会出现这种情况。他对自己无能为力。他的痛苦还因为不能指望这样向上走会带来什么可预见的结果。他虽然相信这个台阶有尽头，并且也肯定自己能到达所有人来的那个地方，但是他越想越感到混乱，因为他不明白是什么驱使那些人走这段可怕的下行路。台阶的单调破坏了他的思想，覆盖在台阶上的黑暗透出乳白色的亮，潮湿的花岗岩，他的脚步一成不变的回声，所有这些都禁锢住了他的灵魂。那些会不时中断他向上脚步的平台消失了，这些分布不规律的平台能够带来一些变化，所以他至少还能数数两个平台之间的台阶，而现在，他只剩下一成不变地上台阶。有好几次，他也顺着某一级台阶朝左或者朝右走，经常一走好几个小时，却依然走不到头。有一次，他似乎听到远处有脚步声，但是因为离得太远，所以跟脚步回声交混在一起。他绝望地顺着台阶往斜上方跑，大声叫喊，想拦住那个可能正在某个地方往下走的人。他想问问那个人为什么要这样做，并请他跟自己一起往上走，这样两个人就都得救了。但是，他大汗淋漓、气喘吁吁地又停下了脚步，他能感到脚下方石的冰冷，还有额头上凝结成冰的无穷尽。他又开始向上走。他伸长脖子呆望着前方，上身深深地向前俯下，胳膊漫无目的地摆动着，脚下踉踉跄跄。他走得时慢时快，越是往上走，恐惧感也越强，并且每走一步都在增强。他倒下，费力地又爬起，头破血流，随后又摔倒。他久久地躺着，脸贴在潮湿的花岗岩上，衣服也已经被石头上的水全部浸湿。后来，他就像只动物一样四处爬，然后又上去几级台阶，走进越来越强的恐惧中。寂寞像一块石头，像那些已经死去的星球，巨大，暗淡，原子与原子密密匝匝地挤在一起，虚空紧紧黏在他身上，他被那虚空吸进了苍白的喉咙中。他静静地站着，多走的任何一步都毫无意义，跟静静地站着没有两样。现在只有一件事是有意义的：重新向下走，去那些人那里，上气不接下气，堕落的身体，伸开的双手，没有生气的双眼，尖叫的嘴，这样就能跟已经陷入地狱的全人类共命运，让四周都是从火海中喷射出的硫黄气体。独自一人是不可能的，跟自己面对面，跟自己目光相对，没有距离，没有世界，不可能说话、祈祷、咒骂、嘶喊，他所做的一切都会被这个空间默默地吞下，被空荡荡的时间碾压得什么也不剩。他的身体里有一股重力，要把他坠向深渊。他还在反抗，最后一次，然后，世界的深渊也会向他敞开。他用双手捂住眼睛，向下坠去，深渊已经张开双臂，庄严得骇人，被祭品燃烧出的巨大火焰环绕着,人类的绝望鸣响金钟,进入它的身体中时,他的喊声在它的脸庞回荡:仁慈,什么是仁慈?

"你在喊。"她摇着他说。他醒过来,看着俯在自己脸上方的她的脸,那无所谓的眼神。"她知道我在想什么。"他心想,直到这时才发现自己头顶悬着一个十字架,孤零零,黑乎乎,从正中用一根钉子钉在墙上。他起身穿衣,裹上外套,冻得直发抖。女人也起身。他靠在墙上,蜡烛还燃着。

"我会一直等到它熄灭。"他想着,握紧了枪。

"你的眼神总是这样空吗?"她问。

"是的,"他回答说,"总是这样。"

然后,他们又不说话了。他跟女人一样,盯着静静燃烧的烛火看。她的手放在桌子上,就像是跟身体没什么关系。她面无表情地让掌心向下,一动不动,手就好像被她遗忘在桌子上了,一左一右摆在蜡烛旁边,成了没用的东西,烛泪沿着蜡烛滴落。悬在这一切之上的是她脸,僵硬的脸已经和沉默的房间融为一体。他看着蜡烛越烧越短,烛光开始跳动,忽而小忽而大,房间也随之像是有了呼吸,活了过来。烛光在女人身上跳动,烛火在她双手之间又亮了一下,随后便落下,在黑暗中死去,死亡之夜因此而完美。依然还沉浸在自己幻想中的他这时清醒过来,他这一生还从来没有如此清楚、确定,他内心中燃烧着狂喜,灵魂中的麻木退却。虽然黑暗的房间里伸手不见五指,但他却看得既清楚又真切,他品饮着这一刻的寂静,就像快要渴死的人得到的甘霖。他已经准备好打开隔开自己与虚空、与房间中无尽的寂寞、与游荡在了无生气的星座之间的那扇荒凉的门,他要跟这个女人一起跨过那个门槛,女人就在房间中的某个地方呼吸,一口用于献祭的动物,默默等着祭司的屠刀。

开完枪后,他久久地站在黑暗中,他先是开了一枪,然后是好几枪,并没有瞄准,但他知道自己打中了。然后,他朝房子中间走去,却无法杀死自己。

"我要活着,"他大声说,用手去摸索她,"我要活着,"然后又重复一次:"活着!"他摸到了桌子,在黑暗中,桌面仿佛无边无际,上面的裂缝摸上去就像手掌的纹路。他的手摸到了一个坚硬的物体,过了很久,他才摸出那是女人的头。这是他第一次发抖,他抚摸她的身体,头发,发觉自己放在这个身体上的手沾上了鲜血。然后,他站在了村子中央,村子依然是空无一人的样子。村里的广场闪闪发光。他朝喷泉弯下腰去,用枪砸碎了里面的冰。把手放进水里去的时候,鲜血从上面散去,月亮倒映在泉中,仿佛一个粗糙的黄色盘子,触手可及,血在月亮的倒影前扩散成了一团乌云。他沿着石砖路,走过空荡荡的一扇扇窗,经过山墙朝街的房子,他的影子硬邦邦地在他前面的地上跟着走。后来,他来到林荫大道上,道路两旁,巨大的树异常清晰地立在天空下。它们破土而出,像一只只陷在沼泽中,又在云中交握的手。他迈着均匀的步伐走在两排树中间,影子一直跟着他。时不时地会从远方哀号着刮来一阵风,从树间呼啸而过,将月亮赶过荒凉的田野。与房子一般大的月亮从山丘上滚过,就像满是脓疮空洞的脑袋,里面钻出巨大的苍蝇与绿色的甲虫。月亮落下后,天并没有更黑,一切都明明白白地摆在他面前,既无情又不真实。他不由自主地走过去,他的脸开始变化,变得像熄灭在枞树之间的月亮那样既不通透又了无生气。林荫大道似乎没有尽头,他头上的天空也一样,飞鸟摇摇摆摆的行列穿过天空,那是他的伴儿,叫声远远地便传进他的耳朵里。它们的飞行中包含了他周围的一切:树木与天空,光线与他走的这条街,当然,还有他生活中的谎言与罪行,沟壑纵横的桌子上那个女人的尸体,喷泉里的血。后来,村子里突然响起钟声,远处传来刺耳的警报,摩托车箭一般从遥远的天际飞驰而来,他四周嗖嗖地腾起弹雾。他扑倒在地,钻进一条沟里,又飞奔过田野,被光束捕捉到又逃脱。森林包裹住他,追兵几乎跟他同时钻进了树林。树干被他们的子弹打得粉碎,他几乎能看到那些人的眼白,他们扭曲的面孔,从外套中拔出的刀。但是随后,雪来了,一张巨大的被子无声无息地铺盖下来,这只冰冷、温柔的手不分青红皂白地击打着所有的人。就这样,他安全地逃到了林间空地上,平平安安地从尸体上跨过去,身后的痕迹静静地被掩盖,追兵的枪声徒劳地在远处又响了几次。他穿过森林,裹着自己那件破破烂烂的外套,对铺天盖地的雪幕中渐渐出现的晨曦无动于衷。茫茫大雪中出现了村里的几栋房屋,随后又消失。男人们站在齐腰深的雪里,拿着大铲子,咒骂着自己正在做的无用的工作,因为雪正被越来越强的风裹挟而来。他到了旅馆,付了钱,没有人注意他。他登上回首府的最早一班火车,没有想法,没有哀伤,没有愿望。车窗外,稀疏的房屋、湍急的河流和低矮的山丘渐渐沉下,火车开动后,窗户玻璃便被迅速凝结的霜封住了。

　　他从现在开始所做的任何事都无关要紧了,因为不管做什么,都没有任何意义。他变成了一个跟其他人一样的人,一个有自己位置的人,结婚生子,有房有车有情人,但是这一切都很可笑,因为其中包含着一个秘密,那个举着飘扬的死神旗帜走向虚空的失败企图,那个对于寒冷无比渴望的心。不管他做什么,到最后都是一个谎言,虽然他只是自欺。其实我们的谈话也是一场谎言,只是他不知道而已。我们从城郊走过,沿着河一路向下,然后顺着码头,从高高的桥拱下走过。讲着讲着,他的举止也改变了,他不再是信步而行,而是在不由自主地引着我们俩走过夏夜,一直走到一个荒凉的工厂里。这是一个白色的建筑群,中间竖着烟囱,半已坍塌的高炉,所有的一切都被淹没在荒草之中,只有我们所在的这片空地似乎还完好。地面上,巨大的石砖铺得整整齐齐。我们在院子中间道别,他心中的恐惧还在作祟,他说,我们最好在天亮前告别,但我还是又回了一下头,结果看见他举着枪站在我对面。我发现自己掉进了一个可怕的陷阱,他把自己的罪行讲给我听,只是为了能够杀死一个了解了他隐秘绝望的人,这样,他就用诡计又骗着自己实施了一次谋杀。既然不能够成为人,那他至少要成为一头在夜间出没的胡狼,一头嗜血的野兽。但是随后,他把枪从我面前拿开,眼中充满了泪水,开枪,倒下,他就像是要跟身下的那片石头地合为一体,要用自己的鲜血将那片地面的缝隙填满。

城

1947 年

顾牧 译

此文出自一名看守的手稿,由市立图书馆一位助理图书馆员整理出版。该手稿共十五卷,标题为《对布局的思考》,此文为该手稿开头部分,手稿已在一场大火中烧毁。

每到漫漫长夜降临,风被撑起,哀号着在大地上乱窜,我就仿佛又看到那座城,依旧是那个清晨在冬日阳光中我第一次看到它的样子。城铺展在河边,河水从临近的雪山流出后,悄无声息地从房屋下方的深谷中蜿蜒流过,画出一个奇特的 8 字,只在西边有个开口,城市的形状也就此确定。但那时,小丘后的高山被一层缭绕的轻云遮蔽,看上去很远,对人并不构成威胁。城市美极了,晨曦微露之时,光就像有温度的金子一般穿透屋墙。但我每想起当时的画面,却还是感到恐惧,因为走近城市的时候,它的光环也在消退,等到城将我包裹,我便陷入了恐惧的汪洋。城市上方悬着有毒的雾气,碾碎生命的种子,让我无法呼吸。同时,我被一种感觉折磨着,就好像自己闯进了一片禁止外来人入内的区域,每走一步,都是在破坏某项秘密的法律。我四处乱走,被沉重的梦境驱赶着,被城市追撵着。这座城就是要折磨从远方来它这里寻找落脚之地的人,我察觉到它的兴致勃勃,因为它完美、不妥协。从人类有记忆以来,它就没有改变过,没有房子消失,也没有房子新增,建筑物没有分毫改变,也不受时代影响。这里的街巷不像其他老城那样曲曲弯弯,而是依照固定的规划修成笔直的,全都一样,以至于看上去仿佛没有尽头。但街巷并不能给人自由,低矮的房檐让人走在建筑物下的时候不得不低头弯腰,人因此在城中隐形,也是如此才被这座城市接纳。我注意到这里的人走在街巷中时都小心翼翼,拖着缓慢的步子。他们沉默寡言,像自己生活的城市一样自我封闭,就算是想跟他们匆匆地随便聊几句都很难得,即便是真的聊了,他们也言辞闪烁,似乎是因为缺乏信任,所以不能对陌生人敞开心扉。想要进到这些人的家里,也是不可能的。他们坐在那些黑暗的房间里,一动不动,大张着双眼,一言不发。在他们身下,一些深深隐藏在表层之下的最丑陋的东西驱动着他们的本性。这一切都隐秘而黑暗,让我们望而却步。没有人知道饥饿为何物,这里既没有穷人,也没有富人,没有人无事可做,但我也从来没有听到过儿童的嬉笑声。城沉默地抱住我,石头面孔的眼神空洞。黑暗像人与人之间的黯淡疏离,悬在城市上空,但我从来也没有想过要去点亮这片黑暗。我的生命没有意义,城会丢弃它不需要的一切,它蔑视一切的多余。它就静静地盘踞在岩石之上,接受绿色河水从各个方向的冲刷。河水不断从旁边流过,只在春天会偶尔涨高,淹没城市下方靠近河岸的那些房屋。

想要做出兼顾我们天性的预防措施,只需要看一下痛苦的强度就可以。我们总是需要一个能将自己藏起来的比较安全的所在,哪怕那地方只存在于睡梦中,而这后一种,只有现实生活中处于最下层的地牢才能将它从我们手中夺走。我最感激的是自己的房间,这是我能够寻到庇护的地方。房间在城东郊的河对岸,那个地方已经不被算作城的组成部分。在那里落脚的都是些异乡人,但这些人之间互不往来，为的是不引起管理机构的注意。那些年，有很多人失踪，我们不知道这些人的下落。有几个人倒是号称自己知道，说他们被市政府投进了大牢，但关于这些风言风语，我从来也没听到过具体的说法，而且也没有人知道这个大监狱在什么地方。我的房间是一栋出租屋的阁楼，这栋出租屋跟城郊的其他房屋没有什么区别。房间里有一半的墙都是倾斜的，墙很高，北边和东边各有一个凹进去的地方，那里是窗户。靠着西边那面高大倾斜的墙放着床，炉子旁边是灶台，房间里还有两把椅子，一张桌子。墙上被我画了画，画不大，但是时间久了，也就盖满了墙和天花板。就连从房间正中穿过的烟囱，都被我从上到下画满了各种人物。我画的是那些不安定岁月里的事，特别是人类的那些大的冒险。等到没有地方画了，我就开始一幅幅修改那些画。有的时候，我也会被一阵无名火指使着，将其中一幅画从墙上刮掉，然后重新画一遍，这都是我在百无聊赖时的荒唐举动。桌子上放着纸，因为我经常写东西，多半都是抨击这座城市的一些没什么用的传单。桌子上还放着一盏铜灯（垃圾堆里找到的），里面点着一根蜡烛，因为白天光线也很暗。但是，我从来没有仔细研究过我自己住的这栋楼。尽管房子从外面看着是新的，但是里面却又破又旧，楼梯也都在黑暗中。我从来没在这栋楼里见过其他人，虽然房门上写着很多名字，其中还包括市政府的一个秘书。只有一次，我按下一扇门的把手，那扇门没有锁，门后是一条走廊，两边两排房门，我觉得似乎从远处传来沉闷的说话声，于是马上缩回来，回到自己的房间里。这栋楼是属于这座城的，因为经常有市政府的工作人员来，但是他们从来也不要求我付租金，就好像我的穷是不言而喻的。这些人一举一动都静悄悄的，戴着奇怪的毛皮帽子，穿着高筒靴，而且每次来的人都不一样。他们说这栋楼是危房，假如不是考虑到城郊住房紧缺的问题，市里本应该把它拆掉。有时，也会有穿着白色厚外套，胳膊下夹着纸卷的男人过来，他们一言不发地丈量我的房间，然后用尖尖的钢笔在图纸上写写画画,一忙几个小时。但是他们并不多事,从没问过我的来历。他们只进我的房间,从来没有去过楼里的其他房间,我从窗户能够看到他们从街上直接上楼到我这里来,等到结束在我房间里的工作,就会离开这栋房子。白天的大部分时候,我都待在朝东的窗户边上,从那里看着外面那条大马路。早晨,农夫驾着车离开农庄,从这里往集市上去。他们一动不动地坐在车上愣神,巨大的车轮比车和车上的人高出许多,辐条的影子不断从人身上掠过。有时,农夫会跟套在车前的牛说上几句话。路上经常也会有戴镣铐的犯人经过,旁边跟着职位不高的守卫,小脸蜡黄,手里挥着巨大的鞭子,如果看到这些人,我会一连好几天不再朝窗外看。最让我害怕的还是一个被押着从马路上走过,将要死在某个地方的死刑犯。他被反绑在一根柱子上,柱子固定在一辆长条形的木车上,轮子是不很圆的木盘,所以车子走在马路上的时候,会摇晃得很奇怪。刽子手走在车前面,穿着红色的外套,戴着黄色的面罩,像背十字架一样背着他的刀。法官排成长长的、黑乎乎的一列列,沉默地走着。死刑犯枯瘦,他用某种外语大声唱着一首曲子单调的歌,这首歌在我耳边久久不去,让我感到异常忧伤。

为了让我们在恐惧的最深处找到自己,城兴高采烈地通过展示自己的大,教我认识自己的小。因为它的力,我认识到自己的无力,又因为自己的失败,我认识到它的完美。我们是人,不是神。人首先是通过经验,然后才是通过思考了解事物。我们得经受折磨才能领悟,只有痛苦的呼喊才会得到回应。恐怕政府的用意也正在于此,所以我才能参加背煤工起义,却不受到惩罚(如果这次起义确实有人关注的话)。我得先领略城最恐怖的一面,然后再为它服务,得先战斗,然后才能放弃战斗:一切反对城的斗争都是徒劳的。不过,我是因为整个的反抗行动最后都因为一个疯子而失败才看清这一点的,一个弱智，之前我经常看到他举着一面滑稽的、硬邦邦的旗子踏着步在城里穿行，那是某个过去的狩猎协会的旗子。他肥腻的脸上挂着愚蠢的微笑，头上的圆帽子坑坑洼洼。那天我离开了自己城郊的房间，碰到月光白亮的夜晚，我经常会这样做。我走到了郊区一个以前没怎么到过的地方，一路上经过的，虽然是同样单调枯燥的一排排出租屋，看上去就像兵营一样，但这些房子因为肮脏和垃圾，显得比其他郊区的房子更加呆滞。我看见肮脏的庭院里，情侣逃进彼此怀中，一个紧紧抱住另一个。一个铜板就卖掉自己的娼妓像牲口一样四处爬，空气中充满了她们嘶哑的叫喊声。我从廉价电影院已经熄灭了灯光的广告牌下走过，越往前走，这地方就越荒凉。我经过一些大广场，它们仿佛是四四方方的钢筋水泥出租房中间被炸出的口子，上面一片狼藉，堆积着砖头瓦砾，很多地方都淹没在深草之中。其中一片空地正中有电车轨道穿过，轨道两旁是大堆的垃圾，还有像吃草的牛羊一样零乱散落的、锈迹斑斑的旧汽车。在那里，我从老远就看到一个男人缓慢地开始舞蹈。在一片仿佛被史前废墟覆盖的开阔空地上，男人笨重的身形格外显眼。先是又短又粗的腿开始做一些笨拙、突兀的动作，但是接下来，舞动开始变得狂野，他张开长长的双臂，看上去倒跟大猩猩有了些相似，白色的胡子像口钟似的在他的下巴底下摇晃，这时我发现，这就是住在我附近的那个老背煤工，不知怎的喝醉了。我看着这个老背煤工的舞蹈，观察他的影子。那影子跟随着身体、短腿和长胳膊的一举一动，以此给广场上更增添了些活动。我不由自主地朝那个醉汉走过去，同时发现，四周还有人在朝这个跳舞的人聚拢。这些人有男有女，衣着破烂，身形枯干，身上散发着劣质烧酒的臭味，看上去就像是从极度疲惫的梦中被惊醒的一般，其中几个人还试图模仿老者的舞蹈。虽然人已经很多，但是听不到一点声音。人群渐渐挤满了广场，他们挤在瓦砾堆上，或是坐在旧汽车的车顶上，就像一只只巨大的鬼鸟。我也能更清楚地看见老者的脸了，他这时已经结束了舞蹈,摇摇晃晃地几乎站不住。他的脸僵硬,充血的眼睛眼神呆滞。我转身正想继续走我的路,周围的人群突然开始互相推挤,这群穿着破烂的人紧紧地挤在一起,开始向前挪动。我在那个背煤工身后不远的地方,他就像是这群人的头领,但我看不见他是要把大家引去什么地方。我的周围是这群男男女女幽灵般的脸,闻到的是他们嘴里喷出的酒气。虽然很费力,但我终于还是从人群中挤了出去,跟在老者身边走在了队伍的最前端,虽然心里很不情愿,但是没办法回头。周围的这片城区我还是不认得,但是从建筑物的变化上,我看出现在是在朝着城里走。房屋之间的距离越来越小,在马路边形成密密匝匝的分界线,房子也越来越低,房檐在一眼看不到头的人流上方铺展开,人群就像是走在坑道里。大家鸦雀无声地跟在老者后面,穿过广场、街巷,老者摇摇晃晃,一会儿搂住我,一会儿倒向紧跟在他后面的人,后面的人则不断将这个醉鬼朝前推。这时,老者突然笑了起来,大笑声中充满了嘲讽。他的笑声像羊叫一样,笑得非常固执。我们也都应和着笑起来,就像是获得了解放,就好像随着这大笑,对这座城市的恐惧感也离我们而去。人群的行动速度加快了,我们朝前面涌去,同时狂叫乱嚷,尖声大喊,骂骂咧咧,冷嘲热讽。就在这时,城突然静默地出现了,它的样子那样让人恐惧,那样庄严神圣,让我们都安静了下来。城在河对岸,河上悬着一条长长窄窄的吊桥。城在月光下泛着白色,看上去就像巨大的冰川,将蓝色的阴影切成一截截,盘踞在有两个尖的岩石上,但是我们看不见河,因为河被乳白色的雾盖住了,所以城看上去就像飘在云端。我们愣住了,双手交叉握在一起。可是那个老者开始往桥上走,于是我们也就跟了上去,心里充满了要冒天下之大不韪的兴致。桥很窄,所以很多人想攀住栏杆过去,还有些人想爬到吊桥的绳索上过去。因为所有人都挤成一团,结果这些人就像挂在桥上的葡萄。桥猛烈地摇来摇去,但是没有人感到害怕。在极度的重压下,桥已经快要垂到河面上,挨到夜里的水浪。它被涌上来的那堆可怜的家伙压着,我们一度沉进了雾气中,仿佛飘荡在一片空荡荡中,因为城看不到了。最终,我们因为离河太近,脚已经浸在河水里。很多人被浪卷走,桥伴着凄惨的喊声又抬了起来,因为重量减轻了。它猛烈摇晃着弹向空中,我们看见城竖直地在我们的头顶,现在离得很近了。那些墙和塔朝我们逼过来,就好像要倒在我们身上,让我们不由得一缩。我们往城所在的那块岩石上爬时,桥渐渐恢复平静,摇摆的幅度变小,一堆人里剩下的那些顺利地离开了桥。我们朝城内挺进,并试图弄开破败的城门进城。一开始,我们还很小心,但后来越来越坚决,虽然我们还不太清楚自己究竟要做什么,这个穿行过夜色,由一群肮脏到僵硬、衣着破烂、醉醺醺的可怜虫组成的队伍盲目地开始的是什么。一开始,这一切还不太像是暴动,更像是沉默的绝望无助的表达。但是现在,涌过通向内城的一条巷子时,我们明白了自己正在做的是什么,公开反抗的意愿越来越强烈。这里的房屋像是古老的树木一般沧桑,包围着我们的是空荡荡的窗户。我们聚集在一个广场上,广场喧闹了起来,深沟里的管道和线缆都暴露在外面,一座塔在我们身上投下巨大的阴影,月亮就藏在那座塔的后面。我们挤在一起形成箭头的形状,又开始朝一个巷子里涌过去。我们从进城之后,就一声没吭过,悄无声息地从石砖地面上走过,很快,我们就在明亮的月光下,远远地看到突出在屋顶上方的大教堂,于是就用它当坐标。我们从一个低矮的拱门下钻进去之后,突然来到了中央大街上,月光从山墙后射出来,将这条大街笼罩在半明半暗的光线中,异常刺眼的月光把我们吓了一跳,但是我们稳住了阵脚。我们挤在一起,顺着街道往上走,眼神中跳动着兴奋的反叛的火苗。人流不断翻滚着涌过街巷,时而困囚在房屋的山墙连廊中,笼罩在它们的阴影里,时而浸没在像雪一样铺盖在一切之上的银白夜色中。我们到了那个广场,这里是城市的中心,也是城中的最高点。在这里,岩石分裂开来,悬崖垂直向下,深深的沟壑底端,河流的一条支流偶尔露出翻腾着泡沫的面貌。我们决定既然已经冲进来,干脆就去冲击一下政府,就算是会爆发血战,也不退缩。男人们从衣服里拔出刀来,还能看到几把猎枪、斧头。我们紧紧地团在一起,穿过广场,走上横架在深渊之上的石桥。在桥的中间,桥拱的顶端,我们突然看见了那个疯子,戴着圆帽子,举着旗子。我们静静地站着,一动不动,一群团在一起的人,半被笼罩在满月的透明光线下。让我们僵住的不是因为看到了这个疯子,而是因为我们突然意识到,这座城对我们是如此蔑视,对自己的胜利是如此确信,竟让它只是用这样一个稀里糊涂的疯子来对抗我们,看到这一点,让我们心中充满了恐惧。我们缩在一起,呆看着那个滑稽的身影。旗帜伸展在夜色中,一动不动,在刺眼的月光下,我们能够清楚地看到上面的标志。我们意识到自己该行动了,并且知道我们的无能为力。这时,依然醉醺醺的背煤工朝疯子走过去。老头缓缓地走过石桥,巨人般的身体明晃晃地从破衣服的洞里露出来,就像白麻子一样,结成一绺绺的白胡子一直垂到了闪闪发光的地面上,两条粗胳膊摆来摆去,好像两根钟槌,宽大的肩膀朝前佝着,他警惕地朝那个疯子走过去,疯子傻笑着,举着旗子一动不动地站在石桥中央。背煤工走到疯子跟前时,我们已经紧张得无法呼吸。那个疯子依然一动不动。老人抓住旗杆,疯子毫无反抗能力,任由他拿走,很明显,他也对背煤工的动作很意外。背煤工将那面旗高高地从石栏杆上扔进深渊,一点声音都没有,那面旗就仿佛是飘然飞走。这一下,我们苏醒过来,我们的眼中火苗重新燃起,心中因为这个疯子的失败腾起狂喜。背煤工已经打算开始庆祝的舞蹈(他已经举起了猿猴似的长臂),我们已经打算冲过石桥,决心将那个疯子踩在脚下,我们的手已经握紧了刀柄斧把,嘴巴已经张开,疯狂的咒骂就要冲口而出,就在这时,意识到自己的旗子不见了的疯子尖叫起来。那是一种可怕的叫声,没有终止,没有停顿,从他洞开的大嘴里传出的喊声紧紧地扼住了所有的一切,这座城也仿佛在这喊声中,随同尖叫,它已经跟这喊声合二为一。喊声是静静地包围着我们、沉默地毁灭我们的那些东西的语言。我们惊骇地朝后退缩,因为喊声并不减弱,我们也就退缩得更多,喊声保持着不变的尖锐,从大张的嘴巴里源源涌出,仿佛是从伤口中涌出一样,恐怖至极,我们预备着随时会看到看守们奔来。但是,城依旧死气沉沉、空空荡荡,就仿佛并没有人居住,只有那个喊声而已,在让人无法理解、始终不减弱的喊声之前,瑟缩褴褛的人群不断退缩,安静、苍白。喊声不减弱,人群突然被一阵慌乱攫住,开始逃跑,因为巨大的恐惧而哭喊起来,踩翻了妇女和老人。我独自站在广场上,上面到处都是尸体。大个子背煤工依然站在桥上,面对着那个不停叫喊的疯子,发狂似的想要阻止他的叫喊。他把手捂在疯子的嘴上,但是喊声毫不受影响,依然从他的指缝间涌出。老人绝望地把自己的拳头塞进疯子狂吼的咽喉,喊声还在,毫不受影响,只是现在,喊声已经从疯子身上剥离,在四面八方响起,桥栏杆中,山墙上,大教堂上的吐火女怪那儿,月亮耀眼的光球里,但尽管如此,那依然是疯子发出的喊声,不是别人的。这时,背煤工抓住了疯子,两个身形猛地暴涨,喊声依然能够听到,他们滚在一起,被缠在老人的白胡子里,从石栏杆上朝我滚过来,但是他们并没有滚到我跟前,而是从侧面跌进了深不见底的沟壑中。沟壑里,喊声依然在回荡。

如果要在这座城里公干,我可以去一栋房子那儿报到。房子离我住的房间不远,那一区虽然规划得非常整齐,但依然让人晕头转向,因为这里建的都是公务员住的那种小楼,所以让人难辨方向。住在这里的应该都是市政府里那些不被允许住在城中的下层公务员。这是些低矮的红砖小楼,全都长得一样,都有一样的小花园。那栋房子在其中一条笔直的街道上,挨着公共汽车站,这个我记得很清楚。那也是一栋小公务员的住宅楼,花园门两侧各有一棵桦树,这一点跟其他的楼也一模一样,一样的小市民风格。唯一让我感到奇怪的是,我按过门铃之后,开门的是一个小姑娘,年龄应该还不到十五岁,小姑娘年轻的朝气冲淡了走廊的丑陋。她带我穿过走廊,走廊的墙上,从地面到一半高度的位置刷成棕红色,上面的部分是泛蓝的白色。在一扇门前,她把我拉到身前,小声提醒了些关于可怕威胁的话,然后放开我,打开了门(这扇门也是棕红色的),门里蓦然涌出的光晃花了我的眼,我不禁踉跄着退后,慢慢才看清自己被带进的那个中等大小的房间。房间里的家具是暴发户家里常能看到的那种毫无品位的类型,一股无处不在的浓烈、甜腻的香味尤其让我觉得恶心,不过,我的目光很快被吸引到了房子中间,在那里,包括俗气的五斗橱,满满当当的餐具柜在内的各种东西都浓缩成了奇形怪状的一堆。那有三个老太太,围坐在一张圆桌旁用弯曲的细藤条做成的椅子上,她们正在桌边打牌,用中国茶杯喝着茶,直到现在,我眼前一浮现出那些东西,还是感到强烈的恶心,那感觉就像是被迫回忆史前时期巨型恐龙让人叹为观止的排泄物。她们的嘴唇涂着蓝色,不过最让我反感的还是她们油腻松弛的脸颊。她们的头紧紧靠在一起,这让她们更显得奇形怪状,轻薄的裙子皱皱巴巴,刺眼的红色更增加了诡异的感觉。她们七嘴八舌地跟我打招呼,但并没有停止打牌,而且一直在用黏糊糊的手指往嘴巴里塞硕大的一块块蛋糕和点心。我警惕地听着她们的满嘴脏话,明白了她们要让我干什么。我意识到,自己所在的是这座城市的监狱,三个老太太作为政府的代表在这里负责,而我将在这里开始看守的工作。她们说明了看守工作的关键:这项工作要秘密进行,鉴于这种情况,必须让看守看上去跟囚徒没有区别。这项工作很困难,不过是自愿的,我随时可以返回自己城中的房间。条件不错,我接受了。她们让小姑娘给我拿来看守要穿的衣服,但是不同意我去别的地方换衣服,所以我只好按照规定,当着她们的面脱掉衣服。小姑娘递给我的衣服很奇怪,上面绣了五颜六色的奇怪符号和图案,不过穿上这衣服,我可以自由自在地活动。然后,三个老太太突然就不再理会我,她们似乎不再注意到我的存在,小姑娘把我带出房间的时候,她们的心思又全都在牌局、糕点和茶上了。

我们离开的时候走的是另外一扇门,因为我所在的并不是进屋时穿过的那条走廊,而是在一个陡斜向下的楼梯前面。虽然我很吃惊,却还是没忘记问小姑娘我的房间在哪里,但是小姑娘没有回答。我跟着她走下楼梯。朝下走了一截后,我们来到一个四方形的小房间里。房间的一边被一个双扇玻璃门挡住,房间里放着一张高脚窄条桌,上面摆着已经有些蔫了的天竺葵。但是,我们并没有在这个没什么用的房间里停留。小姑娘打开了那个双扇门,门没有锁,门后现出一条长长的走廊,走廊看上去很窄,不过这只是种错觉,我跟着小姑娘钻进充溢走廊的昏暗蓝色中之后,发现这条走廊其实很宽。小姑娘把我领到一个狭小的隔间跟前,我摸索到里面有一张木板床,便在上面坐了下来。我看着小姑娘的背影,她愉快地哼着歌穿过双扇门走了,我发现她并没有锁那扇门,因为门摆来摆去地又晃了一阵子。坐在木板床上,我能看到走廊,而且因为被小房间里浓稠的黑暗包围着,所以我能看得相当清楚。朝左边看去,那扇玻璃门只能看到一半,因为我不敢把头从壁龛里探出去。那面玻璃泛着绿光,从四面八方的蓝色光线中脱颖而出。最引起我注意的是墙上和天花板上那些模糊可见的丑陋画像。我还注意到嵌在走廊对面墙上的另一个隔间。那个隔间跟我的这个形状一样,高高的天花板同样是个细长的穹顶,同样的昏暗,这让那隔间看上去就像一扇窗,能够从中看到虚空,这些消除了一切地下区域必会有的那种沉重。又适应了一段时间之后,我在那个隔间和玻璃门的中间发现了另外一个相同形状的隔间,在相反的方向我很确定还有五个。我的眼睛看不到更深的地方,各种形状都变得模糊不清,蓝色的光在那里也变得像浓稠的雾。

我盯着过道,渐渐不安起来,竟没有人来给我介绍要做的工作(应该是很难的工作),慢慢地,我开始思考起自己的处境。我所在的隔间应该是供看守藏身的,当然没有必要向我介绍工作,因为它会自行钻进我的脑子里。想到这里我终于释然。我明白了,这条通道肯定是通向犯人们的牢房的,我是被通道奇特的构造误导,才会怀疑整件事的意义。我不无自豪地想到,政府把出口旁的这个至关重要的位置给了我,这是个要隘,在这个位置上,他们可以只放一个人,而且玻璃门还没有锁,这代表了毫无保留的信任,是对我能力的认可。但是,我很快就又有所发现。我感到有人在盯着自己。倒并非是我听到了什么声音,或者看到了什么人,但我知道这是事实,不需要依据,也不需要佐证。我意识到,对面那个隔间里应该也坐着一个人,他正大睁着双眼,死死地瞪着我。我无法看透身周的黑夜,但我确定他就在那儿死盯着我的大概位置,他肯定知道我的存在,因为他看到我走过来。我看着眼前那个空荡荡、黑乎乎的窄缝,他肯定跟我一样,坐在那里的一张木头床上,同样地动作僵直,同样地屏息凝神。我用眼睛感觉他,在脑海中摸索他苍白的、看不见的脸,紧抿的双唇,皮肤上的皱纹,藏着恐惧的那两个洞(因为他不知道我没有武器)。我并没有看到,但我知道所有隔间里都坐着人,被这个洞窟里沉默的蓝色的夜包裹着,囚徒,罪犯,反叛者(也许背煤工也在其中),他们一动不动地盯着我隔间的方向,知道那里坐着他们的看守,这个人让他们恐惧,而恐惧充满了这里的一切,就像麻痹神经的毒气。我心中狂喜,因为突然感到自己拥有了巨大的权力,变成了这些在我面前的隔间里瑟瑟发抖的家伙们的神。我突然很想在走廊上溜达溜达,好让所有人都能看到我。我要不停地走,来来回回,不停歇,保持匀速的步伐,从那些缩在壁龛里的人面前走过,这些仿佛被囚禁在笼中的困兽一般的人,坐在简陋的木床上,双手紧紧抓着身下的草垫子。啊,我要驯服他们!而我之所以没有那样做,没有跳起来,不停歇来来回回地走,而是留在自己的隔间里,全是因为从我心中不受控制地生出一个想法,我越是不信,它就越是纠缠着我,我从一开始就清楚自己有一个既荒唐又没道理的念头,挥之不去:我记得自己跟囚犯是没有区别的,因为我们的衣服一样(据那三个老太太的说法),但是让我不安的并不是这一点,而是我心里冒出的一个怀疑:自己是不是跟其他人一样,也是个囚犯。这个想法虽然荒谬,但却不断冒出来,我的怀疑也是因此而来,那三个女人的可怕样貌让我的这种怀疑显得很自然,也因此更加让人不能原谅,因为其中包含着一个很幼稚的思维错误,即从部分的缺陷推导出整体的缺陷,难道说政府管理的关键是在于拥有完美无缺的工作人员吗?我跟这个过道里的其他人或许穿得一样(那几个老太太也有可能是被茶和糕点弄高兴了,所以开了个玩笑而已),但这也只是为了让我的权力隐身,从而尽情地得到使用,就像几个老太太暗示的那样。囚犯们虽然知道他们中间有一个看守,但他们并不知道是谁,因为不管被带到这里来的是谁,都跟他们穿着相同的衣服。我的错误只是在于,我认为这些囚犯知道我就是那个让他们感到恐惧的看守,实际他们只是觉得我可能是看守而已,不过这会让他们的处境更糟糕。我很庆幸自己没有因为站起来到处走,而暴露出自己是众多囚犯中的唯一一个看守,所以不会在某个罪犯或者反叛者(例如那个背煤工)试图越狱的时候,失去出其不意将他直接在出口前逮住的机会。虽然有可能还有其他的看守,而且有理由认为有这种可能,但这些都只是猜测,是无法证明的假设,而且思考这些问题非常有可能是愚蠢的,因为我的看守身份是事实,无可置疑。虽然我的地位在看守中可能并不是很高,跟我一开始设想的不一样,有可能只是一个从属的位置,毕竟我是刚加入的,但尽管如此,这个位置还是很重要,因为在集权秩序中,一切都很重要,于是,我便大无畏地看着消失在无尽之中的晦暗蓝色。有的时候,我觉得似乎能够听到沉重的呼吸声,仔细听的时候,一切又都静悄悄的。

不过,我突然被从自己隔间里面的墙那儿传来的一个轻轻的声音吓了一跳,之前我并没有想到那里会有危险存在。等我小心翼翼地回过身时,碰到了一个上面放着肉的盘子,这个盘子不知是用什么方式送进我的隔间里的。我小心翼翼地吃着,悄无声息,但是之后,我累得犯起了迷糊,随后又变得非常清醒,一种非常突然的、没法解释的恐惧攫住了我,恐惧的原因只可能是我的地位,还有我在这个牢房里肩负的任务的不确定性,如果不弄清楚,这种恐惧肯定会不断袭来。既然政府不来帮我——它成天忙于城市的组织工作,怎么可能有这个时间!——我只能自己想办法。我希望单凭思考,以比较可靠的线索作为出发点,彻底搞明白自己的处境。我发觉自己只能看到通道的一边,便开始思考自己所在的这边是否也有这样的隔间。看守所在隔间的布局也是个问题——如果要认为有多个看守存在的话——不过最好还是先搞清楚所有隔间的分布。我对面的墙提供了最为重要的线索。那里的隔间相隔的距离是相等的,而我正对面就有一个,这说明我所在的这面墙上肯定也是这样的。所以,我认为这些隔间是对称分布的,以中间的这条地下通道为轴。这个推论看似很大胆,不过我现在要做的并不是勾勒整个设施的基本结构,一开始就做这样的事只能是没有根据的瞎猜而已,我要弄清的是面前的这个部分,还得注意让自己的研究严丝合缝。虽然我并不能骗自己说是迫不得已才拿一些无法证明的事作为出发点,毕竟没有任何事情阻拦我把那些隔间设想成没有人的,因为我并没有看到对面有什么,也没有看到任何其他人。但我之所以没有那样做,是因为我感觉到的一个事实:我就是知道所有隔间里都猫着人。我现在把隔间的布局设想成对称的(以通道为轴),虽然不足以勾勒出真相,但却有一些因素表明我的结论是有可能的。假如说通道对面的墙上,我对面的那个隔间和玻璃门之间还有一个隔间的话,那肯定很显眼。不论是对地下隔间的布局,还是看守们的位置分布而言,这个隔间都会产生重要影响。因为从那里出发的话,显然会比我所在的位置更快到达出口。与我相比,身处那个隔间的人对于要从其他隔间经过我身边到达出口的人来说更有位置优势。这样看来,我的位置似乎是有些吃亏的,我心里因此产生了疑问。那个隔间的位置非常完美,让我不得不推测其中是有特殊考虑的,这让我不禁怀疑,那个隔间里的可能是一个看守,不过这样并不是没有问题,因为如果我的隔间是离玻璃门最近的,那么这个看守——从整体的规划来看——就会成为多余的;如果我一定要认为那里有一个看守,那么我的地位就成问题,从某种意义上来说是没有必要的。但是我不想这样认为,因为这一点不但不符合那三个老太太说过的话(不过她们三个看上去也并不是很可信的样子),同时又会带出来那个疑问:我自己会不会也是一个囚犯,所谓看守不过是个虚构,是政府用来欺骗我的。纠结在这些难题之中,我突然想通了最靠近玻璃门的这四个隔间的布局:对面墙上最靠近大门的是看守隔间,我所在的这边相应位置上应该也有一个,只是因为跟我同边,所以看不到,那里面应该是一个囚犯。我这里因为我的存在,所以确定了是看守的地方,我对面是一个囚犯(一动不动地观察着我),所以,这四个隔间里虽然都是看守和囚犯面对面坐着,但是每一边的隔间里都分别有一个看守,一个囚犯。当然,在那个我实际看不见,仅凭想象推测存在的、离出口最近的隔间里,也有可能是一个看守而非囚犯,而囚犯则是在能够看见的那个隔间里,这样一来就会有各种不同的组合方式,全都说得通。此外,我还很不情愿地不断想到另外一个问题:我试图用来解释真相的这些大胆推测全都要取决于我是看守还是囚犯。虽然我完全可以走到玻璃门那里(门看上去并没有锁)可以上去找那三个打牌吃蛋糕的老太太,但我刚刚得到这个看守的位置不久,而且这是个重要的位置,并非无足轻重,那么这样做肯定是不明智的。我所关心的那个问题更多的是源自一些逻辑推理,因而比较极端,它更多的是一种理论上的可能性,并非事实上的可能性。所以,应该大胆尝试着悄悄地走到门那儿去(那扇门也许现在锁上了)。如果门没有上锁——没有理由认为不是这样的——那我依然能够上楼去找那三个可怕的老女人,她们是唯一能找到的政府机构——其他的政府工作人员我也根本就没见过,不管是在这儿,还是以前。身上的衣服给了我做这件事的信心。我记得衣服上有些图案,跟走廊墙上的那些图案一样,也就是说,如果我紧贴着墙移动的话,是有可能神不知鬼不觉走到出口的。虽然我知道,我认为存在于自己和玻璃门之间的那个隔间对我的计划来说是一个无法逾越的障碍,但是我对自己计划的正确性有点怀疑,正是这一点怀疑,驱使我大胆实施自己的计划。我开始朝隔间外挪动,非常非常缓慢,用了好几个小时。随后,我站在了走廊里,我伸开胳膊,大张着手指,脊背贴在墙上。但是,这堵墙有一个特性是我没想到的。我发现墙并不是直的,跟我设想的不一样,它弯曲成奇特的弯角和弧度,因此延长了我要走的路。而且,墙的材料我一开始也没弄明白是什么东西,后来发现那是一种表面颗粒状的玻璃。墙上的图案是一些随意排列的恐怖魔鬼和抽象纹饰,我感觉自己就像是穿行在灌木丛中,但是,我确定别人看不到自己,因为我自己要弄清自己的身体在什么地方都很费劲,衣服使我的身体和墙融合在了一处。我的脸和手应该也是看不到的,因为到处都是大片浅色的斑痕,由于光线漫射,所以没有阴影任何身体都会变成一个平面。我慢慢地朝玻璃门挪过去,大概已经走到了出发点和我感觉是下一个隔间所在地的中间,这时,我五指大张、紧贴在墙上的左手碰到了一样东西。那一下接触难以察觉,但是,我仿佛感到那东西轻轻地颤抖,随后又恢复了平静。我觉得那东西似乎在我的指尖上施加了轻轻的压力,我朝玻璃门那边看过去,但是看不到门,因为我正好靠近一处凹陷的最里面。凹陷里画着长了兽首的神像,正用绿色的眼睛瞪着我。在那一堆乱糟糟的图画中,我连自己的手都看不清楚,我觉得那手就像是个不真实的存在,看着它的时候,对它是属于自己的意识也消失得很彻底,我就好像已经失去了对它的一切控制。我把脸紧贴在墙上,使劲看着自己手的位置,想看清它碰到的是什么。我的手所在的那片墙上画着密密麻麻的线条,离手不远的地方有一个长着无数条胳膊的怪物,看来是不太可能在这样的墙上辨别出上面可能会有的东西。正因如此,当我在自己的手边看到另外一只手的时候,突然感到莫大的恐惧。那只可能是只人手,这个人应该就在离我不远的地方靠墙站着。那是一只小小的、肉乎乎的男人的手,手指纤细,异常地白,指甲又长又细,盖在了我的指甲上,因为那只手的指尖挨着我的,所以两只手看上去就好像长在了一起。我保持不动,非常谨慎,非常耐心地看着那只手,它就好像完全从身体上脱离开粘在墙上一样。而且,看到那只手也是手心贴着墙,这引起了我的思考,我怀疑这个人也是一动不动地保持跟我类似的姿势。我往上看去,找了好一阵之后,才在墙面朝外隆起的地方很偶然地看到了一个男人的脸,他大睁着眼睛瞪着我,我们的眼神就像是同时看到了对方。那张脸窄窄的,我还从来没有看见过这种形状的脸,皮肤上的每一个线条,每一条褶皱都清晰可见,嘴唇扭曲,我能看到两片嘴唇间细小的尖牙,密密地挤在一起,我不断地有种荒唐的冲动,想数数那些牙齿,但总是数错。不过,牢牢吸引住我的还是那双眼睛,两个窟窿里的眼睛似乎因为恐惧而发着光,他随即离开了我的视线,但是我说不出我们两人是谁先挪开的,也有可能是因为我眼睛盯的位置不知不觉中改变了,结果那个人消失在了墙上的线条里,也许是他离开了。所以,我小心翼翼地挪动着,用了好几个小时,回到了我的隔间里,然后开始思考我的全新处境。

我看到的是那个我看不到的隔间里的人,这一点我觉得毫无疑问,这让我充满了某种自豪感,因为我证明了一个事实,而且是单靠着思考就找到了这个真相(虽然我心里突然生出了一种可怕的、毫无理由的怀疑,觉得自己也可能只是看到了自己的镜像,因为山洞的墙是玻璃的)。假如我可以因此在一定程度上认为这个因为恐惧睁大了眼睛,长着密密尖牙的人是真的(我以后再说自己新冒出来的怀疑),那么他就有可能是个看守,因为他是在朝里面移动,为的是能够碰上我,而囚犯应该是倾向于朝外溜去的,为的是试着逃跑。这件事又让我的看守身份成了问题。当然,简单的做法就是——我不断回到这种可能性上——上去找那三个老女人,找出真相。我可以跳起来,疾步跑过这段不长的距离——只有几米——到没有上锁的玻璃门那里去,我可以猛地拉开那扇门,跑步离开这座监狱,当然,我可以这样做,没有任何迹象表明这样做是不可能的:但是这就又得考虑到,假如那三个肥胖臃肿、涂着蓝色嘴唇、手指黏糊糊、脸颊松耷耷的丑八怪会不放我走(这倒不是说我相信会出现这种丢脸的事),如果我是囚犯而不是看守,那可是非常糟糕。如果那样的话,还会有谁愿意待在这条走廊里?这个静静地淹没在地球肚腹中的地方到处是蓝色的光,墙上那些扭曲面孔也被这蓝光照亮,我们都不得不缩在这里,各自躲在自己的隔间里,排成一排,并不看彼此,甚至不曾从远处拂来一丝呼吸,每个人都希望自己是看守,其他人是囚犯,希望自己能够有权力,能够成为这个只有空洞的黑影面对面坐着,被迫形成钢铁般的环形的地方的第一人。这是无法想象的。所以,想到我这个困难的看守工作要做得让上司满意,必须无条件相信她们的保证(虽然这种信任的原因不是因为相信,而是因为害怕,因为这座城的巨大),相信我是自由的,想到这儿我感到很安慰。但是想到这里的时候,我又有了一个至关重要的想法(这几乎是一个突破性的转折):我得重新思考看守的分布。我得……

狗

1951 年

顾牧 译

刚到这座城市没几天,我就注意到市政厅前的小广场上,有几个人围着一个衣衫褴褛的男人,男人正大声诵读《圣经》。我后来才发现他还带了条狗,狗就卧在他的脚边。这样一只骇人的庞然大物,竟没有从一开始就引起我的注意,也是奇怪。狗光滑的深黑色皮上满是汗水,它的眼睛黄澄澄的,张开大嘴时,我看到里面同样黄澄澄的牙齿,感到不寒而栗。它的外形不像我知道的任何一种生物,我不敢多看这只庞然大物,于是又看向那个布道的人。这个人矮墩墩的,破破烂烂的衣服挂在身上,但是从衣服破缝里露出的亮白皮肤倒是跟那件破衣服一样,干干净净。那本《圣经》看上去很值钱的样子,封皮上镶着金子和宝石,闪闪发光。男人的声音平静、坚定,表达异常清晰,这使他的讲话显得简洁、自信。我还注意到他从来不使用比喻,他对《圣经》的解释冷静、理性,但尽管如此,却因为那条狗的存在,并不能使人信服。狗一动不动地卧在他脚边,黄澄澄的眼睛盯着听众。一开始也正是这布道者与狗形成的奇怪组合,引得我四处追寻这个男人的踪迹。他虽然每天都在城中各处的广场上和街巷里布道,而且会一直持续到深夜,但要找到他却并不容易。这座城市虽然格局清楚明了,但很容易让人迷失方向,而且他每天都选择不同的时间出门,行事并不按照什么计划,所以我从他的行动轨迹里找不到任何规律。有的时候,他会一整天都待在同一个广场上发表演讲,有时又会每隔一刻钟就换一个地方。那条狗始终不离左右,男人穿街走巷时,这个黑乎乎的庞然大物就跟在旁边,男人布道,它就撂下沉重的身躯卧在一边。从来就没几个人听这个男人演讲,多数时间只有他自己,但我发现他对这一点毫不在意,他并不会因此离开广场,而是继续布道。我常常看见他在小巷子正中站下,大声祈祷,行人就在不远处比较宽的巷子里往来穿梭,却完全没有注意到他的存在。我找不到确定他行踪的好办法,只能靠碰运气,于是就开始找他的住处,但谁也不知道他住在什么地方。有一次,我跟踪了他一整天,后来又用了好多天重复做这件事。我得很小心不让他发现,不能让他察觉到我的意图,所以一到黄昏就会跟丢。终于在一天深夜,我看见他走进了一栋房子,据我所知,房子所在的这条街上住的都是城中最富的人,这让我感到很惊讶。从这天开始,我改换了面对他的方式,不再躲躲藏藏,而是靠到离他很近的地方。他肯定能看到我,但我并不去打扰他,只是每次靠近他的时候,那条狗总会从喉咙里发出威胁的声音。就这样又过了好几个星期,夏末的一天,他讲完《约翰福音》之后,走到我跟前来,让我跟他一起回家去。我们穿行在街巷中的时候,他不再说什么。走进房子里时,天已经黑了,他带我进去的那个大房间已经点上了灯。这个房间在半地下,从门口得先下几级台阶。房间里的墙被书挡得严严实实,灯下有一张巨大、简朴的杉木桌,一个姑娘正站在桌边看书,她身上穿着一条深蓝色的裙子。我们进屋的时候,她没有回头。这间半地下室的两扇窗户都拉着窗帘,其中一扇窗下放了个床垫,床垫对面的墙边摆着一张床,桌边有两把椅子,门边还有个炉子。我们朝姑娘走过去,她转过身,我这时能看见她的脸了。姑娘跟我握手,并指指其中的一把椅子,这时我发现,那个男人已经在床垫上躺了下来,狗卧在他的脚边。

"他是我父亲,"姑娘说,"他已经睡着了,听不到咱们说话。那条大黑狗没有名字,我父亲开始布道之后,它有天傍晚自己跑来了。我们没有锁门,它用爪子按下门把手,就开门进来了。"我呆呆地站在姑娘面前,轻声问她父亲以前是做什么的。"他以前是个富翁,有很多工厂,"姑娘说着,垂下了眼帘,"他离开了我的母亲和兄弟,为的是向世人传扬真理。""你相信你父亲传扬的是真理吗?"我问她。"是真理,"姑娘说,"我一直就知道那是真理,所以我才跟着他来到这个地下室,和他一起住在这里。但我没想到在传扬真理的时候,狗也会来。"姑娘停下来看着我,好像想让我做什么,但又不敢说出口。"那就弄走,把那条狗。"我说。姑娘摇了摇头。"它没有名字,所以也不会走。"她轻声说道。看见我犹豫不决的样子,她在桌边的椅子上坐下,我也跟着坐了下来。"你害怕这条狗吗?"我问。"我一直就害怕它,"姑娘回答说,"一年前,我母亲带着一个律师来过,还有我的兄弟们,他们想把父亲还有我接回去。当时,他们也害怕我们这条没有名字的狗,狗挡在我父亲身前,喉咙里咕噜着。我躺在床上的时候也怕它,尤其怕,不过现在不一样了,现在你来了,我就能把这狗不当回事了。我一直知道你会来,当然,我不知道你长什么样子,但我知道,终有一天你会跟着我父亲一起回来,在已经亮灯的傍晚,外面的街道安静下来的时候。你会来跟我在这个半地下的房间里共度新婚之夜,在一堆堆书旁边的那张床上。咱们会躺在一起,一男一女,对面的床垫上是我的父亲,在黑暗中他就像个孩子,而这条大黑狗会给咱们可怜的爱情站岗放哨。"

我忘不了那天的缠绵!两扇窗是窄窄的长条,横着飘在房间里的某个地方,下面是赤裸的我们。我们紧贴在一起,不断进入对方,越来越饥渴地缠抱在一起,我们纵情迷乱的嘶鸣混在马路上的嘈杂声里:醉鬼的跌跌撞撞,妓女的细碎脚步,有一次是一列士兵长长的、单调的踏步声,随后又是清脆的马蹄声,沉闷的车轮声。我们躺在地平面下,被这个地方温暖的黑暗包裹着,不再感到恐惧。角落里,男人无声无息地睡在床垫上,像个死人一样。狗黄澄澄的眼睛紧盯着我们,像两片硫黄色的圆月,从角落里静静监视着我们的缠绵。

就这样,炽烈的秋间杂着黄色和红色到来了。这一年的冬来得很晚,温度不低,没有去年冬天那种惊心动魄的冷,但我始终没能让姑娘走出那间半地下室,去跟我的朋友见见面,或是带她去看戏(这是非常重要的准备活动),或是一起去城市四周连绵的山丘上昏暗的密林里散步。她总是待在屋里,坐在杉木桌旁,一直等到父亲带着大狗回来,然后在头顶窗户透进的黄色光线下,把我拉到她的床上。到临近春天的时候,城里残雪未尽,四处泥泞潮湿,背阴的地方积雪依然超过一米,这时,姑娘来到了我的房间。阳光斜斜地照进窗户,已经是下午,我给炉子里加了柴。这时,她进来了,脸色苍白,浑身颤抖,估计也冻僵了,因为她没有穿外套,身上依然是那条深蓝色的裙子,只有脚上的那双鞋是我从来没有看到过的,一双大红色的翻毛鞋。"你得杀掉那条狗。"姑娘还没进门就说道,她披散着头发,上气不接下气,大睁着双眼像个幽灵一样,吓得我不敢去碰她。我走到柜子跟前,找出我的手枪。"我知道你早晚有一天会让我做这件事,"我说,"所以就买了这把枪。什么时候动手?""现在,"姑娘小声回答说,"父亲也怕那条狗,他一直害怕,我现在知道了。"我检查了一下枪,然后穿上外套。"他们在地下室里。"姑娘说着,垂下了目光,"父亲躺在床垫上一整天了,一动不动,他特别害怕,连祈祷都不敢,狗挡在门口。"

我们沿着河一路向下,跨过石桥。天空是骇人的深红色,像熊熊烈火。太阳刚刚落山,城市比平常热闹,到处都是人和车,房屋的窗户和墙反射出傍晚的光,使一切都仿佛是在血海中移动。我们穿过人群,急急地走在越来越密的车流中,旁边是一行行正在刹车的汽车,还有摇摇晃晃的公共汽车,它们像怪兽一般,一个个瞪着邪恶、昏暗的眼睛,从戴着灰色头盔、手舞足蹈情绪激动的警察身边驶过。我非常坚定地朝前挤着,把姑娘抛在了身后。终于到了那条巷子,我喘着粗气跑进去,外套大敞着,面前是越来越深的紫色,夜色越来越浓。我还是来晚了。我手里拿着枪跑下台阶,一脚踹开半地下室的门,正好看见那只可怕的狗巨大的黑影从窗户跳了出去,窗玻璃四分五裂,地上,一团白乎乎的东西淹没在一摊黑色的液体里。男人躺在那儿,被狗撕得粉碎,已经面目全非。

  我浑身颤抖地靠在墙上,陷在一堆书里,这时,外面有车鸣着笛开过来,有人抬着担架走进房间。我模模糊糊看见死者身前站着一个医生,还有脸色苍白、全副武装的警察。到处都是人。我大声喊着姑娘,一路穿过城市,跑过石桥,回到我自己的房间,但是哪儿也找不到她。我绝望地四处寻找,不眠不休,饭也不吃。警察出动了,因为害怕那条大狗,所以兵营里的士兵也出动了,他们排成长长的人链在森林里拉网式搜查,船开进肮脏的黄色河水里,人们拿着长竿四处探查。春天带来的温暖和倾盆大雨引起水面暴涨,所以还有人高举火把钻进岩洞里去喊叫搜寻。有人钻进下水道里去找,还有人去搜查大教堂的地下室,但是姑娘踪迹全无,那条狗也没有再出现。

  三天后的深夜,我回到自己的房间里,在疲惫、绝望中和衣倒在床上。这时,突然从楼下的街上传来脚步声。我冲到窗前,打开窗户,将身体探进夜色中。下面的街道看上去就像一条黑色的带子,雨一直下到半夜,地到这时还是湿的,街灯的光倒映在路面上,形成奇形怪状的金色斑痕。马路对面,姑娘正沿着道边的树走过来,穿着那条深蓝色的裙子,红色的鞋。她的长发一绺绺的,在夜色中泛着蓝色的光,身边还跟着一个黑影,那条狗就像绵羊似的,温顺安静地跟着她,圆眼睛黄澄澄的,闪闪发亮。

隧 道

1952 年

叶廷芳 译

一个二十四岁的青年,身材肥胖,因为胖,使他的才能——兴许是他唯一的才能得以显露,即他能看见那隐藏着的恐怖物,并使它不接近他。由于这恐怖物正是通过他肉身上的那些窍穴涌进来的,故他爱把这些窍穴堵住,方法是抽烟,抽巴西十支装的奥尔蒙德牌的雪茄烟,并在眼镜上加戴一副墨镜,再在两只耳朵里塞进棉团。这个年轻人仍依赖他的父母生活,在一所大学里上学,学习上糊里糊涂,去学校要乘两个钟头的火车。一个星期天的下午,他登上他常坐的那趟十七点五十分开、十九点二十七分到的班车,以便参加第二天的课堂讨论会,他已决心到时候来个溜之大吉。他离开家乡的时候,晴空如洗,阳光普照。那是夏天。在这舒适宜人的天气中,列车在阿尔卑斯山和汝拉山之间向前运行,经过了无数的村庄和一个个小城镇之后,又沿着一条河流行驶。不到二十分钟,和往常一样,刚刚过了布格道夫村,就遁入了一条小隧道。车厢里挤满了人。这个二十四岁的人是前面上的车,他拼命往后面挤,好不费力,弄得满头大汗,给人一种有点儿呆头呆脑的印象。旅客们坐得密密匝匝,许多人坐在行李箱上,连二等车的包厢也没有空位了,只有一等车的包厢还有点余地。年轻人往后挤的时候,被晃动的列车抛掷得不堪,他东一个踉跄,西一个趔趄;一会儿跌倒在这个人的肚子上,一会儿又碰撞在那个人的胸口上,经过了这样的一番战斗,他终于挤过了乱作一团的家庭、新兵、大学生和成双成对的恋人,在最后的一节车厢里找到了座位,这是三等车的包厢——三等车通常是很少有包厢的——这里空座竟有那么多,以致他一个人就独占了整个一排座椅。在这个厢间里,与他相对而坐的是一个比他还要胖的男人,独自在下棋;在他那排座椅的一角,一位红发姑娘面向走廊,在看一部小说。当列车开进隧道时,他已在靠窗的位子上坐下,刚刚点燃一支巴西奥尔蒙德牌十支装的雪茄烟,他觉得好像隧道比往常更长了。这段路他走过许多回,一年来几乎每个星期六和星期天他都乘火车经过这里,可说真的,他从来就没有留心过这条隧道,每回都只是隐隐约约地感觉到它。虽然,有几次他曾想要把它好好观察一番,但每次进隧道时,他都想到别的事情上去了,于是没有发觉那沉入黑暗的片刻,而当他想到要仔细看一下,抬头仰望的时候,恰好隧道刚刚过去,火车这样快就从中通过了,小隧道确实是短。因此这回进隧道时,他也没有摘下墨镜,因为他没有想到隧道。刚才太阳还以最大的强度照耀那被它照到的大自然景色,那一道道岗峦,一片片森林,那远处汝拉山脉逶迤起伏的山影以及小城的房舍,就像镀了金一样,夕阳下的一切是那么光辉灿烂,这景象此刻使他意识到突然降临的隧道的黑暗,这大概也是他何以觉得通过隧道的时间比他想象的要长的原因吧。包厢里什么也看不见了,由于隧道很短,车上没有开灯,因为玻璃窗上很快就会透进第一道朦胧的白昼的亮光,迅即扩大,很快就金光万道;然而,眼前仍然漆黑一团,他把墨镜摘下。此刻那姑娘点燃一支香烟,在火柴的红光中他隐约察觉到那姑娘明显地因为不能继续看小说而气恼;他手上夜光表的时针指着六点十分,他往包厢隔墙与玻璃窗之间的角落里一靠,张罗起他那谁也不相信的、稀里糊涂的学习来,忙着准备他明天应当参加,而他未必参加的课堂讨论的专题(他所做的一切都是幌子,即他要在行动的冠冕堂皇的背后获得宁静,不是宁静本身,而只是一种宁静的预感,这是针对那恐怖物而言的,为了对付这恐怖物,他把自己垫胖:嘴巴里塞进雪茄,耳朵里塞进棉团),他又看了看表,六点一刻,还没有出隧道。这使他大惑不解。诚然现在灯泡发光了,包厢里很明亮,红发姑娘可以继续看小说了,那位胖先生又跟自己下起棋来,但是在外边,在现在把整个包厢映在其中的玻璃窗的那一边还总是隧道。他走到走廊上,只见一个个儿高高的男人,身穿一件浅色的雨衣,围着一条黑围巾,来回踱步。他想:这样的好天气干吗这番穿戴。他瞧了瞧这节车厢的其他包厢,大家看报的看报,闲扯的闲扯。他重新回到他的角落里坐下。现在,隧道马上就要结束了吧,说话间就会结束;手表上的时间现在就要到六点二十;他很懊悔,以前对这条隧道注意得太少了,如今,车在里头都开了一刻钟了,如果把火车的速度计算在内的话,这必定是一条重要的隧道,是瑞士境内最长的隧道之一。看来,他可能乘错火车了,因为他一时想不起来,从他家乡出发二十分钟的火车旅程之后竟有一条这么长、这么重要的隧道。于是他问那位下棋的胖子:这趟车是不是开往苏黎世①的,那人说没错。年轻人说,他怎么压根儿不知道这条线的这一段有这么长一条隧道,但这位正为一步棋苦思苦索的弈棋者由于思路又一次被打断而不无气恼地回答说,瑞士隧道就是多嘛,多得异乎寻常,他虽然第一次来这个国家旅行,但马上就注意到这一特点,他在一本统计学年鉴上也看到过,说没有任何国家像瑞士这样拥有这么多的隧道。现在他不得不请求原谅了,真的,他十分抱歉,因为他正琢磨尼姆佐维奇②防局论的一个重要问题,不好再分心了。弈棋者既然已经客气而明确地作了这样的回答,年轻人明白,不好再

---

① 瑞士境内第一大城市。
② 尼姆佐维奇(1886—1935),丹麦国际象棋大师。

问他什么了。这时列车员来了,他很高兴,他断定列车员会对他的车票提出疑问:列车员脸色苍白,身材细瘦,给人的印象是神经质,他站在姑娘面前,先检验她的车票,说她应在奥尔屯换车,即使到现在,这位二十四岁的人也还没有放弃一切希望,即他认定是上错车了。看来他得补票,他是去苏黎世的,他一边说着,一边把车票递给列车员,嘴里仍叼着巴西奥尔蒙德牌十支装的雪茄烟。列车员验过车票后回答说:先生没有上错车,"但我们确实在隧道里行驶呢!"青年人气恼地并且十分使劲地喊道,他现在下决心要把这令人莫名其妙的情况弄个明白。列车员说:"我们现在正经过赫尔措根布赫湖,很快就到兰根塔尔。您上的车是对的,先生,现在是六点二十。"但是二十分钟过去了,大家还没有出隧道,年轻人坚持他的观点,列车员莫名其妙地看着他,这是开往苏黎世的车,他说着看了看窗外。"六点二十分。"他重复了一句。现在他显得有点不安的样子,"奥尔屯就要到了,到达时间十八点三十七分。天气就要变了,非常突然,黑夜就要来临,也许是一场暴风雨,准是的,是暴风雨。""胡扯,"这时那位正在钻研尼姆佐维奇防局论的汉子气呼呼地插了进来,因为他还一直举着车票,却未被列车员注意,"胡扯,我们正穿越一条隧道。那岩石都看得清楚呢,好像是花岗岩。瑞士的隧道之多是世界之最,我在一本统计学年鉴上读到过。"列车员终于接过了弈棋者的车票,同时几乎恳求似的重新保证说,列车是开往苏黎世的。于是这二十四岁的青年要求见列车长。列车员说,车长在列车的前面车厢里,又说,这趟车是开往苏黎世的,现在是六点二十五分,按夏季行车时刻表将在十二分钟以后在奥尔屯站停车,他每周随这班车跑三趟,年轻人动身去找车长。在这拥挤的车厢里往回走同样的路程,他觉得比刚才逆向走过来时还要艰难;车开得飞一般快;由他引起的喧闹声也很可怕;于是他把上车后拿掉的棉团又重新塞进耳朵里。一路上他看见两边的旅客神态都很安详,这趟车上的景象跟他通常星期天下午所乘的那些车没有差别,他没有发现任何神色不安的人。在一节设有二等包厢的车厢里,一个英国人站在走廊上的一个窗口旁,眉飞色舞地用他抽的烟斗在窗玻璃上敲打着节拍,"辛普龙①。"他说。餐车里的一切也都一如往常,虽然座无虚席。照理,总有个把旅客或那端送维也纳煎猪排和大米饭的侍者是能够注意到这条隧道的呀。年轻人在餐车的出口处找到了列车长,他是从那只红色公文包上认出他来的。这是一位身材魁梧而安详的男子,蓄着经过精心修饰的黑上须,戴一副无边的眼镜,"您有何贵干?"他问道。"我们正处在一条隧道里,二十五分钟了。"年轻人说,但车长没有像他所期待的那样往窗外看,而是转向一位侍者。"给我一盒十支装的奥尔蒙德,"他说,"我跟这位先生抽一样的牌子。"然而侍者未能遵命,因为没有这种牌子的雪茄烟,于是年轻人倒很高兴有了个联络的机会,给车长递上一支巴西烟。"谢谢,"他说,"在奥尔屯停车时,我几乎连买包烟都来不及,所以您这支烟使我大为高兴。没烟抽是不行的。那么,请跟我来好吗?"他把这位二十四岁的人领到餐车前面一节的行李车,当他们走进这节车厢时,车长说:"再往前就是机车,我们是在列车的最前端。"行李车里灯光微弱、昏黄,里面的绝大部分地方一片模糊,两侧的门已经上了锁,只有一个加了窗格子的小窗透进隧道的黑暗。满地都是行李箱,许多贴着旅馆的标签,有几辆自行车和一辆儿童车。列车长把他的红色公文包挂在一个钩子上。"您有何贵干?"他重新发问,但并没有看着年轻人,而是开始在一个从公文包里取出的本子里填表格。"过布格道夫村以来我们就处在一条隧道中了,"这位二十四岁的人斩钉截铁地回答,"在这段线路上是没有一条这样长而又长的隧道的,我每星期都来回乘这条路的车,我熟悉这段路。"列车长继续写下去。"我的先生,"他终于说道,并且走近年轻

---

① 阿尔卑斯山的一个隘口。

人的身边,近得两人的身体几乎都碰着了,"我的先生,我对您没有多少话可说的。我们是如何进了这条隧道的,我不得而知,对此我没有什么可解释的。但我请您考虑一下:我们的车是在铁轨上运行,因而隧道必定是随着铁轨通往某个地方的。没有任何情况证明隧道有什么不正常的地方,当然,除非它没有尽头。"列车长那叼在两唇间的巴西奥尔蒙德烟还一直没有抽,他的话说得很轻很轻,然而,他以如此庄严、如此明确和肯定的语气所说的那些话是听得清楚的,尽管行李车里列车的轰隆声比餐车里大得多。"那还是请您停车吧,"年轻人急不可耐地说,"您说的话我一句都不明白。既然隧道有点儿不对头,而您本人对隧道的状况又解释不了,那您得停车。""停车?"对方不慌不忙地回答,的确,他也已想到这一点了,于是他合起笔记本,把它放回到那个挂在钩子上晃来晃去的红色公文包里,然后小心地点燃他的奥尔蒙德。年轻人问:是不是该拉紧急制动闸了,说着就要去抓他头顶上面的制动闸的拉手,但说时迟,那时快,他一个踉跄向前跌去,啪的一声撞在厢墙上,那辆儿童车朝他身上滚来,行李箱也翻倒滑过来。罕见的是,连列车长也两手前伸,摇摇晃晃地往前冲扑,"我们的车在向下滑。"列车长一边说,一边挨着二十四岁的人靠在车厢的前壁上,但飞奔的列车没有发生预料中的与岩石相撞的情况,没有出现车厢被撞得粉碎和车厢与车厢彼此撞成一团的场面,相反,隧道倒似乎又平坦起来了,在车厢的另一头车门自行打开了,在耀眼的灯光下只见人们在互相举杯,然后门又自行撞上了。"请您到机车里来。"列车长说,并若有所思地看着这二十四岁的青年。突然间,他以少有的逼人的眼光盯着这年轻人的脸,接着他把他们正靠着的那面厢墙上的门打开:一股飓风般的、灼热的强大气流向他们迎面袭来,以致他们踉踉跄跄地被这股狂风的压力重新推撞在墙上;与此同时,一阵令人悚惧的轰隆声充斥着行李车。"我们必须爬到机车那边去。"列车长冲着年轻人的耳朵大声喊道(即便这样也只能勉强听得见),随即跨过洞开的车门的长方形门框不见了,通过这扇门可以看见机车里那来回晃动的、闪闪发亮的玻璃窗。二十四岁的年轻人虽然没有理解为什么要爬过去,他还是果断地照办了。他紧紧抓住他所走的平铁板两旁的铁栏杆,向机车那边移动。但这时可怕的并不是那已减弱下来的强大气流,而是那离得很近很近的隧道的岩壁,这岩壁虽然由于他全力以赴向机车攀爬而没有看见,但他感觉得到。车轮的滚动,狂风的呼啸,使他浑身震颤,以致他觉得,仿佛他在以流星般的速度奔入一个石头的世界。沿着机车的机身伸展着一条狭长的带状体,带状体上面有一条当栏杆用的竿子,它与下面的带状体始终保持着同样的距离,曲曲弯弯地环绕在机身的四周:这必定就是通道了;到那边得放胆一跃,他估计约有一米距离。就这样,他也成功地一把抓住了栏杆。他站起身来,紧贴着机身,顺着通道往前挪动;当他到达机身的纵侧时,道路才变得非常可怕,这时,狂风怒号,他完全听任着巨大气流的冲击;那令人心惊肉跳的岩壁被机车的灯光照得透亮,飞速扫掠过来。直等到列车长拉着他通过一个小门洞进入机车内部,这才得救。年轻人精疲力竭地靠着机房,这时一下变得安静起来,原来,车长把门一关,庞大的机车的钢壁立即隔绝了咆哮的嘈杂声,都几乎听不见了。"我们把巴西的奥尔蒙德也丢了,"车长说,"在爬车前点上烟是不聪明的,但是这长条形玩意儿若不装在盒子里揣在身上是容易弄碎的。"年轻人在经过了那近身的岩壁的恐惧之后,现在很高兴注意力被转到别的话题上去,这话题使他想起半个多小时以前他还经历着的日常生活,想起那些永远相同的日子和岁月(之所以说永远相同,因为他总是浑浑噩噩地度日,一直混到现在面临的这一时刻,这一地球表面突然松动、发生裂口的时刻,这一惊心动魄地冲向地心的时刻)。他从装在右边上衣口袋里的棕色烟盒中取出一盒,给列车长重新递上一支雪茄,自己也叼上一支,列车长取出了火,他们认认真真地把烟点燃。"我很喜欢抽这种奥尔蒙德烟,"车长说,"不过得不停地吸,不然它就熄灭了。"二十四岁青年听了这话狐疑起来,因为他感觉到车长也不想考虑外面的隧道,那还一直无止无休地伸展着的隧道(还一直存在着突然终止的可能性,就好比一个梦有可能一下子停止一样)。"十八点四十分,"年轻人看了看他的夜光表说,"现在我们该是到了奥尔屯了吧?"同时想着那些丘峦和森林,它们不久前还沐浴在金色的夕阳下呢。他们就这样背靠机房壁,站着,抽着烟。"我叫凯勒。"车长一边吸着巴西烟,一边说。年轻人却并不让步,他陈述道:"在机车上攀爬可不是闹着玩儿的,至少对于我来说不是家常便饭,因此我很想知道,您把我带到这儿来是为了什么?"凯勒回答说,他不知道为什么;他只是想弄到点考虑问题的时间。"考虑问题的时间。"二十四岁青年重复道。"是的,"车长说,"就是这么回事。"接着又继续抽他的烟。机车好像又向前倾斜。"我们到驾驶室去吧。"车长建议道,却仍然犹豫不决地倚着机车壁站着不走,于是年轻人沿着过道走去。当他把驾驶室的门打开后,他站住了。"空的,"他对现在也走过来的列车长说,"司机座没有人。"惊人的快速使他们站立不稳,机车正以这种速度牵引着列车一个劲地向隧道的深处狂奔。"看吧。"列车长说着按下了几条操纵杆,也拉了紧急制动闸。但机车不听从指挥。凯勒保证说,通常,一旦他们发现这条线路上有什么异常现象,他们就会采取一切措施让机车停下来的,但机车却一个劲地继续狂奔。"它还将一个劲地继续狂奔呢。"二十四岁青年回答说,并指着速度计:"一百五十公里。机车曾经以一百五十公里的速度开过吗?""上帝,"列车长说,"这样快它从来没有开过,最高是一百零五公里。""就是嘛,"年轻人说,"你们的速度在增加呢。现在速度计的指针显示的是一百五十八。我们在下跌呢。"他向玻璃窗走去,但他站不直身子,而且脸被紧紧地压在窗玻璃上。现在这速度真是惊心动魄。"司机呢?"他大声喊叫,两眼呆呆地望着那无数岩石,它们在强烈的探照灯光下向上迸射,迎面朝他倾泻而下,又在他的头顶上方,脚底下面和驾驶室的两旁消失无存。"司机已经跳车了!"凯勒回过头去喊叫,他现在背靠操纵盘坐在地上。"什么时候跳的?"二十四岁青年执拗地问道。列车长犹豫了片刻,不得不把他的奥尔蒙德重新点上。由于列车越来越倾斜得厉害,他的脚和他的头都平了。"进隧道五分钟以后就跳了。"他接着说,"还想设法拯救是毫无意义的。在行李车的那位也已经跳车了。""那您呢?"二十四岁青年问道。"我是列车长,"对方回答说,"我也是一向不抱任何希望活着的。""不抱任何希望。"年轻人重复说,他现在蜷缩成一团,躺在司机座的窗玻璃上,面孔对着深渊。"当时我们还坐在我们的包厢里,谁料一切都已经完了。"他想,"那时我们觉得一切丝毫未变,殊不知深渊的竖井已经把我们接纳了。因此我们就像恶徒可拉一伙坠身深渊①。"列车长喊道:现在他得往回走,"各车厢里将是一片惊慌。大家都会向后挤。""没错。"二十四岁青年回答说,他想到那位弈棋的胖子和那位看小说的红发姑娘。他把剩下的几盒十支装的奥尔蒙德牌巴西烟递给列车长。"您拿着吧,"他说,"不过您往回爬的时候又会把您的巴西烟丢掉的。"列车长问他到底要不要回去。这时车长已站起身来,并开始费劲地向过道的口子爬去。年轻人望着那些毫无意义的仪表器件,那些在他周围被驾驶室的灯光映照得银光闪闪的操纵杆和开关。"二百一十公里。"他说,"我不相信您在这样的速度下有办法爬到我们上面的车厢里去。""这是我的本分。"车长喊道。"没错。"青年回答说,没有转过脸去看一眼列车长这一毫无意义的行动。"我至少得试一试!"列车长再次喊道,这时他已经远远到了过道的上头,用胳膊肘和膝盖支着金属壁,但当机车继续下沉,以迅雷

---

① 典出《圣经·旧约·民数记》第二十六章:可拉及其同伙合谋反对摩西,受到这样的惩罚:被大地吞下。

不及掩耳之势直朝地心,这个万物的终极急速俯冲的时候,列车长在他的竖井里正好悬在二十四岁青年的上方,青年正趴在机车底层驾驶室里银色的窗子上,四肢无力。列车长摔在驾驶盘上,躺在年轻人身边,紧紧抱住他的肩膀,鲜血直流。"我们该怎么办?"列车长在隧道发出的雷鸣般的狂噪声中贴着青年的耳朵喊叫。这位二十四岁青年静静地卧在把他与深渊隔开的玻璃板上,动弹不得,他那肥胖的身体现在毫无用处,不再能保护他了,他生平第一次把眼睛睁得大大,透过玻璃隔板贪婪地吸吮着那无底深渊的黑暗。"我们该怎么办?""什么也不办。"青年冷酷地回答,眼睛仍不离开那死亡的景象,但脸上却不是没有一种魔鬼般的欢乐,满身都是打碎了的操纵盘的玻璃屑,而两个棉球被一阵突然挤进来的风(玻璃板现在出现了第一道裂缝)刮走,箭一般地往竖井里他们的上方飞去。"什么也不办。上帝让我们掉下去,我们就这样向他冲去。"

一个看守的笔记

1952 年

顾牧 译

一名看守留下的笔记,由市立图书馆助理图书馆员整理出版。

1

我认为有必要在此处补充说一句,我在这里所写的并不是什么神秘的比喻,或者对某个奇怪的人具有象征意义的梦的记录,我所描述的都是这座城市的真实,这里真正的现实和面貌。可能有人会说,如果要描述现实,那我缺少了距离和信仰,特别是信仰,因为只有信仰能让人真正具备看到现实和判断现实的能力,但我现在是个看守,恰恰是作为看守,我不可能有距离和信仰。这种观点我没法反驳。我是没有信仰,而且我是个看守,肯定被人归入城里地位最卑微的职员之列,但我毕竟是城里的职员,跟我刚到这座城市时相比,早不可同日而语,我写到这点的时候是不无自豪的,因为这正是我现在处境的特殊之处。当时的我是个外乡人,对于这座城市来说,作为外乡人的我比看守要卑微得多。这是我的故事,讲我如何来到城里,如何当上看守。有故事的人,就拥有现实,因为故事只能发生在现实背景之下。讲述这座城市的故事却不是我的任务,对于我这样的看守来说也不可能,因为对我而言,城市不可能变成历史,它只是背景,像一堵燃烧的墙一样映衬着我的命运。当然,我不是想要否认,这座城市的诞生源于巨大的历史性发展,这些发展同时一步步影响着城市的法律,就像钻石之中蕴含着地球的发展一样,这是漫长发展过程的一些鲜为人知的历史。但是,如果对城市的秩序没有了解,又怎么可能了解城市的发展呢?虽然我们所有人都按照各自的能力等级,还有各自的恶习被它支配、分类,但是我们中间并没有哪个人能够将它的秩序描述得非常清楚,那就像是一个永远无法被彻底照亮的深渊。那些因为自己的级别或许能够知道得更多的人,对于我们来说是无法企及的,因为我们在行政等级的最底层。但即便这些人,也只是了解皮毛而已,并不清楚我们履行职责的那个恐怖机制的核心,所以恐怕没有人能够同时了解上层与下层。不过,我在这里不想继续说这个了。我活动的地域是拒绝被描述的,写下面这些内容的时候,我很犹豫,感到非常困难,因为这座城市不是别的,只是事实而已。所以我的故事并不是发生在带有象征性的精神空间,或是信仰、爱情、希望和宽容的无限空间中,而是在现实的空间里,还有什么比地狱拥有更多现实,更多公正,还有什么比它更无情。

每当头顶漫漫长夜降临,风被撵起,哀号着在大地上乱窜,我就仿佛又看到那座城,一如我那天清晨在河边,第一次看到它铺展在冬日阳光中的样子。城市放射出无比绚烂的光芒,晨曦微露之时,光就像有温度的金子一般穿透屋墙,尽管如此,我每想起当时的画面,还是感到恐惧,因为走近城市的时候,它的光环也在破裂,等到城将我包裹,我便陷入恐惧的汪洋。城市上方仿佛悬着有毒的雾气,碾碎生命的种子,让我只能艰难呼吸。有时候,我意识到城市是在自娱自乐,并不在意人。这里的街巷依照固定的规划修成,笔直、一成不变,也会以某些广场为起点,成放射状切断房屋组成的灰色荒漠。这些建筑物陈旧、摇摇欲坠,有时会在广场旁边被单调的新建筑取代,但反而是这些巨大的新建筑物显得最为过时。那些宫殿残破,破旧的政府大楼已经变成了住宅,商店空荡荡,商店的窗户破破烂烂。零零落落的大教堂虽然还在,但坍塌也已势不可当。冒着烟的工厂烟囱顶口和缓慢地、毫无意义地旋转着的巨型起重机异常显眼。云朵一动不动地悬在乱糟糟的砖石和钢铁上方,住宅楼烟囱里的烟笔直地升上铅灰色的天空。冬天,无声无息落下的雪像洁白的被子,但这雪也终会变成灰色和黑色。没有人知道饥饿为何物,这里既没有穷人,也没有富人,没有人无事可做,但我也从来没有听到过儿童的嬉笑声。城沉默地抱住我,石头面孔的眼神空洞。黑暗像人与人之间的黯淡疏离,悬在城市上空,但我从来也没有想过要去点亮这片黑暗。我的生命没有意义,城会丢弃它不需要的一切,它蔑视一切的多余,它就静静地盘踞在大地之上,接受绿色河水的冲刷。河水不断流过城中的荒漠,只在春天会偶尔高涨,淹没城市下方靠近河岸的那些房屋。

这座城建起,为的是让我们能够在恐惧的最深处相会,它教会我即便在小事上,也要小心。我们是人,不是神,没有其他任何一个时代,像我们的这个一样深谙刑罚之道。我们总是需要一个能将自己隐藏起来的比较安全的巢穴,哪怕那地方只存在于睡梦中,而这后一种,只有现实中处于最下层的地牢才能将它从我们手中夺取。我特别要感谢的是自己的房间,总是会逃回到这里。房间在城东郊,是一栋出租屋的阁楼,这栋出租屋跟其他房屋没有什么区别。房间里有一半的墙都是倾斜的,墙很高,北边和东边各有一个凹进去的地方,那里是窗户。靠着西边那面高大倾斜的墙放着床,炉子旁边是灶台,房间里还有两把椅子,一张桌子。墙上被我画了画,画不大,但是时间久了,也就盖满了墙和天花板,就连从房间正中穿过的烟囱,都被我从上到下画满了各种人物。我画的是那些动荡岁月里的事,特别是我不羁生活中的历险,那些我在争取自由的过程中参与过的战斗,还有大规模的核弹袭击。等到没有地方画了,我就开始一幅幅修改那些画。有的时候,我也会被一阵无名火指使着,将其中一幅画刮掉,然后重新画一遍,这都是我在百无聊赖时的荒唐举动。桌子上放着纸,因为我会写很多东西,多半都是抨击这座城市的一些没什么用的传单。桌子上还放着一盏铜灯,里面点着一根蜡烛,因为白天光线也很暗。但是,我从来没有仔细研究自己住的这栋楼。尽管这房子从外面看着比较新,但里面却又旧又破,楼梯也黑乎乎的。我从来没在这栋楼里见过其他人,虽然房门上写着很多名字,其中还包括市政府的一个秘书。只有一次,我按下一扇门的把手,那扇门没有锁,门后是一条走廊,两边两排房门。我觉得似乎从远处传来沉闷的说话声,于是马上缩回来,退回到自己的房间里。这栋楼是市里的,因为经常有市政府的公务员来,但是他们从来也不要求我付租金,就好像我的穷是理所应当的。这些人一举一动都静悄悄,里面经常有女人,穿着简单的外出服和雨衣,而且每次来的人都不一样。他们说这栋楼是危房,假如不是考虑到不断增多的外来者造成的住房紧缺,市里本应该把它拆掉。有时,也会有穿着白色厚外套,胳膊下夹着纸卷的男人过来,他们一言不发地丈量我的房间,一量就是几个小时,然后用尖尖的钢笔在图纸上写字画线,但他们并不多事,从没问过我的来历。我蔑视这些人,甚至不屑于把我写的那些传单藏起来。这些人只进我的房间,从来没有去过房子里的其他房间,我从窗户能够看到他们从街上直接上楼到我这里来,等到结束在我房间里的工作,就离开这栋房子。

我开始痛恨这些人,因为我学会了藐视他们。这些人就像他们生活的这座城一样封闭、自我。跟这些人很少能搭上话,就算只是急匆匆地聊一些无关紧要的事,而且即便聊起来,他们也是躲躲闪闪,想要进他们的房子里去就更是不可能了。不过,我后来也放弃了探究他们的秘密,因为发现他们根本没有秘密。这些人没有理想,他们成百万地被撵进冒着烟的工厂,干巴巴的企业,一排排看不到头的工作台,没有任何能够美化他们、改善他们形象的东西,城市将这些人几乎是赤裸裸地摆在我眼前。中午,我常常站在巨大的广场上,看着工作大军涌过来,一群群骑自行车的人,有轨电车破旧的蓝色外壳里人满为患,锈迹斑斑,漆已经剥落的公共汽车里也是一样。黑乎乎的地铁口每隔一段时间,就会涌出大量步行的人。私家车已经没有,只是偶尔会有一辆坐着警察的汽车悄无声息地驶过,而这样的车也是既不起眼又陈旧。我就这样看着日常生活中翻滚的浪不断将新的面孔卷过来,所有的面孔都疲惫、灰暗、肮脏。我看着那些弯曲的脊背、褴褛的衣服、沧桑的手,这些手刚才还握着机器的操纵杆,现在已经握在了自行车的把手上。空气被人的汗水污染,我陷入了一群毫无意义的,一心想着过苦日子的人当中。他们被安装在冒着蒸汽的机器上,机器的齿轮无休无止地转动着,转过一小时又一小时,一天天,一年年,不受时代限制,让人看不透。我看见女人们,不优雅,很无助,被嫁给某个永远不高兴,永远醉醺醺的男人,看见女孩子们,没有首饰,没有魅力,很快就要陷入一个关于爱情的可笑的梦之中,而梦很快将会破灭,她们的眼睛里没有希望。这些人就像被驱赶的动物一样匆匆奔回自己的巢穴,肮脏的公寓,半已开裂的屋脊下阴暗透风的小房间。我从这些脸上的皱纹里,看到了他们日常的悲惨命运,我能猜出他们的愿望,这些愿望都离不开生活中的那些俗物,家里铁皮盘子上的一块瘦肉,一个年老色衰,麻木地任由摆布的女人的怀抱,从图书馆里借来的一本被人翻旧了的书,僵硬地躺在破破烂烂的长沙发上混乱地睡一个小时,租来的小菜园中稀稀拉拉的作物。星期天,我去感受他们的娱乐。我站在足球场上,夹在他们的人山人海之中,被他们的丑陋吞噬,耳朵里听着他们的叫喊和喧闹。然后,我走去巨大的停车场,这些停车场就像城中被炸出的弹坑。我看见一队队家庭,麻木又顺从地排成整齐的一列走过来,那些父亲们渴望的是一杯寡淡的啤酒,在劳动的荒漠中,这是他们唯一的乐趣。我向下走进他们的深夜,醉鬼扯着脖子唱歌,歌声与天边仿佛火把一样亮起的红色星星混在一起。我看见情侣在肮脏的庭院里,河边腐朽的长椅上,他们逃进彼此的怀中,一个人在另一个人身上体验失败,一个紧紧抱住另一个。我看见一个铜板就出卖自己的娼妓。我从廉价电影院绿色的广告牌下走过,耳中听到堆满废物的广场上永远没有变化的手风琴声。随后,狂暴的咒骂声响起,我看见刀子的白光,黑色的血流到我的脚前。汽车号叫着开来,从车里跳出黑色的人影,扎进愤怒地扭在一处的众多身体之中,将他们炸开。我离开马路,寻找公共建筑。我找到了科学研究逃去的所在,来到它们满是灰尘的实验室和阅览室,看见它们如何探究幻象,为的只是不去品尝这个世界的现实。我造访艺术家的画室,又嫌恶地离开他们,他们也跟我一样无可奈何地画着自己的梦境。诗人和音乐家就像是幽灵,来自早已沉没的时代。我走进破败的大教堂,听神职人员讲话,他们面对着只坐满一半的长条椅,试图将自己那个宗教的光芒灌输进这个空荡荡的世界,这些想把对他们自己都已经失去力量的信仰送给大家的傻瓜。我看见谎言烙刻在他们已经失去信仰的额头上,于是笑着继续走。我找到那些分裂教派的踪迹,一群群神奇的人,他们或是聚集在简陋的窝棚和顶层的小阁楼里,蜘蛛网像旧旗帜一样在他们头顶飘动,蝙蝠弄脏了圣体匣;或是在洞窟一样的地下室里,跟老鼠一起分享他们沉默的晚餐。这就是这座城市给我看的一切,无尽的贫穷,被掩盖在日常生活灰色的水面之下,被掩盖在一片死气沉沉的海洋之下,城市看守们的黑乌鸦扑棱着翅膀,在上面画着永远不变的圆。

在它铁臂的紧扣之下,我的命运越来越显出可笑。广场上的人群让我觉得恶心、可憎,我被这些人一步步逼回自己的房间中,开始沉迷于自己那些毫无用处的梦。这些梦在世界的日常中根本无法实现,因此也更显荒唐。我看出,如果想要活着,而不是进入活死人的行列,那只有一个可能性:那是权力带来的可能性。我太软弱,所以没法拒绝对权力的渴望,太现实,所以没法不看到在这个城市里要获得权力是不可能的,于是只能绝望地任由那些荒诞不羁的愿望摆布。在自己的想象中,我变成了邪恶的暴君,时而将那些可憎的人群驱赶进一个又一个的痛苦,定定看着巨大的火焰堆,时而,我用节日将他们淹没,给他们血腥的游戏和放纵狂欢。随后,我又走进巨大的侵略战争中,让我的空军遮天蔽日,在难以坚持的情况下一言不发地坚持到最终毁灭。我在救济院里吃饭的时候,躲开其他人坐在一个角落里,一勺勺喝完铁皮饭盒里的东西,脑子里依然在想那些惊天动地的大事。我离开百万劳动大军所在的人的地盘,将南极洲变成良田,浇灌戈壁滩,把地球丢在身后,就像丢掉已经享用过的水果的壳。我开始转向月球,身穿奇妙的潜水服,横穿月球上的火山岩荒漠,在巨大太阳的照耀下游弋。被挤在有轨电车里动弹不得的时候,我脑子里想的是自己从金星上雾气蒸腾的雨林返回城郊住所的单调旅途,顶着雷声滚滚的暴风雨,从一群群的蜥蜴中间穿过,汗流浃背,或者我幻想自己被紧紧夹在木星一颗卫星冰冷的岩石之间,卫星圆形的影子从这颗星球巨大的红色圆盘上掠过,占据了整个天空的星球,一锅浓稠的、搅成一团的粥,由大小和重量组成的庞然大物。可是,从梦中醒来又是多么不堪!瞪视着城中的现实时,恶心的感觉粘在我的嘴唇上,我看着肮脏的房顶如汪洋一般,上面挂的衣服湿漉漉地在风中扑扇,山一般的云团在人世的惨不忍睹上忽明忽暗地投下阴影。我转而开始写,记录下自己在梦中所见,像堂吉诃德,要对付自己周边的世界,但却连瘦骨嶙峋的老马和锈迹斑斑的盔甲都没有。我就像个疯子,急急奔过一条条街道,从堆在小工厂里遍布尘土的设备中间穿过,向下奔到河边,看着无休无止的流水。我想到了自杀。想要犯罪的念头冒了出来,我看到自己成了杀人犯,被所有的人追赶,一头猛兽,漫无目的地扼锁他人的咽喉,生活在破败的下水道里。绝望将我驱赶进恶劣行径的怀抱中,躺在娼妓身边度过的夜越来越多,赤身裸体地蜷缩在那些心甘情愿的躯体之上,沉浸在房顶丛林中,四周是被我贪婪的叫喊声惊醒的、咕咕叫的鸽子。我终于决定要采取行动。我找到了一个政府公务员的住处,他的屋子离我隔了一条街,在一片肮脏的出租屋里,位于底层的房子被淹没在孩子的叫喊声和小手艺人的聒噪声中。但是就在我离开房间,打算去实施那个毫无意义的谋杀时,却在房门前发现了一张破破烂烂的小纸片,上面写的是让我第二天去市政府的某个公务员那里。

他们让我去的那个房间在城里的一栋大楼中,那里以前应该是学校,现在三楼的房间已经被分给了市政府。楼梯又旧又脏,被无数的鞋踩来踩去,已经面目全非,窗户各处都有缺损的玻璃,在走廊上,我听见一台古老的座钟在什么地方嘀嗒嘀嗒,另一条走廊上高高地堆满了学校的旧长凳。楼的一层和二层似乎改成了住宅,一个小孩儿突然飞速从我两腿之间爬过去,钻进了某个通道里。在三层,我找了很久,因为房间的编号顺序没有规律,是乱的,而且这层的走廊也比楼下的更黑。我从一扇敞开的窗户看出去,才看出自己所在的是一栋正方形的楼,楼的中间是一个铺着石砖地的院子,院子里乱七八糟。生锈的自行车扔得到处都是,烂了的花园椅子,敲碎了的打字机,坑坑洼洼的容器,一个给小孩儿玩的彩色的球。院子中间,一台腐朽的风琴放在一个散了架子的床垫旁边,小猫们在床垫里面扭打玩耍。院子里横着拉了一根绳子,上面搭着衣服,衣服已经破破烂烂,颜色泛黄,显然是搭了很久了。石砖缝里野草疯长。我从窗边转开身子,继续寻找那个房间。走廊的地面上铺着已经被踩旧了的地板革,一片死寂,只有一次,我仿佛听到了打字机的声音。我终于找到那个房间号,敲了敲门,开门的是一个年纪很轻的男人,穿得还算讲究,灰色的衬衫,白大褂,灰色的裤子,但是没有系领带。"抱歉,"

他跟我打招呼说,"房间号的顺序可能让您找得很费力吧,这里是一点点集中起各个部门的办公室,每个办公室又都保留了自己的房间号,所以才这么混乱,对于访客来说是很浪费时间的。"他请我在一张两侧有倚头的沙发椅上坐下,椅子虽然破旧,但是坐着很舒服,而他自己则在旧桌子后面一把普通的木头椅子上坐下。那张桌子非常简陋,看上去就是装了四条腿的一块木板而已。桌子上除了一个硬纸壳夹,一根黄色的铅笔,就再没有什么了。"谢谢您能来。"他说着,打开了那个纸夹。

"您是负责行政管理的。"我回答说,觉得自己比他坐得舒服很奇怪,他的感谢也让我疑惑不解,"如果您命令我上这儿来,我不用想,只需要服从。您有警察,可以按照您的意愿指挥。"

"您曾经当过兵,"那个公务员回应道,"所以是按照军队里的习惯来猜度我们,但是行政管理部门不一样,所以您的结论是不对的。"他的语气平静、就事论事,就像是在说数学问题。他继续说道:"对您,我们不能下命令,您都还没有被分配工作。如果有人不愿意上我们这里来,那我们就得去找他,这经常会耗费很多时间。我们还碰到过被人拒之门外的情况,对这种事我们就无能为力。能够通过看守处理的事情是有严格控制的。"

"您说的看守指什么?"我问道。

"我们指的是警察,行政管理部门需要'看守'这个词来称呼这些人。"

"管理部门要我做什么?"我边问边打量这个房间。除了桌子和两把椅子,这里还有一个炉子,窗玻璃仔细擦过,窗外是院子,窗户上缺的那块玻璃被灰色的硬纸壳替代了,木头墙上面光秃秃的,但是干净得不得了。

"我得分配您,"那个公务员回答说,从纸夹里拿出一张纸,"您可能已经看见过我,我就住在您旁边,有一次我还跟您一起站在足球场那儿。"

"您住在那片出租屋的底层,离我一条街?"我竖起了耳朵。

"没错。政府分配给我们的都是我们自己就能弄明白的事。"那个公务员说。他的脸在亮处,我的在暗处,从这点看我也占优,我能够观察他,同时又不被他发觉。他一脸漠然,几乎没有表情,眼睛、鼻子、嘴巴、额头,所有这些都像是几何图案。

"政府要分配我,"我说,"您能不能告诉我,这是什么意思?"

"我们得给您找个事做啊。"他回答说,微微抬了一下线条十分鲜明的眼皮,"我们得为您做些什么。"

"对我来说,活着就够了。"我扯了个谎。

"如果您想继续这样活着当然可以,救济院随时向您敞开,那个房间您也可以一直使用,您是自由的。但是我要请您听一下政府的建议,然后再做出决定。想抽支烟吗?"

"政府很慷慨。"我说着,点着了那支烟,烟是我们所有人都抽的那个品种。我发觉他这样做的目的只是为了争取时间。"好吧,"我接着说道,从鼻子里喷出烟,"您打算给我什么工作?"

"一个职位是工厂的工人,一个是在小作坊,一个是我们农业部门的园丁,一个在消费门市部的仓库,还有一个是垃圾工。"公务员回答说。

"还都不是什么高职位。"我怼了一句。

"我们是现在才开始发展垃圾转运工作,"他说,"现在,咱们得一起讨论一下这些建议。您会有想要做的事的。"

"您的意思是,我应该成为上述人中的一种。"我回答说,头朝门那边微微转过去一点,身体靠在椅子背上。

"我觉得这对您来说是最好的。"

"谢谢,"我说,"能活着我就足够了。我会回到自己的房间里去。"说这些话的时候,我一副无所谓的样子,冷冰冰地看着那个刚刚被我判了死刑的公务员,因为我已经下决心要实施谋杀,在这个世界上,只有犯罪是有意义的,这个公务员正挣扎在生死线上,但是自己却并不知道。他平静地把一张纸举到眼前,说道:

"您对我们这个城市的看法很不友好,对那些被您称为群众的人尤其如此,您对自己目前的处境不满意。"

"您怎么会这样想?"我问道,警觉起来。那个公务员把纸放回纸夹里,看着我。我突然看出来,眼前这个穿着麻布白大褂,没有打领带的年轻男人很疲惫,就像是已经不间断地做了很多年的脑力劳动,他脸上的几何线条也表现出不间断的紧张。但同时我也看出,那个额头后面的神志异常警醒、精确,他的眼神中也有着坚定不移的观察力。这种人很危险。我决心要提高警惕。

"我看过一些您写的东西。"公务员说,眼睛还是盯在我身上。说到关键的了。我们死死盯着彼此,沉默了好几分钟。外面的院子里突然传来孩子们的笑声。

"孩子们的笑声,"公务员说,"您在这座城市里也从来没有注意过。"他的声音听上去很苦涩。

"我写的那些东西属不属于需要看守介入的那一类?"我问,心里的怀疑已经确定。

"想法的表达是绝对不应该受到惩罚的,哪怕这些想法跟政府的不一样。"他很确定地回答说。

"那些来丈量我房间的政府公务员是特工,对不对?"我用讥讽的语气问道,在靠背椅里坐得更舒服一些。

"我们对您生活的方式,还有影响您生活方式的观点感到不安,我们希望能够帮助您。"他说,并没有理会我的问题,但正因如此,他首次暴露出了可以被利用的弱点。

我笑了"我对这座城市来说是个威胁,这一点我能想象!"公务员默默地看着我,我觉得他似乎有些惊讶,似乎是觉得我的结论很奇怪。

"这座城市害怕我,"我说,语气尽管无所谓,心里却也有点打鼓,"我不会接受分配。"

"不存在这种情况,"公务员终于说道,"我们不惧怕任何人,但是您威胁的是自己,这一点让我们感到不安,仅此而已。您对这个世界还是不理解。"外面又传来孩子们的笑声。

"那么理解这个世界的就是那些接受分配去了满是灰尘的仓库,或者脏兮兮的农企的人,在工厂的汪洋大海里工作到死的人,或许他们还会决定去干运垃圾这个还没有进入正轨的活。"我说道,孩子的笑声让我恼怒,我朝那个公务员的脸上喷了一口烟。但是,他一动没动,似乎并没有注意到我这个不礼貌的举动。

"您瞧不起这些人,"他说,"但是您已经接近了留给我们的那个机会。"

"我们没有机会,除非您是要把当工头这种目标称为机会,"我说,"政府的目的就是要让我们没有机会,并把这个世界变成蝼蚁做的土堆。我当过兵,曾经为了让这个世界更美好而战斗过。"

"您曾经的任务是镇压土匪。"他修正我的话道,稍稍抬起了眉毛,后来我发现,他每次被逼入困境,都会这样抬起眉毛。

"我们镇压土匪是为了和平,为了自由,为了更美好的未来,为了不知道还有什么的一切,"我固执地坚持道,"现在,这个和平和自由都已经到来。我们要找水,结果却掉进了沼泽地。"

"我们观察您很长时间了。"那个公务员说,挺起之前有些弯曲的脊背,直挺挺地坐着。外面的孩子越来越吵,他把小臂放在桌子上,继续说道:"您参加这些战斗直到最后,您还参加了阿尔卑斯山那里的战斗。政府曾经试过几次要将您召回,但是您拒绝了。"

"我不能丢下自己的战友。"我生硬地说。

"您所在的是一支精英部队,成员都是志愿兵。您的每一个战友都跟您一样,可以随时从战争中撤出,却并没有人那样做。您说您是为了自由而战,但事实上,您之所以参加战斗,是因为战争对您而言就是一次历险。"

"您参加过战争吗?"我好奇地问。

"没有。"他证实了我的猜测。

"瞧,"我说,"我想到了。战争不是人躺在床上梦到的那种历险,而是地狱。"

"您还会自愿参加吗?"他问的时候,有些奇怪的犹豫。我从他的眼神中看出,他正在紧张地等待我的回答。

"还有什么地方有战争吗?"我警惕地问,因为我觉察到他要给我设的陷阱。

"有。"他回答说。

从这开始,跟这个公务员的对话对我来说变得重要起来,之前我一直是随着他说,能让我提起兴趣的只不过是自己恰好是在跟决定要杀死的那个人对话。现在我意识到,虽然还不是很确定,除了谋杀之外,还有另外一个忍受这个世界的方式,那就是回到战争中去。虽然我很清楚,这个公务员目前还根本没打算给我这样的任务,他就跟所有的公务员一样顽固,不过是想证明自己的观点,说战争对我来说就是一次历险而已,但是因为我把返回战争当成了目前绝望处境下唯一的出路,为了达到这个目的,我就得先让他在这儿获得胜利,因为要想让他做什么,必须非常耐心才行。

"如果有这种可能性,我当然会报名,"我说,"您看,我静静地走进了您给我设下的陷阱,但是您并不了解战争,所以您现在的决定是错误的。战争是地狱,但至少它是个真诚的地狱,还值得在其中为了活下去而战斗,从这点上来说,它确实是一次历险,这个您没有说错。但是政府不一样,政府建立起的是由日常构成的地狱,这个地狱比战争更可怕。"

"对我们来说,您写下自己愿望的那些文字是最有用的。"公务员又开口说道,他并没有按照我所希望的,对战争多说什么,"您向我们证实了,您还在梦想那些我们已经无力参与的历险。"

我笑了:"我们能够承受的只剩下一座集中营而已,在它的毒气室里,我们将会死于无聊。"

"您说得对,"公务员沉默了一会儿说道,"我们都是囚徒。"院子里,孩子的笑声越来越让人难以忍受。"几千年来,我们放心地接受地球提供给我们的一切。"他继续说道。他的声音听上去突然充满了激情,脸也变了,眼睛里跳动着奇怪的、骇人的火苗:"我们搬掉地球上的山,砍掉它的森林,耕种它的土地,在它的海洋上行船。我们建立城市的这片土地是不知疲倦的,我们建立起自己的王国,然后又毁掉它们。在进行战争的时候,我们就像大自然一样挥霍,也像它一样残忍,一开始是出于兴趣,然后是因为对金钱和荣誉的饥渴,最后是出于无聊。我们牺牲了自己的孩子,被瘟疫夺去生命,又因为对新生命的贪婪,不断躺到我们的女人身边去,从这些女人怀中涌出的人类越来越强大,数量也越来越多,那是一条越来越巨大的洪流,我们从来没有想过,就是这个地球,这个小小的星球,才是对我们的宽容,是我们的任务。"

就在这一刻,一个彩色的玩具球嗖地穿过窗户,落在我怀里。

"已经是第二块玻璃了,"公务员中断了讲话说道,"玻璃很难找。"我机械地把球递给他,他把球扔到了楼下。

"你们知道这里是政府的办公场所,"他冲着球飞去的方向喊道,"每次我有重要的谈话,你们就在那儿笑,玩球!"

"一个公务员就没有什么重要的话要谈。"从下面传来一个男孩儿的声音。

公务员合上窗户,现在从外面传来了孩子母亲们训斥孩子的声音,最后终于出现了一个男人的声音。

"看门的，"公务员耸耸肩解释说，"他总是醉醺醺的，从来不守规矩。"他从纸夹里取出一个硬纸壳，用图钉把纸壳钉在现在缺了玻璃的那个窗框里。屋里的光线暗了下来。他重新坐下。

"您梦想着去月球上。"他突然又开口说道，他没有注意到，让我混乱的不仅仅是被球干扰这件事了，还有他现在语气中的激情和精确。"我们已经上了月球，已经有人做过您梦想要做的那件事。"（他用手指着从纸夹里拿出的一张写着字的纸，上面是我的笔迹。）"那是非常可怕、愚蠢的行为。除了自己之外，我们看到只是毫无生命的自然中致命的荒唐，飘浮在无边无际自然荒漠中的星球里，只有地球是有呼吸的。星际旅行让我们重新认识了地球，将我们重新放回到中心的位置上。这是又一次托勒密式的反转，只不过强迫我们改变的并不是认识，不是理智，不是宗教，而是地球本身。我们膨胀了多少，它就缩小了多少，突然间，地球就已经小得一目了然，能完全装入我们的意识当中了。困境征服了我们，古老的经济体系瓦解，不是因为理论，而是因为体系结构中存在的势不可当。人越挤越紧，世界也没法再像之前那样：一小部分生活在奢靡中的人不断想出更荒唐的点子打发无聊，而绝大多数的人却深陷悲惨的贫困当中。这个星球上的人口飞速增长，动摇了政治结构，人们还在希图通过毫无意义的战争维持一种毫无意义的状态，直到一切土崩瓦解。处处可见的贫困、饥饿，对于越来越恐怖的武器的恐惧，还有用技术征服自然的可能性都已经太大。和平虽然来了，但它并不是天堂，并不是以人人愿望皆能得以实现的状态呈现，而是避免走向毁灭的最后一次机会，是艰苦的工作日，因为没有办法，因为要满足不断增长的人类的最基本需求，这样的工作日不是为了奢侈的生活，而是衣和食，是药品，是科学的继续发展，正是这种毫不容情的要求，将我们驱赶到工厂里，仓库里，机械化的农企里，半已毁坏的矿山里。政府一再看到这一点，却无能为力，这是很痛苦的。"

"痛苦的是政府的成绩,"我讥讽道,"——政府真是很棒(我非常夸张地鞠了一躬)……这些没有人质疑的成绩对我们来说显然是不够的。大老爷们去看看吧,那些闷闷不乐地拥挤着走过城中大街小巷的群众在随时恭候。我们有面包,没错,肚子虽然不是很饱,但也没有那么空,卖淫的行为也符合气候条件。但是人并不是只靠面包活着的。"

他仔细地看着我,没有说话。

"除了面包和遮头的屋顶,我们还有什么?还不说这些东西的质量。咱们看看吧。能够让我们有所变化的所有东西都被人拿走了,那些能够让我们从单纯的灰色人群变成有机体的东西,虽然这种有机体也异常麻木,"我说的时候,眼睛一直盯着终于被自己压制住的那个公务员,"我们没有能让人激动的祖国了,那个能够给我们伟大、荣耀和意义的祖国,没有党派——您瞧,我的要求越来越低——没有能够用许诺和理想让我们兴奋起来的党派,就连最差的那种可能性,能够使我们结合成整体、需要获胜的战争也没有,没有让人钦佩的英雄,而教堂,"——我笑了——"成了无关紧要的个人消遣。"

他还是不说话。

"所有这些东西都被人高估了,祖国、党派、教堂还有战争,这我承认,但它们毕竟还是点什么,"我说,"而您给我们的又是什么?如果给别人的是商品,那就会要求回报!"

"什么也不要。"公务员说。

"那咱们可是做了个大大的赔本生意,"我说道,"我们有的只是单调的娱乐而已,啤酒、女人、足球场,还有星期天的散步。"

"我们只有这些。"公务员说。

"而您现在要让我跳进这片日常生活的灰色海洋里?"我问,"不是吗,您想说的就是这个。"

公务员没有说话,只是看着我。一片死寂。最后,他站起来,又递给我一根烟,脸色变得像石头一样冷酷。他回答说:"您应该勇敢地跳下去。"

公务员已经是第二次要求我接受这样的生活,想到这种生活的可怕,我不禁怀疑就算拒绝,政府也会逼着我走出这一步,公务员承认一切时的从容态度更加强了我的这种猜测,他并不像是个要说服别人的人,而像是一个有办法贯彻自己想法的人。

"您不能够强迫我。"我平静地说,急切地等着他的回答,暗自希望他的耐心已经被消耗光。

"对,"他说,"这一点我已经跟您说过。"

"这么说,政府只是要跟我谈谈,"我说,"说实话,这让我很意外。一个政府除了跟可怜虫谈话,应该还有其他事要做。政府应该做的是下达命令,并且也有办法让这些命令被执行,不存在不使用强权的政府。请您告诉我,这次传唤的目的究竟是什么?"

我看出他有些尴尬。

"政府想给您提个建议,"他终于委婉地说道,"政府根据自己要遵守的决定,需要向您提供一些它其实并不愿意提供的东西,当然,您有拒绝的自由。但是在政府被迫做那件事之前,它想再给您一次每个人现在还享有的机会。"

"进入群众当中的机会。"

"就是这样。"他说。

"真是人性化。"我说。

"您错误地理解了政治的作用,"他又开始说他的那套理论,"旧的政治想成为自己并不能成为的那个样子,结果变成了一纸空谈。困境驱使我们重新思索政治问题,离开一团乱麻似的各种主义、热情、直觉、暴力、好意和生意,政治进入了理智的范畴,既客观又冷静。它成为一种经济学,成为一种科学,将地球变得能够为人所用,成为在这个星球上生存的艺术。战争变得不可能,并不是因为人变好了,而是因为政治已经像是过时的工具,不能用了。政治的作用不再是使各个国家相互之间保持安全,而是将地球变成一个大的,类似于数学化的空间,并且拥有社会保障体系。"

"用这种政治,您不可能把任何一条狗从炉子后面勾引出来。"我笑道。

"这种政治是强加给我们的,"他说,"我们要不起其他的政治。"

"自由呢?"我问。

"它已经成了个人追求的目标。"他回答说。

"那么个人只有犯了罪,才可能获得自由,"我冷冰冰地说,"抱歉,我给您抽象的理论扣上了一个逻辑的王冠。"

公务员看着我。"我们非常担心您会做出这样错误的决定。"他说。

我们沉默了。这一刻长得可怕,我觉得他仿佛已经看穿了我,现在什么都知道了。我就像是坐在法官面前,而这名法官正用不可思议的方式掌控着我的命运。外面的院子里,孩子们还在笑。香烟冒出的烟在灯光下形成蓝色的螺旋形和圆圈,这些云雾变密,旋转,消失,就像是宇航员在无尽空间中找到的那些图案。

"时间长了,政治就能给众人有尊严地活着的可能性,但是它不能给这样的生活内容,这种事得每个人自己做。众人的机会减少了多少,个人的机会就增加了多少。我们被迫重新区别什么是皇帝的,什么是个人的,什么属于共有,什么属于独有。政治的任务是创造空间,个人的任务是照亮这个空间。"

"这真是可爱,至少留给我们一个蜡烛的角色,虽然不起眼,但是很乖巧,"我讥讽道,已经稳住了阵脚,"你们什么都不给,却什么都要。"

"我们给人面包和公正,"公务员说,"您刚才刚说过,人不仅仅是靠面包活着的。我很高兴您对《圣经》这么熟悉,但是从一个认为自由只有通过犯罪才能获得的人嘴里说出来,这就成了一句恶意的挖苦。"

从他突然说出的这句批评,我看出这场谈话让他的情绪比表面看上去要激动。

"人在面包和公正之外所需要的,任何政治和组织也给不了,"他又冷静地继续说了下去,"政治想给人什么就给什么,它想给的比什么都不给稍微多一点,只是最理所当然的那些,然后就丢下人不管了。人的幸福不是政治要关心的事。"

"您丢下了我们,"我尖刻地说道,"说得没错。我们掉进了一个庸俗得无药可救的世界,处处是得到了照顾的下层市民(我就不说没有走上正轨的垃圾转运系统,有缺陷的建筑计划或者类似的东西了)。在所有这些事上,政府都太懒太图省事,它只是提出一个不能让任何人兴奋起来的抽象道德。"

"我们从来就没有把让人兴奋看成自己的任务,"公务员说,他的声音又慷慨激昂起来:"这样说就好像政府是什么值得兴奋的东西一样,不应该对完全是出于必要存在的东西表示崇敬,否则就会对那些满足基本需求的公共机构也如此。今天的政治如果还想要树立某种世界观的话,就是犯罪,而且一定会在经济上发展出极权,并成为吞噬一切的残暴力量。个人会被迫围着它转,就像围着太阳转一样。"说到这些话的时候,他的脸变得苍白。现在轮到我保持冷静,好达到目标。

"我反复读了您写的东西,"他继续说道,"就像我说的,我感到难以理解,您扭曲事实的方式非常可怕。"

"我对事实的认识非常清楚,"我平静地说,"请您不要再说我写过的那些东西了。"

"我必须要说!"公务员非常坚决地喊道,我妥协了,免得坏了事。(我刚才已经说过了,重要的是要见机行事。)"您把这座城市描述成灰色的,肮脏,破败,半已损坏。好吧,它是这样的,没有错,但这是我们干的吗?这是您干的。从城中穿过的时候,您看到的是自己,您看到的是自己的内心。"

"这说得有点夸张了吧。"我从容地说。

公务员沉默了一会儿,专注地看着我。回答的话似乎已经在他嘴边,但却忍住了没说。房间里暗了下来,院子里,孩子的笑声变得零零星星。

"这个世界被之前的那些战争破坏了,那些战争既残忍又没有意义,"他终于又开口说道,"这点不但您清楚,我也知道。没有必要否认,人们依然麻木迟钝,充满怀疑,疲惫不堪。我们所有人都很疲惫。如果想让所有人都过上有尊严的舒适生活,需要做的工作是巨大的,这些人现在的贫困是没有尊严的,这是战争的结果。他们抱怨,同时打算好要参与的事。在我们不得不接管这个世界之前,它是属于谁的?我想,是你们的,你们这些要冒险的人,不管你们是士兵还是政治家,手里有的是工厂还是武器,想要的是财富还是其他的权力,它是属于你们的,不属于不计其数的没有名字的人,那些在你们的河流底层被拖着走的随波逐流、无助的人。这个世界是你们的杰作,不管你们是不是有意为之。灰色的戈壁,残破的房屋组成的海洋,丑陋的工厂,陈旧的汽车,锈迹斑斑的楼梯栏杆,衣衫褴褛的工人,不管是什么让这个世界看上去如此不堪,不管您满心嫌恶地发现了什么,那都是你们的所作所为。现在,我们面对着从你们那里继承来的东西,面对着这个充满了苦难和废墟的世界。现在,我们得把你们的狂欢产生的垃圾运走,是你们挥霍了这个世界的财富,现在得由我们替你们还债。你们完成了这辈子的冒险,享受了这个星球的美丽,航行过海洋的蓝色,我们有的是日复一日,是工厂和逼仄,是每天单调的工作。你们已经毁灭,我们还得继续生活。我们的生活一直如此,只有你们的曾经不一样。我们一直贫穷,世界的美丽是骗人的幻象,现在,薄薄的那层皮已经撕裂,我们的贫穷赤裸裸地暴露出来。这个城市就是现实,一直如此,是从被你们的行为烧毁的布景后露出的真相。"公务员越来越焦躁。他按灭了香烟,又递给我一支,我拒绝了,我的那根才抽了一半。给自己点烟的时候,他的手在抖,他试了好几次都没点着,后来还是我给他点上了烟。

他抽了两口就把烟按灭了。

"您很紧张。"我想让他的情绪更加混乱。

"没错,"他气愤地说,"我不能否认,您确实让我情绪激动。"突然,他从桌子上方伸过手,牢牢地抓住了我的领口。

"嗨,"他喊道,"你看不到吗,现在重要的是冒真正的险,精神、爱情和信仰的历险,这是只有个人才能经历的冒险!"

"请您给我这种历险,放开您的手。"我平静地说,无动于衷地看着他的脸,那张脸紧紧地贴在我的脸跟前。

"我做不到,"他小声说,"我没法提供真正的冒险。"然后放开他的手,站起身,走到窗子跟前。

"那么政府就是无能。"我说道,因为他示弱而洋洋得意。

"它是无能。"他说,脸色苍白地看着昏暗的天光,现在已经听不见孩子的笑声了,昏暗越来越充满了房间,还有屋墙外面那个残破的世界。"权力对我们有什么用!权力怎么才能强迫人谦卑又果决地去做他本就能做的那些事,随时,只下了决心:融入无名的人群之中,成为其中的佐料,用爱和信仰由内而外穿透他们。这个世界只能够用精神去征服。能够意识到这一点,就是最大的仁慈啊!但是我们很无助。我们没办法给任何人打开那些对每个人都敞开的门。我们很无助。我们很无能。"他小声说道。

我胜利了。

我拧了一下在墙上找到的一个开关,一盏灯泡在桌子上方亮起昏暗的光。

"咱们就事论事吧,"我说,"政府能给我什么?"

他慢慢在窗边转过身,看着我的脸。他的脸像死人一般苍白,额头上挂着汗珠。

"走,"他冲我喊道,脚跺着地,"滚回家去!"

"我不会再任人打发了,"我冷静又坚定地说,"政府让我上这里来,现在我来了,我要知道政府能够给我什么。"

他走到桌子跟前,看着那些纸。

"好,"他疲惫地说,没有看我,目光一直停在装我材料的那个纸夹上,"如果您坚持的话,那我得听您的。政府会给您的是权力。"

这个回答把我彻底弄糊涂了,我目瞪口呆地看着那个公务员。胜利比我自己期望的更光辉灿烂。他似乎并没有注意到我的震惊,重又在桌边坐下。

"我不明白您的意思。"我小心翼翼地说。他的建议太过于符合我的愿望,让我在喜悦之余感到很怀疑。这个公务员不是没有可能意识到我想要杀他,也许现在正准备反击。

"这个社会上的人被分成了有财产的和没财产的两种,"他似乎漫不经心地开口说道,还是没有看我,"分成剥削者和被剥削者,据我所知,专业表达是这样的。这种区分已经在发展过程中过时了。政治和经济情况都不一样了。人们现在或许已经有了面包和公正,还有每个人都有的精神上的自由,但他们失去了政治上的自由,因为现在已经不存在以前意义上的那种政治。最主要的是他们没有权力,权力是属于少数人的,在那个特权阶层手里。社会分裂成了没有权力的和有权力的两种,分成了囚徒和看守,这样说更精确,可以避免让有权力的人这个词带上其他含义。人们虽然应该害怕这些人,但并不应该崇拜他们。"

"您想让我进政府?"我几乎喘不上气。我压根没有想到会是这样的结果。

"不是,"他回答说,"您不可能进入政府,政府的任务只是区分权力和没有权力的两个世界,防止有人越界。在这件事上它是有权力的,除此之外就没有了。"(他说得非常确定,在说下面这些有些抽象的话时,也非常专注地看着我。)"政府在这个城市里还设立了警察——但经常被群众跟看守混为一谈——并且能够将罪犯移交给看守。这些看守跟居民是隔离开的,他们过的是隐秘的生活,就像最大的权力总是在隐秘的地方一样。但是,政府对看守没有权力,对那些囚徒也没有(我指的是居民中的那些群众),但看守只有在政府允许的情况下才拥有对这些人的权力。政府是仲裁人,如此而已。"(他用手做了一个向外扔的动作。)"它连分配的权力都没有,每一个人都可以自由地决定想要归属于哪一派,是想成为囚徒,还是看守,您也可以选择,您的选择政府必须接受。"这些话他说得很快,漫不经心的样子。

"看守的权力是什么?"我还是满心狐疑。

"跟所有的权力一样,"他回答说,"就是对于人的权力。"

"哪些人?"我继续追问。

"那些交到您手里的人,"公务员的回答语焉不详,"看守的领域里发生的事情,跟政府没有关系。如果您接受,就将会进入一个有无限权力的国度,看守的权力是彻底的。"

"我会去参加战争吗?"我问道,"我对山地作战很有经验。政府应该也希望能够在那里获得胜利。"

他耸耸肩:"派遣您是军官的事。"

"我应该去哪里报名?"我坚决地问道。

"您打算接受这个建议?"他犹豫了一下说。

"我选择看守这个职业。"我说。

公务员看着我,他已经又完全控制住了自己的情绪。"好,这里是地址,"他说着,递给我一张纸条,跟放在我门前的那张纸条差不多,"您去吧,随时都可以。我为您的选择感到遗憾,但是这个您恐怕并不关心。"

"完全不关心。"我回答说。

他站起来,我也站起身。他仔细地合上装着我档案的那个纸夹,然后,我们走到门跟前,他打开了门。在那里,他很突然再次把手放在我左边的肩膀上。

"您走了,"他说,"您接受了权力。我又失败了。现在,您是跟我们没有什么关系的看守了。我很无助,这一点您知道。我能给您的只是一个保证,您可以随时停止看守的工作,您自愿加入,也可以自愿退出。门已经打开。您现在还不明白这句话的意思,但是将来您会明白的:门已经打开。我请您,我求您,相信我的话。您的幸福将取决于是否能够相信我说的话,是无条件的相信,还是不相信。现在,我没什么要跟您说的了。"

我笑了,留下这个奇怪的人站在门口。我胜利了,他救了自己的命。

2

对于第二天加入看守行列的事,我记不全了,我承认是我不想记全,对于这点,诸位应该不会怪我,我记录下来的,只是历史的真实所需要的那些。虽然我加入的方式,并不像很多同行那样,能看出刻意的侮辱,但依然让人觉得很奇怪,只能够用政府走任何形式时都会有的懈怠来解释。但如果就此得出结论说政府不关注我们这一行,也很荒唐,因为它最需要的就是我们这行。所以我认为应该把政府在形式方面的缺陷作为既成的,不可改变的事实去接受。像我们这种人要改变它就更不可能,我们要做的就是维持秩序,同时,我们还要坦然地看不到,政府是挑选了最不合适的人来完成对我们看守而言非常重要的一步,我认为这样做是最好的,也最符合我们要遵守的原则。

公务员给我的地址上写的那栋房子在城郊,那里我很少去,虽然规划得非常整齐,但依然看着错综复杂。这里都是工人住的低矮建筑,所有的楼都长得一样,全是高山墙的红色砖楼,都有一样的小花园,也让原本应该清晰的布局变得让人难以看清。那栋房子在一条笔直的街道上,挨着公共汽车站,这个我记得很清楚。那也是一栋工人住的楼,花园门两侧各有一棵桦树,这一点跟其他的楼也一模一样。唯一让我感到奇怪的是,我按过门铃之后,开门的是一个小姑娘,年龄应该还不到十五岁。小姑娘年轻的朝气中和了简陋的走廊给人的阴暗感觉。我没说话,给她看了公务员给我的那张字条,她于是带我穿过走廊。在一扇门前,她把我拉到身前,小声提醒了些关于可怕威胁的话,然后放开我,打开了门。门里蓦然涌出的光晃花了我的眼,我不禁跟跄着退后,慢慢才看清自己被带进的那个中等大小的房间。房间里的家具是暴发户家里常能看到的那种毫无品位的类型,政府似乎在这里突然允许了毫无必要的奢侈。

一股无处不在的浓烈、甜腻的香味尤其让我觉得恶心。我的目光很快被吸引到了房子中间,那里的一切都浓缩成了奇形怪状的一堆,那是三个老太太,围坐在一张圆桌旁用细藤条编成的椅子上。她们正在桌边打牌,并用日本茶杯喝着茶,直到现在我说起那一堆,还是感到强烈的恶心。她们的嘴唇涂着蓝色,不过最让我反感的还是她们油腻松弛的脸颊。她们的眼睛和手我记不太清了,几个人的头紧紧靠在一起,这让她们的外形更加奇怪。她们七嘴八舌地迎接我,但并没有停止打牌。我警惕地仔细听着她们的满嘴脏话,明白了她们要让我干的是什么。我所在的是这座城市的监狱,三个老太太作为政府的代表负责这里,而我将在这里开始看守的工作。她们说明了看守工作的关键:这项工作要秘密进行,所以,看守除了要秘密携带武器之外,跟囚徒没有区别,这一点非常重要。她们让小姑娘给我拿看守要穿的衣服,但是不同意我去别的地方换衣服,所以我只好按照规定,当着她们的面脱掉衣服。小姑娘递给我的衣服很奇怪,上面绣了五颜六色的奇怪符号和图案,不过穿上这衣服,我可以自由自在地活动。我得到的武器是一把手枪,两条弹药带,两个手雷。

然后,三个老太太突然就不再理会我,她们似乎不再注意到我的存在,小姑娘把我带出房间的时候,几个人的心思又全都在打牌上了。

我们离开的时候走的应该是另外一扇门,因为我所在的并不是进屋时穿过的那条走廊,而是在一个陡斜向下的楼梯前面。虽然我很吃惊,却还是没忘记问小姑娘我的部队在哪里,但是小姑娘没有回答。我跟着她走下楼梯。

朝下走了一截后,我们来到一个四方形的小房间里,这里放着一张木头桌子,旁边坐着一个上了年纪的男人,正在写东西。他跟我穿着同样的衣服,只不过他身上还另外挂了一挺冲锋枪。

"就是他啊,新来的,"他说着站起身来,"立正,还有你,小丫头,滚回楼上那三个老婆娘那儿去!"

他歪头听着小姑娘上楼的脚步声渐渐远去,直到什么也听不到,这才满意地打开了一扇低矮残破的木头门,命令我跟着他。

我们走进了一条狭窄的过道,这条过道是在光秃秃的岩石上凿出来的,被渗出的水弄得湿漉漉的,只将就着用红色的小灯照亮,裸露的电线松松地挂在墙上。门后的钉子上挂着两个钢盔,看守把其中一个递给我,钢盔上蒙着白色的布,上面有跟我们的衣服上相同的奇怪图案,然后,他又递给我一挺冲锋枪,并且说,那些老婆娘不用什么都知道。

这条过道比我想象中长,它似乎总体是向下的,但我又不确定,因为我们有的时候得非常费力地朝陡坡上爬,然后,我们又借助绳索滑进看不到的深处:我们生活的这个迷宫的地形,怕永远也不可能弄得清楚。有的时候,我们会在及膝的冰水中走很多米远,这时,左右两边已经开始出现其他的通道。

我的领路人小心地、沉默地走在前面,手里端着冲锋枪随时准备射击,我出于习惯也模仿他的样子。这样做是有道理的,因为在我们这条通道跟另外一条的交界处,一发子弹从我头旁边嗖地飞过,各个通道里都响起刺耳的回声。我们狂奔了一百多米,才终于来到一个回旋楼梯前,站在那里。那个看守朝我们刚才来的通道里开枪,这在我看来没有必要,因为根本看不到人:他一直打到弹夹空了才停手。

往下走了一小截之后,我们来到一个灯比较亮的洞窟里,这里还有更多的回旋楼梯,有些从上面盘下来,有些从下面盘上来。我的领路人让到一旁,我从一截回旋楼梯向上,走进一个类似前厅的洞窟里,随即又吓得站住脚,因为在洞窟的正中间吊着一个赤裸的大胡子男人,他的手吊着,脚上绑了一块沉重的大石头。

他吊在那儿一动不动,只偶尔喘几下粗气。紧靠岩石的那面墙上,放着一个简陋的木板床,周围堆满各种武器和弹药箱,床上坐着一个身材高大的老军官,军装敞着,露出他毛茸茸、白乎乎的胸膛,汗津津的。我对这军装很熟悉,打仗的时候见过。

"长官。"我结结巴巴地说,因为那个军官不是别人,就是我当年的指挥官。

看到我之后,他从放在木床旁边的一个瓶子里倒了一杯烈酒。

"嗨,小汉斯,"指挥官用沙哑的声音笑道,将杯里的酒一饮而尽,"过来,小汉斯!"我走到他跟前之后,他把我的头揽在汗津津的胸前,苍老的手指紧紧抓着我的头发。

"是你啊,小汉斯,"我头顶的那个沙哑的声音抑扬顿挫地继续说道,"你回来了,我的小王八蛋,来地下找你的长官,来到这个崇高的,只有人有资格来的危险区域。上面的生活真是糟糕,对不对?"

他使劲把我的头摇来摇去,"政府的那些好心的先生们,他们要是驯服了我的小汉斯,那我才奇怪呢。不过那些先生们送来的倒都是好东西!"

他突然用蜷起来的右膝撞了我一下,同时放开了我,这一下,我跟跟跄跄地撞在了那个吊着的人身上,那个人大声呻吟起来,我都已经站起来了,他还在荡来荡去,像一个巨大的钟摆一样。

"来根雪茄,混蛋!"军官笑着对带我过来的那个看守喊道,直起身子来,"我的已经抽完了。"

看守递给他一根大家都抽的那种廉价香烟——只有这种烟——军官懒洋洋地用一个金色的打火机点着了烟,这个极端简陋的洞窟还有他破破烂烂的军装让这个打火机格外显眼。我记得打仗的时候就看见过他用这个打火机,想到这里,我心中再次充满了惬意。美好的旧时光并没有完全消失。

"小汉斯,"他说着,走近那个赤身裸体吊着的男人,朝他脸上喷了一口烟,"小汉斯,看到我们这儿吊着这么一个人,你好像很吃惊。希望你想的是,军队可不是用来剥人皮的。如果有人挂在绳索上晃来晃去,那并不是你的老长官愿意的,不是吗,小汉斯,你是个正直的家伙,你是这样想的?"

我立正,回答说:"是,长官。"

老人眯起眼睛,不高兴地看着我。

"小汉斯,"他说,"你以为这个王八蛋是怎么回事?他为什么挂在这儿?"

"他是囚徒,长官。"我回答说,依然保持着立正的姿势。

他跺着脚。"他是个看守,见鬼,"他低吼着,"就是你想当的那种看守,假如你确实有勇气做看守的话。"

"我下决心成为看守。"我无动于衷地回答说。

"非常好,"指挥官点点头,"我看出来了,你还是当年那个乖孩子。什么都能干,就像当年在战壕里一样。孩子,好好看着我现在要做的事。"

他在那个吊着的男人胸口按灭了香烟,男人大声呻吟起来。

"小汉斯?"他问我。

"长官。"我结结巴巴地应道,脸色像死人一样苍白。

"这条狗已经晃了十二个小时了,"指挥官说,"他是条好狗,看门的好牲口。"他走到我面前。这个白发苍苍的巨人比我高了差不多两个头。"你知道是谁下令干这件坏事的吗,小汉斯?"他用威胁的语气问。

"不知道,长官。"我回答说,磕了一下后脚跟。

"是我,小汉斯,"指挥官说着笑起来,"你知道为什么吗?因为这个畜生想象着自己并不是看守。"

"那他以为自己是什么?"我问。

"囚徒。"指挥官说。

抛 锚

一个仍然有可能的故事

1955 年

余杨 译

第一部分

　　还有可能的故事吗？可供作家书写的故事？如果他不想讲述自己的事,浪漫地、抒情地使他的自我变得具有普遍性,如果他没有迫切想要如实地谈他的希望与挫败、谈他与女人们是如何厮混,好像真实性就能将这一切转化为普遍性,而不是使它沦为医学的、至多是心理学的话语。如果他不愿这么做,而是想谨慎地退居其后,有分寸地保留他的隐私,对待他的素材,就像是雕塑家对待他的材料一样,精心打磨,完善自身,像某类经典作家一般,即便是毋庸置疑的胡言随处可见,也试着不立刻感到绝望,那么写作就会变得越来越艰难、孤独,也更没有意义,能否在文学史上获得好评,这无关紧要——,谁没得过好评呢？什么蹩脚的作品没获过奖呢？——日常生活的诉求更重要。不过即使在这里,他也会陷入两难,时运不济。纯粹的娱乐可以由生活来提供,晚上有电影,日报的文化版可以提供诗意的情调。花更多钱的话(有福利补贴的话,一个瑞士法郎也够),作家便会让我们的心灵受到冲击,享有各种忏悔自白,也就是真实,还有更高层次的价值观、道德,以及实用的套话。告诉我们应该克服或肯定某些东西,一会是基督教,一会是时髦的绝望,总而言之,这些全都是文学。不过如果作者拒绝创作这些东西,且愈来愈坚定、愈来愈固执,因为虽然他明白写作的动因在于他自身,在其此消彼长的意识与无意识的关系之间,在其信仰与怀疑之中,但他同时也认为,恰恰这些的确与读者无甚关系。看他写的、塑造的、刻画的就足矣,为了不倒大家胃口,只展示表面,讨论表面、在表面徘徊,其余则三缄其口,既不妄加评论,也不啰里吧嗦?一旦有了这样的认知,他就会卡壳、犹疑、手足无措,这是在所难免的。他开始隐约感觉到,没有什么可写的了,并认真考虑关于隐退的问题,也许写几句话还行,除此之外便会拐入到生物学领域,至少在思想上去应对一下人口爆炸的问题,那渐行渐近的几十亿人,那生生不息的子宫;抑或是转到物理学与天文学,为我们生活的这个框架提供解释、建立秩序。其余的就交给画报画刊吧,如《生活》《竞赛》《快报》和《她和他》①:报道靠氧气罩维持的总统,在自家花园里的布尔加宁大叔②,公主和她无所不能的机长③,电影明星和金融大亨们,完全可以自由替换,还没来得及聊呢,他们就已经过时了。除此之外,就是每个人的日常生活,以我为例,西欧人,确切地说是瑞士人,天气糟糕,经济浮沉,由于各种私事而担忧与痛苦,生活因此受到震荡,但是这些与宏观的世界、与事物的运行法则(不论是重要的还是荒谬的)、与必然性的出现无关。命运已经离开了演戏的舞台,躲在了帷幕之后,在通行的戏剧理论之外,前

---

① 《生活》是美国发行的老牌周刊;《竞赛》即《巴黎竞赛》,法语新闻生活周刊;《快报》是德语插图新闻周刊;《她和他》是瑞士周刊,于1925至1971年由Ringier新闻集团出版。
② 尼古拉·亚历山德罗维奇·布尔加宁(1895—1975),苏联政治家,曾任苏联部长会议主席(名义上的政府首脑,1955年2月—1958年3月)。
③ 《机长与公主》是1943年的美国喜剧电影,讲述了一位欧洲公主与美国机长的浪漫爱情故事。

台的一切都成了偶然的事故,疾病也好,危机也罢。就连战争也取决于电脑是否能正确预计它的投资回报率,不过这永远做不到,我们知道,只要计算机运转正常,只有失败可以以数学的方式设想出来。如果有人伪造数据,非法入侵电脑就惨了,不过更让人尴尬的是另外的可能性,比如一颗螺丝钉松了,一个线圈缠错了,一个按钮失灵了,由于技术故障和操作失误而导致了世界末日。所以具有威胁性的不再是上帝、正义、《第五交响乐》中的命运,而是交通事故,设计失误造成的决堤,由于实验室工作人员心不在焉,原子增殖反应堆设置错误而导致的原子弹工厂爆炸。我们的道路通向的就是这样一个四处抛锚的世界,在尘土飞扬的路边,除了巴利鞋①、斯图贝克汽车②和冰淇淋的广告之外,还有给事故遇难者们立的纪念碑,这里还会形成一些可能的故事,倒霉事出人意表地具有了普遍意义,审判与正义昭然若揭,也许还有慈悲与宽宥,皆是妙手偶得,在一个醉汉的单片眼镜中反射出来。

第二部分

事故,虽无大碍,但这里也是抛锚:指名道姓来说,此人叫阿尔弗雷德·特拉普斯,就职于纺织行业,四十五岁年纪,远未发福,外形养眼,举止得体,不过会流露出些许刻意的痕迹,因为他身上隐隐有一股粗鄙之气,像挨户兜售的小贩。这位仁兄刚刚还开着他的斯图贝克,在乡间的一条大路上飞驰,本有望在一小时后到达一座较大的城市,那是他的居住地,但在这当口,车却罢了工,怎么都不肯走了。红色的汽车无助地停在一座山丘的脚下,公路经过它蜿蜒前行。北面

---

① 巴利鞋,瑞士品牌。
② 斯图贝克,美国汽车品牌,由德国移民创建于1852年,1966年倒闭。

已出现了积云,西方则日头尚高,几乎还是下午的光景。特拉普斯抽了根烟,然后把必要的事都处理了。最终把车子拖走的修理工解释说,是油路出了问题,第二天早晨之前修不好。至于是不是这么回事,无从查证,也不建议去尝试查证。汽车修理工就像是以前打劫的马贼,或是更早之前的一方神灵和妖魔一样,落在他们手里,只有任其摆布。花半个小时去火车站,踏上有些麻烦、却路程不长的归家之旅,回到妻子与四个孩子(全是男孩)身边,这未免太惬意了些,他决定留下来过夜。此时正是晚上六点,天气炎热,接近一年中最长的白日了,汽车修理厂就在村旁。村子看着甚合心意,房屋零零落落,面朝植被茂密的丘陵,村内有一座小山丘,上有一所教堂,牧师居住的房子,以及一棵极其古老的橡树,用粗大的铁环与支撑架固定住了。一切都是那么牢固、齐整,甚至连农舍前的粪堆也被仔细地层层码好,收拾得井然有序。周边还有一家小工厂、好几家酒馆与乡间旅舍,其中一家特拉普斯常听人说起,口碑不错,不过已客满了,正在开一个关于小家畜饲养的会议,占满了所有床位。有人指点这位纺织行业的旅行者去一间别墅,那儿也时常会收留人。特拉普斯犹豫了。现在坐火车回家还来得及。但是这些村子里时常会有一些姑娘,干他们这一行的是深懂其中好处的,最近在格罗斯比斯特灵根还有过,希望来场艳遇的想法诱惑着他,因此他又振作精神踏上了去别墅的路。教堂传来敲钟的声音。奶牛们无精打采地迎着他的方向缓缓走来,发出"哞哞"的叫声。别墅是双层的,坐落在一座大花园中,墙面白得耀眼,平屋顶,绿色的百叶窗帘,被灌木、山毛榉和枞树半遮着,朝街的方向是鲜花,尤其是玫瑰,花丛中站着一位上了年纪的小老头,扎着皮围裙,可能是房屋的主人,正在干着花园里一些轻松的活。

特拉普斯做了自我介绍,请求能在此过夜。

老头走到篱笆旁,个子差不多跟花园门一般高,嘴里还抽着一根布利萨戈①雪茄,问道:"您的职业是?……"

"从事纺织行业。"

老人以老花眼们惯用的方式,从无框镜片上沿仔细打量着特拉普斯,说道:"先生当然可以在这里过夜。"

特拉普斯询问价格。

老人解释说,他一般不收钱,他独居在此,儿子在美国,由女管家西蒙娜小姐照顾他的起居,所以很高兴能时不时收留一位客人。

纺织业的出差者表示感谢,这种好客让他感动。他发现正是在乡间还残存着祖辈们流传下来的习俗。花园门打开了,特拉普斯环顾四周,小石子路、草坪、大片的荫凉与被阳光照耀的地方交相错落。

他们走到花丛时,老人精心地修剪着一株玫瑰,说晚上会有几位男士来访。他们都是附近的朋友,有的就住在村里,有的远一点,在靠山那边。他们都跟他一样,因为此地气候温和,没有高山带常见的燥热风,退休后就搬了过来。全是些孤独的鳏夫,对新鲜、鲜活、生动的一切充满了好奇,所以他非常乐意邀请特拉普斯先生与他们共进晚餐,并参加之后他们晚上的活动。

纺织业的出差者感到讶然。他原本是打算在村子里吃饭的,就在远近闻名的那家乡间旅店,但他又不敢拒绝邀约,觉得有义务留下来。既然已接受了提供的免费住宿,那么就不想让人认为他是个没有礼貌的城里人。于是他欣然接受了。房子的主人领他上了二楼。房间不错,有自来水、宽大的床、桌子、舒适的单人沙发,墙上挂着一幅霍德勒②的画,书架上是些陈旧的皮封面的书。纺织业的出差者打开他的小箱子,收拾洗漱,刮完胡子,又浑身喷了古龙水。他走到窗边,点燃了一根烟。窗外太阳像一个巨大的圆盘,滑向山丘,山毛

---

① 布利萨戈,瑞士小镇,坐落于马焦雷湖湖畔,以烟草和雪茄工厂著称。
② 霍德勒(Ferdinand Hodler,1853—1918),瑞士画家,早期作品多为肖像与风景,后期则是极具个性的象征主义风格,他称之为"平行主义"。

榉全都沐浴在阳光之下。他大致将当天的生意捋了一遍,罗特阿赫股份公司的订单不错,威特霍尔茨比较棘手,这家伙居然要百分之五的提成,小子啊小子,会叫你倾家荡产的。接着他又忆起些乱七八糟的琐事:在图灵酒店有意的出轨;要不要给最小的儿子(那是他的最爱)买电动火车模型;出于礼貌,更确切地说是义务,该不该给妻子打个电话,告知她这次不得已的逗留。不过他最终还是放弃了,经常是这样,她已习以为常,再说也不会信他。他打了个哈欠,又点了一根烟,看见三位年老的男人正从小石子路方向走过来,两个手挽着手,后面跟着一个胖胖的秃头。欢迎、握手、拥抱,谈论玫瑰。特拉普斯从窗边走开,来到书架前。从他所见的这些书名来判断,这将是一个无聊的夜晚:霍尔岑多夫的《谋杀罪与死刑》①,萨维尼的《现代罗马法制度》②,恩斯特·大卫·霍勒的《审讯实践》。纺织业的出差者算是看明白了。房屋的主人是法律工作者,或曾做过律师。他做好了听长篇大论的准备。像这样的一个学究懂得什么叫作现实生活吗?他什么也不明白。法律是在生活之后才有的。而且还担心他们会聊艺术或诸如此类的东西,那样他很容易就露怯了。好吧,若他不用在生意场的钩心斗角中打拼的话,他也会通晓这些高雅的东西的。他兴致索然地下了楼,他们已在洒满阳光的露台上就座了,管家是一位粗壮结实的妇人,正在隔壁餐厅摆放餐具。看到在等他的这一行人时,他还是惊讶了。令他高兴的是,第一个过来迎接他的是房子的主人,这会子的打扮几乎有些搞笑,仅有的几缕头发梳得精精致致,还套着一件对他来说过于肥大的燕尾服。简短的致辞,欢迎特拉普斯的到来,特拉普斯也正好借机掩饰他的惊讶,嘟囔着说,他也觉得

---

① 霍尔岑多夫(Joachim Wilhelm Franz Philipp von Holtzendorff,1829—1889),德国法学家。
② 萨维尼(Friedrich Carlvon Savigny,1779—1861),普鲁士法学家,代表作有《论立法和法学当代使命》《中世纪罗马法史》《现代罗马法制度》等。

很高兴,并鞠躬致意,冷淡而疏离,十足一副见过世面的纺织业专家模样。他不无伤感地想到,本来留在村子里,只是为了找个姑娘而已,这下可落了空。他看看对面另外三个老头,论起可笑劲来可毫不比主人逊色。他们像瘆人的乌鸦一般,将这配有藤制家具与飘逸窗帘的夏日空间塞了个满满当当,苍老、邋遢、不修边幅,虽然他一眼就可以断定,他们的燕尾服质量是顶尖的。光头的那位又不大一样(主人正开始介绍,此人名叫皮勒特,七十七岁),他僵硬地端坐在一张极不舒服的小矮凳上,虽然边上有好些舒适的椅子,打扮正式得过了头,袖扣里插着一枝白色的丁香花,不断地抚摸着他那染黑过的、像灌木丛般茂密的髭须,显然已退了休,也许之前是靠撞大运发了财的教堂差役或是扫烟囱的,又或者是火车司机。相比之下,另外两位则显得更加寒碜。其中一位(库默尔先生,八十二岁)比皮勒特还胖,体格庞大,就像是由一圈圈的肥肉堆出来的,他坐在一张摇椅上,面色赤红,骇人的酒糟鼻,金色的夹鼻眼镜后是一双和善的金鱼眼,另外,大概是他搞错了,黑色的西装下穿着一件睡衣,口袋里塞满了报纸和纸张,另外一位(佐恩先生,八十六岁),则又高又瘦,左眼前夹着一个单片眼镜,脸上有剑伤,鹰钩鼻,花白而浓密的长发,嘴巴塌瘪,整个一副老古董的样子,西装马甲也扣错了,还穿着两只不一样的袜子。

"来杯金巴利①吗?"主人问道。

"哦,好的。"特拉普斯答道,在一张沙发上坐了下来,这时高瘦个子饶有兴致地打量着他,问道:

"特拉普斯先生应该会参加我们的小游戏吧?"

"这是自然,我喜欢游戏。"

---

① 意大利生产的著名开胃酒,通常以烈性酒为酒基,饮用时通常加苏打水与柠檬皮。

老先生们摇头晃脑地微笑了起来。

"我们的游戏可能有些与众不同，"主人谨慎地、几乎是有些犹疑地提出他的顾虑："他意味着晚上我们都演自己的老本行。"

老头们又微笑了起来，礼貌而不失分寸。

特拉普斯有些摸不着头脑，他该怎么理解这话呢？

"是这样的，"主人进一步解释道，"我之前是法官，佐恩先生是检察官，库默尔先生是律师，所以我们会玩法庭审案的游戏。"

"原来如此。"特拉普斯明白了，他觉得这主意不错。也许这个夜晚并没有那么糟。

主人郑重地打量着纺织业的出差者，温和地解释道，一般他们都会选取历史上的著名诉讼案，如苏格拉底案、耶稣案、圣女贞德案、德雷福斯案，新近还重审了国会纵火案，有一次还判了腓特烈大帝不具备行为责任能力。

特拉普斯吃惊地问："你们每天晚上都玩这个？"

法官点点头，接着解释道，最妙的自然是玩活的材料，那常常会格外有趣。比如说前天吧，来了位议员到村里，做完竞选演讲后，错过了最后一趟火车，结果因勒索和受贿被判了十四年监禁。

"好严厉的法庭。"特拉普斯打趣道。

"我们引以为荣。"老头们容光焕发。

那他能扮演什么角色呢？

又是微笑，几乎是大笑了。

他们已经有法官、检察官和辩护律师了，再加上这些职位都预设对其行业及游戏规则具备专业的知识，所以只有被告一席空缺，不过主人再次强调，没有人会以任何方式逼迫特拉普斯先生参加游戏的。

老人们的计划让纺织业的出差者兴致大发，这个夜晚总算是得救了，不会是无聊的掉书袋，看样子应该挺有趣。他是个简单的人，思维平平、不喜费神,就是个圆滑世故的生意人,若为情势所逼,也能什么都豁得出去,此外他还喜欢美酒佳肴,爱找些简单的乐子。他表示将参加游戏,并接受虚位以待的被告一职,这是他的荣幸。

太棒了,检察官发出沙哑的叫声,拍手称道,太棒了,这才像个男人说的话,这就叫胆量。

纺织业的出差者好奇地询问,将会给他指派什么样的罪行。

这个无关紧要,检察官边擦拭着单片眼镜边回答,罪行总是能找到的。

大家都朗声大笑。

库默尔先生站起身来,几乎像是父亲般地说:"来吧,特拉普斯先生,我们得尝尝这儿的波尔图①葡萄酒,这可是陈年佳酿,您一定要见识一下。"

他带着特拉普斯来到了餐厅,大圆桌已按照最隆重的节日规格摆设好,陈旧的椅子带有高高的扶手,墙上挂着幽暗的油画,一切都是老派而坚实的,从露台上传来老头们闲聊的声音。余晖闪耀着,从敞开的窗户透了进来,还有小鸟啁啾,小桌上放着好些酒瓶,壁炉上方也有,波尔多酒②则存放在篮子里。辩护律师抽出一个旧酒瓶,仔细而微微颤抖地斟了满满两小杯波尔图酒,他小心翼翼与纺织业的出差者举杯祝酒,两只装着珍贵琼浆的杯子几乎都没碰上。

特拉普斯尝了一口,赞道:"好酒!"

"特拉普斯先生,我是您的辩护律师,"库默尔先生说道,"所以我们应该为友谊干一杯!"

"为我们的友谊!"

最好是这样,辩护律师边说着,边将他那赤红的双颊、酒糟鼻和

---

① 波尔图,葡萄牙北部港口城市,以出产钵酒及波尔图葡萄酒出名。
② 波尔多,法国西南部城市,新阿基坦大区的首府,也是吉伦特省的省会,被称为世界葡萄酒中心。

夹鼻眼镜向特拉普斯凑近了些,他肥大的肚子,那令人很不舒服的、软软的一团东西几乎都挨到特拉普斯身上了,最好是特拉普斯马上就告诉他所犯的罪行,这样他就可以保证他在法庭脱身。情形虽说不危险,但也不能掉以轻心。那位瘦高个的检察官依然思维敏捷,让人发怵,不幸的是主人家也是倾向于严惩,甚至近乎迂腐,这一点随着他的年事已高——今年八十七岁了——而有增无减。不过作为辩护人的他还是成功地帮大多数案件开脱,或者说至少没让它们落到最惨的地步。只有一次因为是抢劫谋杀案,他才回天乏术。但据他对特拉普斯先生的观察,这次应该和抢劫谋杀沾不上边,还是他看错了?

很遗憾他什么罪也没犯过,纺织业的出差者大笑起来,接着说道:"干杯!"

"您还是向我坦白吧,"辩护律师鼓励道,"没有必要不好意思,我了解生活,任何事情都不会让我感到惊讶。特拉普斯先生,您尽可信我的话,命运曾与我擦身而过,深渊毕现。"

纺织业的出差者禁不住微笑起来,他真的觉得抱歉,但他就是一个没有犯过罪的被告,另外检察官亲口说,找到罪行是他的事,这话他可是当了真了。游戏就是游戏,他很好奇会有什么样的结果,会有一场真正的审讯吗?

"我想是的!"

"那我很期待。"

辩护律师面露忧色。

"您觉得自己是无罪的,特拉普斯先生?"

纺织业的出差者大笑起来:"完全无罪。"这谈话让他觉得实在太有趣了。

辩护律师擦拭着他的夹鼻眼镜。

"年轻的朋友,请您记住,有罪还是无罪,这是由策略决定的!

想要在我们的法庭无罪,说得轻一点,这是在拿命冒险,反之,最聪明的做法,是给自己马上安一个罪名,比如说恰恰是对生意人很有利的'诈骗罪'。一般在审讯时就会发现,被告夸大其词了,并非什么诈骗罪,而是出于广告目的、无伤大雅的掩盖事实而已,这在商业贸易中极为普遍。从有罪通向无罪的路虽然艰难,但并非不可能,相反,要想保持无罪,不仅是无望的,而且后果会是灾难性的。您原本可以赢的,现在却要输,另外这样的话,您只能被动地接受加之于您的罪行,而无法再自行选择了。"

纺织业的出差者觉得好玩,耸了耸肩,遗憾地表示难以从命,他保证,不曾做过任何与法律相悖的坏事。

辩护律师重新戴上了眼镜,忧心忡忡地表示,特拉普斯将是个费劲的官司,会是场硬仗。在结束他们谈话时,他说道:"最要紧的是要三思而慎言,不要口无遮拦,不然的话您会突然发现,自己已被判了长期监禁,而且谁也救不了您。"

接着众人也陆续走了进来,在圆桌旁就座。大家一起轻松地用餐,相互开着玩笑。先是上了花样繁多的餐前小吃:冷盘、俄国酿蛋①、蜗牛、乌龟汤。气氛融洽之至,大家惬意地舀着汤,毫无顾忌地吧唧着嘴大喝起来。

"好了,被告,您要向我们交代什么呢,我希望是一桩干得漂亮的、有分量的谋杀案。"检察官嘶哑地说道。

辩护律师表示抗议:"我的委托人是一个没有犯过罪的被告,司法界的罕物。他声称自己是无辜的。"

"无辜?"检察官一脸诧异,剑伤疤涨红得发亮,单片眼镜差一点掉到了盘子里,吊在根黑线上晃来晃去。矮小的法官正在将面包掰

---

① 俄罗斯蛋或称酿蛋,打扮过的蛋,煮熟的鸡蛋去壳,切成两半,取出蛋黄与黄油一起搅拌成糊状,佐以芥末、盐、胡椒和切碎的醋制白花菜芽,通常作为配菜与开胃菜。

成小块,扔到汤里,这时也停了下来,责备地看着纺织业的出差者,摇着头,就连那个别着丁香花的、默不作声的秃顶老头也呆若木鸡地盯着他。一时静寂得让人发慌,没有了叉勺的声响,也没有了咂咂作响的吃喝,只有西蒙娜在暗处轻笑。

"那我们得好好查查,"检察官终于回过神来,"不可能有的事情,就不会有。"

"尽管来吧,"特拉普斯笑道,"我任凭差遣。"

随着鱼一块上桌的是葡萄酒,一种低度的烈性诺伊夏泰勒酒。"好吧,"检察官边切着鳟鱼边说道:"那我们走着瞧。您结婚了吗?"

"结婚十一年了。"

"有孩子吗?"

"四个。"

"职业呢?"

"在纺织行业工作。"

"那就是推销员啰,亲爱的特拉普斯先生?"

"全权贸易代理。"

"不错啊。汽车抛锚了?"

"偶然事件,这一年来还是头一次。"

"哦,那一年之前呢?"

"那时候我还开着我的旧车子呢,"特拉普斯解释道,"是辆1939年产的雪铁龙,但现在我开的是斯图贝克,红色烤漆的限量版。"

"斯图贝克,呃,有意思,是最近才有的吗?之前您不是全权代理对吗?"

"那时只是最普通不过的纺织品推销员。"

"经济转好了。"检察官点头道。

辩护律师就坐在特拉普斯身旁,他小声地提醒道:"当心了!"

纺织业的旅行者,现在我们可以称他为总代理了,他正浑然不觉地给牛排涂塔塔酱①,并挤了些柠檬汁在上头,按他的吃法,还加了点白兰地、辣椒与盐。他吃得神采飞扬,说从未吃得如此舒服过,他本来一直以为,对于他这样的人而言,在施拉纳菲亚②的那些夜晚已是最开心的了,没承想这里的男人之夜更为有趣。

"原来如此,"检察官判断说,"您是施拉纳菲亚协会的会员,那您在那里的绰号是什么?"

"卡萨诺瓦侯爵③。"

"太棒了!"检察官高兴地扯着嗓子叫道,好似听到了什么重大新闻一般,重新把夹鼻眼镜给戴上了,"我们大家都很高兴听到这个。我最亲爱的朋友,可否以此来推断是人如其名呢?"

"当心!"辩护律师尖声叫起来。

"亲爱的先生,"特拉普斯回答道,"也不尽然。如果我和女人们有婚外情的话,那也只是顺水推舟、逢场作戏罢了。"

法官一边给大家续上诺伊夏泰勒酒,一边问特拉普斯先生,是否愿意给在座的诸位简要地讲一讲他的生平经历。既然决定要来审判这位可爱的客人与有罪者,并有可能给他判刑数年,那么就应该进一步了解他个人的、隐私的东西,比如说风流韵事,越是绘声绘色越好。

"快讲!快讲!"老头们都乐着起哄。他们有一回招待过一位皮条客,他讲了他们那个行当最龌龊、最下流的事,最后也不过判了四年监禁罢了。

"行吧、行吧,"特拉普斯也一同笑着:"我有什么好讲的啊,先生们,我首先就要坦白,我过着普通的生活,平淡无奇。为此先干一

---

① 塔塔酱,又名鞑靼式沙拉酱、他他汁,常用来搭配油炸食物。
② 施拉纳菲亚(Schlaraffia),1859年在布拉格成立的德语组织,后遍布全球,旨在维护友谊、艺术与幽默,成员为男性,一般每周会定期聚会。"Schlaraffe"一词源于中古高地德语"Slur-Affe",意为"无忧无虑的享乐者"。
③ 卡萨诺瓦(1725—1798),极具传奇色彩的意大利冒险家、作家,"追寻女色的风流才子",十八世纪享誉欧洲的大情圣。

杯吧！"

"干杯！"

总代理举起杯,感动地注视着四位老人,他们的眼睛如鸟类一般,呆滞的目光像是黏在了他身上,好似他是什么别具风味的、可口的点心,接着他们碰了杯。

屋外,太阳终于已完全落山,嘈杂的鸟鸣趋于沉寂,但田园景色仍在日光的笼罩之下,花园、树木掩映间的红屋顶、林木葱郁的山丘、远处的山峦还有那一座座的冰峰,一派祥和,乡间的宁静自有一种肃穆与庄重,让人隐约地感受到幸福、神的庇佑与天道和谐。

在西蒙娜换盘子、并把热气腾腾的一大碗奶油蘑菇汤端上桌时,特拉普斯开始讲述他艰辛的童年。他的父亲是一名工人,无产阶级,笃信马恩主义,愤世嫉俗,郁郁寡欢,对他唯一的孩子漠不关心。母亲是一名洗衣妇,年纪轻轻便已枯萎凋零。

"我只上过小学,只是小学。"他确定地说,眼中噙满了泪水,为他辛酸的过往感到愤懑与伤怀,而大家则干了一杯陈年玛利萧红酒。

"难得,"检察官说,"难得啊!只上过小学。那您可是拼尽全力才能做到如此高位啊,我尊敬的客人!"

"可不是,"借着玛利萧的酒劲,再受到这愉悦的聚餐和窗外祥和的神性世界的鼓舞,这位仁兄吹起牛来:"可不是吗!十年前我还只是一个兜售小贩,挨家挨户地上门推销。工作辛苦,四处奔波,就在干草堆或野鸡旅店过夜。我是从我行业的底层做起的,最底层。而现在呢,先生们,你们该看看我的银行账户!我不想炫耀,但是你们有谁拥有斯图贝克吗?"

"您可要当心了。"辩护律师小声地提醒着,不无忧虑。

那这是怎么做到的呢?检察官好奇地问。

注意不要多说话,辩护律师告诫。

他拿到了"赫怀斯托斯"在这片大陆的全权代理,特拉普斯宣布,并胜利式地环顾四周。只有西班牙和巴尔干半岛落在了他人之手。

小个子法官边往盘子里加蘑菇边笑道,赫怀斯托斯可是希腊神明,了不起的、技艺高超的火神,他将爱神和她的情夫,战神阿里斯,困在了一张精心锻造的隐形大网之中,把其他众神给乐坏了。令人尊敬的特拉普斯先生获得了赫怀斯托斯的全权代理,不过他这里意味着什么,他就琢磨不透了。

"您已经非常接近真相了,尊敬的主人与法官大人,"特拉普斯笑着说道,"您刚才自己也提到了'隐形的'这个词,我并不知道这位同名的希腊神明,但他为我的产品也是编织了一张精致的、隐形的网。贵法庭一定听说过尼龙、贝伦和迷纶吧,这些都是当今的合成纤维,而赫怀斯托斯则是合成纤维之王,透明而且韧性绝佳,简直是风湿病患者的福音,既可用于工业,也可用于时装,既适用于战争,又造福和平,它是做降落伞的最佳材料,也是给美丽绝伦的女士们做睡衣最性感的料子,这一点我是通过亲身研究得知的。"

"听听,你们听听,"老头们聒噪起来,"好一个亲身研究,说得好。"西蒙娜又换上了新盘子,端上来煎牛腰子。

"节日大餐哪。"总代理兴高采烈。

"很高兴您懂得欣赏美食,"检察官说,"的确应该!给我们上的食物可都是极品,分量充足,菜品像是来自上个世纪,那个时候的人们还是勇于尝新的。让我们赞美西蒙娜!赞美我们的主人吧!这个老矮子饕餮客可是亲自去买的菜,酒呢是皮勒特负责的,他是邻村奥克森酒店的老板。让我们也一起来夸夸他!您怎么样,我的能干人?我们还是来继续讨论您的事吧!您的生活我们已经知道了,很有幸能够了解一二,关于您的职业也已清楚。只是还有一事不明:您是如何能在事业上飞黄腾达、捞到这个肥缺的呢?仅仅是靠勤勉,靠钢铁一般的干劲吗?"

"千万小心，"辩护律师倒抽口气，"现在危险来了。"

这可不是件容易的事，特拉普斯答道，一边热切地看着法官开始切分煎牛腰。首先得要打败圭加克斯，确实很费劲。

"呃，圭加克斯先生，他是谁啊？"

"是我之前的上司。"

"您是想说，得要挤掉他的位置？"

"用我们不客气的行话说，得把他甩到一边去，"特拉普斯边舀着调料汁边回答，"先生们，恕我直言，生意场是残酷的，不是你死，就是我活，谁想当绅士，对不起，谁就完蛋。我赚起钱来像割草，可是干起活来像牛马，每天我都得开着我的斯图贝克跑上六百公里。把刀架在老圭加克斯的脖子上，并给他捅一下子，我的手段并不怎么光彩，但是我得往前奔不是，生意终归是生意。"

检察官不再摆弄煎牛腰子，好奇地抬头注视着他，"甩到一边、刀架脖子、捅一下子，这些可都是相当恶毒的词啊，亲爱的特拉普斯先生。"

总代理笑起来："这些当然都只是打个比方。"

"圭加克斯先生过得还好吗？我尊敬的客人。"

"他去年死了。"

"您疯了吗？"辩护律师激动地大叫起来，"您大概是完全疯了。"

"去年，"检察官深表遗憾，"太可惜了。他死时多大年纪啊？"

"五十二岁。"

"还这么年轻。他是怎么死的呢？"

"死于某种疾病。"

"在您得到他的职位之后吗？"

"在那之前一点。"

"好的，我暂时不需要知道更多了，"检察官道，"运气啊，我们真是运气，已经发现了一名死者，这毕竟是最重要的。"

大家都笑起来,包括秃头皮勒特,本来一直在凝神默默吃着东西,在一丝不苟、坚定不移地大快朵颐,这时也抬起头来。

"不错。"他摸着他的黑髭须说道。

接着又默默地继续吃起来。

检察官庆祝地举杯宣布:"先生们,为了这一发现,我们要开一瓶1933年的碧尚男爵①来品尝,好的游戏就得配上好的波尔多酒!"

他们再次碰杯祝酒。

"天啊,先生们!"总代理已将酒一饮而尽,并将空杯示意给法官看,大为惊叹,"这酒的味道简直太棒了!"

暮色已渐渐降临,在座各位的脸几乎都看不清了。窗外隐隐可见一些星星,女管家点亮了三支沉重的大烛台,宾客们的影子映照在墙上,宛如一株美丽花朵的奇妙花萼。气氛亲切而放松,到处都是友好与善意,社交礼仪和道德变得松懈起来。

"就像在童话里一样。"特拉普斯惊叹。

辩护律师用餐巾纸擦拭了一下额头上的汗,说道:"亲爱的特拉普斯先生,您才是那个童话。我从未见过一个被告,能比您更心安理得地说出这么不当心的话来。"

特拉普斯笑起来:"亲爱的邻座,别担心!等一会儿审讯开始的时候,我不会昏头的。"

房间里再次死一般的寂静,再没有了大吃大喝之声。

"不幸的人啊!"辩护律师悲叹道,"什么叫等一会儿审讯开始的时候?"

总代理装了满满一盘沙拉,问道:"难道已经开始了吗?"

老头们窃笑起来,狡黠地看着他,最后乐不可支地大笑出声。

那个沉默的、安静的秃头也乐了:"他没有发觉,他居然没有

---

① 碧尚男爵,是波亚克产区最为优秀的酒庄之一。

发觉!"

特拉普斯蒙了,一脸讶然,他们顽童般的开心让他觉得毛骨悚然,不过这感觉转瞬即逝,他也跟着笑起来:"先生们,抱歉,我想象的这个游戏要更肃穆、更庄严、更正式,更像法庭一些。"

"最亲爱的特拉普斯先生,"法官向他解释,"看您一头雾水的样子真是妙不可言。看得出来,您对我们的审讯方式感到很陌生,觉得它太过轻松了。不过尊贵的客人,我们在座的四位已经退了休,不再受那些乱七八糟、毫无必要的形式、记录、誊写、法规的束缚,包括其他的只会加重法庭负担的玩意儿。我们审讯是不会顾忌那些破烂法律书籍与条款的。"

"有胆量,"特拉普斯的舌头已经不大灵光了,"有胆量,先生们,我太佩服了。不管法律条款,这真是个大胆的主意。"

辩护律师费力地站起身,他宣布在上鸡和其他菜品之前,他要出去透透气,为养生起见,现在正是时候去散散步、抽根烟,他邀请特拉普斯先生作陪。

他们从露台踏入茫茫夜色。夜幕已完全降临,温暖而庄重。从餐厅的窗户到玫瑰花圃拉起了一条金色的灯饰链,挂在草地上方。夜空无月,繁星满天,树木黑黝黝连成一片,使他们走的砾石路几难辨认。俩人相互搀扶着,由于酒劲的关系,步伐沉重,步履蹒跚,东倒西歪,费力地想保持直立行走,黑暗中跳动的红点,是他们抽的"巴黎"牌香烟①。

"我的天啊,"特拉普斯吸了一口气,"里面真是太好玩了,"他指向亮堂的窗户,屋里正可以看到女管家巨大的侧影,"玩得真开心,真是开心。"

"亲爱的朋友,"辩护律师摇摇晃晃地靠着他说,"在我们回去开

---

① 瑞士老牌香烟品牌,创立于1887年。

始吃鸡之前,请听我一言,不是开玩笑,您一定要牢记。年轻人,我对您抱有好感,想温柔地待您,像一位父亲一样地对您说:我们形势不妙,正要彻头彻尾地输掉这场官司。"

"真不走运。"总代理答道,边小心地扶着辩护律师在砾石路上走着,绕过一个黑色的、圆圆的大灌木丛。他们来到了一个池塘边,似乎有个石凳,两人就坐了下来。星星倒映在水中,凉意泛起,从村子里传来手风琴与歌唱的声音,还有阿尔卑斯长号,小家畜饲养协会的人正在聚会庆祝。

"您一定要打起精神,"辩护律师告诫,"重要的堡垒已被敌人拿下;由于您口无遮拦地瞎扯,节外生枝地引出死去的圭加克斯,形势严峻,这一切已糟透了,一个没有经验的辩护律师就得要缴械投降,不过若足够顽强,并充分利用所有的机会,尤其是您能绝对小心与自律的话,我还是可以挽救大局的。"

特拉普斯笑了,他断言,这着实是个奇怪的社交游戏,下次在施拉纳菲亚聚会时,一定也要引进它。

"可不是吗?"辩护律师高兴起来,"它能让人重新振作起来。亲爱的朋友,退休之后,我本该在这个小村子里安享晚年。但突然变得无事可干,不能从事旧的职业,让我一病不起,形容憔悴。这里能有什么新鲜事呢?什么都没有。只是感觉不到阿尔卑斯山的热燥风了,仅此而已。气候有利健康?真是笑话,没有精神活动谈何健康。检察官病得奄奄一息,我们的东道主被怀疑得了胃癌,皮勒特是糖尿病,我则被血压折磨得苦不堪言。这就是结果。过着猪狗般的日子。我们时不时会伤心地聚首,无限向往地讲起从前的职业与荣光,这是我们唯一的、可怜的欢乐。后来检察官就忽然想到了玩这个游戏,法官负责出房子,我负责出钱——嗯,我是个单身汉,给上流社会当了几十年的律师,还是可以存下一笔数目相当可观的财产的。亲爱的朋友,您难以想象,那些像强盗一样的金融大鳄们在被无罪释放之后,对辩护律师有多慷慨,简直可以说是挥金如土——,这个游戏成了我们健康的源泉。我们的荷尔蒙、胃、胰腺重新又恢复了正常,不再无聊,又有了精力、青春、活力与胃口,您瞧瞧,"特拉普斯在黑暗中隐约地看到,他挺着肚子做了几个体操动作,"我们和法官的客人们玩这个游戏,他们扮演被告,"辩护律师重新坐下后,接着说道:"有时是兜售小贩,有时是旅游度假的人,两个月前我们甚至判了一位德国将军二十年监禁。他和他的夫人徒步旅行时路经此地,是我的辩护艺术才让他免于绞刑。"

"太棒了,"特拉普斯惊叹道,"这活动太棒了!只是不可能是绞刑吧,尊敬的律师先生,您大概有些夸大其词了,死刑不是已经废除了吗?"

"在国家法律当中,"辩护律师纠正道,"我们这里是私人法律,又重新引入了死刑:恰恰是死刑的可能性才让我们的游戏这么刺激与特别。"

"难道你们还有个刽子手不成?"特拉普斯笑道。

"当然,"辩护律师肯定地回答,不无得意,"我们也有个刽子手,就是皮勒特。"

"皮勒特?"

"没想到,对吗?"

特拉普斯惊得打了几个嗝。"他不是奥克森酒店的老板,并给我们弄来葡萄酒的那位吗?"

"他一直都是酒店老板,"辩护律师惬意地轻笑,"只是兼职做做老本行罢了,有点像志愿者。他曾是邻国干这行最出色的之一,现在退休已经二十年了,不过他对于这门艺术的最新动态仍了如指掌。"

一辆汽车从街心驶过,车的大灯照亮了烟嘴处升腾起的淡淡烟雾。在这一瞬间,特拉普斯也看清了辩护律师的样子,庞大的身躯,油腻的礼服,肥胖的、满足的、惬意的脸。特拉普斯不寒而栗,额头上冷汗直冒。

"皮勒特。"

辩护律师愕然:"您这是怎么了?亲爱的特拉普斯,我一下子感觉您在发抖。不舒服吗?"

他眼前浮现出那个秃头,那个其实挺呆头呆脑地一块用餐的人,和这么个人一起吃饭,实在令人发指。不过这是他的职业,这个可怜的家伙又有什么错呢?这温和的夏日夜晚,还有更为温和的葡萄酒让特拉普斯变得人道、宽容、摒弃偏见,他可是见多识广、见过世面的人,既不是伪君子,也不是庸俗的小市民,不,它是一个有品位的纺织专家,特拉普斯现在觉得,若这个夜晚没有刽子手的话,也就不会那么有趣和开心了,他很期待不久之后,可以在施拉纳菲亚玩这个刺激的游戏,肯定也会叫个刽子手过来,付给他一些微薄的薪酬和费用就行了。想到这,他终于像解脱似的大笑起来:"我上当了!居然害怕了!这个游戏变得越来越有趣了!"

"信任是相互的。"辩护律师说道,两人起身,互相搀扶着,跌跌撞撞地向屋子的方向走去,窗户的灯光照得人有些睁不开眼,"您是怎么杀了圭加克斯的?"

"我杀了他吗?"

"对啊,既然他已死了的话。"

"但我没有杀他啊。"

辩护律师停住脚步。"我亲爱的、年轻的朋友,"他关切地说,"我理解您的顾虑,在所有的罪行之中,谋杀是最让人羞于启齿的。被告感到羞愧,不愿正视自己的所为,想要忘记它,把它从记忆中抹去,对过往充满了偏见,用夸大的负罪感来折磨自己,不相信任何人,就连像父亲一样的朋友、他的辩护律师也不信,这恰恰大错特错,因为一个真正的辩护律师热爱谋杀,给他个谋杀案,他就会欢呼雀跃。快都说了吧,亲爱的特拉普斯!只有当我面对真正的任务时,我才觉得舒坦,就像是让一位登山者面对艰险的四千米高峰一样,作为一名老登山者,我有资格说这话。只有这样,我的大脑才会开始思考、运作,叮当作响,好不快意!因此您的不信任是一个巨大的、我应该说是决定性的错误。所以,快些招了吧,老男孩!"

但他没什么好招认的,总代理强调。

辩护律师目瞪口呆。窗内觥筹交错,笑声愈发肆意,透出来的光照得他的脸白得有些刺眼,他直勾勾地盯着特拉普斯。

"年轻人哪,年轻人,"他不满地嘟哝着,"这又是唱的哪一出?您还不愿放弃您的错误策略?还想继续扮无辜吗?您还不明白吗?无论情不情愿,都得招供,总有些什么可招供的,您应该慢慢开窍了吧!好了,亲爱的朋友,别再扭扭捏捏,也别再犹犹豫豫了,爽快地说说:您是怎么杀了圭加克斯的?是一时冲动,对不对?那我们就得做好被起诉杀人罪的准备,我打赌检察官会往这个方向引导的,我了解这家伙,猜都猜得到。"

特拉普斯摇摇头。"我亲爱的辩护律师先生,"他说道,"我们的游戏最刺激的地方就在于——如果允许我作为新手表达一下我不成熟的意见的话——它让人感到毛骨悚然、不寒而栗,担心游戏会变成现实,会突然自问,自己到底是不是罪犯,究竟有没有杀害老圭加克斯,在您说这番话时我几乎都糊涂了。所以,我们都以诚相待吧:这个老恶棍的死与我无关,真的!"边说着他们又重新踏入了餐厅,小公鸡已经上桌了,酒杯内是1921年的柏菲①陈酿,晶莹透亮。

特拉普斯心情颇佳,他径直走向那位严肃而沉默的秃头,与他握手。他说,他已从辩护律师处得知了他从前所从事的职业,他想要强调,再没有比跟这样一位勇敢的人一起用餐更让人愉快的了,他毫无成见,恰恰相反。皮勒特则一边摸着他染过的胡须,一边红着脸嘟囔

---

① 波尔多名酒,柏菲酒庄地处法国波尔多右岸圣埃美隆产区,拥有悠久历史。

着,有些不好意思的样子,并用极难听的方言回答道:"非常荣幸,非常荣幸,会尽力而为的。"

这感人的兄弟情谊之后,再品尝小公鸡的味道就更棒了。法官告知,这是按西蒙娜的秘方烹制的。大家干脆上手,砸巴嘴大吃起来,对这一杰作赞不绝口,推杯换盏,吮吸着手指上的肉汁,身心舒泰。在这其乐融融的气氛中,审判继续。检察官胸前围了餐巾,鸟喙般的嘴吃着鸡肉,砸巴作响,他说希望供词和鸡能一块上桌,并推断道:"最亲爱的、最正派的被告,您一定是将圭加克斯给毒死了。"

"没有,"特拉普斯笑答,"绝无此事。"

"好吧,那就是枪杀?"

"也没有。"

"悄悄地策划了一场车祸?"

所有人都笑了,辩护律师又尖叫起来:"千万小心,这是个陷阱!"

"检察官先生,您真不走运,倒霉透顶了,"特拉普斯忘乎所以地大叫起来,"圭加克斯死于心肌梗死,这病发作甚至还不是头一回,好多年前他就得过,虽然他对外装得像个健康人,但其实要特别当心,稍一激动就可能复发,这点我知道得很清楚。"

"呃,您是从谁那里知道的呢?"

"从他妻子那里,检察官先生。"

"他妻子?"

"当心,看在上帝的分上。"辩护律师小声提醒。

1921年的柏菲红酒好得超乎预期,特拉普斯已经是第四杯了,西蒙娜还在他边上加放了一瓶。检察官惊讶地看着总代理与老先生们举杯祝酒,他说为了不让尊敬的法庭认为他有所隐瞒,即使是辩护律师围着他说"当心",他也要说真话,并坚持说真话。他的确和圭加克斯夫人有一腿,这个老家伙经常出差,极残忍地忽略了他秀色可

115

餐、身材姣好的小娇妻,所以他有时就不得不去充当一下慰藉者,在圭加克斯家客厅的长沙发上,后来也会偶尔在他们的婚床上,这是顺理成章的事,这个世界原本就是这么回事。

特拉普斯这话说完之后,老头们都目不转睛地盯着他,然后他们突然都乐得大声尖叫起来,就连一直沉默的秃头也将白色的丁香花抛向空中,扯着嗓子嚷嚷道:"这是供词、供词!"只有辩护律师绝望地用拳头敲着自己的太阳穴。

"真是昏了头!"他喊道。他的委托人疯了,不能就这么毫无保留地相信他说的故事,特拉普斯则愤怒地表示抗议,在座的宾客再次鼓起掌来。接着辩护律师与检察官之间开始了长长的对话,是一场针锋相对的拉锯战,既严肃又搞笑,特拉普斯完全听不懂内容。讨论主要是围绕着"dolus"①这个词,总代理不明其意。争论变得愈来愈激烈,声音也越来越大,内容越来越晦涩难懂,法官也加入了,同样吵得不可开交。特拉普斯一开始还在努力倾听,想猜出争执的内容,后来女管家端上了奶酪,让他终于松了口气:卡蒙贝尔奶酪、比然奶酪、艾蒙塔尔奶酪、格里尔干酪、僧侣头压榨奶酪、瓦西林乳酪、比利时林堡干酪,还有意大利古贡佐拉奶酪,管他什么 dolus 不 dolus 呢,他和秃头碰杯,开始品尝起来,那是唯一一个保持沉默,并且似乎也是什么都听不懂的人,直到检察官突然毫无征兆地又转向他,头发倒竖、面颊通红、左手拿着单片眼镜,问道:"您现在还和圭加克斯夫人是朋友吗?"

所有人都看向特拉普斯,他正将涂了卡蒙贝尔奶酪的白面包往嘴里塞,享受地大嚼着,接着又来了一口柏菲酒。不知哪里有只钟表在嘀嗒作响,从村子里则再度传来遥远的手风琴声,还有男人们在唱

---

① 法律用语,意为"蓄意的""恶意的"。

《瑞士军刀屋之歌》①。

特拉普斯解释说,自从圭加克斯死后,他就再没去看望过那个女人,他可不愿去坏了那个好寡妇的名声。

让他没想到的是,他的解释再次引发了诡异的、莫名其妙的欢乐,大家变得比之前更肆无忌惮,检察官高叫着:"Dolo malo, dolo malo(蓄意犯罪)!"大声吟诵着希腊语与拉丁语的诗行,背诵着席勒与歌德,矮小的法官则吹灭了蜡烛,只留下一根,他另有安排。他将双手放在火苗之后,边高亢地发出各种叫声,边用手势在墙上模仿出各式稀奇古怪的影子,一会是山羊、一会是蝙蝠,又或者是魔鬼与地林妖,皮勒特则捶打着桌子,敲得杯子、碟子、盘子全都蹦了起来,他嚷嚷着:"判死刑!判死刑!"只有辩护律师没有参与其中,他将盘子推到特拉普斯面前,要他尽情享用奶酪,已没有其他选择了。

一瓶玛歌葡萄酒②上桌后,大家又重新安静了下来。所有人都目不转睛地盯着法官,他正小心翼翼地握着尘封的酒瓶(1914年度的),开始繁复的启瓶程序,他用的是一种特殊的、老式的启瓶器,可以在酒瓶平放时瓶塞扯出来,而无须将酒瓶从篮内取出,大家都屏住呼吸,紧张地观看着全过程,它主要是为了尽可能地保持瓶塞的完整,毕竟这是能证明这酒的确是出自1914年的唯一证据,因为四十多年过去了,外商标早已毁坏。瓶塞出来时并不完整,还有些残渣需细细清理,但瓶塞上仍能看到年份,大家轮番将它看了、闻了、欣赏了一遍,最后郑重地交到了总代理手中,像法官说的,作为对这个美妙夜晚的纪念。法官先品尝了酒,咂舌称好,给大家都斟上后,其余的人也都开始细细闻着、慢慢品味起来,大为赞叹,恭维这慷慨的东道主。奶酪也被递了一圈之后,法官请检察官做一个"简短的起诉陈

---

① 瑞士歌曲,作家戈特弗里德·凯勒(Gottfried Keller)作词。
② 玛歌酒庄出产的葡萄酒是享誉世界的波尔多葡萄酒之一。

述"。检察官首先要求换上新蜡烛,认为这事应该庄重、虔敬地进行,注意力需集中,内心需收敛。西蒙娜找来了需要的东西,大家都紧张地期待着,这气氛让总代理觉得有些恐怖,他打起寒战来,但同时又觉得他的冒险经历是如此美妙,拿这世上的任何东西来交换,他都不会情愿。只有他的辩护律师显得不甚满意。

他说:"好吧,特拉普斯,就让我们来听听起诉陈述吧!知道您那些随意的回答和错误的策略都带来了什么后果,您会吓一跳的。如果说之前已是糟糕,那现在就是灾难性的了。不过您得拿出勇气来,我会救您出泥潭的,只要您别失去理智,要想全身而退,是需费些心神的。"

激动人心的时刻终于到来。此起彼伏的清嗓子、咳嗽,再次碰杯,检察官在一片哧哧轻笑声中开始了他的演讲。

"今夜的聚会非常开心,"他端坐着举杯说道,"成功之处就在于,我们发现了一桩谋杀案,它是经过精心策划的,自然也就巧妙地逃脱了国家法律的制裁。"

特拉普斯大惊失色,忽觉义愤填膺:"说我犯了谋杀罪?"他提出抗议,"您听好了,这实在太过分了,辩护人就已有过这种无稽之谈。"不过接着他又思索了一下,便开始大笑起来,笑得毫无节制,难以自已。他说现在他明白了,人们想要说服他犯了罪,这真是个精彩的玩笑,太好笑了,简直让人笑破肚皮。

检察官威严地望向特拉普斯,擦拭了一下单片眼镜,又将它夹上了。

"被告人对自己所犯之罪表示怀疑,"他说道,"这是人之常情。我们当中又有谁能真正地认识自己,知道自己所犯的罪行与干的那些为人不齿的隐秘之事呢?在我们对游戏的热情再次爆发之前,我现在想要强调:如果特拉普斯先生真是一个谋杀犯,正如我所宣称并殷切期望的那样,那我们就在面临着一个特别庄严的时刻。我们完全有理由这么认为。发现谋杀案是一件快乐的事,是一件让人心跳加速的事,让我们面对新的挑战、抉择与责任,因此首先请允许我祝福我们可爱的、可能的凶手,没有凶手,就不可能发现谋杀,不可能主持正义,所以要向我们的朋友、我们谦逊的阿尔弗雷德·特拉普斯致以特殊的敬意,是善意的命运将他带到了我们中间!"

爆发出一阵欢呼,大家起立为总代理的健康干杯,他表示感谢,泪水在眼眶内打转,肯定地说,这是他所度过的最美妙的夜晚。

检察官现在也热泪盈眶:"我们可敬的朋友说,这是他最美妙的夜晚,多么让人震撼的字眼啊!回想以前任公职的日子,干的活是多么令人郁闷。被告人当时并非是作为朋友,而是作为敌人站在我们面前。以前我们必须将他拒之于千里之外,现在却可以与他拥抱。来吧!快让我抱一抱!"

话音未落他便跳了起来,一把将特拉普斯拽起,热烈地拥抱他。

"检察官先生,亲爱的、亲爱的朋友。"总代理磕磕巴巴地说道。

"被告人,亲爱的特拉普斯,"检察官抽噎着,"让我们彼此以'你'相称吧。我叫库尔特。祝福你,阿尔弗雷德!"

"祝福你,库尔特!"

他们亲吻、紧紧拥抱、互相拍打着对方,举杯祝酒,感动的情绪蔓延开来,对这开始生根发芽的友谊充满了虔敬之心。"所有一切都变了!"检察官欢呼道,"从前我们总为了一个接一个的案子、一桩接一桩的罪行、一个接一个的判决忙个不停,现在呢,却可以不慌不忙地、悠闲地、快乐地来分析、回应、陈述、讨论和交谈,懂得去欣赏并喜欢上被告人,同时也感受到他对我们的好感,双方是如兄弟一般的情谊。一旦有了这样的交情,一切都变得容易了,罪行变得无足轻重,判决也变得欢快起来。所以让我对这既成事实的谋杀说些肯定的话吧。(特拉普斯现在又心情极佳,插嘴道:'证明,小库尔特,你要证明!')的确应该,因为这是一桩完美的、干得漂亮的谋杀。我们可爱

119

的凶手可能觉得这话是赤裸裸的讽刺,我绝无此意;说干得'漂亮'主要有两层意思,一是哲学意义上的,二是技术操作层面上的精湛:阿尔弗雷德,我们尊敬的朋友,你要知道在座的各位已摒弃了这样的偏见,认为罪行是不美的、可怕的,而正义则是美的,即使也许是可怕的美,不,我们在罪行中也认识到美,认为它是使正义变得可能的先决条件。这是哲学层面上的意思。接着我们来欣赏一下犯罪行为技术层面上的美。欣赏,我想这个词再合适不过,我的起诉陈述可不愿变成恐怖的陈述,那样会让我们的朋友不好意思、摸不着头脑的。这是一种欣赏,让他明白、见识与意识到他的罪行:只有在清楚的认知这个纯净的底座上,才可能建起完美的、正义的丰碑。"

说完这话,八十六岁的检察官筋疲力尽,停顿下来。虽然高龄,他说话依然声音洪亮,并配有幅度很大的手势,还一边大吃大喝。他用系在胸前满是油渍的餐巾擦拭了一下额头的汗水,又把满是皱纹的脖子擦干。特拉普斯为之动容。他坐在沙发上,身子有些沉重,这么多道菜上来之后,他已觉慵懒乏力。他吃得很饱,但不愿在四位老人面前甘拜下风,虽然他也承认,这些老人惊人的胃口与酒量让他有些力不从心。他是很能吃的,但这样一种旺盛的精力与口腹之欲他还从没见过。他惊讶地呆呆盯着桌子那头,检察官的真诚让他觉得很受用。远处传来教堂的钟声,庄严地敲了十二下,接着是小家畜饲养协会合唱的低沉回响:"我们的生活就像旅行……"

"就像在童话中一样,"总代理连连慨叹,"就像在童话中一样,"然后,"说我犯了谋杀罪,居然是我?太不可思议了,简直匪夷所思。"

说话间法官已又开了一瓶新的1914年的玛歌酒,检察官恢复了精神,继续说道:"究竟发生了什么?我是如何发现,该去赞美我们的亲爱的朋友犯了谋杀罪,还不是普通的谋杀罪,而是策划完美的谋杀罪呢?它的实施既没有流血,也没有借助毒药、手枪或其他类似的工具。"

他清了清嗓子,特拉普斯呆滞地、定定地瞧着他,嘴里是瓦希林乳酪。

检察官接着说道,作为一位专业人士,他的基本论点是,任何事或人背后都有可能潜伏着罪行。让他最初预感到特拉普斯先生受到了命运的眷顾、并被恩赐犯罪,这主要得益于这样一件事实,即他一年前还开着一辆老掉牙的雪铁龙在奔波,而现在则开着斯图贝克四处招摇。"我当然知道,"他继续说道,"我们生活在一个经济腾飞的年代,所以我的预感还相当模糊,更像是一种感觉,觉得即将有一次愉快的经历,去发现一桩谋杀案。我们亲爱的朋友接替了他上司的位置,把他的上司挤到一边,他的上司已经故去,这些事实都还不是证据,只是加深与强化了我的感觉。真正引起我高度怀疑,并可以用逻辑推理来证明的事情,是那位具有传奇色彩的上司的死因:心肌梗死。到了这里,我们就可以着手把所有因素关联起来了,全面调动我们敏锐的嗅觉与洞察力,审慎地、悄悄地去接近真相,在寻常中认识到不寻常,在不确定性中见到确定,在迷雾中发现轮廓,相信有谋杀案,恰恰因为看似荒谬,而猜测有谋杀。让我们来捋一捋已有的资料,设想一下死者的模样。我们对其知之甚少,我们所知道的一切,都源自于我们可亲的客人的话语。圭加克斯先生曾是'赫怀斯托斯'合成纤维的总代理,我们最亲爱的阿尔弗雷德介绍过这种材料的诸多优良特性,对此我们深信不疑。我们可以推断出,他是一个什么都干得出的人,毫不留情地利用下属,深谙生意之道,虽然做成生意的手段经常并不光彩。"

"没错!"特拉普斯激动地大叫起来,"这个混蛋就是这副德行。"

"我们还可以进一步推断出,"检察官继续说道,"他对外总是一副强悍、健壮、成功商人的模样,对一切场合都应付自如,老谋深算,所以他会极其小心谨慎地守护他有严重心脏病这个秘密,用阿尔弗雷德的话说,他是带着一种不服气的愤怒在忍受这个病,认为这是件丢面子的事,这我们完全可以想象。"

"太绝了。"总代理瞠目结舌,这简直是邪门,他打赌库尔特和死者是认识的。

他最好保持沉默,辩护律师抽气道。

"另外,"检察官解释道,"我们要来更完整地认识一下圭加克斯先生。死者忽略了他的妻子,我们应该将她想成是一位秀色可餐、身材姣好的女人——至少我们的朋友差不多是这么说的。对于圭加克斯而言,只有成功、生意、外表、门面才是最重要的,我们大致可以推断,他对于妻子的忠贞坚信不疑,认为自己是如此这般与众不同、卓尔不群的男人,所以压根儿不会想到妻子会出轨,而如果他从施拉纳菲亚的聚会上得知,他妻子与我们的卡萨诺瓦有染的话,那对他肯定是沉重一击。"

所有人都笑了,特拉普斯兴奋地拍着大腿,"就是这样,"他高兴地证实了检察官的猜想,"当他得知这一切后,就完蛋了。"

"您真是疯了。"辩护律师发出呻吟。

检察官站起身来,志得意满地望向特拉普斯,后者在忙着用刀去刮僧侣头压榨奶酪。"呃,"他问,"这个罪孽深重的老家伙是怎么知道的呢?是他秀色可餐的小妻子向他承认的吗?"

"她可没那个胆子,检察官先生。"特拉普斯答道。

"圭加克斯自己发现的?"

"他太自以为是了。"

"那难道是你承认的,我们亲爱的朋友与唐璜?"

特拉普斯不由得红了脸,"当然不是,库尔特,"他说,"你想什么呢?是这个老家伙的一位正经生意伙伴告诉他的。"

"为什么呢?"

"因为这个人想害我,对我一直都怀有敌意。"

"居然有这样的人,"检察官表示惊讶,"但是这个耿直的人怎么会知道你们的事呢?"

"是我说给他听的。"

"说给他听?"

"是啊——在我们喝酒的时候,那还不是什么话都说。"

"的确,"检察官点头称是,"不过你刚刚还说,圭加克斯的这个朋友对你抱有敌意。那岂不是从一开始就可以确定,老家伙一定会知道这事的?"

现在辩护律师进行强烈干预,他甚至站了起来,满身大汗,礼服的领口都被浸软了。他解释说,想要提醒特拉普斯注意,他无须回答这个问题。

特拉普斯却持不同意见。

"为什么不回答?"他说,"这问题又没什么。圭加克斯会不会知道,我都无所谓。这个老混蛋对我是那么肆无忌惮,那我也犯不着对他有所顾忌。"

一瞬间房间又静了下来,死一般的寂静,接着是一片欢腾。忘乎所以、笑声震天、狂欢的风暴。沉默的秃头一把抱住特拉普斯,亲吻着,辩护律师笑得夹鼻眼镜都掉了,觉得实在没办法对这样一位被告人生气,而法官和检察官则在房间内跳起了舞,敲着墙、握着手、爬椅子、摔瓶子,乐不可支,胡闹到极点。被告人再次承认了,检察官嘶吼着,声音响彻整个房间,他正坐在椅子扶手上,认为怎么赞美这位可爱的客人都不为过,这个游戏玩得太精彩了。"案情已清楚,可以最后确定了。"他接着说道,坐在摇晃的椅子上,宛如一尊风化了的巴洛克雕像,"让我们来分析分析我们尊敬的客人,我们最亲爱的阿尔弗雷德吧!他曾经完全受那个混蛋上司的摆布,开着雪铁龙在各地奔波,就在一年前还是如此!他完全应该感到骄傲,我们的朋友,四个孩子的父亲,一个工人的儿子。的确应该!在战争时他还只是一个挨门挨户兜售的小贩,甚至连这个都算不上,没有专利权,他就是一个小黑市商贩,带着非法的纺织品四处流浪,要么坐火车从一个村庄到另一个村庄,要么步行在田间地头,经常要走上几十公里,穿过幽暗的森林去遥远的农庄,胸口挂着一个脏兮兮的皮包,或是提着一只篮子,或是一个鼓鼓囊囊的半破箱子在手中。后来他日子过得好些了,进了公司,成了自由党的成员,与他马克思主义者的父亲截然不同。不过既然已经爬上了枝头,谁又会就在这枝头停歇呢?如果说在他的上方,或者诗意一些来表达,在向着树梢的方向,出现了更多的枝条与更好的果实。虽然他收入不错,开着他的雪铁龙从一家纺织公司奔到另一家,车子也不赖,但是我们亲爱的阿尔弗雷德看着左侧与右侧都出现了新款,呼啸而过,或迎面驶来,或超车前行。国家越来越富裕了,又有谁会不想分一杯羹呢?"

"说得一点没错,库尔特,"特拉普斯兴高采烈,"一点没错。"

检察官现在正讲得如鱼得水,幸福、满足得像是一个收到了许多礼物的孩子。

"下决心容易,做起来就难了,"他分析道,依旧坐在椅子扶手上,"他的上司不让他冒头,阴险恶毒,慢慢地榨干他,要他答应新条件才肯预支薪酬,懂得如何越来越冷酷地去掌控他!"

"完全正确!"总代理愤怒地大喊起来,"先生们,你们不知道,这个老混蛋是如何把我逼上绝路的!"

"所以就该无所不用其极地给予反击。"检察官说。

"这是自然!"特拉普斯肯定地说。

被告人的插话大大鼓舞了检察官,他现在站到了椅子上,像挥舞旗帜一样地挥舞着餐巾,上面溅了酒渍,马甲上有沙拉叶子、番茄酱,还有肉渣。"我们亲爱的朋友先是从生意上下手,他自己也承认,手段并不公正。我们可以大概想象出他是怎么干的。他悄悄地和上司的供应商们取得了联系,探了他们的口风,许诺了更优惠的条件,制造些混乱,与其他的纺织业同行商谈,结成了同盟与反同盟。不过接着他又想到,其实还有另一条路可以走。"

"还有另一条路?"特拉普斯讶然。

检察官点点头,"先生们,这条路从圭加克斯客厅的沙发一直通向他的婚床。"

所有人都大笑,尤其是特拉普斯。"的确,"他证实,"我给这个老混蛋来了个很糟糕的恶作剧。现在回想起来,当时的情形实在太奇怪可笑了。其实直到今日我都羞于去回想这一切,谁又会愿意去认识与面对自己呢?没有谁是清白的,不过在这么多善解人意的朋友当中,羞愧这种东西变得可笑而多余。真是奇怪!我觉得我被人理解了,也开始理解我自己了,就好像是我正在结识一个人,那个人就是我自己,之前我只是模模糊糊地认识他,那个开着斯图贝克、在某个地方有着老婆孩子的总代理。"

"我们欣慰地发现,"检察官接着温暖而真诚地说道,"我们的朋友有点开窍了。让我们继续帮助他,将真相大白于天下吧。若我们用快乐的考古学家的热忱去探究他的动机,就会发现过往罪行的精妙绝伦。他与圭加克斯夫人发生了关系,他是怎么做到的呢?我们可以想象一下,他见到了这位性感佳人,也许是在黄昏的时候,可能是冬天,大概六点左右吧(特拉普斯:'七点,小库尔特,七点钟!'),城市的夜晚已然降临,华灯初上,橱窗内和影院中都灯火通明,到处闪烁着绿色与黄色的灯饰广告牌,安乐惬意,充满了欲望与诱惑。他开着雪铁龙驶过泥泞的街道,来到了他上司住的别墅区(特拉普斯兴奋地插嘴:'是的,是的,别墅区!')腋下夹着一个公文包,还有订单、布样,有一个重要决定需要请示圭加克斯,但圭加克斯的豪华轿车却并未停放在人行道旁一贯的位置,不过他还是穿过幽暗的花园,按响了门铃,是圭加克斯夫人开的门,她说丈夫今天不会回来了,女佣也已外出,她穿着晚礼服,或者更好,身着浴衣,尽管如此,她真诚地邀请他进来喝杯开胃酒,于是俩人就在客厅并排坐了下来。"

特拉普斯呆住了,"小库尔特,你真的是什么都知道!这实在太邪门了!"

"经验之谈而已,"检察官解释说,"命运的套路都一样。无论是从特拉普斯的角度,还是那个女人的角度,都还算不上刻意勾引。这不过是一个他可以利用的机会罢了。她独自在家,有些无聊,闲来无事,很高兴有个人可以陪着说说话。房间温暖而舒适,在印有彩色花朵的浴衣下,她只穿了件睡衣,特拉普斯坐在她身旁,看着她白皙的脖颈和半露的酥胸,听她聊起对自己的丈夫是如何的生气与失望,这一点我们的朋友应该感觉得出来,他才忽然明白,既然已有谋划,他也应该在此处下手,然后他就知道了所有关于圭加克斯的事情,他的健康状况是何等堪忧,每一次大的情绪波动都可能要了他的命,他的衰老,他对待妻子是如何粗鲁与糟糕,对妻子的忠贞是如何的坚信不疑,要知道从一个想报复她丈夫的妻子那里,人们可以打听到一切,所以他就继续保持了这种关系,这是他有意为之,因为他想要用尽一切手段地毁了他的上司,不管付出什么代价。然后时机终于成熟了,他已将一切都牢牢掌控,生意伙伴,供应商,夜里还有那位白皙、丰满而赤裸的女人,于是他开始收紧圈套,制造丑闻。蓄意的!这个我们可以想象出来:惬意的黄昏时光,也是晚了。我们发现我们的朋友正在一家饭店内,比如说是城中心的一家酒馆,暖气开得有点大,一切都是高品质的、具有民族风味的、地道纯正,价格也是,还有牛眼玻璃、魁梧的老板(特拉普斯:'是在市政厅的地窖酒馆,小库尔特!'),那我们就得纠正一下,应该是结实的女老板,四周挂着已经去世的常客们的画像,一个卖报纸的在酒店转了一圈,又离开了,接着来了救世军的人,高唱着'让阳光普照',还有几个大学生,一位教授。桌上放着两个酒杯与一瓶好酒,显然是破费了一番,终于在角落里,我们找到了圭加克斯那位正经的生意朋友,已喝得脸色发白、泛着油光,敞开的领口被汗水浸透了,像已被盯上了的被害人一样,也有卒中的风险。他尚在惊讶,这一切究竟是怎么回事?特拉普斯怎么会忽然邀请他?他专注地倾听着,从特拉普斯的口中得知了出轨的事,接着,几小时之后,果不其然,就像我们的阿尔弗雷德预见的那样,他急急地赶往了上司那里,出于责任感、友谊与内心的正直,将一切都告诉了那个可怜人。"

"伪君子!"特拉普斯嚷道,眼睛睁得圆圆的,闪闪发亮,全神贯注地倾听着检察官的描述,开心地得知了真相,他的骄傲的、大胆的、孤独的真相。

接着:

"于是危险来了,这个被精心算计过的时刻终于来临,当圭加克斯得知这一切时,还想往家赶,我们想象一下,怒气冲天,还在车内就已大汗淋漓,心区疼痛,双手颤抖,警察愤怒地吹哨,他无视交通标识,然后是艰难地从车库走向房门,也许还在过道就瘫倒了,而他的妻子,那位迷人的俏佳人,正朝他迎面走来;整个过程时间并不很长,医生还注射了吗啡,然后就完了,彻底地完蛋了,还有无关紧要的临终喘息,妻子的放声痛哭,特拉普斯则在家中爱他的人身旁,接了电话,外表震惊、内心狂喜、终于大功告成的感觉,三个月之后就有了斯图贝克。"

大家再次大笑。可爱的特拉普斯被检察官的话一次又一次地给惊到了,虽然有些尴尬,他也跟着笑了起来,挠了挠头发,对检察官赞许地点了点头,他心情不坏,甚至可以说很好,觉得这个夜晚可谓大获成功。他被指控谋杀,这虽然让他有些诧异,引起了他的思索,但他觉得这是一种妙不可言的状态,在他心里居然涌起了对于更高级事物——公正、罪责、救赎——的模糊感觉,这实在让他浑身上下都沉浸在惊奇之中。他不曾忘记的害怕——在花园、之后在聚会爆发阵阵狂欢时他都有过这种感觉——现在看起来并无理由,甚至让他觉得有趣。所有这一切都如此合乎情理。他对接下来会发生的事充满了期待。众人移去客厅喝黑咖啡,步履蹒跚,辩护律师也脚步踉跄。房间摆满了各种陈设与花瓶。墙上挂着巨大的版画,有城市风光的,有关于历史事件的,如鲁特利山谷宣誓①,劳柏之战②,瑞士卫队的覆灭③,七君子之旗④,房间还有石膏吊顶、灰泥装饰,角落里放着一架三角钢琴,舒适的沙发,矮而宽大,上面是绣花的护垫,绣着一些虔诚的格言,如"走正道者得善终""良心安者得安寝"。透过敞开的窗户,可以看见街道,虽然在黑暗中模模糊糊的,更多是靠感觉,但是却带有童话色彩,让人心神往之,在这个时间点汽车已很少了,毕竟已近凌晨两点,隐隐可见晃动的车灯。特拉普斯表示,他从未听过比小库尔特的演讲更为扣人心弦的了。基本上没有什么太多可以补充,诚然,几处小小的纠正还是不为过的。比如说那位耿直的生意上的朋友个子矮而瘦,衣领笔挺,压根儿就没被汗湿,圭加克斯夫人也不是穿着浴袍接待的他,而是一件领口开得极大极低的日本和服式睡衣,所以说她的真诚邀请是很有画面感的——这是他爱讲的笑话之一,也是他可怜的幽默的证明——,另外这个恶棍头子罪有应得的心肌梗死发作也不是在家,而是在他的仓库里,当时正赶上一次热燥风风暴,还把他送到了医院,然后就心衰而死了,不过正像之前所说的,这一切都不重要,重要的是,就像检察官,他这位了不起的知己所讲的那样,他勾搭上圭加克斯夫人,的确就是为了毁了那个老恶棍,他现在都清楚地记得,他在其床上和其妻子的身上时,是如何紧紧盯着圭加克斯的照片在看,看他那张讨厌的、肥胖的脸,呆视的眼睛前

---

① 原为15世纪末的一段历史故事,19世纪之后被改写成了现代瑞士的民族神话。
② 劳柏之战于1339年6月21日在伯尔尼及其盟友之间进行,伯尔尼取胜。
③ 1792年法国大革命时,起义民众攻打杜乐丽宫,为保护路易十六与玛丽皇后,近八百名瑞士雇佣军最后全部阵亡。
④ 瑞士小说家戈特弗里德·凯勒小说中的故事。

还架着一副角边眼镜,记得他预感到,他当时干的风流快活勾当,其实会要了他上司的命,他会冷血地了结了他,这不禁让他欣喜若狂。

特拉普斯在解释这一切的时候,大家已经在绣有虔诚格言的软沙发上落座了,他们拿了热咖啡,用小勺搅拌着,并且搭配了白兰地一块喝,是1893年的罗菲尼亚克,装在大肚的酒杯之中。

接着要开始提出刑事诉讼了,检察官宣布道,他横坐在一张大得惊人的单人沙发上,两条腿翘着搭在一边的扶手上,露出两只不同样的袜子(一只是黑灰格子的,一只是绿的)。阿尔弗雷德朋友不是"dolo indirecto"(间接故意)犯罪,那样的话,死亡只是偶然事件,他是"dolo malo"(恶意)犯罪,用心恶毒,所有的事实都表明,他一方面挑起丑闻,另一方面在这个恶棍头子死了之后,就再没有去看过他那迷人的小娇妻,显而易见,这位夫人只是他血腥复仇计划的工具,可以说是他风流的谋杀武器,因此这是一桩谋杀,以心理战的方式展开,使其看上去只是出轨,而并无违法之处,当然只是看上去如此,既然如今表象已然褪去,尤其当他作为检察官欣喜地见到,尊贵的被告人自己对此也极为大方地供认不讳,那他最后就必须请求高级法官判处阿尔弗雷德·特拉普斯死刑,作为对这一罪行的奖励,它应该获得欣赏、惊叹与尊敬,有资格成为本世纪最杰出的罪行之一。

大家击掌大笑,西蒙娜正好送蛋糕进来,她说这样今夜就圆满了,所有人都朝蛋糕扑了过去。窗外一轮撩人的晚月升起,是窄窄的弯月,林木间传来和悦的沙沙声,除此之外,寂静无声,街上难得有辆汽车经过,或有一个迟归的人,在小心翼翼地踽踽前行。总代理觉得很心安,与皮勒特同坐在一张软软的厚绒呢沙发上,上绣着的格言是:"我常在爱的怀抱里。"①他把胳膊搭在这个缄默的人肩上,紧紧

---

① 瑞士民歌名,第一段大意是:"我常在爱的怀抱里/闻着青草的芬芳休憩/还把那小曲吟唱/变得不再忧伤。"

依偎着他,皮勒特别有一番慵懒的优雅,时不时地惊叹一声"不错",带着浓浓的齿音。这场景如此温情、惬意,他们脸贴着脸。酒让特拉普斯变得身子沉重而内心安详,他很享受,在这个善解人意的圈子里,他可以做回真实的自己,再也没有秘密,因为没有必要,他被赏识、尊敬、喜爱与理解。他越来越坚信自己杀了人,这想法让他感动,让他的生活脱胎换骨,使它变得更加艰辛、更具有英雄气概、更加弥足珍贵。这想法简直让他激动不已。他计划与实施了谋杀——他现在想象着——,就为了能继续向前,并且其实还不是出于职业的考虑,出于经济原因,想要开斯图贝克什么的,而是为了成为——没错,这个表达贴切——重要的、更有深度的人,他隐隐预感到——此处已到了他思维的极限——,这样才能配得上这些学识渊博的男人们对他的尊敬与爱。他觉得他们——包括皮勒特——就像是来自史前世界的巫师,他有次曾在《读者文摘》读过关于他们的事情,不过他们不仅通晓星象的奥妙,还深谙法律的秘密("法律"这个词令他陶醉),在纺织行业里,他只知道法律代表着一种抽象的刁难,而现在它却像一轮令人震撼的、不可思议的太阳,在他目光狭隘的地平线上冉冉升起,它是他无法完全理解的理念,却正因如此而令他更加恐惧与战栗,于是乎当他边畅饮着金棕色的白兰地,边聆听着胖辩护律师的辩护词时,起先是觉得惊奇,接着就愈来愈怒不可遏了。辩护人正在积极地努力,要把他的行为变回寻常的、市民气息的、日常的事情。库默尔先生脸涨得通红,全是圆鼓鼓的肉块,他将夹鼻眼镜朝上推了推,配合着小幅度的、可爱的、几何形的手势,说道,他很高兴地聆听了检察官先生想象力丰富的演讲。不错,老恶棍圭加克斯是死了,他的委托人在那人手下受尽折磨,也的确对他怀恨在心,企图推翻他,谁又会否定这些呢?这种事哪里没有?难以置信的是,非把这个有心脏病的生意人的死解释成是谋杀("可我就是杀了人啊!"特拉普斯抗议,觉得辩护词莫名其妙)。与检察官相反,他认为被告是无辜的,缺乏责任能力(特拉普斯这会儿已是大为光火了,插嘴道:"但是我就是犯罪了!"),许多人都与赫怀斯托斯合成纤维的总代理一样。他认为他缺乏责任能力,并非想宣称他无罪,恰恰相反,特拉普斯深陷各种罪责之中,他搞婚外情、靠蒙骗过活,有时还有些恶毒,不过这并不意味着,他的生活只由婚外情与欺诈构成,不,不,他也有他积极的一面、他的美德。我们的朋友阿尔弗雷德勤奋、坚韧,对朋友忠贞不贰,想给他的孩子们一个更好的未来,政治上靠得住,我们看待问题要全面,他只不过是受了不好的东西的腐蚀,有些变质了,许多普通人的生活不就是如此吗,肯定是这样啊!不过正因如此,他才不可能有伟大的、纯粹的、值得骄傲的犯罪,不可能会有果敢的行事与确凿无疑的罪行。(特拉普斯:"污蔑,完全是污蔑!")他不是罪犯,而是时代的、西方的、文明的牺牲品,哎,西方文明已渐渐失去了信仰(越来越云山雾罩)、基督教与普遍性真理,变得混乱不堪,个体的人没有了指路的明星,结果就是迷惘、野蛮化、丛林法则与真正道德的丧失。然后如何呢?这个平凡的普通人就毫无防备地落入到了一位狡猾的检察官手中。他在纺织业里凭着本能的肆意行事,他的私人生活、他生存的种种冒险,无非由出差、争饭碗和或多或少无伤大雅的一些娱乐构成,现在它们全都被看了个透、研究了个透,被细细解剖,毫无关联的事情被拼凑到一块,所有这一切被牵强地整合成一个逻辑的计划,突发事件被描述成行为的动因,其实它们也完全可能会发展成另外的样子。非要把偶然硬说成是蓄意、把不假思索说成刻意为之,那审讯的结果必然会出来个杀人凶手,就像是魔术师的大礼帽中会变出个兔子来一样。(特拉普斯:"这不是真的!")若是我们不被检察官所迷惑,而是客观、冷静地来看待圭加克斯一案,就会得出结论,这个老恶棍的死主要是他自身原因造成的,源于他没有规律的生活、他的身体状况。经理的职业病意味着什么,这大家都再清楚不过了,心烦、吵闹、崩溃的婚姻与神经,其实特拉普斯提到的热燥风风暴才是心梗的元凶,热燥风对心脏病是有影响的(特拉普斯:"真可笑!"),所以毋庸置疑,这只是一次不幸的偶然事件而已。当然,他的当事人的做法是冷酷无情,不过就像他自己一再强调的那样,他只是遵循生意场上的法则罢了,他当然恨不能将他的上司干掉,有什么事、什么行为是人不敢想的呢?不过这只是想法而已,想法之外的行动并没有,也无从断定。假定有这样的行为存在是荒谬的,若是现在当事人连自己都假想他杀了人,这就更加荒谬了,这就好比他在经历了汽车抛锚之后,又遭遇了第二次精神上的抛锚。有鉴于此,他作为辩护律师,要为阿尔弗雷德·特拉普斯申请无罪释放云云。这番善意的、扑朔迷离的话让总代理感到愈来愈愤怒,他干得漂亮的罪行被这番说辞掩盖,开始走样、瓦解、变得不真实、模糊不清,被大事化小。他觉得太小看他了,因此辩护律师的话还没说完,他就继续表示抗议。他激动地站起身来解释,大发雷霆,右手是一盘新的蛋糕,左手是一杯罗菲尼亚克,在宣布判决之前,他想要无比确定地声明,他完全赞同检察官的说法——说到此处已是满眼热泪——,这就是谋杀,蓄意的谋杀,他现在已清楚地认识到了这一点,而辩护律师的辩词却让他大失所望,应该说感到震惊,本来他恰恰是希望他可以理解他的,因此他请求对他的判决,或者更甚,应该说是惩罚,他这么说不是出于谄媚,而是由于激动,因为直到今天夜里他才明白,什么叫作*真实地*去生活(说到此处这位勇敢的好人有些犯晕了),为什么像公正、罪责与赎罪这类更高层次的观念是必需的,用他的行话来说,就像是合成纤维离不开化学元素与组合一样,这一认识让他获得了新生,无论如何——他请求原谅,一旦脱离了职业范围,他的词汇就比较贫乏,所以无法表达出他真正想要讲的意思——无论如何,他觉得他的这种幸福感用"新生"这个词来表达最恰如其分,就好似他浑身上下都被猛烈的风暴刮过、穿过、席卷过。

判决的时刻到了,小个子法官已经酩酊大醉,在一片大笑声、尖叫声、欢呼声和皮勒特先生的歌唱调子声中,他的宣判很是费劲,不仅因为他已爬到了摆放在角落的三角钢琴上,更确切地说,是钢琴里面,因为之前他已将盖板打开了,更因为他说话本身都已相当困难。有些词他说得磕磕巴巴的,有些则颠三倒四,或是说不全,他开始说一些自己也驾驭不了的句子,想把它们和另一些句子衔接起来,不过那些句子的意思他又早已忘记了,但他的思路大体还是能猜出来。他一开始就问,究竟是谁说得在理?是检察官,还是辩护律师?究竟特拉普斯是犯下了本世纪最杰出的罪行之一,还是无辜的?这两种说法他都难以苟同。正如辩护律师所言,面对检察官的审讯,特拉普斯的确毫无招架之力,由于这个原因,他所招供的许多东西其实并不是那么回事,但他的确又杀了人,诚然,不是出于歹毒的用意,而仅仅是因为他学会了这个世界的运行法则:不假思索、漫不经心,作为"赫怀斯托斯"合成纤维的总代理,他一直就是这么过的。他杀了人,因为对他而言,把别人逼得无路可走,毫不手软,是件再正常不过的事,管它会有什么后果呢。若是在他所生活的那个世界,那个他开着斯图贝克呼啸往来的世界,亲爱的阿尔弗雷德不会有任何事,也不可能有任何事,不过他现在有幸来到了他们中间,来到了这幢静寂的白色别墅(说到此处,法官的话语变得含糊起来,在喜极而泣的抽噎声中,才能把接下来的话讲完,不时还被他感动的、惊天动地的喷嚏所打断,他用一条硕大的手绢来擦拭,小脑袋又被遮了个严实,结果众人更是笑得打跌),来到了四位老男人这里,他们用正义的纯洁之光照亮了他的世界,当然这正义有些奇特,他明白、知晓、都理会得,这正义在四张饱经风霜的面孔发出冷笑、它倒映在年事已高的检察官的单片眼镜里,在胖辩护律师的夹鼻眼镜中反射出来,它在已醺醺大醉、口齿不清的法官无牙的嘴里发出咯咯轻笑,在已卸任的刽子手的光头上熠熠生辉(众人对这套文绉绉的话已很不耐烦:"判决,我们要判决!"),这是一种怪诞的、可笑的、已经退休了的正义,但正因如此,它才是真正的正义(众人有节奏地:"判决,我们要判决!"),他现在以它的名义宣判,对最棒的、最尊贵的阿尔弗雷德处以死刑(检察官、辩护律师、刽子手和西蒙娜齐声欢呼:哈啰、乌拉;特拉普斯感动得泣不成声:"谢谢,亲爱的法官,谢谢!"),尽管判决的法律依据仅仅在于,被判刑者自认是有罪的,这毕竟才是最重要的。所以他很高兴,被判刑者如此毫无保留地接受了他的判决,人的尊严不会乞求恩赦,因而他们尊敬的朋友也满心欢喜地接受了对谋杀罪的加冕,他希望,这一过程可以像谋杀本身一样愉悦地进行。有的事故一般民众和普通百姓看起来是偶然,或仅是自然法则的必然、是疾病、是血栓堵塞了血管、是恶性肿瘤,而在这里它是必然的、道德的结果,只有在这里,生活才顺理成章地获得了艺术作品意义上的完满,人性的悲剧变得清晰可见,发出耀眼光芒,获得了完美无缺的形象,得以圆满(众人:"结束吧!结束吧!"),完全可以说:只有把被告人变成被判刑者,在宣布判决的过程中,正义才能完成它的加封仪式,没有什么比判处人死刑更高级、更高贵、更伟大的了。现在这一切已经完成。特拉普斯,这个也许并不完全合格的幸运儿——因为原本只有有条件的、带限制的死刑才是合理的,而他却不予考虑,为了不让他们亲爱的朋友失望——,简而言之,阿尔弗雷德现在已可以与他们平起平坐,值得被他们委员会吸收为最佳游戏者云云(众人:"上香槟!")。

　　夜晚的聚会达到了高潮。香槟泡沫四溢,宾客们的欢乐有增无减,气氛变得热烈而亲密,连辩护律师也再度被纳入这友好的氛围之中。蜡烛燃尽,有好些已熄灭了,窗外有了一丝拂晓的气息,黯淡的星辰、遥远的日出、清新与晨露。特拉普斯亢奋而疲惫,请求带他回房间,踉踉跄跄地接连撞人。大家只在口齿不清地呓语,酩酊大醉,客厅里充斥着兴奋的吵嚷,乱七八糟的讲话、自言自语,因为没有人会去听其他人说话。大家身上都是一股红酒和奶酪的味道,他们抚摸着总代理的头发,充满爱意地亲吻着这个疲惫的幸运儿,他就像个孩子一样,被爷爷们和叔叔们包围。沉默的秃头带他去楼上,他们四肢并用,费力地爬着楼梯,爬到一半又卡住了,两人纠缠到一块,没法继续向前,只好蹲坐在台阶上。从上方的窗户透进来第一束黎明的光,石头般的颜色,与粉刷过的墙壁的白色混为一体,屋外传来这新的一天的第一波喧嚣,远处小火车站的汽笛声和火车转轨声让他依稀忆起那错过的归家之旅。特拉普斯觉得幸福得无以复加,这感觉在他小市民的生活当中还从未有过。模糊的画面浮现眼前,一张男孩的脸,也许是他最钟爱的小儿子,然后是暮色中的小村庄,他由于汽车抛锚来到了这里,明亮的公路带,蜿蜒穿过一座山丘,小山上的教堂、带着铁环与支撑的粗大橡树,树叶沙沙作响,林木茂密的山谷,后面、上方是无边无际的明亮天空,无处不在,无穷无尽。不过接着秃头就累瘫了,口里嘟哝着:"我要睡觉、睡觉,太累了、累了。"然后他就真的睡了,只朦胧听到特拉普斯在继续往上爬,后来有一张椅子砰然倒地,让沉默的秃头在台阶上倏然惊醒,不过也就维持了几秒,他仍沉浸在梦乡、沉浸在对过往的恐怖与残忍时刻的回忆之中,接着,这个睡觉的人周围就出现了杂乱无章的脚步声,是其他的人在爬楼。他们厉声叫嚣着,在桌上起草了一份羊皮纸的死刑判决书,极尽卖弄,用了许多风趣的表达和学术套话,是用拉丁语与古德语撰写的,然后他们就出发了,想把他们的作品放在睡梦中的总代理的床头,待他早上醒来之后,可将它留作他们大醉一场的美妙纪念。屋外已是天色大亮,清晨来临,刚开始的鸟叫声刺耳而焦躁。他们爬楼是踩着安详的秃头过去的,三人摇摇晃晃,互相搀扶、相互倚靠,在楼梯的拐弯处尤其不易,他们被卡住、倒退、再往前与再失败都是在所难免。好不容易来到了客房门口,法官打开了门,欢乐的一行人在门槛处惊呆住了,检察官还围着餐巾:特拉普斯吊在窗框里,一动不动,在天空黯淡的银色背景下,似一抹幽暗的剪影,被浓郁的玫瑰花香包围,是如此的彻底与决绝。检察官的单片眼镜中映照着越来越强势的黎明,他不得不大口地喘着粗气,对失去这位朋友感到无助与哀伤,接着发出痛苦的呐喊:"阿尔弗雷德,我的好阿尔弗雷德!上帝啊!你都想到哪去了啊?你毁了我们最美妙的聚会!"

史密斯儿

1961—1976 年［1959—1976 年］

顾牧 译

麻烦事一大早就来了,很意外,所以更让人丧气,当时J.G.史密斯(这是他在很多名字之后,最终决定选择的一个)虽然算不上飞黄腾达,但至少生活是有着落的。他的收入刚好达到能够保证生活的程度,虽然不是正式的,但管理机构也能算是容忍了他的存在。正因为如此,莱普尼茨的动摇才更显得没道理。当然,他可以换掉莱普尼茨,只要是有点解剖经验的医科大学生都能顶上,但J.G.史密斯很依赖莱普尼茨,给他的工资可是不少,即便莱普尼茨获得开诊所的许可(许可就是这天早晨收到的),也应该明白这个许可对他来说没什么用,不是因为以前的过错——给人堕胎什么的——而是因为莱普尼茨已经在J.G.史密斯这儿工作了快四年。四年是很长的一段时间,长到不容人退出。指责莱普尼茨并不是让人愉快的事,但到最后,莱普尼茨还是想明白了,也明白了自己不可能涨工资,在这一点上史密斯很坚决,威胁要辞职没用,对他来说没用。对新来的那个大块头,史密斯当然是不会用这种态度的:想要钱,就给他们钱,自然规律不能违反。"您瞧,史密斯儿,"那个新人上来就这样说,他边说边剔着牙——他们当时站在莱星顿街和五十二街交界处的拐角那里,对面是花旗银行的工地——"您瞧,史密斯儿,没错,老米勒有四个孩子,而我是单身,但我对生活的要求比较高。"史密斯儿含混地威胁说要去找港口的警察,那人不找他麻烦,而且,他跟那人是朋友,听到这儿,那个大块头只说了句,哦,那这事可就兜不住了。麻烦,全是麻烦,还有高温,才刚五月三日,就已经让人觉得像是到了盛夏,史密斯儿不停地出汗,莱普尼茨来向他提要求的时候,他已经在出汗了,所有的一切都在高温中蒸腾,布鲁克林几乎蒸没了。史密斯儿现在已经用不起空调,有尸臭味,但房屋管理员无所谓,而且史密斯儿也不住在那儿,打电话到辛普森家依然还是能找到他的,莱普尼茨也已经习惯了,但这事还是很尴尬,有的时候会有顾客走错路,没有走到辛普森的酒吧,倒是进了解剖室,莱普尼茨也不可能一直把尸体放在冷库里,干活的时候,他得把尸体拖到解剖台上,而且,史密斯儿觉得应该把这里的一切伪装成实验室的样子,有技术含量的感觉,明亮光洁,镶着白瓷砖——三区大桥下面的这个地方现在刷的颜色看上去就很可疑。当然,也要提到一些值得一提的优势:这里离西河很近。史密斯儿骂起来,没时间回家洗澡换衣服了,天一热臭味就来,不是早晨的尸臭,这种气味是他职业的一部分,就像鞣皮工闻到皮子味一样,没有感觉,不,让他抓狂的是城市的臭味,这种让他痛恨的味道附着在一切东西上面,灼热,黏腻,跟无处不在的灰尘分子、煤炭分子、油粒子黏在一起,跟柏油、房屋外墙、热气腾腾的马路融为一体。他得喝酒。跟莱普尼茨谈话的时候他就已经喝过了。杜松子酒。他跟那个新人一起去了"贝蒙特"日用杂货店。两个啤酒。后来他又跟那个港口警察在五十街的某个地方喝了波旁威士忌。港口警察喝的是啤酒,吃了两块牛排。史密斯儿没有碰他的牛排。再后来,港口警察许诺会来的那个警察长官也来了,这人是个让人恶心的知识分子,样子根本不像警察,是个书呆子,通过跟人搞同性恋爬到了现在的位子上。此人向史密斯儿做了自我介绍。他所面对的这些人现在越来越让人看不懂,史密斯儿最近刚帮一个歹徒处理掉了百万富翁的女儿,那人也是个同性恋,以前还是个教士,这个人现在依然在逃。不过,这个警察长官也许根本不是同性恋,他刚才盯着女服务员的眼神色眯眯的,他也许是个共产党。他知道那个教士的底细,史密斯儿一开始以为是港口警察给自己介绍的那个人,其实是这个人介绍的。现在,史密斯儿还得给这个警察长官付百万富翁女儿的那笔钱,但他已经给港口警察付过钱,这次真是赔大发了。史密斯儿喝完了那杯威士忌。本来他要去辛普森那儿的,但是警察长官打开了话匣子。这个家伙有工夫瞎胡扯,时间对他来说不是问题。虽然有空调,还是热得要命。他说:最好救护部门能接管整个这摊事,当然要保密,霍利(那个教士)也认为,把这种事交给像史密斯儿这样的个人风险太大,教士是这个辖区地下的新老大。史密斯儿又换成了杜松子酒,牛排他还是没有碰。警察长官还在喋喋不休:对付犯罪的老方法现在不管用了,国家如今得跟犯罪行为共存,自从他跟霍利搞好了关系,犯罪案件就减少了,关键是要宽容,史密斯儿得明白,不断在合法和不合法阵营两边周旋的日子已经结束了,因为合法的现在虽然没有消灭不合法的,但是也已经掌控了它,如果史密斯儿还没看清楚局势的话,就让救护部门介入,再不行还有港口警察,虽然那样做从卫生角度看有隐患。史密斯儿要了杯咖啡,放了三块糖,用勺子搅拌。"多少?""每个一半。"警察长官说,他取下自己的无框眼镜,哈一口气,擦干净,又戴上,就像研究者观察虱子一样看着史密斯儿。港口警察跟刚才花旗银行对面的那个大块头一样剔着牙。警察长官又把眼镜摘下来擦,史密斯儿的样子让他厌恶。这个提成比例没法干,史密斯儿说,他得付莱普尼茨双倍的钱,这头猪现在有了合法的行医资格了。好,警察长官说,他又要了一杯咖啡,那他就去跟救护部门谈谈。史密斯儿又点了一杯杜松子酒。"抱歉,史密斯儿。"港口警察说。史密斯儿让步了,寄希望于能背着警察跟霍利找个地方协商一下——总是会有一些不能够让警察知道的约定,同样的,有些约定也

141

跟霍利没有关系——他又点了一杯啤酒。午夜时他来到托米的法国餐厅,没有人知道这为什么是家法国餐厅,在那里,他终于还是吃了牛排,加薯条,来他面前坐下的却不是霍利,而是范·德·塞伦。这个人有时说自己是俄罗斯人,有时说是波兰人,看情况需要,但他应该是个意大利人,或者希腊人,而且也不叫现在这个名字,也有人说他事实上是个荷兰人,但是不叫范·德·塞伦,他的名字听上去就像丹麦语的奶酪。不管怎样,他是两年前从可怕的欧洲游到这里来的难民,当时已经奄奄一息。就是那个欧洲制造了所有这些耗子——总统真应该出手制止。现在,这个人穿着一套无比昂贵的西装,真丝的,香水味刺鼻,抽着一支哈瓦那雪茄,看上去像基督山伯爵。可惜霍利有事来不了,范·德·塞伦说。"生意上的事?"史密斯儿问,这跟他本没什么关系,他气的是自己正好急着要跟霍利谈谈。"算是吧。"范·德·塞伦回答道,他给自己点了个龙虾沙拉,说,霍利可能已经躺在史密斯儿的冷库里了,甚至有可能已经在莱普尼茨的解剖台上。"可惜了这个同性恋。"史密斯儿觉得很遗憾,他若有所思地看着范·德·塞伦,想着回头要问一下奶酪用丹麦语怎么说,三区大桥下的一个大个子流浪汉是瑞典人,然后他想,不知道那个警察长官是不是已经知道现在的老大换成了别人,不是霍利了。范·德·塞伦慈祥地冲他笑着说:"因为一山不容二虎。咱们会相处愉快的,史密斯儿。"但很遗憾,他得提高分成比例,史密斯儿说,莱普尼茨现在要价高了。范·德·塞伦摇摇头。"我结婚了,史密斯儿,上周。"他说。"那又怎样?"史密斯儿问。他老婆有个弟弟,医科大学生,可惜他吸毒,这可是个烧钱的爱好。史密斯儿明白了:"咱们按以前的比例来。"他建议说。"减少十个点,"范·德·塞伦回答说,"我还得供养这个小舅子。"史密斯儿的生意比以往任何时候都差,而且还有这要命的暑热,走出托米的法国餐厅时,他觉得自己就像是进了一锅热汤。他本来想回家,回他那个有家具、有厨房和浴室的三居室。房子内部装饰非常丑陋,德式风格,里面塞满了面目全非的书,这套房是他从教授那里接手过来的,教授是莱普尼茨的前任。那套房子就像是散发着霉味的牲口棚,从来不通风,从来不打扫,但跟他之前在布朗克斯区住了很多年的窝棚比起来,已经算是奢侈的享受。不过,如果跟这些新的生意伙伴这样继续下去的话,他很快就得去住地下室了。那个警察长官就是个共产党,这一点史密斯儿很清楚,范·德·塞伦是个犹太人,这一点更清楚,没准还是个荷兰犹太人,名字的发音像丹麦语里的奶酪。最好的办法还是一走了之,去洛杉矶或者类似的地方,走人,换个地方重开一家店,像史密斯儿这样的人,走到哪儿都是有人需要的,到处都有要处理的尸体。托米的法国餐厅对面有一个小酒吧,史密斯儿从街上横穿过去,一辆汽车打着滑停下来,司机破口大骂。在酒吧里,史密斯儿又要了一杯杜松子酒,最好的办法就是把自己灌醉。从敞开的酒吧大门,他看见范·德·塞伦钻进他那辆凯迪拉克,车上是司机萨姆。史密斯儿把杜松子酒一饮而尽,最终还是没有回家。范·德·塞伦的那张肥脸突然让他很忧伤,他为霍利感到伤心。史密斯儿擤了把鼻涕,让出租车司机去三区大桥附近的一条街。霍利至少还相信正义,不停地提起上帝,这跟他的职业很不相符。史密斯儿很确信这个同性恋背着人是会数着念珠祈祷的,虽然他想象不出是什么样子的。出租车司机自言自语,说的是西班牙语,滔滔不绝。出租车终于在史密斯儿说的那条街上停下,史密斯儿很高兴,他觉得那个司机像是个神经病,不过,这高温任谁也不好受。史密斯儿还得走几个街区,然后再往下面的西河过去。按照老习惯,他从来不让人把自己送到工作的地方下车。街道像在没有用处的蛮荒中炸开的狭窄山谷,看似空荡荡的,但是在人行道上,墙根底下,还有阳台上面都睡着人,有半裸的,有全裸的,在昏暗的光线下看不清楚,但到处都是,原始而又臃肿。史密斯儿就像穿过一堵堵热烘烘、打着鼾、湿漉漉的墙,他汗流浃背,他酒喝得太多了。他来到那栋破败的仓库跟前,五层是莱普尼茨的工作间,不是很方便,但莱普尼茨坚持要这样的地方,至于他的工作具体是怎么进行的,他怎么把剩下的部分运走——肯定还是会剩下点什么,但显然并不多——如何从五层运到某个地方去,这些史密斯儿一直没太搞清楚,也许所有的一切都在液体里溶解了,哗哗地流进了下水道。史密斯儿哆嗦了一下,他想到在莱普尼茨之前,教授是在他现在住的那套房里做这些工作的,虽然那个时候的业务量不大,每个月只有一具尸体。史密斯儿已经打开了门,模模糊糊地希望还能够再见到霍利,哪怕只是一具尸体。史密斯儿正这样醉醺醺的,抱着这样的希望,满心对死者的哀思,突然从身后的街上传来一个声音:"我要跟你上床。"史密斯儿手里握着门把手,门半开着,正打算走进门里去,他回过头,看见一个女人紧挨着他站在门外,只有一个轮廓,因为史密斯儿没有打开楼梯间的灯。是个妓女,他心想。史密斯儿正打算在她面前使劲关上门,却突然来了股要放肆玩笑的情绪。"来吧。"他说,摸着黑走到电梯跟前。女人跟着他,他能够在走廊里保温箱一般的温度中感觉到她。电梯从上面下来了,他们紧挨着站在一起,等了一会儿,电梯——这是货梯,又旧又慢——才下到底,这时醉醺醺的史密斯儿已经忘了那个女人,直到在灯光明亮的电梯里靠在墙上时,他才又注意到她,想起是自己叫上她的。她大约三十岁,身材苗条,黑头发一绺绺的,大眼睛,也许漂亮,也许不漂亮,史密斯儿已经醉得没法判断,但女人仍有一种优雅和不同寻常穿透他浓重的醉意,让他觉得不舒服。她的裙子肯定特别贵,裙子下面的身材虽然不错,但是跟这里的环境不相称,为什么不相称,史密斯儿也不知道,就是感觉而已。她那个肯定不是妓女的身体,虽然他模模糊糊地预感到自己不应该搞这种冒险的事,但还是启动了电梯。女人瞪着他,不是嘲弄,也不是害怕,就是无所谓的样子。他现在觉得这个女人有二十五岁,他习惯性地会把人的年龄往小了估计。职业习惯。"多少?"史密斯问。"免费。"史密斯儿又被一阵要命的玩笑心控制了,得给她点好看,她那见鬼的优雅突然让他很反感,他想象着女人如何情绪失控,如何大喊大叫地冲下楼,也许是冲到那些大汉那里去,而那些人只会撇着嘴笑。想到这些的时候,史密斯儿撇嘴对女人笑了,但是,女人什么表情也没有,只是瞪着他的脸。电梯停了,史密斯儿走出去,打开解剖室的门,走进去,没有回头看那个女人。她跟在后面,停在了门口。史密斯儿走到解剖台前,呆看着霍利。霍利赤身裸体,已经死了,他是胸部中枪,不过出奇地干净,莱普尼茨肯定是清洗过尸体了。一把椅子的椅背上挂着霍利的教士服,叠得整整齐齐,还有霍利的内衣,鲜红色,真丝的。"没有念珠?"史密斯儿问。"就这些,"莱普尼茨说,"再就是那些。"他指着窗户旁边的角落:弹药带,手枪,一挺冲锋枪,几个手雷。"全都藏在教士服下面,竟然没有被人发现可真是奇迹!"莱普尼茨往一个旧浴缸里放水,这个浴缸史密斯儿头一次见。"我觉得他根本就不是个教士,只是个同性恋。""也有可能,"史密斯儿说,"新买的?"他看着浴缸周围的桶和瓶子。"什么?"莱普尼茨问。"浴缸。"史密斯儿说。莱普尼茨回答说一直就有,并把放着外科手术工具的车推到解剖台跟前。"你也不会丹麦语?""不会。"莱普尼茨回答说。史密斯儿失望地转过身,看到那个女人,穿着昂贵裙子的女人依旧站在门口,左肩随意地斜靠在门框上,他又把她忘了。这时,史密斯儿突然想起自己刚才在设想女人大喊大叫,冲向那些大汉。"滚!"史密斯儿愤怒地说,但他知道这话是白说。女人没吭声。她没有化妆,头发是长而柔软的一绺绺。史密斯儿打个寒战,天太热,热到他突然觉得浑身冰冷,然后史密斯儿问道:"莱普尼茨,你睡在哪儿?"问的同时,眼睛一直紧紧盯着靠在门框上的女人。"上面一层。"莱普尼茨说,他已经开始切割霍利。史密斯儿朝女人走过去。她什么也没有说,一脸无所谓地看着他。"上电梯。"史密斯儿说。他们两人又是面对面靠在电梯壁上,互相看着,好几分钟。史密斯儿关上栅栏门,从解剖室敞开的门里,他能看到莱普尼茨正麻利地在霍利身上切来切去。然后,电梯朝上面驶去,停住。两个人没有动。史密斯儿看着那个女人,女人看着他,就好像他是什么无关紧要的东西,根本不存在,但同时又是存在的,她并不是什么都没有在看,她并没有装作没看到他的样子,荒唐就在于此,她在观察他,研究他,目光探查过他胡子拉碴、汗津津的脸上的每一个毛孔,从每一条皱纹上滑过,尽管如此,他对她来说还是无所谓的,她就是想交配而已,就像动物跟动物交配,而动物,史密斯儿心想,互相之间应该也是无所谓的。他有一搭没一搭地想着,并看着她,她的肩膀,她那件漂亮裙子下的乳房,同时,史密斯儿想到了霍利赤条条的尸体,那尸体正在下面一层被莱普尼茨切割开。史密斯儿的脸上冷汗直流,他害怕,他需要在由酷热僵化而成的寒冷中拥有亲近、柔软、温暖,他拖着那个女人,猛地推开了电梯对面的房门,将女人拉进房间。屋里唯一的光线是从电梯里穿过敞开的房门照进来的灯光,他占有了那个女人,女人任他摆布,之后,他爬着找自己的裤子,他应该是把裤子甩到什么地方去了,扔到了电梯光照不到的地方。这一切都很可笑,愚蠢。"出租车。"女人平静地说。史密斯儿穿上裤子,把衬衫塞进裤腰里,然后去找自己的大褂,找到了,他被书绊得跟跟跄跄,整个房间里似乎都堆满了书,就像在他家里,那儿到处都是教授留下的书,只不过这儿除了床垫外没有其他家具,真不知道莱普尼茨的日子是怎么过的,而且这个混蛋还在要更多的分成。史密斯儿没有开灯,他不好意思,虽然他心里想自己不需要在一个妓女面前感到不好意思,但又突然明白了这不是个妓女。女人依然躺在床垫上,被电梯里的灯光照着,赤裸,白皙,史密斯儿很惊讶自己竟然什么都想不起来了,他肯定是扯掉了她的裙子,很好,让她自己想办法,看她怎么把裙子再缝到一起。那条昂贵的裙子显然激怒了他,她现在反正得自己帮自己了,是她跟着他来的,不是他跟着她。但后来,史密斯儿还是下楼去了莱普尼茨那儿,走进依然敞开着的解剖室的门。霍利现在只剩下个躯干了,莱普尼茨的能干真是不可思议,史密斯儿突然为他骄傲起来。老天爷,莱普尼茨对得起他的那些分成,他看着莱普尼茨不断在浴缸里搅和,一堆黏稠的泡沫,然后一阵汩汩声,浴缸渐渐空了。其实挺简单的,虽然人间的一切都不堪一击,但史密斯儿的心中还是肃然起敬。然后,他看见女人又出现在门口,跟之前一样,又穿上了那条裙子,裙子完好无损,她应该是自己脱掉的。史密斯儿很尴尬,也许是因为他刚好想到了人间的一切都不堪一击,但是他不太相信女人能在这么热的时候觉察到自己的想法。他突然又能感受到炎热,汗水顺着他往下流,他觉得自己很恶心。他走到窗台的电话跟前,给范·德·塞伦打电话,虽然还从来没有给这个人打过电话,但他从萨姆那儿拿到了塞伦的号码。过了好久,范·德·塞伦才接了电话,之前不断有人接电话说,范·德·塞伦现在不能接电话,但到最后他终于还是接电话了,因为史密斯儿不停地打。范·德·塞伦怒吼着问史密斯儿到底要干什么,史密斯儿怒吼着回答说,他要多分百分之二十,否则就关店。"好,好,"范·德·塞伦突然友好得不得了,"多分百分之二十。"但是现在他要睡觉。然后,他还要萨姆和那辆凯迪拉克,史密斯儿继续吼道。车到哪儿,范·德·塞伦依然友好得不得了。三区桥下,史密斯儿说,他不想久等。"来了,来了。"范·德·塞伦用安慰的语气说。史密斯儿放下了听筒,这时霍利已经不见了,只剩下那件教士服,莱普尼茨最后把这件衣服和鲜红色的内衣一起扔进了浴缸。史密斯儿带着女人下了楼,房子大门依然敞开着,气温还是没有降低,但天已经开始亮了,清晨就像是搞突然袭击。萨姆开着凯迪拉克来的时候,天已经大亮了。史密斯儿坐在萨姆旁边,女人坐在史密斯儿后面。"去哪儿?"史密斯儿问。"去'科伯恩'。"女人说。他们的车穿过空荡荡的大街,太阳升起来了,车里很凉快,有空调。萨姆开车的时候,史密斯儿从霍利让人加装的后视镜里看着那个女人,霍利加这个后视镜是因为他总觉得范·德·塞伦在跟踪自己,好吧,霍利这样想也不是全无道理。女人的脖子上有青色的瘀痕,他肯定是掐她了,但是他什么也想不起来,不过,至少现在他是清醒的,明天他就要跟那个共产党警察长官说说事,就像他跟范·德·塞伦谈话的那样。他们需要史密斯儿,这点他现在明白了。然后,萨姆停在"科伯恩"前,正门。一个酒店的服务生拉开凯迪拉克的门,女人下车,服务生鞠躬,另一个服务生站在门口鞠躬,玻璃门自动向两边滑去。"老天,"萨姆目瞪口呆,"我打赌他们很快就会把这个女人扔出来。""送我回家,萨姆。"史密斯儿说,他突然感到非常疲惫。回到家之后,他扑倒在床上,衣服都没有脱。到处都是书架,另外一个房间里放着一张书桌,第三个房间里也塞满了书,德语书,上面的名字他不知道,书的标题他也看不懂。没有人知道教授究竟是干什么的,他总是不停地要毒品,给他提供毒品的就是史密斯儿,等到教授没有钱买毒品的时候,史密斯儿想到了一个主意,于是教授就开始帮社会上的好人,还有那些不太好的人处理尸体,等教授因为过量的毒品被放倒,莱普尼茨就接替了他的工作,他处理了教授,以此证明了自己的工作能力。史密斯儿睡着了,睡得十分深沉,以至于他很久都没有弄明白把自己吵醒的是电话。他看了一眼闹钟,自己睡了还不到两个小时。是警察长官。有什么事,史密斯儿问。"到'科伯恩'来。""好吧。"史密斯儿说。——"我派了辆车去接您。""客气。"史密斯儿说,他拖着步子走进浴室,摸到洗脸池,放满了水,把脸埋在里面,水也是热的,并没能让他清醒,这座城市似乎正在慢慢地沸腾。有人按门铃,史密斯儿把脸又埋进洗脸池里,然后想换一件衬衫,但门铃不停地响,于是他走到了大门口。是两个警察,大汗淋漓,衬衣粘在身上。"快,跟我们走!"其中一个警察对史密斯儿说,另外一个已经转过身去背对着他,打算下楼梯了。史密斯儿说自己还想换一下衣服,刮刮脸,水从他的脸上淌到大褂和衬衫上。"别干傻事,快走。"楼梯上的警察边说边打了个哈欠。史密斯儿从背后合上房门,直到现在,他才意识到自己有多难受,头疼,后脑勺刺疼,他觉得自己之前一点都没有感觉到疼痛或者酷热,只是觉得洗脸池里的水热乎乎的很恶心。两个人押着他上了一辆雪佛兰,他被两个人夹着坐在前排中间。在"科伯恩"门口,他们把他放在卸货的门那里。卡佛尔侦探在那儿,还有一个情绪激动、举止优雅的男人,穿着黑色的衣服,插着白色的装饰手帕。"就是这个人。"卡佛尔指着史密斯儿说。"弗雷德里,"插着白色装饰手帕的男人介绍自己说,"雅各布·弗雷德里。"史密斯儿没听懂他说的是什么,那听上去像是德语,显然是他的名字,或者这是德语或者荷兰语的早上好,毕竟这会儿还不到七点。史密斯儿突然想问问这个男人丹麦语的奶酪怎么说,但那个男人边用装饰手帕擦汗边开口说话了,说的却是英语。"请跟我来。"他说。史密斯儿跟着他,侦探留在卸货门那里。"我是瑞士人。"走在一条走廊里的时候,那个插着装饰手帕的男人说。显然,这是通向客房的走廊。史密斯儿完全不关心这个男人是谁,至于他为什么要告诉自己他是谁,史密斯儿也无所谓,管他是意大利人还是格林兰岛人呢。这种事他还从来没有碰到过,从来没有,瑞士人说。史密斯儿点点头,尽管他很惊诧,这个瑞士人竟然还从来没有碰到过这样的事,每个酒店里都有过合法或者不太合法产生的尸体。肯定是尸体的事,否则警察长官也不会这么一大早就把他拖到这里来。他们坐一部货梯上楼,不停向上,史密斯儿不关心这是要去哪儿,但是过了二十层之后,史密斯儿突然觉得这次的肯定是个高贵至极的尸体。电梯停了,他们走进一个类似厨房的地方,这里应该是个备餐室,史密斯儿想象着从大厨房送来的东西如何在这里经过最后装点,然后再端给住在里面的尊贵客人。在这个备餐室或者厨房的正中间,警察长官正站在一张锃亮的桌子前面喝黑咖啡。"就是这个人,尼克。"瑞士人说。"你好,史密斯儿,"警察长官说,"你脸色差极了。喝咖啡吗?"他需要。"给史密斯儿一杯,杰克。"警察长官说。瑞士人走到一个餐柜前,给史密斯儿端了一杯黑咖啡,并用装饰手帕擦掉汗水。史密斯儿很高兴看到这样一个高贵的男人也会流汗。"剩下的交给我了,杰克。"警察长官说。瑞士人离开了厨房。警察长官抿着咖啡。"霍利失踪了。""有可能。"史密斯儿说。"他在莱普尼茨的解剖台上吗?""我从来不看。"史密斯儿说。"范·德·塞伦?""没有失踪。"史密斯儿回答说,把空咖啡杯放在那张锃亮的桌子上,问尼克想让他干什么,这是他第一次把警察长官称为尼克。他把以前的那个叫迪克。尼克笑着走到餐柜前,端着咖啡壶走回来。史密斯儿得给范·德·塞伦多少,尼克问,他先给自己的杯子里倒了咖啡,然后又给史密斯儿的杯子里倒上。"比给霍利的少百分之二十。"史密斯儿说。"他穿着鲜红色的真丝内衣。""谁?"尼克问。"霍利。"史密斯儿回答说。"哦。"尼克说,范·德·塞伦得先站稳脚跟。他说完又吸溜起自己的咖啡,然后说:"史密斯儿,咱们俩昨天中午吃饭的时候说好的,是多少来着,我全忘了。""百分之三十。"史密斯儿说。"给你百分之三十?"尼克问。"给你百分之三十。"史密斯儿说。尼克没有说话,他喝完了咖啡,给自己又倒上。"史密斯儿,"他平静地说,"咱们约好的是五五分。总的来说我想就按照这个,只是今天不行,今天你只能拿百分之十,也就是说,如果你闭紧嘴巴,不让范·德·塞伦知道今天在这里发生的事情,否则你还得给他分。"百分之十,史密斯儿说,不可能,他要关店,尼克可以去找救护机构。有五十万,尼克平静地说,那么史密斯能得五万。这就不一样了,史密斯儿说,那他同意,尼克可以把尸体给他送过去。尼克若有所思地看着史密斯儿,然后说,这么大一笔钱,史密斯儿得自己去谈。史密斯儿给自己倒上咖啡。明白了,他说,这样尼克就不用牵涉在里面。"没错,"尼克说,"走吧。"史密斯儿又喝了一口咖啡,跟尼克走进了一扇推拉门。他们来到跟刚才差不多的一个房间里,只是没有窗户,里面还有另外一扇推拉门。他们走进了一个宽阔奢华的走廊,这里实际上更像一个狭长的大厅,大厅两端巨大的玻璃幕墙外是水泥墙一般的灼热天空。房间里很凉爽。他们从绿色的地毯上走过。"你会说丹麦语吗?""不会,"尼克说,"咱们去客户那儿吧。""咱们去尸体那儿。"史密斯儿说。尼克停住脚步。"为什么?尸体会给你送过去的!"史密斯儿回答说:"那样待会儿更好谈价钱。"尼克拍拍他的肩膀:"史密斯儿,你能成商人。"他们已经穿过了走廊,尼克按了一个按钮一下。"10号套房。"他说。一个上了些年纪的男人打开了门,光头,穿的好像是燕尾服,但史密斯儿不确定,他只在电影里见过这种衣服。"我们去她那儿。"尼克说。光头让到一边,没有说话。这是一个小客厅,金色的地毯,高贵的家具,如果让史密斯描述这些家具的话,他会这样说。然后,尼克打开了一扇门,白色的,镶着金边,一个卧室,一张白色的地毯,一张白色的、带天盖的大床,床栏杆是金色的,从床顶的天盖上垂下云一般的白纱。尼克掀开了纱,在已经铺好,但还没有睡过的床上躺着那个女人,穿的是她在不到三个小时之前走出凯迪拉克,快步经过鞠躬的服务生,走进"科伯恩"时穿的那条裙子,她的眼睛大睁着,仿佛正在瞪着史密斯儿,就像她一直瞪他的那个样子,无所谓却又很专注,黑色的头发扑散在肩膀和白床单上,只有脖子现在真的是变得很难看,应该是被一个远比史密斯儿下手狠的人勒的。史密斯儿呆看着那个死人的时候,突然惊讶地意识到她有多么美。"妓女?"他问,为的就是随便说点什么,突然感到尴尬,因为这个问题还没有问出口,他就已经觉得肮脏了。"不是。"尼克在他身后说,他正百无聊赖地站在窗帘中间,看着遥远下方的街道,"否则也就要不了五十万了。""咱们去客户那儿吧。"史密斯儿疲惫地说。那个小客厅显然只是个前厅,史密斯儿心想,光头站在那里,被这个高贵的地方,所有的这些家具和画弄得很拘谨的样子。显然是个管家,史密斯儿脑子里闪过这样的念头,这样的灵光一现还是让他挺高兴的,每次能从扑朔迷离的情况里看出些什么,他总是很高兴。"他在睡吗?"尼克问。"医生……"光头正想继续说。"带他出来。"尼克说着,猛地推开躺着尸体的那间卧室对面的门走了进去,史密斯儿跟着他。一个大房间,窗户前面有一个平台,一张书桌。尼克在一张巨大的软椅上一屁股坐下。"坐下,史密斯儿。"他说着,指指另外一张软椅。史密斯儿坐下,没刮胡子,这让他很不自在。"那个医生……"光头又开口道。"有问题。"尼克说。"没错。"光头说着,打开书桌后面的门。"好,史密斯儿,"尼克说,"现在该你上场了。""咱们这是在哪儿?"史密斯儿问。尼克在大椅子里伸个懒腰,窝在里面,把腿放在蒙着软垫的小凳上,手指张开顶在一起,拇指顶在胸口上,两根食指尖按摩着自己的鼻子,饶有兴致地看着史密斯儿。"看来你不怎么看报纸?"他说。"对。"史密斯儿回答说。"对政治一窍不通?"史密斯儿回答说他只对冰球感兴趣。尼克沉默了一下,然后说道,现在对冰球来说季节不合适。他总归是痛恨夏天的,史密斯儿说,现在,他也把腿架在了面前的小凳子上。"联合国特别会议。"尼克说。"然后呢?"史密斯儿问。"没有然后。"尼克说完又不吭声了。书桌后面的门打开了,史密斯儿马上认出了那个男人,也就是说,他虽然不知道这个人是谁,但他经常在电视上看到这个人。史密斯儿想了想,想不起来,反正这个穿精致睡衣的男人看上去像个欧洲人,某个政府领导人,或者首相或者外长或者其他什么重要人物,特别有名。男人只是扫了史密斯儿一眼,就好像他根本什么人也不是,不以为然的样子就像女人昨天夜里看他时一样,但没有那么专注,完全没有。那眼神让史密斯儿突然愤怒起来,但他又解释不了自己的愤怒。现在,他也叉开双手,手指顶在一起,他做出跟大椅子里的尼克在男人进来之前一样的姿势。那个男人举止从容、高高在上,就像是上帝亲临人间,对于他来说,史密斯儿不过就是个虱子,比虱子还不如,因为史密斯儿对于尼克来说已经是虱子了,但史密斯儿不知道还有什么比虱子更不如,不知道他对这位亲爱的上帝来说算是什么。"麻烦?"天父问尼克,他已经站起身来。"麻烦,这个男人找麻烦。""那个?"那个穿着酒红色睡衣的上帝问,没有再看史密斯儿。"那个。"尼克手插在裤兜里说。史密斯儿不由想起了霍利经常提到的所有那些神的名字,这些名字从记忆中涌出,但是他克制住了自己,没有去问那位上帝会不会说丹麦语。"不知道。"尼克说。这位天与地的主宰坐在书桌后面,把玩着一支金色的圆珠笔。"怎么?"他问。"那个尸体是谁?"史密斯儿问。耶和华没有说话,继续玩着那根金色的圆珠笔,惊讶地看着站在自己刚才坐的那把椅子后面的尼克。尼克看着史密斯儿,目瞪口呆,但突然又觉得很好玩的样子,就好像突然明白过来了似的。"您的女儿?"史密斯儿问。耶和华沙伯特将金色的圆珠笔放回书桌上,从一个绿色的盒子里拿出一根短粗扁平的香烟,用一个金色的打火机点着。"问这些干什么?"他说,还是没看史密斯儿。"我得知道自己愿不愿意让这具尸体消失。"史密斯儿说。"开个价,这样您就知道了。"耶和华毫无兴趣地说。史密斯儿不依不饶。他得先知道这具尸体是谁,然后才能开价,他说。史密斯儿发现这让尼克觉得很好玩,现在,万能的主第一次真的看了他,终于把他当回事了,瞬间的怒气,狂怒,就好像他要在下一刻用闪电将史密斯儿劈成两半,但就因为他不是真正的上帝,跟史密斯儿一样也只是个人,虽然不管是在社会上,还是阶层上,也包括教育程度和财产上,整体来说他们的重要性是不一样的。怒气在书桌后面穿着酒红色睡衣的、应该算比较瘦的历史代表那张著名的、有点膨胀的脸上只停留了几秒钟,确切地说,只露出了几分之一秒,更确切地说,只是能察觉到而已,然后,他就几乎是友好地对史密斯儿微笑着说:"那具尸体是我的妻子。"史密斯儿仔细看着书桌后面那个名人膨胀的红脸,还是没有想起他是哪个国家的主席或者首相或者外长或者总理或者副总理,不管是什么名字的那个职业,假如他是政治家,而不是什么著名的大企业家或者银行家的话,或者他只是一个在电影里扮演过国家主席或者外长的演员,所以史密斯儿现在才会弄错。但是,史密斯儿突然感到无所谓了,坐在书桌后的是跟史密斯儿睡过的那个女人的丈夫,就在离天亮不到一个小时的时候,现在,这个早晨在巨大的窗户外面已经又浓缩成了晃眼的白云,进入这里,应该会比前一天更加煎熬。"谁杀了她?"史密斯儿机械地问。"我。"书桌后的男人从容地回答说。"为什么?"史密斯儿问。书桌后的那个人没有说话,他抽着烟。"您是要审讯我吗?"他说。"我得做决定。"史密斯儿说。那个穿酒红色睡衣的家伙把香烟丢进一个圆形的搪瓷烟灰缸里,打开绿色的烟盒,给自己又点上一根,动作始终慢悠悠的,毫不尴尬。他想了想,然后看着史密斯儿。"我烦了。"他说,微笑着不说话了,突然很好奇地仔细看着史密斯儿。"我的妻子。"他继续说道,字斟句酌地用他的教科书英语,史密斯儿只在英语电影里听到过这样的英语,也许那根本就不是教科书英语,而是沾染了某种欧洲语言色彩的英语,但是跟史密斯儿说的英语相比,那就像是古代英语,史密斯儿突然意识到这一点,他不知道自己为什么会因此生气,"我的妻子两天前离开这栋房子,从那之后,她毫不加选择地跟很多男人睡觉,今天早上她回酒店来的时候这样说,四点刚过,要么就是快四点半的时候。"书桌后面的那个家伙饶有兴致地仔细看着史密斯儿。史密斯儿想,他也完全可以想象霍利像这个人一样优雅地坐在书桌后面,跟这个人一样的脸,酒红色的睡衣上那张红色的、膨胀的脸有成千上万。"所以您掐死了自己的妻子。"史密斯儿总结道。她应该是有什么事才会从他这里跑掉。书桌后面的那个家伙微笑着。"她就是想激怒我,"他说,"她成功了,我被激怒了,有生以来第一次。"书桌后面的那张脸让史密斯儿感到恶心。"有生以来第一次,"他重复道,打个哈欠问道:"多少?""他跟我说的是五十万,"尼克替史密斯儿说,"您可别听他的,这是胡要价,我让人把这个混蛋抓了。"

"好,"书桌后面的那个可怜的老鼠说,"就五十万。""如果您要这样,"尼克说,"我就无能为力了。""不。"史密斯儿说。"一百万。"穿酒红色睡衣的那个渺小的臭虫微笑着说。尼克愕然地看着它,满脸放光。"我免费处理您的妻子。"史密斯儿对书桌后面那个小得可怜的虱子说,他并不太清楚自己在说什么,心里想着那个隔着几堵墙,躺在离他八米、九米,或许十米远的天顶床上的死人。他想着她的美丽,想着她如何用死气沉沉的眼睛瞪着自己,然后他站起身来说:"我什么都不要您的!"他离开了那个大房间,那个套房,在铺绿色地毯的大厅里四下看了看,插着可笑的装饰手帕的瑞士人朝他走过来,陪他到货梯跟前。史密斯儿坐着货梯下楼,卡佛尔依然站在货梯里擦汗。"让尼克把货给我送来。"史密斯儿说着,走进了残酷的热浪中,这股热在山谷一样的马路上集聚起来,但史密斯儿对一切都无所谓了。这个巨大城市上空的烈日,这座巨大的城市和在里面活动的人,从下水道盖子里冒出的蒸汽,缓慢爬行的、臭烘烘的车流。他走啊走啊,不知道是不是经过了第五大道,麦迪逊桥,公园,莱辛顿大道,或者第三大道,第二大道,第一大道,他一直走,在某个地方喝了一杯啤酒,在一个油腻的快餐店吃了东西,但并不知道自己吃的是什么,他在公园的一条长凳上坐了很久,不知道有多久。有一次,一个年轻女人坐在他旁边,还有一次是个年老的女人,然后,他觉得似乎有人在他旁边看报纸。这些他都无所谓,他只是想着那个死人,想着她如何在清晨走进"科伯恩",经过酒店的服务生,他如何从凯迪拉克的后视镜里看着她,她如何在解剖室的门口,左肩靠着门框,如何赤裸地躺在莱普尼茨的床垫上,任由他摆布,如何在电梯里瞪着他,而他却完全不明白。他心中有种恣意的温柔和骄傲,史密斯儿值得她这样,他给了那个坐在书桌后面肮脏的亲爱的上帝颜色瞧,就像她给了他颜色瞧一样。然后,天突然黑了,街灯亮起,这个夜可能会更热,比之前的白天,白天之前的黑夜,黑夜之前的白天更熬人。现在,白天已经滑进了黑夜,夜包围了他,但他却没有注意到。他做了什么自己都不知道,脑子里想着那个他一无所知的女人,不知道姓,不知道名,什么都不知道,实际上,他只知道她死了是什么样子,但是他曾经爱过她。等他站在莱普尼茨的解剖室里时,一切都已经结束了,只有死者的裙子还搭在椅子背上,叠得整整齐齐,这是莱普尼茨的老习惯。史密斯儿拿起那条裙子,坐电梯来到莱普尼茨的房间,但是莱普尼茨也不在这儿,莱普尼茨应该是出去了,平常这个时候他是从来不会出去的,但是在电梯里的时候,史密斯儿就知道他不会在那个肮脏、黑暗、闷热的房间里看到人。史密斯儿让电梯的门开着,电梯里的光照在他身上,他在床垫上坐下,脊背靠着墙,怀里放着那个已经死了的女人的裙子,他曾经在这个床垫上爱过她,但是自己却想不起来了。正方形的窗户里有模糊的灯光,电梯下去了,只剩下窗户里那点不确定的灯光,除了手里的那条裙子,史密斯儿什么也感觉不到,一块轻薄的布,如此而已。突然,电梯又回来了,一个黑影插在电梯的光和史密斯儿中间,填满了门,突然,房间里亮起刺眼的光,范·德·塞伦打开了灯,他的身后是萨姆。史密斯儿闭上眼睛,灯光晃花了他的眼睛,他的手抚摸着那条裙子。"你毁掉了这辈子最好的生意。"范·德·塞伦甚至都不是很生气,更多的是惊讶,史密斯儿则骄傲地回答:"尼克的生意。"随后,范·德·塞伦让到一边,萨姆手里拿着什么东西,但史密斯儿不再关注,他不再害怕萨姆将要做的那件事。萨姆做完了之后,范·德·塞伦已经站在电梯里,现在还是有些生气了,他说:"可惜了我的分成。"

倒 台

1971 年［1964—1966 年／1970 年］

献给弗雷德·舍尔滕莱普

顾牧 译

```
        A
B       C
D       E
F       G
H       I
K       L
M       N
O       P
```

部长会议开顾问会之前,会在宴会厅里摆一个例行的冷餐会,有夹馅鸡蛋、火腿、吐司面包、鱼子酱、烈酒和香槟。吃完冷餐,N第一个走进了会议室。自打进入最高委员会,他就只有待在这个地方心里才踏实,虽然他只是邮政部长,和平大会的邮票A也很喜欢(关于这件事,他先是从D身边的人那里听到了些风言风语,又从E那里得到了确切的消息),虽然邮政系统在国家机器里只居于次要地位,但他的前任们依然一个个下落不明。秘密警察的长官C对他很和气,不过他还没有傻到去追问这些失踪者的下落。进宴会厅前,还有进会议室前,N都被搜查过,第一次搜查他的是那个身材健硕的中校,跟平常一样,第二次是一个金发上校,这个人N还从未见过。以前进会议室前搜查他的那个秃顶上校应该是休假了,或者换工作了,或者开除了,或者降级了,或者被枪毙了。N把公文包放在会议桌上,坐下来。L挨着他坐下。会议室是个长条形,只比会议桌略宽一点。会议室里,墙的下半部分镶着棕色的护墙板,没有护墙板的那部分和天花板都是白色的。座次按照体制等级安排,A坐在最顶端,他头顶的白墙上挂着党旗,他对面的桌子另一端空着,再往后是这个会议室里唯一的一扇窗户,窗户很高,窗框顶部是弧形的,窗户有五个格子,没有挂窗帘。B、D、F、H、K、M依次坐在桌子右边(从A的位置看过去),他们对面是C、E、G、I、L和N。N旁边坐的还有青年团主席P,M旁边坐的是核能部长O,但是P和O没有投票权。L是委员会里最年长的,在A接管党和国家之前,他曾经是D现在的那个角色。L参加革命之前是铁匠,他人高马大,但并不胖,脸和手都很粗糙,浓密的花白头发剪得很短,脸上总是胡子拉碴,身上的深色西装就像是工人周日穿的礼服。L从来不系领带,白衬衫领口上的扣子永远扣着。无论在党内,还是老百姓中间,L的名气都很大,他在六月起义中的事迹被传得神乎其神,但那个时代离现在已经十分久远,所以A给他起了个绰号叫"纪念碑"。L被认为是有正义感的人,是个英雄,所以他走的下坡路波澜不惊,他只是在等级序列中沉得越来越靠下。对被检举的恐惧让L备受折磨,他认为自己早晚有一天会倒台。跟H和K这两位元帅一样,他也成天醉醺醺的,而且已经发展到连参加会议都已经不再清醒。今天,他同样带着满身烈酒和香槟的味,不过,他粗糙的声音倒是很平静,湿漉漉的眼睛里布满血丝,眼神中带着讥讽:"同志,"他对N说,"咱们完了,O没来。"N没有回答,他甚至都没有哆嗦一下,而是装作一副若无其事的样子。也许O的被捕是个谣传,也许是L弄错了,即便L没有弄错,N的处境没准也并不会像负责运输部的L那么糟糕。不管是重工业、农业,还是传统和核能源供应领域,只要是出了乱子(乱子总是难免的),都可以认为运输部长也有责任。运输工具故障,延迟,阻塞,运输距离太远,监管很困难。

党书记D还有I部长来了。书记是个胖子,强势,脑子好使。他穿着裁剪成军装样式的西装,看上去就像A的翻版,有些人说这是阿谀,有些人则说是嘲讽。I一头红发,身材瘦削。他在A当权后,当上了最高检察长。I曾经是个下手特别果断的家伙,在第一次大清洗中,他宣布了一批老革命的死刑,但是却犯了一个错误。当时他按照 A 的意愿,判了 A 的女婿死刑,没想到 A 突然反悔,想着还是原谅女婿算了,可那个时候,女婿已经被枪毙了。这个错误让 I 丢掉了最高检察长的位子,而且还不仅于此:他因此获得了权力,被任命为部长会议的委员,从此跻身最好射中的靶子之列。要把他从他的那个位子上干掉,只能是用政治方面的理由,而政治方面的理由是怎么都能够找到的。在 I 的事情上,这种理由实际已经存在了,没人相信 A 是真的想救自己的女婿,处决女婿对 A 来说应该也不是坏事(A 的女儿当时已经跟 P 上床了),但是 A 将来再要想解决 I,就有了一个正当的借口,并且 A 还从来没有放过任何一个解决别人的机会,所以大家都认为 I 没戏了。I 知道这点,却装作不知道的样子,虽然装得并不好,包括现在,他太过明显地想要掩饰自己的不安全感。他在给书记讲国家芭蕾舞团的一次表演,不管开什么会,I 都会说到舞蹈,满口各种芭蕾专业词汇,特别是在他被迫接管农业部之后。他这个搞法律的对农业一窍不通,而且农业部比运输部更险恶,待得时间久了,任谁也落不了好。在农业方面,党是一定会失败的,农民根本没法教育,这些人又自私又懒惰。N 也痛恨农民,但他恨的不是作为人的农民,而是把他们当作顽疾去痛恨。这个顽疾会让负责计划的人失败,失败就会危及生命,这更加剧了 N 对农民的恨,因为心中的恨,他竟然能够理解 I 的行为:有谁会愿意谈农民的事?当然,除了那个重工业部部长 F。此人在农村长大,子承父业,以前是乡村教师,曾在某个乡村师范学校接受过简单粗糙的半拉子教育。他长得像个农民,说话像个农民,在部长会议里说的也都是农民。他给大家讲的那些农民的轶事,只有他自己觉得有趣,说的那些农民的谚语,只有他自己听得明白。受过良好教育的法学家 I 整天跟农民打交道,却因为农民的愚钝而绝望,为了不谈这些人,他到处讲芭蕾,说得每个人都烦,特别是 A,他因此把农业部长称为"我们的芭蕾舞娘"

（以前他曾经把 I 称作"我们的升天法官"）。N 很瞧不起这位前最高检察长,觉得他那张满是雀斑的法官脸令人恶心。这个人从坚定的刽子手变成胆小的马屁精,速度实在太快。N 比较欣赏 D 的姿态。这个被 A 称作"野猪"的人在党内有权,而且还有政治头脑,如果 O 没有出现的消息是准确的,那他肯定也害怕。但是 D 很会控制情绪,他从来不会失态,这位书记就算是身临险境,也一样表现从容。但他的处境并不明朗,O 的被捕（如果这不是因为他缺席而引起的纯粹的谣言）或许会引起对 D 的攻击,因为在党内,O 是 D 的人。不过,这也有可能是想要把首席思想师 G 搞倒,G 被认为是 O 的保护伞。虽然存在肃清 O（如果这是真的）同时威胁到 D 和 G 的可能性,但这种可能性微乎其微。

首席思想师 G 已经走进了会议室,他动作笨拙,戴着一副满是灰尘的无框眼镜,歪着长了一圈白胡子的学究脑袋。他以前是省城中学的老师——A 把他称作"我们的世外高人"。G 是党内的理论家,他是个禁欲主义者,穿衬衣的苦行僧,内向的瘦子,就算冬天也穿着凉鞋。书记 D 精力旺盛,是个享乐主义者,爱钻女人堆,首席思想师 G 则不同,他每走一步都精心论证,其结果常常是荒唐的,甚至是血腥的。这两个人互相看不顺眼,从不互相帮忙,总是互相掣肘、使绊子,都想搞倒对方:一方是操纵权力的书记,一方是作为革命理论家的首席思想师。D 要想尽一切办法维护自己的权力,G 则要想尽一切办法使权力保持纯洁,他要做纯理论手中的那把消过毒的手术刀。跟野猪绑在一起的有外交部长 B、教育部长 M 和运输部长 L,"世外高人"这一边的有农业部长 I、国家主席 K,还有重工业部长 F。F 在使用强权方面不在 D 之下,但出于一个醉心权力者对另一个醉心权力者的反感,所以进入了 G 的阵营,尽管这个曾经的乡村教师在曾经的中学教师面前是有自卑感的,而且心里很有可能是恨他的。

G 实际上已经不跟 D 打招呼了,但是 N 恐惧地发现,现在首席思想师跟书记打了个招呼,这说明 G 害怕了,O 的失踪就是针对他的。现在,D 回应了 G 的问候,这说明他也担心自己受到威胁。既然两个人都害怕,那就说明 O 肯定是被捕了。但是"世外高人"的问候很热情,"野猪"的只是友好而已,这说明,首席思想师受到威胁的可能性要比书记大那么一丁点。N 松了口气,D 倒台的话,会让 N 处境尴尬。N 是被"野猪"推荐成为部长会议有投票权的成员的,并且也被认为是受"野猪"保护的,这种观点可能会造成危险,虽然它并不完全符合事实:一则,N 并不属于任何一个小团体。再则,支持核能部长 O 的首席思想师当时在选举前,认为书记会推举受他保护的青年团主席 P。但是"野猪"发现,选一个中立的候补人进部长会议,会比选他这一派的,或者他对手那边的人要容易一些,而且 A 的女儿那时已经跟 P 分手,去跟很受党推崇的一个小说家睡在了一起。所以,D 最终放弃了自己的候选人,转而推举 N,而"世外高人"被误导,结果也投了 N 的票。三则,N 不过是他那个部门的一个专家而已,对 D 和 G 没有什么威胁。他对于 A 更是无足轻重,以至于连个外号都没捞到。

当然,外经贸部长 E 也是这样的。他跟在 G 后面走进房间,然后马上坐了下来。首席思想师依然站在无忧无虑咧嘴笑着的书记旁边,尴尬地笑着,擦着圆圆的教导主任式的眼镜,被农业部长 I 关于首席独舞者的高谈阔论骚扰着。E 善于交际,举止优雅。他穿着英式西装,上衣口袋里插着挺括的装饰巾,抽着一支美国香烟。外经贸部长跟 N 一样,是误打误撞进的部长会议,党内的权力斗争也将他推进了领导委员会里,其他那些比他有抱负的人,都在角逐上层位子的路上倒下了,成了自己的牺牲品。而 E 这个专家则挺过了每一次的清洗,这让他从 A 那里得到了"常青爵士"的称号。N 不经意间成了权力第十三大的人,而 E 同样不经意地,成了这个帝国里权力第五大的人。他们没有退路,一个错误的举动,一句不谨慎的话,就可能成为终点:被捕、被审讯、被干掉,所以 E 和 N 必须跟所有比他们更有权势的,或者可能会同样有权势的人搞好关系,他们得学聪明,学会抓住机会,在困境中低头,利用别人人性上的弱点。他们因此被迫做了很多没尊严的、可笑的事。

部长会议的十三个人手中都掌握着巨大的权力,决定着这个巨大国家的命运。他们将无数人送去流放,送进监狱,送进死亡。他们掌控着百万人的生活,平地踩出工业,挪走千家万户,让巨大的城市拔地而起,建立庞大的军队,决定战争与和平。但正是出于维持这种地位的愿望,他们不得不互相提防,相互之间的好感与恶感对他们各种决定的影响,远远超过了政治争端或者经济事件。权力以及因此产生的对彼此的恐惧都已经强大到不允许他们纯粹地搞政治,理智对此也无能为力。

现在进来的是部长会议成员里的两位元帅,国防部长 H 和国家主席 K。两个人都很臃肿,都苍白又僵硬,都披挂了一身的勋章,两个人都老迈、大汗淋漓,都是满身烟、酒和登喜路香水的臭味。这是两个被脂肪、肉、小便和恐惧塞满的皮囊。他们肩并肩同时坐下,跟谁也没打招呼。H 和 K 总是一起出现,A 把他俩称作"金——吉思汗",影射的是他俩最爱喝的那种金酒。国家主席 K 元帅是国内战争时期的英雄,他已经打上了盹;H 元帅,一个军事上的蠢材,全凭在党派政治中严格遵守纪律爬上了元帅的位置。他把自己的前任们当作叛徒一个个送到了表现得耳根子很软的 A 的屠刀下,在开始犯迷糊之前,他又打起精神,大喊一声:"揪出党内的敌人!"这说明,他是知道 O 被捕的事的。但是没有人理会他,大家已经习惯他这些被吓出来的废话。每一次部长会议开会,他都觉得自己要倒台,所以他就不停地自我控诉,或者疯了似的攻击别人,但又从来不明说自己攻击的是谁。

N 盯着国防部长 H,此人的额头上有汗水,他感到自己的额头跟对方的一样,正在变湿。他想到了自己打算送给 F 的波尔多,想送,但还没送,因为他还没有。事情是这样开始的:书记 D 喜欢喝波尔多,而 N 三周前利用去巴黎参加国际邮政部长大会的机会,搞了些葡萄酒回来,为此,N 还让人给喜欢本国烈酒的那位巴黎同行搞了烈酒过去。N 不是唯一一个给有权有势的 D 弄波尔多的人,外交部长 B 也这样做。因为 N 乐于助人,所以 B 也送他波尔多,这个原因也很简单:N 为了不让自己显得精于算计,所以谎称自己也喜欢喝波尔多,虽然他对葡萄酒并没有兴趣。后来 N 发现,以嗜好烈酒闻名全国的 F,这个掌握着重工业,被 A 称为"擦鞋匠"的人,私下里其实只喝波尔多,这是医生的建议,因为 F 有糖尿病。N 犹豫了很久要不要也送 F 波尔多,但那样一来,就等于表明他知道 F 的病。不过 N 对自己说,部长会议里的其他人应该也知道这件事。N 是从秘密警察局长 C 那里知道的,要说其他人没有听说过的话,似乎不太可能。于是他决定还是给 F 留一箱 45 年份的拉斐特。重工业部长很快就回了礼。擦鞋匠的礼物很不正经,而 N 又很不谨慎地当着家人的面打开了包裹。里面是一卷电影胶片,N 不知道片子的内容,被上面写的"法国大革命影像"误导,在妻子和四个孩子的请求下,让人在家庭放映室里播放了那部片子。那是一部色情片。后来 N 听说,部长会议的其他成员也都得到过类似的礼物。因此大家知道,F 对色情片没有兴趣,他把这些东西送掉,为的是掌握一种施压的手段,而且做出仿佛收礼物的人很喜欢色情片的样子。"怎么样,喜欢我送的那个下流的小玩意吗?"他后来有一天这样对 N 说,"虽然并不是我喜欢的东西,但是我知道您喜欢。"N 不敢反驳,为了表示感谢,他送给"擦鞋匠"一箱 34 年份的帕佩·克莱门特城堡酒庄的葡萄酒。就这样,在理性及性生活方面十分节制的 N 那里堆积起了色情的东西,同时,他又不得不继续想办法弄波尔多。从巴黎半年才来一次给养,而他又不敢把 B 送给他的酒给 F。外交部长跟重工业部长或许是对头,但阵营也会发生改变,以前就经常有毫无个人恩怨的对头因为突然出现的共同利益变成亲密朋友的事。为此,N 不得不跟外经贸部长 E 打成一片,后来他发现,这个人也给"野猪"和"擦鞋匠"送波尔多。E 虽然能够利用自己在外贸圈的关系帮助 N,但不可能总帮他。N 猜测,还有其他人送 D 和 F 礼物,并从 F 那里得到那些麻烦的东西作为回报。

"党的缪斯"M 在 N 对面坐下。这位主管教育的女部长一头金发,身材高大。A 曾经在一次委员会会议上就她的胸部预言说:那里是高山,而书记将会从那山峰上掉下来摔死。"党的缪斯"那次打扮得特别时髦,于是 A 就用下流的玩笑吓唬"野猪",因为 D 据称是 M 的情人。从那次之后,M 来部长会议开会时就总是穿着朴素的灰色套裙。所以 N 看到她今天身穿低胸黑色晚礼服出现,感到非常奇怪,看到她还戴着首饰,就更感到奇怪了。这样做应该是有很特殊的原因的,她应该也听说了 O 被捕的事。问题在于,"党的缪斯"穿这么一条裙子,同时做出一副若无其事的样子,这是不是想跟 D 保持距离,或者她是想用这种绝望的姿态亮明自己跟 D 的情人关系。从书记 D 那里,N 没有得到答案,因为 D 似乎根本没有看到 M。他正在自己的位子上仔细看文件。

"擦鞋匠"走进会议室后,M 的穿衣选择变得更加扑朔迷离。F,主管重工业部的矮胖子,脚步匆匆,没有理会其他人,径直朝"党的缪斯"走过去,并喊了起来:天啊,看这条裙子,美极了,漂亮极了,跟党内的人穿的永远不变的制服不一样。让制服见鬼去。所有的人都瞪着F,而他还在继续说。大家为什么要革命,消灭富豪和吸血鬼,把大地主吊死在樱桃树上,"为的是建立美感。"他边喊,边拥抱并亲吻了教育部长,就好像她是个村姑。"让工人用上迪奥!"说完,他在D和H之间自己的座位上坐下,两个人都往旁边一缩,跟N一样,他们心里也不由得认为重工业部长这是大难临头,强装幽默。F显然认为O的失踪是针对首席思想师,所以自己也逃不掉。也有可能F的过度兴奋并不是装出来的,因为他得到了书记有可能倒台的确切消息。

B出场了。(直到现在N才发现青年团主席P早已经在自己旁边坐下了,这个苍白胆小,戴着眼镜,举止殷勤的党徒来的时候没有人注意到。)B静静地走到他的位子上,把公文包放在桌上,坐下。首席思想师和农业部长都还站着,现在他们也坐下了。虽然大家都痛恨外交部长B,但他的威严是无可争辩的,他的气势压倒了所有人。N其实挺欣赏他,如果说书记是个聪明、善于组织的人,重工业部长是个依靠直觉搞暴力的阴谋家,首席思想师是个理论家,那么外交部长就是这个权力集团里那个难以捉摸的元素。他跟E、N一样,彻底掌控了自己负责的领域。他是个理想的外交部长,不同于E和N的是,他在党内很强势,但又并不像D和G那样身陷内部争斗。他一心放在自己的工作上,在党外的影响力也很大,这让他坚不可摧。他并不乏忠诚之心,但却不跟任何人结盟,甚至在个人生活方面也是一直保持独身。他吃得节制,喝得也节制,参加宴会时最多喝一杯起泡酒。他的德语、英语、法语、俄语、意大利语都说得无懈可击,所写的那些关于法国外交家马萨林还有早期印度地区国家的专著被翻译成了多国语言,论及中国数字概念的杂文也是,民间还流传着他翻译的里尔克和斯特凡·格奥尔格的诗。不过,他最出名的还是那套"推翻说",所以他也被称作革命队伍里的克劳塞维茨①。他是个不可或缺的人,也就是因为这点,大家才痛恨他,而最恨他的莫过于 A,他把 B 称作"太监",这个称呼每一个人都用,但就连 A 也不敢当着 B 的面这样叫他。B 在场的时候,A 叫他"B 朋友",或者当他情绪十分激动的时候,就说"我们的天才"。B 对大家说"女士,先生们",就好像这是个资产阶级组织。"女士,先生们,"刚坐下,他就开口说道,这次一反常态,没有等人请就说话了,"女士,先生们,核能部长 O 没有来,这件事大家或许会有兴趣知道。"沉默。B 从公文包里拿出几份文件,开始看起来,没有再说什么。N 能感到大家的担心。O 的被捕不是谣传,B 说的不可能是别的意思。国家主席 K 说,他一直就知道 O 是个叛徒,O 是个知识分子,所有知识分子都是叛徒。H 元帅又吼了起来:"揪出党内的敌人!"这两个"金——吉思汗"是唯一有反应的人,其他人则装作若无其事的样子,除了 D,他说的"蠢货"大家都听到了,但是似乎并没有人在意。"党的缪斯"打开公文包,开始扑粉,外经贸部长研究文件,重工业部长研究自己的指甲,农业部长在发呆,首席思想师做笔记,运输部长 L 看上去就像是大家称呼他的那样,是座一动不动的纪念碑。

  A 和 C 走进会议室,他们没有走重工业部长和那个国防部长身后的那扇门,而是从首席思想师和农业部长身后的那扇门进来的。C 像平常一样,穿着邋邋遢遢的蓝色西装,A 穿着制服,但是上面没有勋章。C 坐下,A 站在自己的椅子后面,仔细地给烟斗里塞烟丝。C 是从青少年组织里干起来的,一直干到领导位子上,然后就被调离

---

① 卡·菲利普·戈特弗里德·封·克劳塞维茨(1780—1831),德国军事理论家,军事历史学家。

了岗位,不是出于政治原因,是其他类型的检举。之后他就销声匿迹了。有谣传说他是在监禁营里过苦日子,但是没有人知道细节:突然,他就又回来了,摇身一变成了秘密警察的局长。他被卷入同性恋丑闻的事现在已经确凿无疑,A 粗鲁地把他称作"国家婶娘"。如今,已经没有人敢向 C 提出异议。C 个子高大,有点发福,秃顶。他以前是音乐家,有开音乐会的资格。如果说 B 是委员会里的贵族,那么 C 就是这里的小资产阶级。他在党内是如何开始发迹的没有人知道,但他的心狠手辣臭名昭著,制造的恐怖尽人皆知。他身上担着无数条人命,秘密警察在他的统治下变得强大,间谍比任何时候都多。很多人觉得他是个虐待狂,也有很多人觉得不是,这些人说 C 是没有办法,他被 A 控制着,如果 C 不听话,针对他的诉讼就会重新开始。这些人认为秘密警察局长实际上是个唯美主义者,他不在乎自己的地位,痛恨自己的职业,他是不得不做,为的是救自己和朋友的性命。私下里 C 是个很亲切的人,待人和气,甚至有些害羞。C,这个在党内和国内用最无情的方式完成自己任务的人,就像是一个被放在不合适位置上的不合适的人,而他的用处也许就在于此。

A 这个人倒是不复杂,他强大就来自于他的简单。在草原上长大,出身游牧民族,权力对他来说不成为问题,暴力更是非常自然的事。多年来,他一直住在一栋类似碉堡的朴素建筑里,那栋建筑藏在都城之外的一个森林中,有连队把守,一个老厨娘服务,所有人都是 A 从家乡那片狭长地带来的。只有拜访别国元首或者党派领袖,完成为数不多的接见,或者参加部长会议的会议时,他才会到政府大楼里来,但部长会议的成员每人每周都得到他的居所去汇报三次。夏天,A 在一个有藤条家具的游廊上接待他们,冬天在书房里。他书房里唯一的装饰是一幅巨大的壁画,画的是他家乡的村庄,上面点缀着几个农民,此外就是一张比画更为巨大的书桌,他坐在书桌后面,来访的人则要站着。A结过四次婚,三任妻子都已经去世,第四个没人知道是否还活着,活着的话,生活在什么地方。他只有一个女儿。有的时候,他会从城里招女孩过来,但他只是对这些女孩点点头,她们需要做的事也就是坐在他旁边,一起看好几个小时的美国电影。等他在椅子里睡着,那些女孩就可以走了。此外,他每个月都会让人关闭城里的自然博物馆,然后一个人在展厅里转悠好几个小时。他从来不看现代艺术品,总是专注地站在晚期资本主义的、历史题材的巨幅画作前,看那些杀戮的场面:判自己儿子们死刑的阴沉的皇帝们;醉醺醺的匈牙利骑兵的狂欢;马拉着雪橇飞奔过草原,后面跟着狼群。他欣赏音乐的品位也很原始,最爱听忧郁的民歌,过生日的时候,会有来自他家乡身着盛装的合唱团给他表演这种歌。

　　A抽着烟斗,若有所思地看着坐在面前的人。A事实上是个羸弱、不起眼的人,这点总是让N感到很惊讶,因为他在照片和电视里看上去又壮又敦实。A坐下,开口说话,语速缓慢,结巴,啰嗦,重复,逻辑清楚得让人厌烦。他从自己看到的一些无关痛痒的事开始讲起,部长会议的其他十二名成员,还有候补成员P像戴着面具,一动不动地坐在那儿仔细听着,他们很警觉,每次A有什么打算,就会啰啰嗦嗦地从对革命发展的观察讲起。就好像是一大段助跑一样,为的是之后的致命一击。现在也是。他不管高谈阔论的是什么,说得都很啰嗦,他说到党的任务是改变社会,已经做出的成就巨大,让新秩序变为可能的基本原则得以实施,但是还没有深入人心,只是强制实施的;人民依然在用旧的模式思考,摆脱不了迷信和偏见,被个人主义毒害,他们还在不断尝试破除新的秩序,建立新的自私自利;人民还没有被教育好,革命依然还是少数人的事,到现在都还只是少数有革命意识的头脑考虑的事,没有成为广大民众的事,这些人虽然走上了革命道路,但也很容易就会离开这条道路;革命的秩序到目前为止都还只能依靠武力维持,革命只能够通过党的独裁推进,但是如果不对党进行从上到下的管理，那么它一样会分崩离析，所以建立部长会议是历史的必然。A停下自己的长篇大论，给烟斗加烟丝，然后重新点燃。N心想，A高谈阔论的这些都是很流行的党派学说，不管他是为什么要做这种类似党课的讲话，真正危险的东西还在后面，只是不管怎样，形式还是得走的。A像在祈祷一样，不断以党的名义重复那些政治原则，以此解释自己的权力。不过这会儿，他已经转向正题，准备出击了。A声音没有任何改变，看似随意地讲道：朝向终点迈出的每一步，都需要党内的改变，新的国家站住了脚，从各个不同领域产生了各个部委，新国家从内容上来说是进步的，从形式上来说是独裁的，它是人们一些对内对外实际需求的体现，党的任务却不同于这些实际需求，作为一种思想工具，党要在时机成熟的时候改变国家。作为既有的存在，国家不可能革自己的命，只有掌控国家的党能够做到这一点。只有党能够依照革命的需要对国家进行强制改变，正因为此，党不能永远一成不变，它的结构也得按照革命的进程进行调整。现在，党的结构还是分等级的，由上层统一操控，这适合当年党所处的战争时期，但是现在，战争时期已经过去，党已经获胜，权力现在掌握在党的手里，那么下一步就应该对党进行民主化，并以此开始新国家的民主化进程，而要实现党的民主化，必须先取消部长会议，将部长会议的权力移交给一个扩大规模的党的议会，因为部长会议的唯一功能，就是将党作为对抗旧秩序的致命武器来使用，这个任务已经完成，旧秩序不复存在，所以现在可以解散部长会议了。

　　N嗅到了危险。这个危险间接威胁到所有人，但是并不直接威胁某一个人。A的建议出人意料，没有任何迹象表明A会提出这样一个建议，这个建议用的是出其不意的战略。A的话讲得含混，目的却非常明确。他的一番话听上去符合逻辑，用的是符合革命传统的革命风格，这种风格已经在战争时期无数秘密的和公开的会议上被锻打成熟。但事实上,这个讲话里有一个矛盾的地方,而真相就隐藏在这个矛盾之中：A 想通过民主化,消除党的权力,这样一个改变将让他有可能推翻部长会议,彻底确立他的独裁统治。在一个傀儡议会的掩护下,他将获得前所未有的权力,所以他才在一开始说到了武力的必要性。虽然这并不一定会是一次新的大清洗,因为就算没有清洗,部长会议的解散也可以完成。不过 A 会除掉那些被他怀疑的,或被怀疑将反对他独掌大局的因素。O 的被捕,说明 A 很可能觉得部长会议里有这样的因素存在。N 还没来得及考虑自己对 A 是否构成威胁,部长会议的解散多大程度上会造成他这个邮政部长倒台(到时候他能用来救自己的只有和平大会纪念邮票),突然发生了一件出人意料的事。

A 刚刚磕空了他的烟斗,这一直被认为是他宣布部长会议结束,并且不希望开展讨论的信号,运输部长 L 却没有举手就开口说起话来。运输部长费力地站起身,他的醉意显然更重了。他口齿不清,开了两次头,这才说明白：他认为 O 不在场,所以部长会议还根本不能算开始了,可惜了 A 的这番精彩演讲,但章程就是章程,对于革命者来说也是一样。所有人都目瞪口呆地盯着"纪念碑"。"纪念碑"双手支在桌子上,身体前倾,尽管如此,还是摇摇晃晃,他挑衅地看着 A,浓密的白眉毛,花白的胡子楂,脸像戴着面具一般苍白。L 的指责虽然从规则的角度来看说是正确的,但毫无意义,之所以毫无意义,是因为这种指责是多余的。随着 A 的长篇大论,会议已经开始了,而运输部长的抗议仿佛是在说,他对 O 的事情毫不知情,也不知道自己有可能会被捕。让 N 目瞪口呆的还有又在装烟斗的 A 扫 C 的那一眼。A 的眼神里有一种奇怪的惊讶,这让 N 猜测,A 可能是唯一一个不知道大家已经都知道 O 被捕之事的人。那么问题来了,O 被捕的消息会不会是从秘密警察局长那里传出来的,并且未经 A 的同意,还有,外交部长B当着部长会议所有成员的面提到了O没有来的事,他会不会跟C是一伙的?A的反驳并没能完全证实N的猜测不对,因为A回答说,这个无关紧要,他吸着自己的英国巴尔干烟草寿百年混合烟丝喷云吐雾,并说,O出不出现都无关紧要,他缺席的原因也不重要,O只不过是一个没有投票权的候补委员,现在的会议不过是决定是否要解散部长会议,这个已经决定了,因为没有人反对,做这个决定不需要O在场。

L突然泄了气,一副筋疲力尽的样子,喝醉酒的人常会这样。他正想坐回到椅子里,秘密警察局长C突然干巴巴地说,核能部长显然是因为生病所以没来。这是个善意的谎言,假如真是C散布了O被捕的消息,那么这个谎言的目的就是要重新挑起L的情绪,为逮捕他做准备。"生病?"L果然喊起来,用左胳膊支着自己,右拳砸着桌子,"生病?真的生病了?""有可能。"C冷冰冰地说道,同时整理着一些文件。L停下了捶桌子的拳头,坐下,气呼呼的不吭声了。突然,上校从F和H身后的那扇门走了进来,这个很不寻常,因为部长会议开会的时候,任何人都不允许进入会议室,上校的出现一定有着特殊的含义,是警告,是出事了,或者报告极为重要的事。但上校只是要请L出去解决一件紧急的私事。滚,L对上校吼道,上校犹犹豫豫地听从了他的话,没有忘记看看秘密警察局长,就好像要向他求助。但是C依然忙着整理自己那些文件。A笑了,L恐怕是黄汤灌多了,他用自己和蔼又粗糙的语言善意地说,他心情好的时候就会这样说话,L还是去解决一下他的那些私事吧,会不会是他的哪个情妇生了?大家哄笑起来,不是因为A的话可笑,而是因为气氛过于紧张,所以每个人都需要一个发泄口,这无意之间也给L找了个退路。A用对讲机叫回上校,上校走了进来。究竟出了什么事,A问。运输部长的夫人快不行了,上校立正回答。"您走吧。"A说。上校走了

173

出去。"快走,L!"A说,"那个情妇的笑话是个恶毒的玩笑,我收回。我知道,你的夫人对你来说很重要,去看她吧,会议反正也结束了。"A的话听上去虽然挺和善,但运输部长实在太害怕,所以他根本不信A的话。"纪念碑"在绝望和醉意中,吓得只顾奋勇直前。我是个老革命,他喊道,用双肘重新支起身子。他的夫人虽然躺在医院里,这大家都知道,但是她手术很成功,他才不会上当呢。他从一开始就是党员,在A,C,也在B之前,这些可怜的后来人。他入党的时候,入党还是一件危险的事,是要冒生命危险的。他蹲过可怕的、臭气熏天的牢房,像牲口一样被链子铐着,老鼠在他血淋淋的脚腕上乱啃。老鼠,他不断地喊着,老鼠!为党效力毁了他的健康,他是为了党才被判处了死刑。"执行枪决的人已经排着队走过来了,同志们,"他哀号着,"站在我面前。"逃脱之后他躲了起来,他口齿不清地继续说道,东躲西藏,直到大革命开始,直到他拿着一把手枪,一个手雷,带领革命者冲进了王宫。"我用一把手枪和一个手雷创造了历史,世界历史!"他吼叫着,情绪已经失控,他的绝望和愤怒中透出一种伟大,虽然醉醺醺的,人也衰老,但他现在仿佛又变回了以前那个著名的革命家。他曾经为反抗一种虚伪、腐败的制度而战,为了真理甘冒生命危险,他继续自己情绪激昂的独白,他改变了世界,为的是让它变得更好,他不害怕受苦,挨饿,不害怕受迫害,受刑,这些让他感到自豪,因为他知道,自己是站在穷人和被剥削者一边的。知道自己站在正确的一边,这感觉非常美好。但是现在,革命已经胜利,党也获得了权力,他却突然不再是站在正确的那一边,突然,他也到了当权者的一边。"权力诱惑了我,同志们!"他喊道,"我都隐瞒过什么样的罪行啊,有哪个朋友没有被我出卖过,没有交代给秘密警察?我还要继续沉默吗?"O被捕了,他继续说,脸色突然惨白,声音疲惫又微弱,这是事实,大家都知道,他不会离开这个房间,因为他们想在前厅把他也逮捕,所谓他夫人不行了,不过是个谎言,为的就是把他从会议室里骗出去。说完这些话,说出了对大家来说并非空穴来风的怀疑,他又跌坐回椅子里。

L 这番癫狂执拗的发作,是因为觉察到了自己的绝望处境,他一定是觉得谨慎没什么用了,所以才这么肆无忌惮。大家目瞪口呆地看着这个巨人轰然倒下时上演的滑稽剧,L 冲口而出的话让人胆战心惊,他每次一停顿,H 元帅都会吓得不断喊"揪出党内的敌人",他害怕被"纪念碑"的倒塌连累。国家主席 K 元帅在 L 刚一说完,马上慷慨激昂地表示将永远忠诚于 A。而在所有这些事情发生的时候,N 一直在思考 A 会有什么行动。A 从容地坐在那儿抽着烟斗,不动声色。他心里肯定在谋划,虽然 N 还不确定 L 的抗议行为会给 A 带来多大的威胁,但是他能感觉到,A 谋划的事将会深刻影响自己将来的地位,以及这个党未来的发展。他们来到了一个转折点,只是 N 还不知道是什么样的转折点,他也不敢妄自揣测 A 的计划。A 是个狡猾的谋略家,他在权力斗争中的出其不意任谁也应付不了,连 B 都不是对手。他对人有种非常灵敏的直觉,能够洞悉并利用每一个对手的弱点,他比部长会议的任何一个人都更懂得捕猎的技巧,并不会站出来跟人公开动手,他要的是隐藏的斗争,出其不意的进攻。他把陷阱设在丛林般的党组织结构里,在成千上万个部门和从属部门,分支和更小的分支,团体、上级团体和下级团体里。他应该是很久没有经历过这样公开的反驳以及面对面的攻击了。A 是否会因此失去冷静,失去对事情的掌控而仓促行事,他是否会承认逮捕的事,还是会继续否认,这些问题 N 都不知道答案,因为他不知道如果自己是 A 的话会怎么做。N 还没来得及对 A 可能采取的行动做继续的思考,就被 F 打断了,K 元帅刚停下来想喘口气,歇一歇,以便更加慷慨激昂地表达对 A 的忠诚,F 就开口说话了。实际上,被 F 打断的不仅仅有国家主席 K,他无意之间也打断了 A,后者在 K 停下来的时候,从嘴里拿出烟斗,估计终于打算要反驳 L 了,但是 F 没有注意到,或者是不想注意到,他抢在了前面,甚至没等没完全站起来,就已经开口说了起来。F 直挺挺地站着,又矮又胖,无比丑陋,脸上长着肉疣,双手交叉抱在肚子上,就像一个穿着周日礼拜服、正在祈祷的粗笨农民,嘴里滔滔不绝。N 马上就明白了,重工业部长的平静是装出来的,"擦鞋匠"这完全是被 L 的行为吓着了,他仿佛已经看到 A 的怒火扑向大家,马上,整个部长会议就都会被逮捕。作为乡村教师的儿子,"擦鞋匠"费了九牛二虎之力才在省里一步步爬上来,早早就入党的他遭尽白眼,从来没人拿他当回事。他受过各种各样的屈辱,被人当奴才一样使唤,这才终于爬上了高位(很多人为此付出了代价),就因为他已经不再有骄傲的心(不敢有),只剩下雄心,因为他什么都能干。而现在,他什么都能干,他能做最肮脏的(最血腥的)工作,能盲目地服从,能出卖任何人。从很多方面看,他都是这个党内最可怕的人,甚至比 A 更可怕。A 可怕在他的行为,但人有气势,不管是战斗还是权力都没能改变他,A 就是他自己,浑然天成,是强大法则的体现,他的形状是他自己的,不是别人给的。而 F 是纯粹的可怕:他没有尊严,并且也无法摆脱这种没有尊严的状态,这状态就像烙刻在他身上,连那两个"金——吉思汗",在他旁边都显得像个贵族,A 虽然需要他,但当着大家的面也不仅仅是把他称作"擦鞋匠",还叫他"马屁精"。所以,F 的恐惧也更甚于其他的人,他为了爬上来,无所不用其极,现在终于到达了目的地,却又被 L 这场可笑的胡闹将那些非人的、没有尊严的努力推入险境,荒唐的低三下四没有了意义,厚颜无耻的溜须拍马也都白费,他被一阵巨大的恐慌包围,以至于竟神志不清地截断了 A 的话头(N 现在非常确信这点),但是 F 想尽快在 K 宣誓效忠的话之后再补充上自己的,就像抓住救命稻草。不过他用的是自己的方式,他并没有像国家主席那样极尽夸张地赞美 A,而是极尽夸张地攻击了 L。他按照自己的老习惯,用学过的那几句农村谚语做开头,也不管是不是合适。他说:"狐狸还没动手,母鸡先撒上野了。"他说:"农民给老婆洗澡,是因为地主想睡她了。"他说:"见了棺材才掉泪。"他说:"就算是富农,也有掉进粪坑的时候。"他说:"农民搞大女仆的肚子,男仆搞大农民老婆的肚子。"说完这些,他才开始言归正传。但是他很聪明,并没有把话题往内政上引,因为作为重工业部长,他在其中牵涉太多。所以他说到了外交局势,他说那里正在形成一股"威胁我们亲爱祖国的致命力量",但和平大会之后,外政局势竟没有之前那么紧张,这真是出人意料。国际上的大资本家已经做好准备,要窃取革命的胜利果实,他们已经成功地往这个国家里派遣了间谍。接着,他从外交又说到了纪律的重要性,从纪律的重要性又得出信任也很重要的结论。"同志们,我们都是兄弟,同为伟大革命的孩子!"然后他宣称说,这种必不可少的信任被 L 毫无必要地破坏了,L 怀疑 A 的话,不顾 A 的保证,坚持认为生病的 O 是被捕了,"这座纪念碑早已变成了耻辱柱",运输部长的不信任感强烈到他连会议室都不敢离开,不敢去看自己将死的妻子,这种缺乏人性的举动,是任何一个还相信婚姻神圣性的革命者——有谁不相信它的神圣——都会感到可怕的。这种怀疑不仅仅是对 A 的侮辱,同时还打了部长会议的脸。(N 想:A 并没有提过 O 所谓的生病,这个谎是秘密警察局长 C 说的,现在 F 把这个谎言扣在 A 头上,等于是让 A 落了口实,这种错误只能用重工业部长可怜的恐惧心去解释,但同时,N 也怀疑 O 生病的事是真的,被捕才是谎言,是为了迷惑部长会议故意放出来的假消息。不过,N 在怀疑的同时,也放弃了这个怀疑。)这时,"擦鞋匠"出于保证自己安全的迫切心情,很不理智地攻击了他的宿敌 D,也许是因为他以为运输部长 L 倒了的话,书记 D 自然也会倒,但他没有考虑到,运输部长在政治上实际早已经被大家踢出去了,而 D,除非党和国家内发生天翻地覆的变化,否则是不可能把他从现在的位子上弄下去的。F 显然以为这种颠覆已经发生,否则他就应该会注意到,在他发动攻击的时候,连国防部长 H 都始终保持着沉默,并没有出声支持。"擦鞋匠"喊道,农民在挨饿,教士却吃得肥头大耳,他在喊,地主觉得脚冷,就把整个村子点着,他说,D 背叛了革命,因为他让革命沉睡,把党变成了一个市民协会。F 在情绪激动的绝望中还在说个不停,攻击完了 D,他又开始攻击 D 的盟友,拿教育部长开涮,进马贩子家的时候还是个处女,走出来就成了婊子,他说这是个古老的农村谚语。而外交部长 B,他说跟癞皮狼当朋友的,自己也会变成癞皮狼,F 正要说下一条农村谚语,以便让自己的指责更具体,却被上校打断了。让所有人都大感惊讶的是,金发军官第二次走进会议室,敬礼,递给重工业部长一张字条,再次郑重地敬礼,离开了会议室。

F 对这样被打断很惊讶,这场军事表演镇压了他的气势,他一下泄了气,扫了一眼字条后,他把字条揉成一团,塞进右边的衣兜里,嘴里嘟囔着说自己并不是这个意思,N 觉得他似乎是动摇了。F 坐下,不说话了。其他人没有动。上校的再次出现太不寻常,看上去就像是安排好的,这个突发事件很吓人。F 说话时,M 一直盯着他看,她做出若无其事的样子,打开手提袋,给自己补粉,这件事平常在开会的时候她还从来没敢做过。A 还是什么也没说,还是没有介入,还是一副无所谓的样子。面对面坐着的 B 和 C 离 A 最近,他们互相看了一眼,N 发现他们的目光飘忽,就像是偶然碰在一起似的,同时,外交部长还摸了一下自己精心修剪过的胡子。秘密警察局长把真丝领带扶正,冷冰冰地问 F 胡闹够了没有,部长会议还得工作。N 又开始琢磨,不知道 B 和 C 是不是私下结成了盟友,他们号称是敌人,但却有很多共同之处:良好的教育,优越感,出身国内的名门。C 的父亲曾经在一个保守政府里做部长,B 则是某位亲王的私生子。有些人认为他和 C 一样都是同性恋。N 之所以会再次想到这两个人秘密结盟的可能性,是因为 C 对重工业部长的指责显然是在帮 B 的忙,而且不仅仅是外交部长,还有 D 和 M,甚至 L 也受到了他的支援。F 被这样的打击弄蒙了,他根本没想到会这样,他以为 C 是站在自己一边的,于是心虚地说,他要给部里打个电话,很急,他觉得很不好意思,但是有件不幸的事需要自己做出决定。A 站起身,从容地走向摆在他身后的冷餐台,仔细地给自己倒了一杯白兰地,然后站在那里。他说 F 可以去前厅打电话,L 也应该马上走,或者至少往医院打个电话,他宣布休会五分钟,既然会议在幼稚可笑的人身攻击之后不能终止,那就得动用党的纪律了,但是之后,他希望不再被打断,这个上校是哪儿来的蠢货。代班的,秘密警察局长说,以前的那个上校休假了,但是他会再叮嘱一下这个家伙。他用对讲机把上校叫进来。上校出现,依然是敬礼。秘密警察局长命令上校说,不管出任何事情,他都不许再进来。上校退下。不管是 F,还是 L,都没有离开会议室,他们坐着没动,就好像什么都没有发生一样。D 冲着重工业部长咧嘴笑笑,站起身,走到 A 身边,也给自己倒了一杯白兰地,问这是怎么了,F 为什么不去前厅,见鬼,既然重工业部胆敢打断部长会议的会议,那么那里肯定是乱套了,他的朋友 F 这么把国家和革命的安危放在心上,他觉得很好,但恰恰是为了这个安危,他才更应该关注自己的职责,尽快跟他的部门取得联系,如果重工业乱了,谁都没好处。

N 在思考。他觉得关键问题是 A 突然决定继续部长会议。所谓党的纪律不过是废话而已,这一点应该每个人都看出来了。他们到目前为止还从来没有投过票,沉默就是投票。部长会议里的两个敌对派别太过势均力敌,A 随时可以把问题放到党员代表大会上去,公开宣布解散不受欢迎的部长会议。A 的决定应该还有别的原因。他肯定清楚自己同时对部长会议进行清洗和取缔,是犯了一个错误。

他应该先清洗,再取缔,或者先取缔,再一个个除掉里面的成员。结果现在大家群起而反抗。他操之过急地逮捕 O,引起了所有人的警觉,L 和 F 拒绝离开会议室就是一个信号,这说明所有人都害怕。在党员代表大会上,A 是自由的,具有绝对权力,但在部长会议里,他跟其他所有成员一样,是体制的囚徒。大家害怕 A,并不意味着 A 也得害怕,因为他根本不知道什么是害怕。但他也会动摇。召开党员代表大会需要时间,在这段时间内,部长会议的成员还有权力,可以采取行动,而 A 也得相应地采取行动,他得重新查明哪些人可以用,哪些人不行,然后动手。A 对人的专制和蔑视,不仅搞乱了不同的阵营,同时也会让无关紧要的小规模交火意外地变成一场决定性的战役。

刚一开始没什么动静,没有人动,F 坐着没动,运输部长也是,他的脸埋在手心里。N 很想擦掉额头上的汗水,但是不敢。坐在他旁边的 P 把双手交叉合在一起,看上去就像是在祈祷自己能够全身而退,虽然一个部长会议成员是不太可能祈祷的。外贸部长 E 点上一根美国香烟。国防部长 H 站起身,微微踉跄着,在冷餐台上找到了一瓶金酒。他在 A 和 B 旁边站定,对着 A 郑重地举杯:"革命万岁。"并打了个嗝。昏头涨脑的他并没有看出 A 根本没有理会他。M 从手提包里拿出一个金色的烟盒,D 走到她跟前,把自己的金色打火机递给她,然后在她身后站下。"嗨,你们俩,"A 悠闲地问,"你们俩是睡了吗?"——"我们俩睡过。"D 不动声色地回答说。A 笑了,他手下的人相互之间关系好,这是好事。然后他转向 F,"快走,擦鞋匠,"他命令道,"快走,马屁精,去打电话!"F 坐着没动。"不出去。"他小声说道。A 又笑了。不管是开玩笑还是威胁,大家从他那儿听到的笑声总是一样的缓慢,几乎可以说是惬意的,所以大家就永远也不知道他的真实意思。他说自己真的觉得这个家伙是屁了。"对,"F 回答说,"我尿了,我害怕。"所有的人都默默地盯着F。他竟然承认自己害怕,这事非同一般。"我们大家都害怕,"重工业部长继续说道,平静地看着A,"不光是我和运输部长,所有人都怕。""胡说,"首席思想师G反驳道,他站起来,走到窗户跟前,脊背对着大家,"胡说,纯属胡说。""那就离开房间。"F对他说。首席思想师转过身,用怀疑的眼神看着他。让他出去做什么,他问。首席思想师不敢出去,F淡定地指出,G非常清楚,他只有在这里是安全的。"胡说,"G再次反驳道,"胡说,纯属胡说。"F不依不饶:"那就出去啊。"他再次对"世外高人"提出这个要求。G站在窗户跟前没动。F又转脸对A说:"你看,我们都尿了。"他直挺挺地坐在自己的椅子里,双手放在桌子上,身上所有的丑陋都消失了。F是个傻瓜,A说。他把装白兰地的酒杯放在冷餐台上,回到桌子跟前。"傻瓜,"F回答说,"真的吗?你就这么肯定?"他小声说,他还从来没小声说过话。除了L之外,部长会议里没有老革命了,他说,这些人都去哪儿?他一一列举那些被肃清的人的名字,一丝不苟,慢条斯理,连名带姓。那些曾经是名人的男人们,曾经推翻了旧制度的人。这是很久以来第一次有人提起这些名字。N打了个哆嗦,他突然觉得自己像是在墓地里。"叛徒,"A喊道,"这些都是叛徒,你很清楚,可恶的'马屁精'。"他不说了,情绪又平静下来,若有所思地看着"擦鞋匠"。"你也是这样的一个混蛋。"他顺口说道。N马上意识到,A又犯了一个错误。提那些老革命的名字当然是在挑衅,不过F承认自己害怕,这已经让他变成了对手,A本应该小心他,稳住他,但A并没有这样做,他忍不住威胁了F。一句友好的话,一个玩笑,就能让F恢复理智,但A瞧不起F,就因为瞧不起他,所以也没有意识到危险,轻敌了。F则不一样,他已经没有退路,绝望会让他不顾一切,出乎众人意料地锋芒毕露。他必须战斗,于是自然而然地成了运输部长的盟友,但运输部长迷迷糊糊的,并没有意识到这一点。"站到革命对立面的人,都要被消灭,"A宣布说,"所有试图这样做的人都被消灭了。"他们真的试图那样做了吗,"擦鞋匠"不为所动地说,这一点恐怕A自己都不相信。他刚才列举的那些已经死去的人,是他们建立了这个党,并开展革命,他们可能犯了很多错误,没错,但他们不是叛徒,就像运输部长不可能是叛徒一样。他们低头认罪了,这是法庭的裁决,A反驳说。"低头认罪!"F大笑,"认罪!他们怎么认的罪。这事得秘密警察局长来告诉大家!"A生气了。革命本来就是要流血的,他反驳说,他们的队伍里同样有罪人,这些可悲的罪人。对这一点的信念动摇了的人,自己也就成了叛徒。此外,他讥讽道,讨论这些没有意义,"擦鞋匠"显然是被那些乌七八糟的文章弄得上了头,他在同事中间散发这些文章,而那里面显然把党当成了妓院,但是A得请F的朋友,首席思想师G好好想想自己打交道的都是些什么人。对"世外高人"说了这句冲动的、毫无必要的威胁之后——可能是因为生气,因为首席思想师也不敢走出会议室——A重新在位子上坐了下来。那些还站着的人也坐了下来,G最后一个落座。现在宣布会议重新开始,A说。

"世外高人"马上开始反击,也许是因为他觉得自己和F一起失宠了,也许只是因为A不谨慎的斥责让他感到受了侮辱。就像许多批评家一样,他也经不起批评。当中学老师的时候,"世外高人"就在一些不入流的省城报纸上发表过文学评论,里面喋喋不休地对党表示忠诚,所以,虽然A把这个国家里的绝大多数作家都看作资产阶级知识分子,但在第二次大清洗开始的时候,A还是把他调来了首都。在这里,G负责政府报纸里的文化版,他按照意识形态的模式,指出经典作品是健康的、积极的,现代作家是病态的、消极的,以无比的勤奋,在短短的时间内就毁掉了这个国家的文学和戏剧。不管他那些批评文章的核心思想多么简单,他阐发这种内容的形式是有思想的、逻辑的。"世外高人"比他那些文学领域和政治领域里的敌人会写,他无所不能,那些批评他的人都被解决了,被投进铁窗或者失踪。G的个人生活有种让人难以超越的平凡,他婚姻幸福(他总拿这点指责别人),家里还有八个年龄间隔相等的儿子。党内的人痛恨他,虽然他号称是理论家,实际却是A最大的实践者。这位中学教师被委以重任,A将他打造成了意识形态方面的告解神父,这样,在部长会议里,大家就只能听G长篇大论,而无力反驳。虽然有几个人经常会讥笑这件事,比如B,他在"世外高人"关于外交政策的一个特别长的讲话之后说,对外,首席思想师虽然能够让部长会议的决议从政治角度无懈可击,但是却无法让部长会议也相信他的论据。不过G这个人是不能小瞧的,"世外高人"是个玩权的人,会用自己的方法维护已经得到的地位,现在A应该也体会到这一点了,因为G第一个跳出来要求发言。他感谢A在会议开始时说的那番话,因为那些话暴露了这位国家首脑的想法。他关于革命形势和国家形势的分析非常精彩,得出部长会议发展到现阶段必须要解散的结论也令人不得不佩服。作为理论家,G只有一点要说。正如A所言,现在大家面临着一个矛盾,这个矛盾就在于革命与国家之间的冲突。实际上革命与党也是一样,革命和党不是一回事,跟有些人所想的不一样。革命是一个动态的过程,而党是一个相对静态的组织;革命改变社会,党则要在国家内建立起被改变的社会。所以,党是革命的载体,同时也是国家权力的载体。这种内在矛盾会使党更加倾向于国家而不是革命,并且强迫革命不断地对党进行革命,革命是从人性不完善的地方开始的,这种不完善存在于作为固定组织的党之中。所以,革命总是首先吞噬那些以党的名义成为革命敌人的人。重工业部长列举的那些人,一开始都是真正的革命者,这一点没有人质疑,但他们误以为革命已经结束,所以就变成了革命的敌人,并因为这个被消灭。今天也是一样:部长会议将所有权力揽在自己手中,党就变得没有用处,不能够再作为革命的载体存在,但是部长会议又没有能力完成这个任务,因为它只跟权力有关系,跟革命没有关系,部长会议跟革命脱节了,对它来说,维持自己的权力比改变世界更重要。就好像任何一种权力一样,它要的是能够稳固自己统治的国家,还有被自己控制的党。所以,针对部长会议的斗争对于革命的进程来说是无法避免的,部长会议必须看到这种必要性,自行决定解散,一个真正的革命者会自我肃清。他在发言的最后说,恰恰就是部长会议中某些人对于这种肃清行动的恐惧,证明了肃清的必要性以及部长会议的过时。

G 的一番话非常阴险。"世外高人"跟平常一样,说起话来像个老师,干巴巴的毫无幽默感。N 是逐渐才意识到了 G 的诡计。G 用抽象的话把 A 的目的复述得无比清晰,为的是让部长会议不得不起来反抗。"世外高人"把所有人都害怕的清洗说成势在必行,而且已经开始。他把老一代斗士的毁灭,所有的公审、侮辱、死刑都说成政治上的合情合理,以此证明了将要到来的清洗的合理性。但是这样一来,他就把决定是否应该开始清洗的决定权交到了可能成为牺牲品的那些人手里,以此唤起了 A 真正的威胁。

看了一眼 A,N 就明白了:A 已经看出这是 G 给自己布设的陷阱。但是 A 还没顾上进去,突然发生了一件意外的事。坐在国家主席 K 旁边的教育部长 M 跳起来大骂 K 元帅是猪。坐在国家主席斜对面的 N 也发觉自己的鞋泡在一个水洼里。又老又病的国家元首,尿了。臭气熏天的"金——吉思汗"恼了,他怒吼道,这有什么,骂 M 是在两性关系上古板的老处女,吼道,可别把他当傻瓜,以为他会出去撒尿,他可不想被捕,他不会离开这个房间,他是老革命,他曾经为这个党战斗,并且取得了胜利,他的儿子在国内战争中牺牲了,他的女婿,还有所有的老朋友都被 A 出卖了,消灭了,虽然这些人跟他一样,都是诚实坚定的革命者。所以,他想在哪儿尿就在哪儿尿,想什么时候尿就什么时候尿。

A 对于这个尴尬荒唐的突发事件的强烈反应让 N 吃惊,倒不是因为这位国家领导人介入时激昂的情绪,而是因为 N 觉得他的介入很不明智。A 似乎并不是要攻击特定的某一个人,而是为了攻击而攻击,所以他选了最容易攻击到的人。他的怒火并不是冲着 F、G 或者 K,而是让人无法理解地瞄准了 C。这个人可是他的大功臣,没有秘密警察局长,A 怎么可能管理国家。尽管如此,他突然开始指责起这个人,说 C 在自己不知情的情况下逮捕了 O,并且命令他给核能部长平反,如果这事还有可能的话,因为按照 C 的做事风格,这个人没准早就被枪决了。这还不算完,A 继而要求秘密警察局长引退,因为这个人本质有问题,早就应该对他展开调查了。"我要就地逮捕你。"A 暴跳如雷,用对讲机喊叫着让上校进来。死寂。C 不动声色,所有的人都在等待。过了好几分钟,上校没有出现。"上校为什么不来?"A 盛气凌人地叱责 C 道。"因为咱们给他的指示是不管出现任何情况,都不许进来。"秘密警察局长平静地回答说,并从墙上拔下了对讲机的线。"见鬼。"A 同样平静地回答说。"你将了自己一军,A,"外交部长 B 说,他拉下剪裁讲究的上衣袖子,"这个让上校不能再来的命令是你自己下的。"——"见鬼。"A 又小声说道,然后,他再次把烟斗磕空,虽然里面的烟丝还在燃。他从口袋里又拿出一支烟斗,这是个弧度优美的登喜路烟斗。他给烟斗装上烟丝,点着。"抱歉,C。"他说。"没事,没事。""国家的婶娘"微笑着说。N 知道,A 已经输了。这就好像一只习惯在丛林里作战的老虎,突然发现自己在草原上被一群愤怒的水牛围住了。A 已经没有武器,他孤立无援。对于 N 来说,A 不再神秘,不再是天才,不再是超人,他不过就是个手握权力的政治环境的产物而已。这个权力的产物顶着庞大的父亲与农民形象,在每一个橱窗中被展览,悬挂在所有机关办公室里,出现在所有的周报、日报上。他阅兵,参观孤儿院、养老院,给工厂和拦河坝剪彩,拥抱政治家们,颁发勋章。对于人民来说,他是爱国的象征,代表着祖国的独立和强大。他体现的是党的绝对力量,他是智慧的、崇高的国父,他的文章(从来都不是他写的)广为传颂,说过的话在每一个讲话、每一篇文章中被引用。但实际上,他并不为人所知,人们将所有的美德都赋予A,让他因此变得不具体,在将他变成偶像的同时,也给了他可以为所欲为的通行证,他于是便为所欲为。但是现在情况不一样了,那些完成了颠覆的人,就因为他们与个人主义做斗争,所以他们是个人主义者。驱动他们的愤怒,让他们兴奋地希望,这些都是真实的,前提都是革命者的个性。革命者不是干部,他们想成为那样的人,但是失败了。革命者是逃跑的教士,酩酊大醉的经济学家,极端的素食者,被开除的大学生,隐匿身份的律师,被开除的记者。他们生活在隐秘的地方,被缉捕,被投进监狱。他们搞罢工、搞破坏、搞谋杀,撰写传单和秘密手册,跟对手结成战略同盟,然后又决裂。他们刚一胜利,革命就通过新的社会体制建立起了新的国家,这个新国家的力量比旧体制、旧国家的更强大,他们的起义被新的官僚主义吞噬,革命变成了组织问题,在这个问题上,革命者一定会失败,因为他们是革命者。他们可怜巴巴地看着现在被需要的那些人,他们比不过那些技术官僚。而恰恰是这些人的无能给了A机会,国家越是被行政淹没,就越是要坚持作为虚构存在的革命,行政机构不可能让人民欢欣鼓舞,特别是连党都成了官僚主义的牺牲品之后。通过A,权力这个抽象的机器有了一张人的脸,但是这个大领导并不满足于这种形象,他开始以革命的名义消灭革命者,于是,那些曾经的斗士们纷纷被碾压,只剩下国家主席K和L。不光是革命英雄,还有那些在他们之后登上权力宝座,进入部长会议的人,这些人过一段时间就会被肃清,连秘密警察的局长也在更换。他们本是 A 在清洗过程中需要的人,但他们逃不过刽子手的手,A 正是以此著称。人民心情压抑,最基本的生活必需品常常没有,衣服和鞋质量低劣,老旧的房屋摇摇欲坠,新盖的房子也好不到哪去,食品店前面排着长队。日常生活一片灰暗。但是党的干部却享有特权。这件事已经被传得神乎其神,据说这些人有别墅,汽车,司机,在他们专属的商店里买东西,那里奢侈品应有尽有。他们所缺的只有一样:安全。权力是件危险的事,人民通常无忧无虑,这些人因为生活的艰苦和无权无势而麻木不仁,他们不会失去什么,因为他们一无所有,而享有特权的人则害怕会失去一切,因为他们什么都有。人民眼见那些有权有势的人因为 A 的仁慈爬上去,又因为 A 的怒气掉下来。人民作为观众参与这场血腥的政治表演,没有哪个有权势的人倒台时不经过公开审理:庄严的表演,公正华丽出场,被指控的人隆重地表示忏悔。对于人民来说,这些被正法的人是罪人,是破坏分子,是叛徒,造成人民贫困的是这些人,而非体制,这些人的灭亡激起了对不断被许诺的美好未来的期许,制造了一种革命还在继续的表象,而那个聪明的指挥者就是伟大的、善良的、天才的,但是又不断上当受骗的国家领导 A。

N 第一次看清了这部政治机器,坐在操纵杆前的是 A,决定操纵杆的也是他。这部机器不过是看上去复杂,其实很简单。只要部长会议的成员互相斗,A 就能维持自己的暴力统治,这种斗争是 A 权力的前提。只有恐惧才能让每一个人都通过告发别人,从 A 那儿得到好处,所以有像 D 身边那种想要维护自己权力的群体,就会有像 G 周围那种要继续推进革命的一撮人跟他们作对,而 A 的政治立场非常不明确,所以两边的人都认为自己是在以他的名义行动。A 的策略很残暴,也因此逐渐变得不谨慎,他只在觉得有好处的时候装成革命的样子,实际感兴趣的只有自己的权力。他通过挑动大家互相斗来维持统治,并且认为自己是安全的,但他忘了,部长会议里的人已经不是坚定的革命者。那些坚定的革命者之所以会在公审时认罪,是因为他们宁肯放弃生命,也不放弃对革命的信仰。他忘了自己周围的这些是玩弄权术的人,对这些人来说,党的思想体系不过不过是助他们升迁的工具。他忘了,他已经把自己孤立起来,因为恐惧不仅仅会造成分裂。恐惧还会让人联合起来,而正是这个规律现在为 A 招来了大祸。他突然变得像个外行一样,面对玩弄权术的行家们手足无措。他想取消部长会议,以增强自己的权力,但因为攻击秘密警察局长,他威胁到了所有人,因为指责秘密警察局长逮捕了 O,他给自己树了一个新的敌人。A 赖以统治的第六感失灵了,被他控制的权力机器开始转而针对他。现在,他的肆无忌惮开始引起报复。一些事件直到现在才开始报复,是因为直到现在,报复的时机才到。A 脾气暴躁,他滥用自己的权力,下一些侮辱人的命令。他荒唐、野蛮的愿望源自对他人的蔑视,也因为他肆无忌惮的幽默。他喜欢恶毒的玩笑,但是没有人笑得出来,所有人都害怕这些玩笑,觉得这些玩笑全是阴险的陷阱。N 不由得想到了一件事,那件事肯定是让强大的书记 D 很感到屈辱。N 一直就认为 D 会反击,D 绝对不会忘记任何侮辱,他会等,而现在或许就是报仇的时机了。那件丑闻荒唐、怪异,当时,"野猪"从 A 那儿得到一个让他目瞪口呆的指示:A 让他搞一个女子乐团,并让这个乐团赤身裸体地给 A 表演舒伯特的《八重奏》。这个愚蠢的命令让 D 非常愤怒,但他又因为怯懦不敢拒绝,于是就去求助于教育和文化部长。"党的缪斯"也同样愤怒,但跟 D 一样怯懦,所以去求助于音乐学校和高等音乐学校。这些姑娘不仅仅得受过音乐方面的教育,还得长得好。后来发生的有崩溃,有灾难,有歇斯底里的喊叫,还有精神失常。一个非常有天赋的大提琴演奏家自杀了,其他人奋力争夺她的位子,但是长得又太丑。终于,这个乐队是凑起来了,但是找不到吹巴松管的。"野猪"和"党的缪斯"求助于"国家的婶娘"。C紧急从感化院里搞了个翘臀美女进国立音乐学院,这个美女完全没有音乐细胞,但是经历了非人的驯化练习后,她学会了《八重奏》里需要表演的节目,其他的那些姑娘们也为了自己的性命卖力练习。终于,她们赤身裸体地坐在爱乐乐团冰冷的演奏厅里,紧紧抱着她们的乐器。第一排的包厢里坐的是裹着毛皮大衣,脸色铁青的D和M,他们等着A,但是A并没有来,倒是来了好几百个聋哑人,挤满了那个巴洛克风格的大厅。他们莫名其妙又贪婪地看着那些一丝不挂,绝望地又拉又吹的姑娘。在接下来的那次部长会议上,A肆无忌惮地嘲笑了这次音乐会,说D和M是傻子,因为他们竟然会听从这样的命令。

轮到D上场了。A的倒台进行得非常冷静、理性、轻松,几乎是例行公事一样。"野猪"命人锁上门。"纪念碑"费力地站起身,先是锁上了"擦鞋匠"和两个"金——吉思汗"中年轻的那个身后的门,然后又锁上了"世外高人"和"芭蕾舞娘"背后的那扇门,随后,他把钥匙扔在桌子上"野猪"和"常青爵士"中间的位置。"纪念碑"坐了回去,几个部长会议的成员之前跳起来,就好像要阻止"纪念碑",但又不敢,他们也坐了回去。所有人都坐着,公文包放在面前的桌子上。A把他们一个挨一个看过去,向后靠在椅子上,抽着烟斗,他已经放弃比赛。会议继续,"野猪"说,现在他很想弄清楚究竟是谁下令逮捕的O。"国家的婶娘"说只可能是A,因为名单上根本没有O,而他作为秘密警察的局长,看不出任何逮捕O的理由,这个人不过是个稀里糊涂的科学家。O是个懂专业的部长,不可替代,一个现代化的国家更需要科学家,而不是理论家,这一点,就算是"世外高人",应该慢慢也看明白了,只有A似乎明白不过来。"世外高人"的脸上没有一丝表情。"名单!"他冷冷地要求道,"名单会让我们弄清真相。"

"国家的婶娘"打开公文包,把一张纸递给"常青爵士"。"常青爵士"匆匆看了一遍之后,递给了"世外高人"。"世外高人"脸色一变。"我在名单上,"他小声说,"我在名单上。我可一直是个立场坚定的革命者。我在名单上。"然后,"世外高人"突然喊了起来:"我是你们中间立场最坚定的一个,而我现在竟然要被肃清,像个叛徒一样!"那就是立场歪了,D干巴巴地说。"世外高人"把名单给"芭蕾舞娘",显然,他的名字并不在上面,因为他很快就把名单递给了"纪念碑"。"纪念碑"瞪着名单,反复地看,终于大叫起来:"我不在上面!我不在上面。这头猪都不屑于肃清我,我,这个老革命!"N扫了一眼名单,他的名字不在上面。他把名单递给青年团主席。这个面色苍白的党员惶恐地站起来,就好像他是在参加考试一样,他擦了擦眼镜。"我被任命为总检察长。"他结结巴巴地说。哄堂大笑。"坐下吧,小家伙。""野猪"善意地说。"擦鞋匠"补充道,他们不会把青年团的这个乖宝宝吃了的。P坐下,用颤抖的手把那张纸从桌子上方递给"党的缪斯"。"我在上面。"她说着,把纸递给年纪比较大的那个"金——吉思汗",但他已经睡着了,所以年纪比较轻的那个把纸拿了过去。"K元帅不在上面,"他说,"但我在上面。"然后把纸递给"擦鞋匠"。"我也是。"他说,"野猪"说了同样的话。最后一个拿到纸的是"太监"。"不在上面。"外交部长说着,把名单又还给了"国家的婶娘"。秘密警察局长仔细地把名单叠起来,在公文包里藏好。O真的不在名单上,"常青爵士"确认说。那A为什么要逮捕他,"芭蕾舞娘"惊讶地说,用狐疑的眼神看着"国家的婶娘"。后者回答说不知道,他以为核能部长只是生病了,但是A喜欢凭个人感觉行事。"我没有让人逮捕O。"A说。"别编故事了,"年轻的那个"金——吉思汗"斥责他道,"不然的话他就应该在这儿了。"所有人都在沉默,A静静地抽着登喜路烟斗。"咱们不能回头了。""党的缪斯"干巴巴地说,这个名单是事实。它只是为了应付紧急情况的,A解释说,他并没有为自己辩护。他悠闲地抽着烟斗,就好像这一切并非事关他的生死,同时补充道,弄这个名单,只是为了防止部长会议抵制自行解散。"这种情况已经出现了,""世外高人"干巴巴地说,"它抵制了。""太监"笑了。"擦鞋匠"又说了个农村谚语,最富的农民也有遭雷劈的时候。"野猪"问有没有人自愿报名,所有人都看着"纪念碑"。"纪念碑"站起身。"你们想让我杀了这个家伙。"他说。"你只要把他捆在窗户上就行。""野猪"回答说。"我不是你们那样的刽子手,""纪念碑"回答说,"我是个正直的铁匠,会用自己的方式解决这件事。""纪念碑"端起他的椅子,放在没有坐人的那个桌子端头和窗户中间。"来吧,A!""纪念碑"平静地命令道。A站起身。他看上去跟平常一样从容、自信。走向对面的桌子端头时,他被"世外高人"挡住了,因为"世外高人"的椅子抵在他座位后面的那扇门上。"抱歉!"A说,"我以为我得从这儿走。""世外高人"挪回到桌子跟前,让A过去。A走到了"纪念碑"跟前。"坐下。""纪念碑"说。A按他说的做了。"把你的皮带给我,国家主席。""纪念碑"命令道。老"金——吉思汗"机械地听从了他的命令,没明白"纪念碑"这是要干什么。其他人默默地出神,连看都没有看。N想起了部长会议上一次公开亮相的那个国家活动,那是隆冬时节,他们参加最后一个大革命家"廉洁"的葬礼。"廉洁"在"纪念碑"倒台之后当上了书记,然后他也被清理了,"野猪"挤掉了他。但是A并没有像对其他人那样审判"廉洁",他的倒台更为悲惨,A宣布他精神失常,把他送进了精神病院,在那里的许多年,医生们任他的头脑昏昏沉沉,直到他获准死亡。正因此,那场国家葬礼才显得尤为隆重。除了"党的缪斯"外,其他的部长会议成员为他抬棺,棺木上覆盖着党旗,架在众人肩膀上从国家公墓里那些被雪覆盖的、俗气的大理石雕像和墓碑跟前经过。十二个党内和国家内权力最大的人踏步从雪中走过,就连"世外高人"都穿了靴子,A和"太监"在最前面扛着杠子,后面,在所有人之后,是 N 和"纪念碑"。大片的雪花从白色的天空上飘落,在坟墓中间,还有那个被打开的墓穴四周站满了穿着长大衣,戴着暖和毛皮帽子的官员。伴着已经被冻僵的军乐队演奏的党歌,棺材被放进墓穴中。当时,"纪念碑"小声说:"见鬼,我会是下一个。"N 抬起头。"纪念碑"把老"金——吉思汗"的腰带拴在 A 的脖子上。"准备好了吗?""纪念碑"问。"再抽三口。"A 回答说。他平静地又抽了三口,然后把那个弯曲的登喜路烟斗放在面前的桌子上。"好了。"他说。"纪念碑"收紧了腰带。A 一声没吭,他的身体虽然猛地挺起,两个胳膊也胡乱地划拉了几下,但是他坐着没有动。他的头被"纪念碑"拉到后面,嘴大张着:"纪念碑"狠命地拉着那根腰带,A 的眼神凝滞了。老"金——吉思汗"又尿了,但是没有人在意。"揪出党内的敌人,伟大的国家领袖 A 万岁!"H 元帅喊道。"纪念碑"过了五分钟,才放开手,把老"金——吉思汗"的腰带放在登喜路旁边的桌子上,回到他的座位上坐下。A 死气沉沉地坐在窗户前面的椅子上,脸冲着天花板,两条胳膊垂着。其他人默默地看着他。"常青爵士"点上一根美国香烟,然后是第二根,然后是第三根。他们等了差不多一刻钟时间。

外面有人想打开 F 和 H 中间的那扇门。D 站起身,走到 A 跟前,仔细地看看他,摸了摸他的脸。"他死了,"D 说,"E,把钥匙给我。"外经贸部长默默地照办了,然后,D 打开了门。门口站着核能部长 O,他为自己迟到表示抱歉,说他记错日子了。随后,他想去自己的位置上坐下,慌忙之中掉了公文包,直起身子后,O 才注意到被勒死的 A,他愣了。"我是部长会议的新主席。"D 说着,冲敞开的门叫进来上校。上校敬了个礼,丝毫不动声色。D 命令他把 A 弄走。上校回来的时候带来两个士兵。现在,椅子空了。D 锁上门,所有人都站起身。"部长会议继续开会,"D 说,"现在确定新的座次。"他在

A的座位上坐下。他旁边坐的是B和C。B旁边是F,C旁边是E。F旁边是M。然后,D推了一把N,做出一个请的姿势。N哆嗦着在E旁边坐下:他成了这个国家里权力第七大的人。外面开始下雪了。

```
        D
B           C
F           E
M           N
H           G
K           I
O           L
        P
```

阿布·卡尼发和阿南·本·大卫

1975 年

1978 年修改版

顾牧 译

神学家的下场并不一定就好。他们的学说里也有炸药。在一点上，犹太教和另一教派也有共同之处，而这个共同之处似乎就存在于神学的本质中。两种宗教都以记录"神谕"的书卷为根基，但又都不满足于那些神谕。犹太人用《塔木德》作为《圣经》的补充，并对《摩西五经》进行辩证的评述，而另一派教徒则用口头流传下来的先知的言与行对圣书进行补充：公元760年前后，阿拔斯王朝的哈里发曼苏尔命人逮捕了神学家阿布·卡尼发，他与圣书的大专家之间爆发了一场剧烈的神学方面的争吵，前者因为恼怒这位神学家，便在他处理完日常国事后，并在虽非自愿，但很有责任感地撤回后宫之前，下令将一位名叫阿南·本·大卫的犹太拉比一同抓起来。没人敢问曼苏尔为什么要这样做，或许连他自己也不知道为什么要这样，他也有可能只是模模糊糊地感觉到某种邪恶的正义感，因为他是有信仰者与没有信仰者共同的哈里发。不过也有可能是因为他恍惚记得曾粗略地看过一封情愿信，但曼苏尔已经不记得信是谁写的，是他管理机构中某个处理犹太人事务的部门，还是多个部门联合写的，他突然又觉得那信似乎是自己梦到的，是他梦到的一封看不太清楚的信，信上要求逮捕阿南，因为此人的信众擅自将这个来自教派众多的波斯内陆地区的拉比奉为巴比伦教区的大主教。曼苏尔让人把阿南·本·大卫丢进了阿布·卡尼发所在的那个肮脏的地牢。押解阿南·本·大卫的看守像个巨人一样,他打开一扇闩着两根栎木、高度勉强到他腰部的小铁门,将拉比按下去,狠狠一脚踹进牢房里。拉比躺在石头地面上昏迷了很久,等到苏醒过来,他慢慢看清了自己所在的这间地牢。牢房是正方形的,狭小,顶很高,唯一的光线来自一扇装了栏杆的小窗户,窗户安在粗糙墙面上他够不着的高处。角落里蹲着个人,阿南·本·大卫朝那个人爬过去,发现那是阿布·卡尼发,他爬回去,缩进跟那个人斜对角的另一个角落里。两个神学家都不说话,两个人都觉得对方是有错的,但并不是对那个粗暴对待他们的曼苏尔犯下了什么错,而是因为永恒真理的问题。一个老迈至极的看守为了省得总被人问,自称是拜星教徒,但他实际奉拜的是一个已经生锈的独眼神像,并将犹太人和基督徒统统唾弃为不信仰神的蠢驴。此人每天一言不发地给他们送进来一碗饭和一罐葡萄酒。饭遵照曼苏尔的命令,准备得非常可口,曼苏尔的残忍从不恶毒,但总是很别致:对这两个人的侮辱在于,他们必须从同一个碗里吃饭,酒只对阿布·卡尼发来说是种侮辱。这两位神学家整整一个星期没有吃饭。两个人都顽强到了极致,都要成为最虔诚的人,用彻底服从神的意旨来羞辱自己的敌人。他们只是共同品尝那罐酒,不时用酒沾湿嘴唇,为了避免渴死——这在神之前也是一个罪过。阿南·本·大卫是可以喝酒的,但他不想在阿布·卡尼发面前显得没有人性,因为如果他大口喝酒的话,会让这个人加倍觉得渴。老鼠掉进碗里来,到处都是老鼠,一开始,它们还瑟瑟缩缩,后来就越来越放肆。一周之后,犹太人的谦卑态度引起了阿布·卡尼发的愤怒,他认为这谦卑肯定不是真心的,这跟他可不一样,那个犹太人必定是出于亵渎神明的执拗才这样做,或是邪恶的阴险,他这样故作谦卑就是要羞辱深谙圣书和先知言行录的专家:阿布·卡尼发吃光了碗里的饭,速度飞快,快到让老鼠都没来得及像之前那样扑到饭上,虽然这些畜生非常敏捷。这位神学家只留下了一个碗底,阿南·本·大卫则把那个底舔了干净,舔的时候双目低垂,姿态谦逊,虽然还是显露出些许的慌张,因为饥饿感实在太过迫切。他想到了《塔木德》,那里面并不提倡殉道。失望的老鼠把他团团围住,拿嘴去咬他。就好像突然间得到了神的启示,阿布·卡尼发意识到这个犹太人的谦卑态度是真心的,他因此感到羞愧,自惭形秽,阿布·卡尼发向神忏悔,并且在第二天什么也没有吃。阿南·本·大卫不想羞辱阿布·卡尼发,因为阿布·卡尼发在前一天吃了饭,并且阿南·本·大卫已经相信这个人是虔诚的,加上他又因为这个人在自己和耶和华面前表现出的谦卑态度而感到受了羞辱,所以他吃了饭,而且因为急迫吃得狼吞虎咽,他吃光了碗里的东西,所有可口的饭菜,比前一天的阿布·卡尼发吃得还急,因为老鼠们更加贪婪,更加肆无忌惮,更加疯狂,不过,他也只是吃了个大概光,就像另一个人之前做的那样。阿布·卡尼发很高兴自己可以用同样的方式在拉比面前表现出谦卑,终于可以舔干净那个碗,他也被老鼠爬了满身,被它们覆盖,被它们淹没,已经几乎看不出来哪里是阿布·卡尼发,哪里是老鼠,之后,这些畜生撤退了,非常失望,非常生气。从那时起,这两个人便满意地面对面缩在各自的角落里,怀着同样的虔诚,两个人都受到了羞辱,两个人都毕恭毕敬,两个人都因为这场虔诚的对抗筋疲力尽。他们说服了彼此,不是用信仰,两个人的信仰是不同的,不可调和的,而是通过同等程度的虔诚,通过他们用来信仰各自信仰的同样强大的力量。于是,在斜斜地从窗栏杆的缝隙中照进牢房里的月光下,一场神学对话开始了。两个人开始跟对方说话,一开始犹豫又谨慎,间隔着长长的深沉思考,时而是阿布·卡尼发问,阿南·本·大卫答,时而是拉比问,另一人答。天边已泛出灰白,某个地方已经开始上刑,哭喊声和呻吟声让两人的对话无法继续,拉比阿南和阿布·卡尼发于是用力地大声祈祷,各自用各自的语言,直吓得施刑的打手放开了被折磨的人。天亮了,太阳如火,烧进牢房里来,边界清晰如斧凿,但光束并没能触及牢房的地面,阿布·卡尼发的白发也只是在光柱中短暂地亮了一下。一天连着一天,一夜接着一夜,他们一起吃,但只吃最基本的量,吃得很少。饭菜越来越差,因为哈里发的命令慢慢被遗忘了,罐子里的酒早已换成了水,那个一句话不说的看守丢进来的稠糊糊看不出是什么东西。他们把剩下的部分留给老鼠,这些老鼠现在成了他们俩的朋友,在他俩周围愉快地吱吱叫,鼻子在他俩身上蹭来蹭去,两个人则抚摸着这些老鼠出神,他们已深深沉浸在两人的伟大对话中。两人赞颂同一个神圣的上帝,认为他的启示同时出现在两本书中,是无上神奇的事,一本是《圣经》,一本是《圣书》。在《圣经》里,他的形象比较难解,不管是他的仁慈和愤怒,还是那些后来总能被证明为公正的让人难以理解的不公正,这些都出人意料;在圣书里,那些经训则更加诗意、更加像赞美诗,也更实用。但是两位神学家在赞颂上帝的同时,也慢慢开始懊恼凡人补充神圣的原始书卷的可笑行为:阿南·本·大卫骂《塔木德》。如此数年,哈里发早已忘记了这两个神学家,密探报告说,只承认圣书的信仰开始传播,但这个报告他也没怎么听进去,也许这种新的信仰某一天还能够为政治所用,以某种方式。主管犹太人事务的大臣报告说,巴比伦的犹太人中间,对《塔木德》合法性的质疑声越来越大,听到这里,曼苏尔打断了大臣的报告,他实在是哈欠连天,随着年龄增加,后宫甚至比他巨大的王国还要让他疲惫,太监们已经开始就此说笑。再者说,这个大臣也不是很可靠。由于大臣觉察到哈里发不再信任他,所以他也就心安理得地忘记了那两个囚犯,阿南·本·大卫和阿布·卡尼发的事本来就应该归行政机构管。但行政机构非常忙碌,监狱也早就因为政局的混乱而拥挤不堪:奴隶起义,马兹达克教派叛乱,一个又一个统治者的后宫佳丽逃到他们这里来,因为那些人连女人也是共享的。新的监狱建起,一开始是建在旧监狱的旁边,将旧监狱的外墙当作新牢房的挡土墙,监狱就这样慢慢变成了监狱城,随着时间的推移,又出现了第二座、第三座监狱城,一个个的长方体叠摞在一起,虽然没有规划,但是很坚固。曼苏尔早就死了,他的继任者马赫迪也死了,然后是马赫迪的继任者哈迪·伊本·马赫迪,他是被自己的母亲下令谋杀的,因为他的母亲想让自己最喜欢的儿子哈伦·拉希德·伊本·马赫迪登上王位。后来这个人也死了,还有这个人的继任者,如此继续,所有人都被湮没、消失,阿布·卡尼发和阿南·本·大卫面对面猫着的那个监狱也深深埋在了建在旁边和上面的众多监狱之下,这些监狱上面和旁边又建监狱,因为黑人奴隶的起义逼得哈里发穆阿台米德不得不新建起巨大的监狱。最初那座监狱里的方寸空间早已被淹没,跟监狱一起被淹没的还有阿布·卡尼发和阿南·本·大卫,但他们两人对此并不知情,他们依然在黑暗中面对面坐着,几乎可以说是黑暗,因为白天,还是会有一束微弱的光不知从上面的什么地方,穿过不断扩建产生的无数纵横交错的天井,照到下面来,刚好够他们看到对方的表情,如果他们朝对方俯过身子去的话。但是,他们对此并不在意,他们思考的东西是无穷尽的,而且思考得越深入,就愈加显得无穷尽。他们思考的是崇高的上帝,在上帝面前,一切都显得无足轻重:简陋的饭食,老鼠湿漉漉的毛皮。这些老鼠早就已经把圣书和《摩西五经》吃得一干二净,这两本书是曼苏尔唯一允许他们带进监狱里的,但是,他们俩根本没有发觉自己已经失去了这两本珍贵的书,这些家伙开始它们的破坏性工作时,阿布·卡尼发和阿南·本·大卫依然在温柔地抚摸着它们的皮毛。阿布·卡尼发早就化身为圣书,阿南·本·大卫早就化身为《摩西五经》。犹太人如果念出《摩西五经》中的某段话,另一人就能念出跟这个地方相对应的圣书中的章节。这两部书似乎以一种神秘的方式互相形成补充,虽然从字面上看,它们并没有任何一致的地方,但它们依然是一致的。两个囚犯达到了完全的和平,两个人沉浸在这些虽然相互矛盾,但却互为补充的神启中,忽略了一个离他们最近的人:那个跟他们俩一样已经非常苍老的看守。拜星教徒依然在偷偷奉拜那尊独眼神像,粗糙的独眼神像越是毫无慈悲心地保持沉默,他就越是坚定地鄙视那个阿拉伯人和犹太人。跟这两个人一样,他也早就被人忘记了,监狱的管理机构早就已经不知道还有他这个人存在,他的饭都是向其他那些狱卒求来的,而那些狱卒同样也已经被遗忘,同样得四处去求饭食。出于某种责任感,拜星教徒木然地跟两个囚犯一起分享求来的那一点点食物,责任感压过了他对那两个人的鄙夷。他的鄙夷已经渐渐上升为仇恨,变成盲目的、阴暗的愤怒,啃噬着他的内心,涨满了他的身体,以至于他内心中只剩下对所有犹太人和所有阿拉伯人的仇恨。这仇恨延伸到了这些人奉拜的那个曾经说过什么话的神,他把这个神称作诗神,不过他并不太清楚这个词是自己从哪里听来的,因为他根本也不知道诗人是个什么东西。有一天,某位哈里发,可能是穆克塔迪尔或者卡希尔,此人在与某个被囚禁的、留着红色长发的威尼斯女人阿曼达,阿努西塔,要么就是叫阿娜贝拉的共度良宵之后,下令释放所有名字以"阿"开头的犯人。因为一个偶然的机会,这个命令在两百年后,在倒数第二个哈里发穆斯塔姆西克快要离开人世的时候,传到了已经非常苍老的拜星教徒耳朵里,于是他嘟嘟囔囔地释放了阿南·本·大卫,他犹豫了一下,因为他觉得阿布·卡尼发也应该释放,他想,自己可以把"阿布"当作是名字的开头,不会有人注意到的,但是对于这两个人的仇恨让他最终选择了"卡尼发"作为名字的开头。于是,两位神学家就这样被分开了,他幸灾乐祸地只释放了阿南·本·大卫。犹太人无比震惊地跟阿布·卡尼发告别,又摸了摸这位老朋友的脸,盯着他仿佛石头一样的眼睛,突然觉得阿布·卡尼发已经不知道自己是在告别,这个人已经感觉不到任何变化。随后,阿南·本·大卫跟跟跄跄地穿过一条条黑暗的走廊,心中对自由有种模糊的恐惧,他费力地顺着靠在湿漉漉的墙上的梯子,爬到上层的监狱里,迷宫一样的走廊越来越新,他来到陡斜的台阶前,然后,他突然就沐浴在了庭院中刺眼的阳光下,他眯缝着眼,苍老,肮脏无比,衣衫褴褛。待看到院子有一半笼罩在阴影中,他松了一口气,闭着眼睛摸到墙边,靠墙蹲下。一个看守或者监狱的管理人员看到他后,对他进行了一番盘问,但听不懂他说的是什么,最后摇着头给他打开了监狱的大门。但老人并不愿意从墙边离开,看守(或者监狱的管理人员)威胁要对他来硬的,老人才只好听从命令:阿南·本·大卫于是开始了自己无休止的行走,他并不是自愿的,因为才刚一出监狱的大门,刚刚走进人群中,所有的人就都盯着他看。他跟这些人穿的衣服不一样,虽然破破烂烂,非常肮脏,但还是能看出他的衣服款式古老。他说的阿拉伯语听起来也不一样,他打听某条巷子在哪里时,人们听不懂他说的话,而且,这条巷子也已经不存在,城市改变了。他模模糊糊地觉得似乎有几座古寺是他见过的。他找到了犹太人的教徒团体,向拉比报了到,这个拉比是一位《塔木德》专家。这里的人同样听不太懂老人说的话,不过,他们还是放他去见了那位圣人。此人正在研读著名拉比萨蒂亚·本·约瑟夫的著作《驳阿南》,已经须发尽白、老迈不堪的小个子男人抱住这位伟大的《塔木德》专家的双膝,说了自己的名字。拉比愣了,他又问了一遍,然后拉长了脸,说阿南·本·大卫要么是个疯子,要么就是个骗子,真正的阿南·本·大卫五百年前就已经死了,那人是个异端分子,被波斯的秘密学说污染了灵魂,他还是快走开吧。然后,他又开始研读那本书。阿南·本·大卫苍老的脸变了颜色,他问拉比是否还在信奉《塔木德》这本凡人的作品。听到这里,这位著名的拉比站起身来,他身材十分高大,漆黑的胡须乱蓬蓬的,教团的人把他称作"神圣的巨人"并非毫无来由。"走开,你这个阿南·本·大卫的可悲灵魂!"他用低沉的声音怒吼道,"你这个早已经腐烂的人!不要来打扰我和我的教团。你活着的时候,就曾经将我们带入不幸,所以你才被诅咒,你这个早已入土的人!"阿南·本·大卫无比悲伤地冲出圣人的家,那个犹太人的咒骂还在他身后震天地回响。他漫无目的地穿过这座巨大城市的街道和广场,街巷中的小男孩儿用石头砸他,狗追着他跑,一个醉汉把他打翻在地。他不知所措,只好又回到了监狱的大门口,找到那里他也是费了很大力气。里面的人吃惊地给他打开了门,但是没有人记得他,那个把他放出去的监狱管理人员(或者看守)也找不到。年迈的犹太人提起阿布·卡尼发,但没有人听说过这么一个犯人。负责城中所有监狱的一名副典狱长对历史很感兴趣,他把这个老犹太人叫到跟前。他不清楚阿布·卡尼发是谁,或许是这个犹太人搞错了,但这个故事一定不是空穴来风。他在新监狱的建筑群里分给老人一间牢房,这本是供关押四个待审讯犯人之用的,从牢房里能看到一座古寺。他让人安顿下老人,给他新衣服穿,对自己的慷慨,这位副典狱长自己都感到吃惊。他在旧的登记簿里找,查遍了旧的图纸,但是没有任何迹象表明在所有这些监狱的下面还有一个监狱,一个类似于这些监狱始祖的监狱。副典狱长叫来了那些上年纪和很上年纪的看守们,这些人早就已经退休,但是没有人听说看守里有过一个拜星教徒。当然,没有人了解整个监狱群,而且图纸也不全,但如果那个老犹太人说的不全是假话,总也该有些蛛丝马迹存在。副典狱长最后终于接受了现实,他心情沉重,不知怎的,他相信这个犹太人说的话,觉得自己对他负有责任,他也承认这很奇怪,自己就像是身不由己。他去问典狱长能不能给这个老人一间牢房,最好就是他现在待的那间能看到古寺的,可惜不行,典狱长对副典狱长有些不高兴,他不会真的认为这个老犹太人跟那个已经死了好几百年的阿布·卡尼发有什么关联吧,他管理的是监狱,不是疯人院,副典狱长应该把这个犹太人送到那种地方去。但是,做出这个决定的时候,阿南·本·大卫已经不见了。没有人知道他怎么能够离开牢房,牢房应该是锁着的,也许是某个看守发现犹太人死在自己的木板床上,于是让人搬走了尸体,并且没有上报这件无足轻重的小事。十五年后,成吉思汗的孙子旭烈兀一把火把这座城市连同城里的古寺、医院和图书馆烧成灰烬,将八十万居民踏成肉酱,并命人将无比温柔的阿拔斯王朝统治者、热爱写作的哈里发穆斯塔西姆用地毯裹起来纵马踏死。这个蒙古人非常迷信,他不想让末代哈里发的鲜血激怒自己征服的这片阿拔斯王朝的土地。当时,一名全副铠甲的骑兵看见一个非常苍老、弯腰驼背的犹太人从一个已经化为灰烬的犹太教堂中逃出,感到非常吃惊,他没想到竟然还有人活着。他朝那个人射出一箭,但是在遮天蔽日的浓烟中,他不知道自己是不是射中了。两百年后,一个不知道多大年纪的不起眼的犹太人找到了西班牙格拉纳达犹太教团的领袖,这个人说的话让人听不太懂,教团领袖后来终于弄明白,这个老人是想找拉比摩西·本·迈蒙切磋,他和气地回答说,"拉姆邦姆"已经于近三百年前在开罗去世,听到这话,陌生人惊惶地离开了。查理五世统治西班牙期间,异端裁判所抓到一个犹太老人,他被当成怪物带到大审判官面前。这个犹太人问什么都不说,搞不清是不是个哑巴。大审判官沉默了很久,盯着犹太人,就好像在出神,他做了个看不出具体意思的手势,让老人走了,他觉得这个人反正也离死不远了。这些事情里的那个人是不是阿南·本·大卫不得而知,能够确定的是,他漫无目的地四处游走,没有再表明过自己的身份,也从不说自己的名字。他走过一个个国家,到过一个个犹太教团,但是不再说话。在犹太教堂里,他裹上一张破破烂烂的祷告披巾,旁边的人也跟那位大审判官一样,以为这个老迈的人是个聋哑人。他时而出现在这个犹太区里,时而出现在那个犹太区里,有时钻在这个经院里,有时钻在那个经院里,没有人注意他,他不过就是个不知从何处来的、又聋又哑的犹太老人。人们塞给他一些生活必需品,虽然每一代人都见过这个人,但总是把他当作跟上一代人号称见过的那个年迈的犹太聋哑人长得一样的一个人。他本来也就算不上什么,不过是一个影子,一个回忆,一个传说;他需要的只是一点面包,一点水,一点葡萄酒,一点烈酒,根据情况而定,而且他只是稍稍尝一点,大睁着眼睛出神,甚至不会点点头表示感谢,估计是痴呆,老年病。不过别人怎么说他,他并无所谓,他对自己在什么地方也无所谓,对于种族迫害和大屠杀他无动于衷,他现在已经老到即便是自己民族的敌人也不再理会他,最后一个关注过他的人还是那个大审判官。阿南·本·大卫早就已经来到了东欧,他在伟大的经师梅斯里奇的经院中烧了好多个冬天的炉子,这估计是个哈西迪的犹太传说。没有人知道他夏天躲在什么地方。到了第二次世界大战的时候,一个纳粹医生把他从排着队往奥斯维辛一个毒气室里走去的赤身裸体的犹太人中间挑出来,他要拿这个小老头做几个实验。医生冷冻他,五小时,十小时,十五小时,零下一百摄氏度,两周,两个月,犹太人依然活着,他在想着什么,总是心不在焉。最后,医生放弃了,他也不想把老人送回去,但是不再动他,只偶尔让他打扫实验室。突然有一天,犹太老人不见了,随后纳粹医生也就忘记了这个人。随着一个个世纪流逝,对于阿南·本·大卫来说,他在巴格达的那个简陋监房里跟阿布·卡尼发共同度过的那几百年却显得越来越重要,越来越有分量,越来越灿烂。他其实早已经忘记了阿布·卡尼发,在他的想象中,他是被曼苏尔投进监狱后,自己待在那个阴暗的牢房里(曼苏尔的名字他也不记得了),他现在认为在那些漫长岁月里跟自己说话的是耶和华,而且不仅是说了话,他还感觉到了耶和华的呼吸,看到了他无比伟大的面孔,以至于那个困囚他的陋室也越来越像是应许之地。他全部的思想都集中在那个地方之上,就像是聚焦在一个点上的光,已经变成了无比强大的渴望。他渴望回到那里,回到那个神圣的地方,他之所以还活着,就是因为心中全是这种回归的渴望,再没有别的。当然,他早已经忘记这片圣地在哪里,就像他已经忘记了阿布·卡尼发一样,而阿布·卡尼发依然窝在那个监房里,被时而滴下的水变成了石笋,带着一丝生命的亮光。经历了若干个世纪之后,他也已经忘记了阿南·本·大卫。那个老拜星教徒也已经忘记了阿布·卡尼发,他来的次数越来越少,到后来就完全不再出现了,也许是那个生锈的独眼神像从墙上掉下来的时候砸死了他。尽管如此,阿布·卡尼发的碗却没有空过,那些老鼠是熟悉这个上下交叠、错综交织的牢房的唯一活物,它们给他带回来必需的一点食物。老鼠们的生命短暂,但是对这个被人遗忘的囚犯的照顾却一代代传了下去。这个人是无数代老鼠的朋友,曾经把自己的食物与它们共享,现在,它们也将自己的食物与他共享。他心安理得地接受老鼠的服务,已经很少去抚摸它们的皮毛,越是变得像石笋,就越是少。他的思想在别的地方:他觉得好几百年间,自己是在跟神说话,他是一个人待在这个阴暗的牢房里,他栖身的这间陋室对他而言早已经不再是牢房,他早已忘记了那位哈里发。有时,他会努力去想那个人的名字,致使他入狱的那些可笑的意见分歧,但他甚至都不记得争吵的内容是什么,也没有意识到自己其实早就可以离开这个监牢,因为没有人会阻止他。他心中充满的,是认为自己身在圣地的信念,这个粗糙的石室只偶尔被微弱的光照亮,在黑暗中闪着些微光,但却因为那个说话者而变得神圣,因为神。让他活下来的,是用执着守护这个地方的任务,这是他,阿布·卡尼发的财产,是神亲自交给他的。于是,阿布·卡尼发就等着仁慈的神再次对他说话的时刻,让他能够再次感受到神的呼吸,看到他无上伟大的面孔。他心中充满渴望地等待着,精神焕发着炽热的力量,等待着那个时刻。那个时刻来了,虽然跟预想的不太一样:阿南·本·大卫在四处游走的时候,误打误撞来到了伊斯坦布尔,他甚至都不知道自己是在伊斯坦布尔。他在一座古老的犹太教堂前蹲了好几个星期,几乎跟教堂的墙融为了一体,像上面的石头一样灰,一样斑驳。后来,一个喝醉的瑞士人发现了他,这人是个雕塑家,在没有喝醉的时候,他把巨大的铁质机器和铁块焊在一起。瑞士人盯着那个矮小、苍老、侏儒般的犹太人,然后把他扛在自己宽大的肩膀上,扛到了一辆锈迹斑斑、破破烂烂的大众牌面包车里。确切地说,这个瑞士人在伊斯坦布尔还没有真的喝醉,只是微醺,但是横穿安纳托利亚的时候,他一站比一站醉得多一些。他是想用自己的车走私威士忌,好为自己搞那些铁塑筹钱,这个办法本身不赖,无奈威士忌越来越少,所以收入也随之减少:在每一个边防岗哨,每一个警察站点,每一次检查的时候,他都会非常大方地让人看自己的威士忌,随后便是没完没了的狂欢,结果那些岗哨、警察和检查人员比瑞士人喝得更醉。阿南·本·大卫依然装成哑巴,每次都用摇头的方式表示威士忌在圣书里并不被禁止,瑞士人带上他也是这个用意,他以为这个非常非常老的家伙是信徒,满心想着耶和华、期望能够再见到他的阿南·本·大卫并没有想到这一层关联。但是在巴格达,当然,阿南·本·大卫并不知道自己在巴格达,他还以为自己是在阿根廷或者符拉迪沃斯托克,四处游走了若干个世纪之后,这些大陆和他的记忆已经非常混乱,在巴格达,瑞士人冲上了一个安全岛,本来只能开到六十,但他把油门踩到了一百二,安全岛,交警,雕塑家和那辆车在汽油和威士忌燃起的大火中熊熊燃烧,到处都在爆炸,走私的老手变成了一股黄色的烟,随之消散的还有瑞士联邦最大的艺术梦想之一。只有阿南·本·大卫,他钻进涌过来、挡住了呜哇乱响的警车、救护车路的人群中,不见了。瑞士人只剩下一只手,摆出发誓的手势,至于在发什么誓就不得而知了。阿南·本·大卫沿着奢侈品商店一路狂奔,绕过一栋高楼,因为他发现有一条白色的狗跟着自己。这条长腿狗身上的毛都掉光了。阿南·本·大卫逃进了一条背街的巷子里,这里的房子非常古老,或者只是因为年久失修看上去非常古老,尽管那栋高楼就在旁边,不过楼从这里看不见。阿南·本·大卫看不见那条狗了,但是他知道狗还在跟着自己。他打开一栋摇摇欲坠的老房子的门,走进一个满是瓦砾的院子,从瓦砾堆爬过去之后,他在地面上发现一个洞,有些像水井,有些像洞穴。一只老鼠恶狠狠地看着他,然后不见了,那只没有毛的白狗出现在门口,舔着自己的牙齿。阿南·本·大卫钻进洞里,摸索着沿台阶一路向下,走进没有尽头的走廊里。四周一片漆黑,但他还是继续走,他知道那条没有毛的白狗悄悄跟在后面,也知道自己会碰到老鼠。突然,他觉得自己像是回到了故乡,回到了家。他停下脚步,虽然看不到,但他知道自己前面有一个深坑,他弯下腰,把手伸进黑暗中,摸到了一个梯子。爬下去的时候,他一点也不害怕,他的脚踩到了地面,又是一个深坑,他的手又在空中摸索,又是突然摸到了一个梯子。他向下爬去,梯子摇摇晃晃,狗在上面叫。现在他知道路了,走在低矮的通道里,他找到了那扇低矮的铁门。门闩已经腐烂,他去摸那扇门时,门倒在灰尘中,碎了,这扇门已经锈蚀得非常厉害。他钻进了那片应许之地:他的牢房,他的监房,他的监狱,他的牢狱,他跟耶和华说过话的地方,粗糙的方石,潮湿的地面。他坐下来,无尽的平静包裹住他,这是他的上帝带来的平静,是他的耶和华带来的平静。但是突然,两只手扣住了他的脖子,阿布·卡尼发对他发起了攻击,就好像阿南·本·大卫是一只野兽,是闯进他阿布·卡尼发领地的怪物。这个地方是属于神的,阿布·卡尼发心中燃起神圣的使命感,要杀死这个威胁到自己自由的入侵者:因为他的自由不仅仅在于这个简陋的牢房是他的牢房,阿布·卡尼发的牢房,而且还因为是神将这个牢房创造成为他阿布·卡尼发的牢房。阿南·本·大卫带着同样的愤怒反抗着:那个攻击他的人占领他阿南·本·大卫的应许之地,耶和华曾跟他这个卑微的仆人在这里说过话,他在这里感到过耶和华的呼吸,看到过他无上伟大的面孔。他们每一下都是为了要对方的命,下手毫不容情,每一个人在捍卫自己自由的同时,都是在捍卫自己所信奉的神的自由,能给信仰自己的人一个地方的自由。对于阿南·本·大卫来说这场战斗尤其困难,因为突然有无数只老鼠对他发动了攻击,它们渴望鲜血,愤怒地啃噬着他。两个人疲惫地放开彼此,阿南·本·大卫已经精疲力竭,他知道自己已经无法再抵挡对手或者老鼠的下一轮进攻。这时,那些老鼠慢慢地围过来,一开始有些迟疑,这些刚才攻击了阿南·本·大卫的可怕的动物开始舔舐他的伤口,经过无数代遗传下来的直觉让它们认出了这个人。它们舔着他的时候,他感到了自己的神耶和华靠近了身边,他不由自主地朝前俯下身子,在朦朦胧胧的光线中认出了自己的对手,他的对手也朝他俯过身子,很费力,像盔甲一样裹在身上的石灰石纷纷碎裂,这些石灰石之前在他愤愤跳起的时候就已经开始碎了。阿南·本·大卫呆看着阿布·卡尼发的脸,阿布·卡尼发呆看着阿南·本·大卫的脸:两个人经历了这么多个世纪之后,都已经非常苍老,他们互相盯着,两个人都像看着自己,他们的脸一模一样。但是渐渐的,他们已经几乎看不见东西,变得像石头一样的眼睛里,仇恨开始退去,他们看着彼此,就像看着自己的神,看着耶和华和神,沉默了千年后,他们的嘴唇第一次摆出了一个词,那不是圣书中的经文,不是《摩西五经》中的话,只有一个词:你。阿南·本·大卫认出了阿布·卡尼发,阿布·卡尼发也认出了阿南·本·大卫。耶和华是阿布·卡尼发,神是阿南·本·大卫,他们对自由的争夺毫无意义,阿布·卡尼发僵硬的嘴摆出了一个微笑,阿南·本·大卫迟疑地摸着自己朋友的白头发,他几乎有些胆怯,就好像自己摸的是圣人。面对着那个蹲在自己面前,无比苍老的小个子犹太人,阿布·卡尼发明白了,阿南·本·大卫看着蹲在牢房砖地上的那个阿拉伯人,也意识到,两个人的财产,阿布·卡尼发的监狱,阿南·本·大卫的牢房,都既是这个人的自由,也是那个人的自由。

皮提亚之死

1976 年

顾牧 译

德尔菲的女祭司潘尼基斯十一世跟她的大多数前任一样,又高又瘦。她不喜欢自己预言的严重后果,也气恼希腊人的盲从轻信。她听完了俄狄浦斯的话,这又是一个想知道自己父母是不是亲生父母的,就好像这是贵族圈子里一个多么轻易的决定似的,没错,确实有已婚的女人宣称宙斯跟自己同过床,有些丈夫竟然也就信了。一般碰到这种情况,皮提亚的回答都很简单,反正提问的人自己也已经在怀疑了:一半一半吧。但是今天,她突然觉得这种事实在无聊,也有可能只是因为那个面色苍白的少年一瘸一拐地走进来时,时间已经过五点了,已经是该结束神谕的时间。所以,她就给了少年一个极尽荒唐与不可能的预言,这一来是为了治一治他迷信神谕的毛病,二来也是因为她情绪不佳,所以想气气这个自命不凡的科林斯王子,她确信自己的预言肯定不会应验。潘尼基斯想的是,哪会有人会杀死自己的父亲,并跟自己的母亲同床共枕,她认为那些神界和半神界的乱伦故事根本都是瞎编。腿脚不灵便的科林斯王子听完她的预言之后,脸色煞白,这让她心里稍稍有些不安,虽然坐在三脚凳上的她被裹在缭绕的烟雾中,但她依然看得出这个年轻人特别容易相信别人的话。年轻人恭恭敬敬地从神殿里退出去,到大祭司墨洛普斯二十七世那里去付了钱。碰到这样的贵族来求神谕,墨洛普斯总是亲自收钱的。潘尼基斯看着俄狄浦斯的背影直摇头,因为这个年轻人走的不是回科林斯的路,那是他父母居住的地方。她强迫自己不要去想这个随口乱说的预言可能会带来的灾难,强迫自己忘记了不祥的感觉后,她就把俄狄浦斯也忘了。

她年纪已经很大了,拖着沉重的步子走过漫长的岁月,就因为预言的内容越来越过分,大祭司不断跟她发生争执,这个人靠着她可是挣了不少钱。她不相信自己说的话,其实她是想用预言嘲弄那些相信自己的人,但这样一来,那些人反倒对她更加深信不疑。潘尼基斯不断地预言,根本看不到退休的可能性。墨洛普斯二十七世坚信,一个皮提亚的年纪越大,精神越萎靡,那就越好,奄奄一息的最好,目前最精彩的预言就都是潘尼基斯的前任克罗比尔四世临终的时候做的。潘尼基斯已经下定决心,等她到了那一天,坚决不预言,她希望自己至少能在死的时候保持尊严,不搞这些荒唐事。她到现在都还在做这种事,就已经够丢脸了,而且工作条件还那么差。神殿里不但潮湿,还四壁漏风,从外面看上去倒挺气派,是典型的早期多利克式风格,但里面很简陋,就是个密封不严的石灰石洞窟而已。唯一让潘尼基斯感到欣慰的是从三脚凳下的石缝里涌出的烟雾,这烟雾能缓解穿堂风引起的风湿痛。希腊的事她早就不关心了,阿伽门农的夫妻关系是不是和谐,无所谓,海伦又跟谁厮混在一起啦,随便,她随口预言,虽然她的预言很少应验,但没有人在意,因为大家都盲目地相信她,就算有的时候能应验,那也是因为除了应验没有其他可能性:比如力大无比的大力神,他最后除了把自己烧死没有别的办法,因为没有人打得过他,而他之所以会这样做,也是因为皮提亚让他相信自己在死后能够获得永生,至于他是否真的获得了永生,那就没法验证了。单是伊阿宋娶了美狄亚这件事,其实足以解释他为什么会结束自己的生命,但他带着自己的新娘去德尔菲请求神谕的时候,皮提亚突然灵光一现地回答说,他要是娶这么一个妖媚的女人,那还不如用剑自裁。这下子,德尔菲神谕的兴盛势不可当,经济方面的繁荣也是一样。墨洛普斯二十七世计划新建一些大型的建筑,包括一个巨大的阿波罗神庙,一个缪斯神殿,一根蛇柱,多家银行,他甚至还要建一家剧院。墨洛普斯只跟国王还有暴君们打交道,虽然失误越来越多,神的态度也似乎越来越漫不经心,但他早就不担心了。墨洛普斯了解他的这些希腊人,老太婆胡说八道的东西越荒唐越好,反正也不再会有人把她从三脚凳上撵下来。她就裹着自己的黑袍子,昏昏沉沉地坐在烟雾中。神殿关门之后,她还要在侧门那儿站一会儿,然后才一瘸一拐地回自己简陋的房子里去,给自己熬个粥,粥放在那儿,人就睡着了。她痛恨日常程序中的任何改变,非常不情愿到墨洛普斯二十七世的办公室去,嘴里总是嘀嘀咕咕,骂骂咧咧。通常只有预言家来给客户向大祭司讨一个已经拟好的神谕时,她才会去大祭司那儿。潘尼基斯痛恨那些预言家,虽然她不相信神谕这事,但也并不觉得这是什么肮脏的玩意,她觉得神谕就是满足社会需要的荒唐事而已,但是现在这些预言家跑来找她预定神谕,而且这神谕还是他们事先拟好的,这就不一样了,这些人目的性太明确,这事不干净,虽然还不能说是在搞政治。一说到这事里的腐败和政治性,她马上就想起了那年夏天的事,当时,墨洛普斯懒洋洋地坐在办公桌后,用他那种无比友好的态度说,预言家忒瑞西阿斯有事相求。

潘尼基斯屁股还没坐稳,就又站了起来,她说自己根本不想跟忒瑞西阿斯打交道,她年纪已经太大了,记不住词,没法记住什么神谕,还把它背出来,再见。等一等,墨洛普斯说着,快步追上潘尼基斯,他在门和门框中间挡住了她的去路,等一等,没必要生气嘛,他也不喜欢这个瞎子,忒瑞西阿斯是全希腊最大的阴谋家和政治家,阿波罗作证,这个人真是坏到骨子里了,但他出手可是最大方的,而且他的要求并不过分,这次是因为忒拜又暴发了瘟疫。忒拜总有瘟疫,潘尼基斯嘟囔道,不过看看卡德莫亚城堡周边的卫生环境,这倒也不奇怪,忒拜的瘟疫是地区性的。那当然,墨洛普斯二十七世赞同道。潘尼基斯十一世:忒拜太可怕了,从各个角度看都肮脏不堪,传说宙斯的神鹰想从忒拜上空飞过去都很困难,因为它只能扇一个翅膀,另外一个翅膀得用来捂鼻子,这传说可不是空穴来风。如果再瞧瞧国王的家里——哎呀。忒瑞西阿斯的客户明天来,他建议预言的时候就说,只有抓住了杀死忒拜国王拉伊俄斯的凶手,瘟疫才会平息。潘尼基斯很吃惊,搞这么幼稚的预言,看来忒瑞西阿斯也老了。她只是因为形式所以想问一句,这谋杀是什么时候的事。几十年前吧,这个不重要,墨洛普斯说,找得出凶手也好,找不出凶手也好,瘟疫反正都会过去,忒拜人会认为神帮他们把这个不知跑到哪里去躲起来了的凶手劈得粉碎,正义也就自然而然得到了伸张。皮提亚很高兴自己又钻进了烟雾之中,她气呼呼地问忒瑞西阿斯的这个客户叫什么。

"克瑞翁。"墨洛普斯二十七世说。

"没听说过。"潘尼基斯说。墨洛普斯说自己也没听过这个名字。

"忒拜的国王是谁?"皮提亚问。

"俄狄浦斯。"墨洛普斯二十七世回答道。

"也没听说过。"潘尼基斯十一世说,她是真不记得这个俄狄浦斯了。

"我也没听说过。"墨洛普斯说,终于打发了这个老太婆,他很高兴。他交给潘尼基斯一张纸条,上面是忒瑞西阿斯言辞华丽的预言。

"抑扬格,"她看了一眼纸条,叹了口气,"当然了,他怎么舍得不作诗。"

第二天神殿快关门的时候,皮提亚正坐在三脚凳上,舒舒服服地裹在烟雾里晃来晃去,突然听到一个怯怯的,像羔羊一样虔诚的声音,这是一个叫克瑞翁的忒拜人,这时,她说出了那个预言,没有从前说话利索了,中间还从头又来了一次。

"阿波罗之意清楚明了,这个国家的累累血债,罪孽——阿波罗之意清楚明了,这个国家血债累累,罪孽深重:必得驱除。将他放逐,或者血债血偿。鲜血玷污国土。要为拉伊俄斯之死,对凶手行太阳神之复仇。这是他的命令。"

皮提亚闭上了嘴,她很高兴自己能把这段词背下来,这词还挺复杂的,她突然感到很自豪,并忘记了自己的那个信众。那个忒拜人早就走了,他叫什么来着?潘尼基斯又开始出神了。

有的时候,她会走到神殿前面去。面前是一大片建筑工地,阿波罗神庙,再往下的缪斯神殿三根立柱已经起来了。天热得人难受,但她冷得打哆嗦。这些岩石,森林,还有这片海,全是幻象,是她的梦,梦总有一天会醒,所有的一切都会不复存在,她知道,这些就是一个弥天大谎,她,皮提亚,被大家奉为阿波罗女祭司,其实她就是个骗子,随心情编造一些神谕。如今的她已经老了,白发苍苍,老态龙钟,究竟多老连她自己也不记得。日常的预言已经由新的皮提亚格里科拉五世在做,潘尼基斯已经厌倦了这种云里雾里的日子,偶尔,一个星期一次吧,如果碰上个有钱的王子或者某个暴君,她才会坐到自己的三脚凳上去预言一下,墨洛普斯对这点也表示理解。

她舒舒服服地坐在太阳地里,闭上了眼睛,不想再看德尔菲俗气的景色。她靠在神殿侧门外的墙上出神,对面就是修好了一半的蛇柱,这时,她突然觉得自己前面站着个什么东西,而且应该已经好几个小时了,这东西在向她发起挑战,要攻击她。她睁开眼睛,不是一下子睁开,有些迟疑,就像是在慢慢学习用眼睛看,等终于能看清的时候,她看到了一个高大的影子,这个影子靠在另一个在高大方面毫不逊色的影子身上。潘尼基斯十一世凝神再看时,两个影子已经缩到了人类的大小,她看到一个衣衫褴褛的乞丐,这个乞丐靠在一个衣衫褴褛的女乞丐身上。女乞丐是个小姑娘。男乞丐瞪着潘尼基斯,

217

但他没有眼睛,本来应该是眼睛的地方,现在是两个洞,洞里满是黑色的血痂。

"我是俄狄浦斯。"乞丐说。

"我不认识你。"皮提亚回答说,悬在蔚蓝大海之上的太阳久久不愿落下,刺得她眯起了眼睛。

"你曾经给过我一个神谕。"瞎子喘着粗气说。

"有这个可能,"潘尼基斯十一世说,"我给过成千上万的人神谕。"

"你的预言成真了,我杀了自己的父亲拉伊俄斯,还娶了自己的母亲伊俄卡斯忒。"

潘尼基斯十一世打量着那个瞎子,然后又看看那个衣衫褴褛的少女,她吃惊地思索着这些话的意思,但什么也想不起来。

"伊俄卡斯忒上吊自尽了。"俄狄浦斯小声说。

"抱歉,节哀。"

"然后我挖出了自己的双眼。"

"这样啊,"皮提亚指着那个少女,"那这个是谁?"她问道,她不是好奇,是没话找话。

"我的女儿安提戈涅,"那个瞎了眼的人说,"或者说是我的妹妹。"他尴尬地补充说,然后讲了一个混乱的故事。

皮提亚瞪大了眼睛,她听得心不在焉,眼睛直盯着面前的这个乞丐。乞丐靠在那个既是女儿又是妹妹的人身上,他身后是山岩,森林,再往下是刚开始建的剧院,最后面是蓝得毫不留情的大海,所有这些之后是铁面无私的天空。为了能够忍受那一片刺眼的空荡荡,人类在那上面描绘出了各种东西,诸神和他们的各种故事。等到皮提亚把这些事联系在一起,并突然想起自己那个神谕不过是开了个天大的玩笑,为的是让俄狄浦斯彻底对神谕这事断念,想到这里,潘尼基斯十一世笑了起来,越笑越收不住,瞎眼人带着自己的女儿安提戈涅早已经一瘸一拐地走远了,而她还在不停地笑。但是突然她就安静了下来,跟笑起来时一样突然,她脑中闪过一个念头:这一切不可能只是巧合。

太阳从阿波罗神殿的建筑工地后面落了下去,一如既往地俗气。她痛恨太阳,应该好好研究一下这个家伙,什么太阳战车,拉太阳战车的马,这个童话太可笑了,她敢打赌,那些不过就是一堆臭烘烘、喷着火的臭屁而已。潘尼基斯一瘸一拐地朝档案室走去,心里突然想到,自己这走路姿势跟俄狄浦斯一样。她在神谕登记册里翻查,神殿给过的所有神谕这里都有记录。她找到了一条,上面提到了忒拜一个叫拉伊俄斯的国王:如果他生的是个儿子,那么这个儿子将会杀死他。

"吓唬人的,"皮提亚心想,"肯定是我的前任克瑞拜勒四世说的。"潘尼基斯很清楚这个人,她总是顺着大祭司的心意来。潘尼基斯仔细看了账本,找到一张超过五千泰伦特币的账单,付钱的人叫墨诺叩斯,这个龙人是忒拜国王拉伊俄斯的岳父,账单上简单地写了一句:"为拉伊俄斯之子所作之神谕,忒瑞西阿斯撰写。"皮提亚闭上眼睛,像俄狄浦斯一样什么也看不见才是最好的。她坐在档案室的书桌前思考着,心里明白了:她讲的神谕不过是荒唐的巧合,而克瑞拜勒的实际目的就是要阻止拉伊俄斯生儿子,不让他有继承人,这样拉伊俄斯的小舅子克瑞翁就会继承王位。第一个神谕促使拉伊俄斯抛弃了俄狄浦斯,这个神谕就是个肮脏的交易,第二个神谕的产生纯属偶然,第三个则是要促成对这件事的调查,这个神谕同样是出自忒瑞西阿斯之手。"就是为了帮克瑞翁当上忒拜的国王,这个人现在肯定已经坐上那个王位了,"她心想,"我就是因为顺从了墨洛普斯的意愿,才说了忒瑞西阿斯编的那个神谕。"潘尼基斯生气地嘟囔道,"而且还是写得那么烂的抑扬格,我比克瑞拜勒四世还差劲,她说神谕的时候至少用的是叙述体。"

潘尼基斯从桌边站起,离开了积满灰尘的档案室,已经很久没有人在这里翻看过档案了,没有人关心德尔菲神谕中随处可见的随心所欲的漫不经心。但是现在档案室也要改建了,陈旧的石屋将会被气派的新建筑取代,而且也有计划设置管理档案的祭司,随心所欲的漫不经心将会被有组织的漫不经心取代。

皮提亚看着夜色下的建筑工地,到处都是方石和柱子,她觉得自己就像是在看一片废墟,总有一天,这里会只剩下废墟。天空与山岩、海洋融为了一体,西边一条黑色的云带上方悬着一颗明亮的红色星星,那星星看上去既恶毒又奇怪。她觉得自己似乎一直在被忒瑞西阿斯要挟,这个人总是强迫自己说他那些精心设计的神谕,而且还非常以此为傲。不过,他的那些预言跟自己编的神谕一样纯属胡说。忒瑞西阿斯比她的年纪还大,克瑞拜勒四世做皮提亚的时候他就在,还有克瑞拜勒之前的梅里塔,梅里塔前面的巴基斯。一瘸一拐地穿过阿波罗神殿巨大的建筑工地时,她突然意识到,这是通向死亡的路,而且早就已经是时候了。她把拐棍随手靠在完成了一半的蛇柱上,这蛇柱又是一个俗气的纪念碑。她一瘸一拐地继续朝前走,来到了神殿里:死是个喜事,她很想知道死亡的过程是怎样的,心里充满了冒险的冲动。她让大门敞着,去三脚凳上坐下,开始等死。从岩石缝里冒出的烟雾包裹住了她,一股一股的,微微带点红色,透过这层烟雾,她看到了夜色中刺眼的灰色光线,光从大门挤了进来,她能感到死亡在靠近,心里越来越觉得好奇。

一开始出现的是一张阴沉沉挤成一团的脸,黑头发,扁额头,呆滞的眼睛,一张土气的脸。潘尼基斯很平静,这大概是死神的使者。随后她突然意识到,这是龙人墨诺叩斯。她看着那张阴暗的脸,那张脸在对她说话,或者更确切地说,那张脸并没有说话,但是皮提亚理解了龙人的意思。

他以前是个普通农夫,矮小敦实,后来去了忒拜城,在那儿拼命干活,一开始做短工,后来当上了工头,最后成了建筑队老板。他拿到修建卡德米亚城堡的工程后时来运转了:诸神啊,那可真是个好城堡!说他全是靠着自己的女儿伊俄卡斯忒才拿到的工程,那都是嚼舌根的话,没错,拉伊俄斯国王是娶了她,但墨诺叩斯也不是一般人,他的祖先是龙牙武士,他们是从忒拜城的泥土中生出来的,是卡德摩斯打死毒龙后,种下的毒龙牙齿。一开始钻出来的是矛尖,然后是头盔上的翎穗,然后是头,这些头恶狠狠地互相吐口水,等这些龙人胸口以上都钻出了地面,他们就开始打架,摇晃着一半还埋在土里的长矛,等到终于从播种他们的垄沟里钻出来,他们就像野兽一样厮打在一处。墨诺叩斯的曾祖父乌代俄斯在这场你死我活的厮杀中活了下来,也躲过了卡德摩斯朝扭打的龙牙武士们扔来的石头。墨诺叩斯相信这些古老的故事,就因为他相信这个故事,所以他痛恨拉伊俄斯这个狂妄自负的贵族。拉伊俄斯说自己那一族是来自卡德摩斯与和谐女神哈耳摩尼亚的婚姻,而和谐女神又是战神阿瑞斯与爱神阿弗洛狄特之女,好吧,这的确是了不起的婚姻,但在此之前,卡德摩斯先是杀死了毒龙,并种下了毒龙的牙齿,这一点也是确凿无疑的:龙人墨诺叩斯认为自己比国王拉伊俄斯更高贵,他这一族的历史更古老,更传奇,管他什么哈耳摩尼亚,阿瑞斯,还是阿弗洛狄特。拉伊俄斯娶了伊俄卡斯忒这个眼睛明亮、红发蓬乱的骄傲少女时,墨诺叩斯心中暗暗燃起希望,他希望自己或者至少自己的儿子克瑞翁能够有朝一日登上王位。黑发的克瑞翁为人阴沉,一脸麻子,说话声音小,但工地上的工人听到他的声音就会颤抖,现在,听到这个声音颤抖的是士兵,因为国王的小舅子克瑞翁现在是军队的最高指挥官,不归他管的只有王宫的卫兵。但是,克瑞翁这个人有种一根筋式的忠诚,他为自己的姐夫拉伊俄斯骄傲,甚至充满了感激,他非常依恋自己的姐姐,不管外面流传着多么难听的谣言,他总是会挺身保护姐姐,所以一直也没有爆发叛乱。真是让人绝望啊,墨诺叩斯已经无数次想对克瑞翁喊叫说:叛乱啊,自己当国王啊! 但这话他始终没敢说出口。在波洛罗斯(这是一个同名龙牙武士的曾孙)的小酒馆里碰到由一个男孩引着的为人强势的瞎子预言家忒瑞西阿斯时,他实际已经放弃希望了。跟诸神有交情的忒瑞西阿斯估量了一下克瑞翁当国王的机会,胜算并不小,没人知道神的意思,这个经常就连神自己都不清楚,他们有的时候也会拿不定主意,正巴不得从人类那边得到些指点呢——墨诺叩斯的这件事要价五万泰伦特币。墨诺叩斯吓了一跳,之所以吓一跳,主要还不是因为这个巨大的数字,而是因为这钱数跟他从卡德米亚城堡,还有其他那些王宫建筑上挣到的巨款刚好一样。缴税的时候他从来都是报五千泰伦特币。墨诺叩斯付了钱。

皮提亚在早已变得浓稠的烟雾中有节奏地晃来晃去,她紧闭的眼睛前出现了一个傲慢的人,无疑是个王室成员,但一副百无聊赖的样子,金发,穿戴讲究,疲惫。潘尼基斯知道这就是拉伊俄斯。这位国王听了忒瑞西阿斯向他转达的阿波罗神谕,说如果伊俄卡斯忒将来生了儿子,那么这个儿子会杀死他,他听后自然是很吃惊的。不过拉伊俄斯了解忒瑞西阿斯这个人,他的神谕价格都高得离谱,只有富人掏得起,大多数人还是得自己去一趟德尔菲找皮提亚,不过那神谕就更靠不住了:如果是忒瑞西阿斯去问的皮提亚,那么就可以认为预言家的力量转移到了皮提亚身上,这当然很荒唐,拉伊俄斯是个有头脑的暴君,问题不过在于是谁贿赂了忒瑞西阿斯,搞出这么恶毒的一个神谕来。如果拉伊俄斯和伊俄卡斯忒不生孩子对某个人是有好处的,那这个人要么是墨诺叩斯,要么就是克瑞翁,因为如果国王夫妇没有孩子的话,那么就将由他们中的一个继承王位。克瑞翁这个人忠诚得一丝不苟,他对政治显然并不在行。那就是墨诺叩斯。此人恐怕已经觉得自己就是国王的爹了,宙斯啊,他从国家身上捞的油水可不少,忒瑞西阿斯要的价可比墨诺叩斯报税的那个钱数多得多。好吧,这个龙人是他的岳父,他设计的这个政治阴谋不足为虑,但为了一个神谕这样一掷千金，其实完全可以不用花这么多钱……幸好今年忒拜又像往年一样，在卡德米亚城堡周围暴发了小规模的瘟疫，要了几十个人的命，都是些没用的混混，哲学家，流浪艺人还有诗人。拉伊俄斯派自己的文书去了一趟德尔菲，带着某些建议和十个金币：十泰伦币的话，让大祭司干什么都行，到了十一泰伦币，他就得往总账簿里登记了。文书从德尔菲带回来的神谕说，只要有一个龙人牺牲自己，瘟疫就能平息，疫情这时虽然已经缓解了，但还会卷土重来啊。酒馆老板波洛罗斯赌咒发誓说自己并不姓波洛罗斯，所以不是龙人，这不过是个恶毒的谣言。这样一来，墨诺叩斯就成了唯一一个龙人，他得登上城墙，然后从那儿跳下去，这是唯一的办法。墨诺叩斯倒是挺高兴能为这座城市牺牲自己，碰到忒瑞西阿斯之后，他的腰包已经被榨干了：他失去了支付能力，工人们开始抱怨，大理石供货商卡皮斯早就停止供货，砖瓦窑也是，城墙的东半截是用木头做了个假的，议会广场上的卡德姆斯雕像是用石膏涂成铜像的样子，到下次下大雨的时候，墨诺叩斯反正也得自杀。他从南城墙上跳下去的时候，就像一只昏倒了的巨大的燕子，圣女们庄严的歌声是声音背景。拉伊俄斯紧握着伊俄卡斯忒的手，克瑞翁行军礼致敬。但是，伊俄卡斯忒生下俄狄浦斯的事还是让拉伊俄斯惊愕异常，他当然不相信那个神谕，说他的儿子将会杀死他，这事太荒唐了，但是，赫尔墨斯啊，他就想知道俄狄浦斯是不是自己亲生的儿子。他承认，出于某些原因他不能跟自己的妻子同房，这本来就是政治性的婚姻，他娶伊俄卡斯忒是为了让自己显得亲民，因为，赫尔墨斯啊，这个伊俄卡斯忒结婚前的那些风流韵事尽人皆知，所以半个城的人跟拉伊俄斯都能扯上关系。阻止他跟伊俄卡斯忒同房的想法也许是迷信，不过想到自己的儿子可能会杀死自己，这还是能起到冷静头脑的作用的，再者，坦白说，拉伊俄斯根本不喜欢女人，他还是更喜欢那些年轻的新兵，不过他应该是在喝醉的时候跟自己的老婆睡过几次，反正伊俄卡斯忒是这样说的,他自己记不清了,还有那个见鬼的卫兵长,最好还是把突然出现在摇篮里的那个小混蛋丢掉。

皮提亚裹紧了外套,烟雾突然变得冰冷,她冻得直发抖。正在冻得发抖的时候,她又看见了那个衣衫褴褛的乞丐沾满血痂的脸,眼窝里的血不见了,一双蓝色的眼睛盯着她,那张野性、干裂的脸长得不像希腊人。少年站在她面前,跟当年潘尼基斯想用胡编的神谕来耍弄俄狄浦斯时一样。潘尼基斯心想,他当时就知道自己不是科林斯国王波里玻斯和王后墨洛柏的儿子。他骗了我!

"当然。"少年俄狄浦斯隔着烟雾说,这层雾已经将皮提亚越裹越紧,"我一直就知道,女仆和奴隶们都告诉我了,还有在喀泰戎山里找到我的那个牧羊人也说过,一个可怜的婴儿,脚被钉子穿透,并捆在一起。我知道自己当时就是这个样子被交给科林斯国王波里玻斯的。我承认,波里玻斯和墨洛柏对我很好,但他们不诚实,他们害怕告诉我真相,他们是自欺欺人,就因为他们想要个儿子,所以我才来了德尔菲。阿波罗是我唯一能够求助的神。告诉你吧,潘尼基斯,我相信阿波罗,我一直相信他,我根本不需要忒瑞西阿斯这种中间传话的人。我来不是真的有事要问,我知道波里玻斯不是我父亲,我来阿波罗神殿,为的就是要引他出来。我把他从自己那个神圣的藏身处引了出来:从你嘴里向我说出的那个神谕的确很可怕,事实当然总是可怕的,所以这个神谕也就成真了。当年我从你这里走的时候就在想:如果波里玻斯和墨洛柏不是我的亲生父母,那么神谕应验在谁身上,谁就是我的父母亲。我在一个路口杀死了一个暴躁傲慢的老人,杀死他之前,我就已经知道他是我的父亲,如果不是我的父亲,我怎么会杀死他——除了他之外还被我杀死的其他人那是后话,一个无关紧要的卫兵长,那个人的名字我不记得了。"

"被你杀的还有其他人。"皮提亚打断了他的话。

"还有谁?"俄狄浦斯惊讶地问。

"斯芬克斯。"潘尼基斯回答说。俄狄浦斯沉默了一会儿,像是在回忆,他笑了。"一个长着女人头,狮身蛇尾鹰翅的怪物,说了个可笑的谜语。它从菲基翁山上跳进了山下的平原,后来,我在忒拜娶伊俄卡斯忒的时候——知道吗,潘尼基斯,因为有人跟你说了你很快将要死去,所以你可以知道这件事——我恨我的亲生父母超过其他的一切,他们想把我扔了喂野兽,我以前不知道他们是谁,但是阿波罗的神谕帮了我:神圣的怒气让我在德尔菲和道利斯之间的隘口把拉伊俄斯的马车掀翻,看他被缰绳缠住,我便抽打拉车的马,让马把我的父亲拖曳至死。他奄奄一息,身上沾满尘土,这时,我躲在道边的沟里,看见了被我用矛刺伤的车夫。'你的主人叫什么?'我问他。他呆看着我,不说话。'叫什么?'我又逼问他。他告诉了我那个名字,在我的计划下被拖曳而死的是忒拜的国王,我不耐烦地继续追问,他又说了忒拜王后的名字,我从他那儿知道了父母亲的名字。这事不能留活口,所以我把矛从他的伤口里拔出来,又刺了下去。他死了。等我把矛从已经死了的车夫身上拔下来的时候,发现拉伊俄斯在看我,他还活着。我一言不发地刺穿了他,我要当忒拜的国王,这是神的意旨。我带着胜利的心情睡了我的母亲,不断睡她,恶毒地在她肚子里种下四个孩子,这是神的愿望,我对这些神的痛恨超过了对父母亲的恨,每跟我的母亲睡一次,我都会比之前更加痛恨他们。既然神决定了这件令人发指的事,那就得让这件令人发指的事发生。后来,克瑞翁从德尔菲带着阿波罗的神谕回来,说是如果要平息瘟疫的疫情,就得找出杀死拉伊俄斯的凶手,到这时我才知道为什么神要策划这么悲惨的一个命运,明白他们想要牺牲的究竟是谁:就是我这个满足了他们愿望的人。我带着胜利的心情完成了自我审判,带着胜利的心情发现吊死在寝殿里的伊俄卡斯忒,带着胜利的心情挖出了自己的眼睛:诸神给了我能够想象到的最大的权力,赋予我最高贵的自由,让我可以去恨制造了我们的人,父母,以及制造了父母的祖先,还有制造了祖先和父母的诸神。现在我是个在希腊到处游荡的瞎乞丐,这并不是要颂扬诸神的力量,而是为了表示嘲弄。"

潘尼基斯坐在三脚凳上,她已经没有任何知觉。也许我已经死了,她心想,随后,她慢慢地意识到眼前的雾中站着一个女人,长着明亮的眼睛,蓬乱的红发:

"我是伊俄卡斯忒,"那个女人说,"新婚之夜后,俄狄浦斯给我讲了他的故事。他很诚实,也很坦白,而且,阿波罗啊,他真是幼稚啊,还因为自己逃脱神的安排而自豪。他没有回科林斯,没有杀死波里玻斯,也没有娶墨洛柏,他依然认为那两个人是自己的父母亲,还以为自己能够躲开神的安排。我之前就知道他是我的儿子,从他刚到忒拜的第一晚我就知道,当时我都还不知道拉伊俄斯已经死了。他脱光了衣服躺在我旁边的时候,我看见了他脚上的伤疤,当时我就知道了。但是我没有告诉他,有什么必要说呢,男人总是很敏感的。所以我也没有告诉他拉伊俄斯根本不是他的父亲,他当然是这样以为的。他的亲生父亲是卫兵长墨涅斯珀斯,一个无足轻重的大嘴巴,不过他在一件不需要说话的事情上能力惊人。我的儿子和后来的丈夫第一次进我卧室来,简短又恭敬地打了个招呼之后,马上就上了我的床。这时那人冲进卧室袭击了俄狄浦斯,不过这事也没法避免,他显然是想维护拉伊俄斯的尊严。来的偏偏是墨涅斯珀斯,他可从来就没怎么在意过拉伊俄斯的尊严。我匆忙中把俄狄浦斯的剑递过去,他们没打几个回合,墨涅斯珀斯在斗剑方面从来就不擅长。俄狄浦斯把他扔出去喂了秃鹫,不是因为他残忍,而是因为墨涅斯珀斯的剑术实在太差劲了,这纯粹是从体育的角度表示不满。没错,这种表达不满的方式很可怕,搞体育的人都很严格。但就因为我不能把真相告诉俄狄浦斯,因为不能违背神的意旨,所以我也不能阻止他娶我。我心里充满了恐惧,因为潘尼基斯你的预言应验了,而我根本无法阻止:跟自己母亲上床的儿子,潘尼基斯,我以为自己会因为惊惧而无力反抗,但真正让我无力反抗的是情欲,我的欲望从来没有像委身于他的时候那样强烈过。波吕尼刻斯从我身体里飞出,还有跟我一样生着红发的安提戈涅,温柔的伊斯墨涅,英雄的厄特俄克勒斯。我遵照神的意旨献身给俄狄浦斯,因此报复了把我的儿子扔出去喂野兽的拉伊俄斯。因为这个儿子,我哭了很多年。俄狄浦斯把我抱在怀中的时候,我也是在遵照神的意旨行事,是他们让我献身给我强势的儿子,是他们要我牺牲自己。宙斯啊,跟我睡过的男人不计其数,潘尼基斯,但我只爱过俄狄浦斯一个,是神让他成为我的丈夫,这样,凡人中就只有我这一个女人不是侍奉旁的男人,而是自己亲生的男人:自己的。他爱我,而且并不知道我是他的母亲,这是我的胜利,最违背自然的事变成了最自然的,这是诸神给我的幸福。为了对他们表示崇敬,我上吊自尽。确切地说,不是我吊死了自己,而是墨涅斯珀斯的继任者,俄狄浦斯的第一卫兵长墨洛克斯。他听说我是俄狄浦斯的母亲之后,因为嫉妒第二卫兵长墨里俄涅斯,便跑到我的卧室里大喊道:'你这个乱伦的女人!'然后便在门框上吊死了我。所有人都以为我是自尽,连俄狄浦斯也这样以为。因为他遵从神的意旨,爱我甚于他自己的生命,所以他就刺瞎了自己的双眼:他对我的爱就是这么强烈,我这个既是他的母亲,又是他妻子的人。——不过,也许墨洛克斯嫉妒的根本就不是墨里俄涅斯,而是第三卫兵长墨洛恩忒乌斯——奇怪,所有依照神的意旨成为我的卫兵长的人名字都是以墨开头的——不过这一点并无关紧要,最关键的是我可以按照神的意旨愉快地结束自己的生命。俄狄浦斯,我亲爱的儿子和丈夫,俄狄浦斯,按照神的意旨,我爱他胜过任何一个别的男人,赞美阿波罗,是他借你的口预告了真相,潘尼基斯。"

"你这个骗子,"皮提亚用嘶哑的声音喊道,"你这个骗子,什么神的意旨,我那神谕不过是随口胡说的!"

只不过,她的喊声已经算不上喊声,只是沙哑的低语而已。这时,从地缝里钻出一个巨大的影子,就像一堵不透风的墙,挡住了皮提亚面前灰色的夜光。

"你知道我是谁?"那个影子问,他生出了一张脸,冰冷的灰眼珠平静地盯着她。

"你是忒瑞西阿斯。"皮提亚回答说,她一直在等这个人。

"你知道我为什么现身,"忒瑞西阿斯说,"这些雾让我很不舒服,我没有风湿病。"

"我知道。"皮提亚松了口气。伊俄卡斯忒说的那些话彻底让她没有了活着的兴趣,"我知道,你来是因为我要死了。我早就清楚自己要死了,早在那些影子没有出现之前就知道,墨诺叩斯,拉伊俄斯,俄狄浦斯,那个荡妇伊俄卡斯忒,现在是你。回下面去吧,忒瑞西阿斯,我累了。"

"现在我也要死了,潘尼基斯,"那个影子说,"咱们俩会同时走到尽头。刚才我的真身非常生气地喝了提尔普撒的泉水。"

"我恨你。"皮提亚咬牙切齿地说。

"别发脾气了,"忒瑞西阿斯笑着说,"咱们二人就和解了再赴冥府吧。"潘尼基斯突然注意到,这个强势的老预言家根本不瞎,因为他明亮的灰眼睛朝自己挤了挤。

"潘尼基斯,"他像父亲般慈祥地说,"只是因为不知道未来是什么样的,我们才能够忍受现在。我真是觉得非常不理解,人类为什么这样热衷于知道未来,他们似乎更加喜欢不幸,而不是幸福。也好,咱们两个人就是靠这种爱好生存的,而且我承认,我过得远比你好,虽然要在神给我规定的七生七世里一直装瞎子并不容易,但是,人类就喜欢瞎子预言师,那就不能让主顾们失望。我在德尔菲订的第一个神谕让你很生气,那个关于拉伊俄斯的神谕,你也别想得太严重。预言师也需要钱,装瞎子也得花钱,那个给我引路的男孩是要钱的,而且每年都得换一个,因为男孩必须是七岁,另外还有些专业人士,加上遍布全希腊的线人,然后就来了那个墨诺叩斯——我知道,我知道,你在档案室里看了账簿上的登记,我付了五千泰伦特币订神谕,而墨诺叩斯给我的是五万泰伦特币,不过那也不算是一个神谕,只是一个提醒,被提醒会死于儿子之手的拉伊俄斯不但没有儿子,他根本就不可能生出儿子,我总得要把他这个对一个君主而言非常严重的天性也考虑在内。"

"潘尼基斯,"忒瑞西阿斯继续抚慰她说,"我跟你一样是个理性的人,我也不相信神,我信理性,就因为我相信理性,所以我认为对神不理性的信任也可以得到理性的利用。我是个民主主义者,我知道那些古老的贵族已经堕落腐朽,彻底腐败,让他们干什么都行。他们的道德之混乱让人难以置信:整天醉醺醺的普罗米修斯非要把肝硬化归咎于宙斯的鹰,而不是酒精,贪吃的坦塔洛斯得了糖尿病,却无限夸大了自己因为不得不节食受到的限制。还有那些高级贵族们,瞧瞧他们啊,堤厄斯忒斯吃了自己的孩子,克吕泰涅斯特拉打死了自己的丈夫,列达跟一只天鹅胡搞,弥诺斯的妻子胡搞的对象是一头公牛——我真是服了。但要是跟斯巴达人的集权国家比起来……抱歉,潘尼基斯,我也不想说这些政治上的事来烦你:但这些斯巴达人也是龙牙武士的后代,祖先是活下来的五个疯狂武士中的克托尼俄斯,克瑞翁是乌代俄斯的后代,此人是等血腥厮杀结束后才敢从土里钻出来的——尊敬的皮提亚,克瑞翁很忠诚,我承认,忠诚是很好的,很正直,我也承认,没有忠诚就没有独裁,忠诚是专制国家的基石,没有忠诚的话,这个国家就会陷进沙子里去了。但民主则需要一种适度的不忠诚,要的是摇摆不定,没有个性,想象力丰富。克瑞翁有想象力吗?一个可怕的政治家就此产生,克瑞翁是龙人,跟斯巴达人一样。我暗示拉伊俄斯不要生儿子,这个儿子他本来就不可能有,其实我是想提醒他不要让克瑞翁有继承权,如果不提早预防的话,拉伊俄斯就会使他执掌大权:拉伊俄斯手下的将军里毕竟还有个优秀的安菲特律翁,来自还保持着正直的古老贵族家庭,此人的妻子阿尔克墨涅来自一个更加正直的古老贵族家庭,他的儿子,也可能不是他儿子的赫拉克勒斯,咱们暂且把那些流言蜚语放在一边。卡德摩斯人完了,拉伊俄斯因为自己天生的一些特性所以知道这一点,我用神谕其实是想告诉他,聪明的做法是过继安菲特律翁,但拉伊俄斯没有这样做。拉伊俄斯没有我想象中那么聪明。"

忒瑞西阿斯停了下来,脸色阴沉。

"所有的人都在说谎。"皮提亚总结道。

"谁在说谎?"忒瑞西阿斯问道,他依然沉浸在自己的思绪中。

"那些影子,"皮提亚回答说,"没有一个讲的是全部的真相,除了墨诺叩斯,不过他也只是愚蠢到不会撒谎而已。拉伊俄斯在说谎,那个荡妇伊俄卡斯忒也是,就连俄狄浦斯都不诚实。"

"从整体上来说他可以算是诚实的。"忒瑞西阿斯说道。

"有这个可能,"皮提亚尖酸地回答说,"他不过是在斯芬克斯这件事上扯了谎。长着女人头的狮身怪物。可笑。"

忒瑞西阿斯看着皮提亚:"你想不想知道斯芬克斯是什么人?"他问道。

"什么人?"潘尼基斯问道,忒瑞西阿斯的影子靠过来,包裹住了她,几乎像父亲一样慈爱。

他说:"斯芬克斯非常美丽,我第一次在忒拜旁边的菲基翁山见到她的时候,她正在自己的帐篷前,周围是她那些温顺的母狮子。我使劲睁大了眼睛看着她,她笑着说:'来,忒瑞西阿斯,你这个老骗子,让你的小侍从去灌木丛那里,你坐到我身边来。'她没有当着我的侍从说那些话,让我很高兴,她知道我是装瞎,但是没有说出去。就这样,我跟她一起坐在帐篷前的一块兽皮上,母狮子们围在我们四周发出低吼声。她有一头柔软的浅金色长发,充满神秘感和智慧,她就是那么真实。只是,当她变成石头的时候,我就害怕了,潘尼基斯,我只见过一次,当时她在给我讲她自己的故事。你知道佩洛普斯这个优秀的上等贵族家发生的不幸。年轻的拉伊俄斯刚当上忒拜的国王,就引诱了著名的希波达墨娅,也是个上等贵族,希波达墨娅的丈夫按照家族的一贯风格进行了报复:佩洛普斯阉割了拉伊俄斯,然后放走了这个哀号着的人。希波达墨娅生下的女儿被自己的母亲起了个带有嘲讽意味的名字斯芬克斯,意思是谋杀犯,并把她献给赫尔墨斯做了女祭司,让她受永世童贞之苦,同时,这也是为了让掌管贸易的赫尔墨斯对伯罗奔尼撒赖以维生的对克里特岛和埃及的出口生意开方便之门。而事实上,是希波达墨娅引诱了拉伊俄斯,拉伊俄斯并没有做这件事,但是跟所有的贵族一样,希波达墨娅也懂得享乐与残忍,残忍与实用的结合之道。斯芬克斯没有告诉我为什么她会在菲基翁山上围困忒拜城中自己的父亲,为什么要让那些母狮子撕碎猜不出她谜语的人,她不告诉我,也许是因为她猜到我去找她是奉了拉伊俄斯之命,目的是弄清她的意图。她只是给了我一个命令,让拉伊俄斯带一个名叫波吕丰忒斯的车夫离开忒拜城。我没想到拉伊俄斯竟然照办了。"

忒瑞西阿斯思索了一下。"后来发生的事你都知道了,皮提亚,"他说,"德尔菲和道利斯之间隘口上的不幸相遇,拉伊俄斯和波吕丰忒斯被俄狄浦斯杀死,俄狄浦斯在菲基翁山上碰到了斯芬克斯。很好,俄狄浦斯猜对了谜语,斯芬克斯跳山而死。"忒瑞西阿斯停了下来。

"你话真多,老家伙,"皮提亚说,"你给我讲这些干什么?"

"因为这个故事在折磨我,"忒瑞西阿斯说,"我能不能坐到你旁边?我觉得冷,提尔普撒泉里的冷水烧焦了我。"

"你坐格里科拉的凳子吧。"皮提亚回答说。忒瑞西阿斯的影子在地缝上挨着她坐下来。烟雾更浓,颜色也更红了。

"为什么这个故事让你那么痛苦?"皮提亚用几乎算得上和气的

语气问道。"斯芬克斯的故事跟卡德摩斯家族悲惨的完结有什么不一样的地方吗？一个是被阉割的国王，一个是被诅咒永世童贞的女祭司。"

"这个故事有问题。"忒瑞西阿斯沉吟道。

"这故事整个都有问题，"皮提亚回答说，"但全都有问题这一点无关要紧，因为拉伊俄斯是同性恋还是阉人对俄狄浦斯来说都一样，他反正不是俄狄浦斯的父亲。斯芬克斯的这个故事完全不重要。"

"正是这一点让我感到不安，"忒瑞西阿斯用低沉的声音说，"没有哪个故事是不重要的，所有的事情都相互关联，牵一发而动全身，潘尼基斯，"他摇着头说，"你为什么非得用你的神谕制造出了真相！没有你的那个神谕，俄狄浦斯就不会娶伊俄卡斯忒，他依然会乖乖地做他的科林斯国王。不过我并不想指责你，最大的责任在我。俄狄浦斯杀了自己的父亲，好吧，这种事不是没有，他睡了自己的母亲，那又怎样？但是，把所有的一切都像例子一样呈现在世人眼前，这后果就严重了。还有因为不断暴发的瘟疫而做的最后那个该死的神谕！为什么不去好好修下水道，非得又要神谕。"

"其实我全都知道，伊俄卡斯忒全都向我坦白了，我知道谁是俄狄浦斯真正的父亲：一个不起眼的卫兵长。我知道他娶的是什么人：他自己的母亲。好吧，我就想，现在得赶紧整理一下这些关系了。不管是不是乱伦，俄狄浦斯毕竟跟伊俄卡斯忒生了四个孩子，那就得挽救这段婚姻。唯一会对这段婚姻造成威胁的是无比忠诚的克瑞翁，他忠诚于自己的姐姐和姐夫。假如让他知道这个姐夫其实是自己的外甥，姐夫的孩子们是被他认为是自己外甥辈的外甥，那他的世界观会被颠覆，他会因此推翻俄狄浦斯，就是因为对于道德规则的忠诚。我们将会变成斯巴达那样的专制国家，啖食鲜血，清理有问题的孩子，每天都操练，把英雄主义变成公民的义务。所以我就导演了一生中最愚蠢的一件事：我认为是克瑞翁在德尔菲和道利斯之间的隘口上杀死了拉伊俄斯,为的是自己登上王位,当然也是因为忠诚,这次是对他姐姐的忠诚,他要为姐姐的儿子报仇,他肯定认为被丢弃的俄狄浦斯是拉伊俄斯的儿子,像克瑞翁那种单纯的人,是不可能想象出会有出轨这种事。我以为她知道这件事,我确信俄狄浦斯把德尔菲和道利斯隘口那儿发生的事告诉她了,她只是装作不知道杀死拉伊俄斯的人是谁。伊俄卡斯忒应该立刻就猜到了。"

"潘尼基斯,为什么人类总是只说个大概的真相,难道真相的关键不在于细节吗?也许是因为人类自己就只是个大概的样子而已。这见鬼的含混。在这件事上之所以会含混,可能只是因为伊俄卡斯忒忘记了,因为拉伊俄斯的死跟她没有关系,她不过是忽略了一件鸡毛蒜皮的小事而已,但就是这件鸡毛蒜皮的小事本可以让我看清事实,阻止我把杀死拉伊俄斯的嫌疑引向俄狄浦斯。我本应该让你说这样的神谕:阿波罗命令铺设下水道。这样的话,俄狄浦斯就依然是忒拜的国王,伊俄卡斯忒依然是王后。结果呢?现在统治卡德米亚的是忠诚的克瑞翁,他建起了一个专制国家。我本想阻止的事情发生了。咱们下去吧,潘尼基斯。"

老祭司看了看敞开的大门,透过红色的烟雾,一个四方形闪着微光,染出一片紫色,里面出现了一团模糊的东西,那团东西逐渐变得清晰,变成黄色,最后变成了一群在撕食一块肉的母狮子,随后,那些母狮子将吞下去的又吐了出来,它们的爪子下钻出一个人的身体,被撕碎的布又合在了一起,母狮子们退后,大门口站着一个身穿白色长袍的女祭司。

"我不应该养狮子。"她说。

"我很难过,"忒瑞西阿斯说,"你死得确实很惨。"

"不过是看上去很惨而已,"斯芬克斯安慰道,"我们气的是什么都感觉不到。但是现在一切都已经结束,你们俩很快也会变成影子,皮提亚在这儿,忒瑞西阿斯在提尔普撒的泉边,同时你们又在这个洞里。所以你们可以知道真相。赫尔墨斯啊,这股阴风!"她裹紧了身上薄薄的透明长袍。

"忒瑞西阿斯,你一直奇怪我为什么会带着一群狮子围困忒拜城。我父亲不是他自己宣称的那个样子,也不是你以为的那个样子,希望这让能让你的良心得安。他是一个阴险迷信的暴君。他很清楚如果暴政是建立在原则的基础之上,那么任何暴政都会让人难以忍受,人类最受不了的就是呆板的公正,他们往往会认为这样的公正是不公正的。所有暴君只要是将统治建立在遵守原则、人人平等或者人人相同的基础上,都会在那些被他统治的人心中造成被压迫的感觉,他们甚至会认为还不如被拉伊俄斯这类懒得找借口并甘心做暴君的人统治,虽然后者可能是更加恶劣的暴君。但就因为他们的暴政很情绪化,反倒给人某种自由的感觉。被统治的人不认为自己是受制于一种让他们看不到希望的人为的必要性,会以为强制不过是偶然的,并因此保留了希望。"

"天啊,"忒瑞西阿斯说,"你真聪明。"

"我思考过关于人类的问题,在让他们猜谜,并让我的狮子把他们撕碎之前,我会问他们很多问题。"斯芬克斯回答说。

"我很想知道人为什么甘于被统治:他们的安于现状甚至会让他们发明各种愚蠢的理论,就为了能觉得自己跟统治者是一致的,而统治者也同样会想出一些愚蠢的理论来让自己相信,他们并不是在统治那些被统治的人。只有我父亲对这些毫不在意,他是那种会为自己的强权政治感到自豪的强权统治者。他根本不用给自己的强权统治找什么借口。折磨他的是他自己的命运:他被阉割之后,卡德摩斯一族就此结束。他来找我,久久地坐在我面前盯着我的时候,我能感觉到他的悲伤,还有他邪恶的想法和他盘算的那些让人猜不透的计划。所以我害怕我的父亲,就因为我感到害怕,所以我才开始驯养狮子。我这样做是对的。抚养我长大的女祭司死了之后,我独自跟这些狮子住在喀泰戎山上的赫尔墨斯神庙里,潘尼基斯,我要告诉你这件事,忒瑞西阿斯也应该知道,当时,拉伊俄斯带着他的车夫波吕丰忒斯来找我。"

"他们从森林里走出来,他们的马在某个地方恐惧地嘶鸣,狮子在吼叫,我能感到一种邪恶的力量,但却无力反抗。我让他们进了神殿,我父亲闩上门,命令波吕丰忒斯强奸了我。我反抗,但我父亲帮波吕丰忒斯按住我,让他完成命令。狮子们在神庙的四周怒吼,用爪子抓神庙的大门,但是大门顶住了它们的攻击。波吕丰忒斯占有我的时候,我大声喊叫,狮子们不吭声了。它们放走了拉伊俄斯和波吕丰忒斯。"

"伊俄卡斯忒和她的卫兵长生下一个男孩的时候,我同时也生了一个男孩:俄狄浦斯。我不知道忒瑞西阿斯你讲的那个愚蠢的神谕。我知道你想提醒我的父亲,阻止克瑞翁登上王位,你想维护和平。且不说现在克瑞翁执掌大权,七王攻忒拜引起连年的战争,最主要的是你完全看错了拉伊俄斯。我熟悉他的那些说法:他装作有头脑的样子,实际他非常迷信神谕,听说自己的儿子将杀死自己的时候,他很害怕。拉伊俄斯认为这个神谕指的是我的儿子,他的孙子,不过为了保险起见,他把伊俄卡斯忒和卫兵长生的那个孩子也一起处理了,当然了:独裁者就当练手,要以防万一。"

"于是,在一天晚上,拉伊俄斯的一个牧人带着一个双脚被刺穿并捆绑在一起的婴儿来找我,他交给我一封信,拉伊俄斯在信里命令我把我的儿子,他的孙子,跟伊俄卡斯忒的这个孩子一起喂狮子。我灌醉了牧人,他向我承认说自己被伊俄卡斯忒买通,要将伊俄卡斯忒的儿子交给了他一个在科林斯的波里玻斯国王那儿牧羊的朋友,并且要隐瞒孩子的出身。牧人睡着后,我把伊俄卡斯忒的儿子喂了狮子,刺穿了我自己儿子的脚后跟。第二天早上,牧人带着捆着的孩子离开了,他没有发现孩子被我掉了包。"

"牧人前脚刚走,我父亲就带着波吕丰忒斯来了。狮子们伸着懒腰,它们中间有一只孩子的手,那只已经流干了血的手苍白细小,像一朵花。'狮子把两个孩子都吃了吗?'我父亲平静地问。'是的。'我回答说。'我只看到一只手。'他说着,用矛尖把孩子的手翻过来。狮子们发出低吼声。'狮子把两个孩子都吃了,'我说,'但是只剩下了这一只手,你应该满意了。''那个牧羊人呢?'我父亲问。'我让他走了。'我说。'他去哪儿了?''去神庙,'我说,'他虽然是你的工具,但也是个人,他有权利去忏悔给你做工具的罪孽——你走吧。'我父亲和波吕丰忒斯犹豫不决,但狮子们已经愤怒地站起来,将他们俩赶走,然后才悠闲地走回来。"

"我父亲不敢再来找我,我十八年没有动,然后就带着狮子围住了忒拜城。我们的对抗公开,但我父亲并不敢说明这场战争的起因。这个多疑,并且一直因为神谕而担惊受怕的人肯定只知道死的是一个孩子,但他不知道活下来的是哪个,他担心自己的孙子还活在某个地方,而且跟我结成了联盟。他派你,忒瑞西阿斯来就是为了从我这儿探听点消息。"

忒瑞西阿斯苦涩地说:"他告诉我的不是事实,你告诉我的也不是。"

"如果我告诉你事实,你不过就是再写个神谕而已。"斯芬克斯笑了。

"那你为什么命令你父亲离开忒拜城?"忒瑞西阿斯问道。

"因为我知道他怕死,所以他想去德尔菲。我不知道德尔菲因为潘尼基斯出现了那么绝妙的神谕,我以为拉伊俄斯到了德尔菲之后,会有人为了避免前后不一致去查档案,然后重复一下之前的神谕,这样就会让他更加惶恐不安!假如拉伊俄斯问了潘尼基斯他听到的哪些是谎言会怎样,这就只有诸神知道了。但他并没有问成,拉伊俄斯和波吕丰忒斯在德尔菲和道利斯中间的隘口碰上了俄狄浦斯,儿子不但刺死了自己的父亲波吕丰忒斯,还让马将自己的祖父拉伊俄斯拖曳至死。"

斯芬克斯不说话了。地缝不冒烟了,皮提亚旁边的三脚凳也空了,忒瑞西阿斯又变成了一个巨大的影子,跟垒大门的方石几乎无法区分,斯芬克斯站在门口,只剩下一个剪影。

"后来,我就成了自己儿子的情人。关于他那些幸福快乐的日子没有太多可说的,"斯芬克斯在沉默了很久之后继续说道,"幸福痛恨言语。我在没认识俄狄浦斯之前,蔑视一切人类。他们不诚实,就因为他们不诚实,所以他们猜不出我的那个谜语,什么东西脚的数量会变,早上四只,中午两只,晚上三只,用来移动的脚最多的时候,四肢的力量和速度都最差,他们想不到这说的就是他们自己,于是我就让我的狮子撕碎了不计其数猜不出谜底的人。被撕成碎片的时候,他们大声呼救,但我不会帮助他们,我只是笑。

"后来俄狄浦斯来了,他一瘸一拐地从德尔菲的方向过来,并且回答了我的问题,说那东西是人,婴儿的时候手脚并用地爬行,青年的时候稳稳地用两条腿走路,等到老年时就挂上拐杖,这时我没有从菲基翁山上跳下去。干吗跳呢?我成了他的情人,他从没问过我的出身,当然,他看出来我是个女祭司,因为他是个虔诚的人,所以他认为跟女祭司睡觉是被禁止的,但他还是跟我睡了,所以他就装作不知道,也没有问过我的事,我也从来没问过他的,连他的名字都没问过,因为我不想让他尴尬。我当然知道,如果他把自己的名字和来历告诉我,那么我所侍奉的赫尔墨斯也就知道他的名字了,他害怕赫尔墨斯,像他这样虔诚的一个人,总觉得诸神的嫉妒心都很强,也许他也意识到了,如果他追问我的出身,这本来是作为情人出于好奇心会做的事,但那样的话,他就会发现我是他的母亲。他害怕真相,我也害怕。所以,他不知道自己是我的儿子,我也不知道自己是他的母亲。我非常高兴自己有了这个我不了解,也不了解我的人。我带着狮子回到了喀泰戎山上的神庙,俄狄浦斯经常来看我,我们的幸福纯粹得就像一个彻彻底底的秘密。

"只有那些狮子越来越焦躁,越来越不友好,不是对俄狄浦斯,而是对我。它们冲我怒吼,情绪越来越激动,行为也越来越不受控制,它们用爪子挠我,我就用鞭子抽它们。它们猫起身子发出低吼声,等到俄狄浦斯不再来的时候,它们就动手了。我突然明白发生了一些不可思议的事情。后来,你们也看到了我的遭遇,知道在地下世界反复发生的是什么。从潘尼基斯身下的地缝传来你们的声音时,我了解了真相,我听到了早就应该知道,但又无法改变什么的事:我的情人是我自己的儿子。是你,潘尼基斯,说出了真相。"

斯芬克斯笑了起来,她的笑就跟之前皮提亚见俄狄浦斯时的那种笑一样,而且她的笑也越来越控制不住,狮子们再次朝她扑来的时候,她在笑,狮子将白色衣裙从她身上撕扯下来时,她在笑,狮子撕碎她的时候,她依然在笑。后来已经无法辨认出这些黄色的野兽在吞噬的是什么,它们舔干净了鲜血后不见了,这时笑声才逐渐消失。地缝里重又冒出烟雾来,罂粟红色的。这里只剩下将死的皮提亚和已经几乎看不见的忒瑞西阿斯的影子。"不同寻常的女人。"影子说。

夜退去,让位给浅灰色的清晨,晨光突然就钻进了神殿里。只是进来的既不是昼,也不是夜,而是一些无形的东西,势不可当地流进来的不是光明,也不是黑暗,既没有影子,也没有颜色。就像往常凌晨时一样,烟雾潮湿冰冷地落在石头地面上,贴在岩壁上,变成黑色的水滴,慢慢地屈从于重力,变成细细的一条条水痕,钻进地缝里。

"只有一点我还不明白,"皮提亚说,"我的神谕会应验纯粹是不可思议的偶然,虽然内容跟俄狄浦斯想象的不完全一样,但是,如果俄狄浦斯从一开始就是相信神谕的,而他杀死的第一个人是车夫波吕丰忒斯,爱上的第一个女人是斯芬克斯,那么他为什么没有想过他的父亲可能是那个车夫,母亲是斯芬克斯?"

"因为俄狄浦斯更愿意自己是国王的儿子,而不是车夫的儿子。是他自己选择了自己的命运。"忒瑞西阿斯回答道。

"我们这些讲神谕的人啊,"潘尼基斯苦涩地叹息道,"幸亏是斯芬克斯,我们才能够知道真相。"

"我不知道,"忒瑞西阿斯沉吟道,"斯芬克斯是赫尔墨斯的女祭司,赫尔墨斯可是小偷和骗子的神。"

皮提亚不说话了,地缝里不再冒出烟雾后,她就冻得发抖。

"他们开始建剧院之后,"她说,"这个地方冒出来的烟雾就少多了,"然后,她又说斯芬克斯只可能在忒拜牧羊人这件事上说了谎,"恐怕她并没有放牧羊人去神庙,而是把他像伊俄卡斯忒的儿子俄狄浦斯一样扔去喂了狮子,而她的儿子俄狄浦斯则由她亲手交给了科林斯的牧羊人。斯芬克斯要确保自己的儿子活着。"

"别操这个心了,老家伙,"忒瑞西阿斯笑了,"算了吧,咱们越是追究,事情就会越不一样,而且会越来越不一样。不要再想了,否则还会有影子出现,让你死不了。谁知道,没准还会出来第三个俄狄浦斯。咱们不知道科林斯的牧羊人交给科林斯王后墨洛柏的会不会不是斯芬克斯的儿子,如果他真是斯芬克斯的儿子的话,也许牧人交出去的是自己的儿子呢,同样也是刺穿了孩子的脚后跟,然后把真正的俄狄浦斯喂了野兽,而这个俄狄浦斯其实也不是真的,或者墨洛柏会不会把第三个俄狄浦斯扔进了海里,为的是把自己偷偷生的儿子——或许也是跟某个卫兵长生的——作为俄狄浦斯交给诚实的波里玻斯,这就是第四个俄狄浦斯了。只有我们不去碰真相的时候,才会有真相。"

"忘了那些陈年旧事吧,潘尼基斯,这些事都不重要,咱们俩才是这些混乱中的主要人物,面对着同样可怕的现实,这现实就像制造现实的人一样看不透。如果真的有神存在,那么神也许能看得清这一团错综交织、并且制造了最荒唐巧合事实的乱麻,哪怕只是大概看得清,我们这些凡人被纠缠在这一堆不可救药的混乱之中,只能绝望地挣扎而已。咱们俩都希望能用神谕稍微制造一点秩序的假象,给这浑浊、滥情,经常还非常血腥的事件洪流带去些许的规则感,这些事件向我们袭来,将我们裹挟着带走,就是因为我们试图阻止它们,虽然只是一点点。"

"你讲什么神谕靠的是想象力、心情和狂妄,靠的是一种毫无谦卑感的放肆,总结起来就是:渎神的玩笑。我的预言靠的则是冷静的思考和坚定不移的逻辑,总结一下就是:理性。的确,你的神谕全部应验了,如果我是个数学家的话,那我就能告诉你这神谕应验的几率有多小,简直是小得惊人,小到极点。但是,你这个最不可能应验的神谕居然应验了,我那些通过理性思考做出的可以成真的预言,以政治为目的,为了用理性改变世界的预言却全都落空了。我这个傻瓜,我用理性编起了一条因与果的链条,结果却跟我的设想背道而驰。后来你来了,你跟我一样傻,你完全无拘无束,神谕随口说,而且极尽恶毒,至于是为什么,这点早就不重要了,是对谁,这一点你也不关心,你只是偶然对一个面色苍白,名叫俄狄浦斯的瘸腿少年说了一个神谕。就算你没说中,或者我弄错了,这对你来说又有什么关系呢?咱们俩造成的损害一样可怕。丢开你的三脚凳吧,皮提亚,进地缝里去吧,我也得进坟墓里去了,提尔普撒的泉水起作用了。保重,潘尼基斯,不过,你不要以为咱们这样就能逃避了,我这样想让世界臣服于理性的人会跟你这个试图用想象力征服世界的人在这个潮湿的岩洞里对话,同样的,总会有把世界看作秩序和看作怪物的两种对立的人。一些人认为世界是可以批评的,另一些人则会接受世界的样子。一些人认为世界是可以改变的,就像可以用凿子给石头一个特定的形状,而另一些人则认为世界是看不透的,它像个怪物一样不断改换模样,对这样一个世界,需要批评的只是人浅薄的理性对人类直觉所拥有的巨大力量所产生的影响。这些人指责那些人是悲观主义者,那些人又骂这些人是空想家。一些人会说历史的发展是有规律的,另一些人则认为规律只存在于想象中。潘尼基斯,咱们两人之间的这种较量会在各个领域爆发,这是预言家和皮提亚之间的较量,现在这场较量还很情绪化,思虑不周,但是剧院已经在建,雅典的一个不知名的诗人已经开始写俄狄浦斯的悲剧。不过,雅典是个小地方,索福克勒斯也会被人遗忘,但俄狄浦斯会一直活着,作为一种素材,一个提给我们的谜题。他的命运是诸神决定的,因为他触犯了当下社会赖以存在的某些原则,我借助神谕就是为了让他遵守这些原则,或者,他只是你随性而说的神谕引起的一系列偶然的牺牲品?"

皮提亚没有回答,她突然不见了,忒瑞西阿斯也消失了,跟他一起消失的还有压在德尔菲之上浅灰色的清晨,德尔菲也沉陷不见。

弥诺陶洛斯

叙事诗
1985 年

顾牧 译

献给夏洛特

太阳神之女帕西法厄依照她自己的意愿被关进一头假牛中,献祭给海神波塞冬的白色公牛并与之交媾,生下一物,此物在牛圈的母牛群中长大,经历多年迷乱的昏睡,醒来后发现自己身在一迷宫之中,此迷宫为代达罗斯建造,乃弥诺斯为防止此物危及人类,或人类危及此物下令修建,弥诺斯令手下将其拖进迷宫之中,为避免迷失方向,手下组成长长的人链,因走进这个地方的,还未能有人再走出来。迷宫中无数错综交织的墙全由玻璃制成,因而此物不仅能看到自己的镜像蹲在对面,还有镜像的镜像:它看到面前有无数与自己一样的东西,于是转身,不想再看那些东西,面前却再次出现许许多多与它一样的东西。它的世界中到处都是蹲在那里的东西,而它并不知那个东西就是自己。它如被麻醉一般。也许它只是在做梦,虽然它并不知什么是梦,什么是现实。它跳起来,凭直觉想撵走那些蹲着的东西,它的镜像们也跟着跳起,它蹲下,镜像们也跟着蹲下,撵也撵不走。它看着似乎是离自己最近的那个镜像,慢慢地向后爬,它的镜像也随之后退,它的右脚碰到一堵墙,猛地转身,结果跟自己的镜像头顶着头,它小心翼翼地向后爬,它的镜像也向后爬。它下意识地摸摸头,它摸的时候,它的镜像们也摸自己的头。它站起身,镜像们也跟着站起身。它低头看自己的身体,并跟镜像们的身体作比较,镜像们低头看看自己的身体,把自己的身体跟它们的作比较,它观察自己和它的镜像们,发现自己跟这些镜像长得一样:它认为自己是这许多中的一个。它的脸色变得柔和,那些镜像们的脸也变得柔和。它朝它们招招手,它们也朝它招手,它挥的是右手,它们挥的是左手,但它不知道什么是右什么是左。它伸个懒腰,张开胳膊,大吼,无数一模一样的东西跟它一起伸懒腰,张开胳膊,大吼,它的回声成千上万重叠着传回来,似乎在不停地大吼。它感到很幸福。它走到最近的那堵玻璃墙跟前,一个镜像也朝它靠过来,同时,其他镜像开始远离。它用右手摸了摸自己的镜像,摸了摸自己镜像的左手,那手摸上去光滑冰冷,它面前的镜像里,一些镜像在触摸其他镜像。它沿着墙奔跑,手摸着光滑的镜子,它的右手盖住了镜像的左手,镜像跟着它奔跑,它沿着镜子墙的背面向后跑,它的镜像也跟着向后跑。它的情绪越来越激昂,跳跃、翻跟头,不计其数的镜像跟着它跳跃、翻跟头。它的情绪无比激昂,因为镜像们总是跟它同时做同样的事,所以它觉得自己像个头领,还不仅于此,它觉得自己像上帝,如果它知道什么是上帝的话,四处乱跑、翻跟头、蹦跳、倒立走,这些孩子气的欢乐逐渐变成了这个东西跟它的镜像们有节奏的舞蹈,这些镜像有些跟它反着,有些作为镜像的镜像跟它完全一致,有些作为镜像的镜像的镜像跟它又是反着的,如此一直到消失在无穷尽中。那个东西舞动着穿过自己的迷宫,穿过镜像的世界,它跳得就像一个畸形的孩子,它跳得就像是自己的畸形的父亲,它跳得就像是穿过镜像天地的畸形的神。但是突然,它停止了舞蹈,定定地站着,蹲下,瞪着警醒的眼睛,它的镜像跟着一起蹲下,瞪着眼睛:舞蹈的时候,它在舞蹈的镜像中间看到了一些不跳舞的东西,那些不是听令于它的镜像。那个少女跟蹲

246

着的那个东西一样也有镜像,她一动不动地站在蹲着的那些东西中间,赤身裸体,长长的黑发,那些蹲着的东西在她前面、旁边、后面,到处都是。少女不敢动,惊恐地盯着那个蹲在自己面前,离自己最近的东西。她知道只有一个蹲着的东西,其他那些蹲着的东西都是镜像,但是她不知道哪个是那个东西,不是它的镜像。也许那个蹲在她跟前的是那个东西,也许是它的镜像,也许是它镜像的镜像,少女不知道,她只知道自己是因为要逃开它,才来到了它的跟前。在那个蹲着的东西旁边,她看到了自己的镜像,再往前一点的地方,她看见自己的背影,旁边是那个蹲着的东西的背影,如此在无尽的空间中往复。她双手交叉抱在胸前,入迷地看着那个依然蹲在自己面前的东西,她觉得能够触摸它,她觉得能够感受到它的气息,她觉得能听到它粗重的喘息声。它长着巨大的,覆盖着发白的淡棕色皮毛的野牛头,宽大的额头上满是蓬乱的毛,牛角短弯,牛角尖已经弯到了根部之上,跟脑袋的大小比起来,发红的眼睛显得很小,小眼睛四周的眼眶凸出,眼睛深不可测,巨大的鼻梁弧度柔和,下面是歪斜的鼻孔,牛嘴里耷拉出一根长长的、泛着浅蓝色的红舌头,下巴上是被涎水黏成一缕的胡子。所有这些本来还让人能够忍受,让人难以忍受的是从牛到人的过渡形式。牛头上高高隆起一座覆盖着毛皮的高山,上面的毛蓬乱,下面却是光的,一蓬蓬一缕缕的兽毛中伸出两条人类的胳膊,胳膊支在玻璃地面上,那个奇特的脑袋和脑袋上方的隆起看上去就像是从一个男人的身体里凭空冒出来的一样,它正蹲在少女的面前、旁边、后面,随时准备跳起。牛头怪弥诺陶洛斯站起身。他身材巨大。他突然明白了,除了牛头怪,还有其他东西存在,他的世界变成了两个。他看见到处映射出的眼睛、嘴巴、垂在肩膀上的长长的黑发,他看着那白色的皮肤、脖子、乳房、肚子、小腹、大腿,看着所有这些连接在一起,汇成一体。他朝她靠近,她退开,却又从其他地方向他靠近。他追着她穿过迷宫,她逃跑。牛头怪们和少女们仿佛被一阵飓风吹

247

得七零八落,他们翻卷着离开彼此、穿过彼此、靠近彼此。当少女撞进了他的怀里,他突然感觉到了那个身体,那个温暖的、满是汗水的肉体,不再是他到现在为止摸到的那种坚硬的玻璃,他明白了——如果在牛头怪身上能用明白这个词的话——他此前一直生活在一个只有牛头怪的世界里,而每个牛头怪都被关在一个玻璃牢笼里,现在,他感受到了另外一个身体,感受到了另外一个肉体。少女躲开,他任由她躲开。她退后,大眼睛盯着他,他开始跳舞的时候,少女也开始跳舞,两个人的镜像们也跟着舞动起来。他舞动着自己的畸形,她舞动着自己的美丽;他舞动着找到她的快乐,她舞动着被他找到的恐惧;他舞动着自己的解脱,她舞动着自己的命运;他舞动着欲望,她舞动着好奇;他舞动着贴近,她舞动着推开;他舞动着进入,她舞动着缠绕。他们舞动着,他们的镜像舞动着,他不知道自己占有了那个少女,他也不可能知道自己杀死了她,因为他并不知道什么是生什么是死,在他心中只有无比强烈的幸福,与无比强烈的情欲合二为一。占有那个姑娘的时候,他大吼起来,在镜子里,牛头怪们占有了少女们,大吼变成了震撼天地的嘶喊,不真实的充满天地间的嘶喊,仿佛天地间只有这嘶喊声,与少女的嘶喊声混在一起,然后,他躺在那儿,镜子里,牛头怪们也躺在那儿,长着大大黑眼睛的少女雪白赤裸的身体也躺在那儿,映射在墙面上。他抬起少女的左胳膊,胳膊垂下去,抬起右胳膊,胳膊垂下去,到处都有胳膊在垂下去。他用淡蓝泛红的巨大舌头舔少女,脸,乳房,少女一动不动,所有少女都一动不动。他用牛角把少女翻过去,少女不动弹,没有一个少女动弹。他站起来,四下看看,到处的牛头怪都站起,四下看着,到处的牛头怪脚下都躺着少女白色的躯体。他弯下腰,抱起少女,吼叫,哀叹,将少女举向黑色的天空,到处的牛头怪们都弯下腰,抱起少女们,吼叫,哀叹,将少女们举向黑色的天空,然后,他把少女放在玻璃墙壁中间,躺到她身边,睡着了,所有的牛头怪都跟他一起,摊开身体躺在满是白色赤裸少女身体的地上。他睡着了,梦到了那个黑头发大眼睛的少女,他跟在少女后面,跟她玩耍,把她拉到跟前,跟她亲热,等他睁开眼睛,有什么东西紧紧抓着他胸前虬结在一起的胡子。那东西的翅膀拂过他潮湿的鼻尖,光秃秃淡黄泛白的脖子,脖子上的小脑袋,红色的眼睛和奇怪地弯曲着的鸟嘴伸进他旁边的什么地方。墙上卧着一堆油腻茂盛的羽毛,还有众多的脖子、眼睛、鸟嘴,这堆东西在他上方盘旋,蒙蒙亮的清晨变黑了,俯冲,落下,撕扯,吞食,劫掠,翻搅,啃噬,盘旋,飞走,飞来,再俯冲,在镜子的映照下降落又升起,但他不明白,这东西为什么俯冲,落下,撕扯,升起,盘旋,他被翅膀的扑棱和扇动团团包围,等到那东西盘旋得越来越高,消散在明晃晃的天空中空无一物的明亮里,太阳穿透了玻璃墙,将自己的样子烙刻在他的大脑中,那是一个硕大的、旋转的车轮,将火焰喷射到天空中,表示自己对女儿帕西法厄所犯罪行的愤怒,她所生之物是对神的亵渎,是人类的灾难,因此受到诅咒,此物非神非人也非动物,只能成为弥诺陶洛斯,既是无罪的,又是有罪的。他看着那个向上滚去的巨大车轮,他合上眼睛,但依然能够看到。那车轮是他身上所背负的诅咒,是他的命运,是他的生与死,那个车轮烙刻在他大脑中,然而他并不知道什么是诅咒,命运,出生与死亡,那个从他身上辗轧而过的车轮,那个对他施酷刑的死亡轮,他正躺在那儿,被太阳和反复映射的阳光烤焦,这时,他突然看到一只脚的影子,跟他的脚一样的脚。他以为是那个少女,以为少女又能动了,想要跟他玩耍。他抬起头,现在看见了两只脚,脚正在向后退。他站起来。面前站着一个跟那个少女一样的东西,但并不是那个少女,那东西左手拿着一件破破烂烂的外套,右手拿着一把剑,弥诺陶洛斯既不知道什么是外套,也不知道什么是剑,他只知道——因为在刺眼的阳光下,墙上不再出现镜像——那些弥诺陶洛斯们和少女们离开了他,他占有的那个少女肯定又能动了,走了,因为她不见了。他被抛出了自己的那个弥诺陶洛斯世界,孤零零地跟现在这个东西在一起。那东西看着他,向后退,停住,朝他走来,又后退。弥诺陶洛斯充满善意地靠近他,虽然他并不知道这是种什么感觉,这种感觉跟他对那少女的感觉不一样,没那么突然,没那么贪婪。他因为能跟这东西在过道中游戏追逐而欢喜,也许这东西能带自己去找其他那些弥诺陶洛斯,那些少女,那些跟这个新来的东西一样的东西们。不过,他对这个得小心一些,温柔一些,否则它就又会不动了。弥诺陶洛斯高兴地喘着粗气,等那个东西又开始甩动自己的外套,他跳起了舞。在阳光下放射着光芒的墙前面,他们俩像两个移动的影子,弥诺陶洛斯舞动着,跳跃着,拍着手,然后又快速跺着脚,那个东西甩着手中的布,朝前走,朝后退,不断用剑发动攻击,剑是藏在外套下面偷偷带进迷宫里的,为的是杀死弥诺陶洛斯。现在跟他面对面站着,看到他毫无恶意,这东西感到羞耻。弥诺陶洛斯围着它跳舞,拍手,跺脚,他舞动的是快乐,因为不再独自一人,他舞动的是愿望,他要找到其他弥诺陶洛斯,还有少女和跟这个与他共舞的东西一样的那些东西。在舞蹈中,他忘记了太阳,在舞蹈中,他忘记了诅咒。他只有欢乐、友好、轻松和温柔。他舞动,那个东西则围着弥诺陶洛斯窥伺,蹦跳。太阳落下,随着太阳成千上万的镜像,他们俩的镜像也出现了。弥诺陶洛斯舞蹈,因为找到了其他弥诺陶洛斯还有那些新来的东西而兴奋,很快他就能找到那个被他占有后一动不动,然后走掉了的少女,还有那些被弥诺陶洛斯们占有后同样一动不动,并且走掉了的少女们。两人舞蹈着靠近,舞蹈着分开,镜像们碰面,重叠,穿透彼此。到处都有一个弥诺陶洛斯在舞蹈,围着自己转圈,到处都有一个少年跳前跳后,步履轻盈,随即又僵硬笨拙,他在等着出剑的时机。等到太阳落在迷宫之后,墙被照成深红色,他刺出,朝后跳,靠在墙上,盯着弥诺陶洛斯。弥诺陶洛斯又舞了几下,剑扎在胸前,他站住,右手拔出剑,莫名其妙地看着它,用左手去摸胸口,那里面涌出黑色的东西。他把剑扔掉,剑在地上滑开,他把右手也按在胸口,摇

250

晃,似乎想跟跄着走动,然后又站住不动了。他被弄糊涂了,不懂给自己的手染上颜色的是什么,不懂胸口中沸腾的疼痛是怎么回事,他只是感觉到,这个朝自己跳过来,朝自己的身体里扎了个什么的那个东西不爱自己,不像之前爱自己的那些弥诺陶洛斯们,那个少女,还有那些少女们,感到这点后,他起了疑心,因为他不会思想,所以疑心就更加重,从他脑海中穿过的全是些具象的画面,而非概念,他就像是在用象形文字感觉:也许那个少女根本就没爱过他,那些少女也没爱过那些弥诺陶洛斯,所以她们才故意一动不动,所以她们才走掉。也许她们是属于新来的这个东西的,这个长得跟少女很像,但又不一样的东西,这个东西的身体几乎跟他自己的一样强壮,它朝自己跳过来,那些新来的东西们也朝其他弥诺陶洛斯跳过去,现在,那些弥诺陶洛斯也像自己一样用双手按着胸口,那些胸口里也有黑色的东西涌出;这时,出现了另外六个少女,另外六个男孩,他们手牵着手,镜子里,这些四处乱走的人似乎连成了不间断的一串,在强大傍晚的光线中,变成两倍,四倍,很多倍,他们找到了靠在墙上的同伴,同伴正在等着弥诺陶洛斯倒下,牛头怪觉得——假如他知道这是什么的话——整个人类都在向他扑过来,要毁灭他,他缩成一团,觉得受到了威胁。为了不让自己害怕,他用骄傲对付恐惧,这是身为弥诺陶洛斯的骄傲,所有不是弥诺陶洛斯的都是他的敌人,只有弥诺陶洛斯们有权待在这个迷宫中,这个迷宫是他全部的世界,除此之外他没有其他世界,他的记忆中对自己长大的牛圈里母牛们的温暖只破碎地留着一点模糊的感觉。他心中生出仇恨,那是动物对驯服、虐待、驱赶、宰杀、吃掉它们的人类的恨,那是每一只动物心中都在跳动的最原始的恨。他的眼中充满愤怒,嘴里流出泡沫。少年离开那堵墙,因为他把弥诺陶洛斯的缩成一团错误地理解成了他的死亡,他坚信自己给了弥诺陶洛斯致命一击,那些人,那些少女和少年们在缩成一团的那堆东西四周围成一圈,他们没有注意到他的愤怒,他们在欢呼,围着弥诺陶洛斯疯狂地跳起圆圈舞,越来越快,越来越激昂,就好像他们已经得救,他们跳得越来越癫狂,根本没有想到单只是这个迷宫就能要他们的命,牛头怪死了,被不代表他们就能找到错综交织的这片玻璃墙的出口。在误以为已经自由的狂喜之下,他们越来越不小心,欢呼的圈子越来越小,在降临的夜幕下越来越具有威胁性。在这片夜色中,他只能看到这些人,不再能看到他自己的镜像,周围那些旋转、蹦跳的人挡住了他看向玻璃墙的视线,所以玻璃墙不再反射出他的镜像,于是,弥诺陶洛斯觉得自己被那些弥诺陶洛斯抛弃了,背叛了。他转动眼珠,喘着粗气,缩得更低,绷紧肌肉,猛地跳起,跑过去,用牛角挑起一个少女,顶着她跑开,在迷宫里用牛角不断把她抛起。随后,他愤怒地喘着粗气返回,牛角上血迹斑斑,他反复地刺,看到那些人紧紧地挤成黑乎乎的一团,他们头顶,饥肠辘辘的羽毛丛林已经落在墙上,黑乎乎的一团上面还有黑乎乎的一团,上面那一团的嘎嘎声、呼哨声、嘶哑的叫声还有吧唧声与人类恐惧的哭喊声混在一起。月亮正从迷宫后的某个地方升起,夜慢慢亮了起来,只留下可怜的一点已经降落下去的太阳的印迹。弥诺陶洛斯进攻,用角刺,刺进乱糟糟挤成一堆的柔软的白色身体里,搅和一番,再用角刺,转身,四处踏,踩下去,挑起来,撕碎,击打,开膛破肚,而他周围,倒下,啄,咔嚓,沙沙,刺啦,吧唧,弥诺陶洛斯愤怒翻搅的那堆哭喊的人被密密麻麻盘旋的食肉鸟包裹住:胡兀鹫,白兀鹫,安第斯神鹫,王鹫,连帽兀鹫,兀鹫,肉垂兀鹫,黑兀鹫,黑美洲鹫,兀鹰,南美兀鹫,它们狠啄一口,吞下去,然后又俯冲下来;愤怒的牛头怪不断攻击,从挤成一团、叠成一堆的人里撕扯出四肢,吞噬血液,折断骨头,在肚子和小腹里乱搅,直到月光下,那团翅膀、羽毛、脖子、眼睛、鸟喙和尖牙利爪组成的毛茸茸的云散去,只剩下弥诺陶洛斯独自一人。月光晃花了他的眼,他又在冰冷的墙上看到了自己的镜像,那些黑色的影子交织在一起,汇合成迷宫中的一个影子迷宫。他举起胳膊,摇摇拳头,用拳头表示威胁,他的镜像跟着他一起举起胳膊,摇摇拳头,用拳头表示威胁,这让他无比愤怒,他于是低下牛头,漫无目的地朝第一个影子撞过去。他撞碎了墙,愤怒地在碎玻璃里面寻找那个影子,那本是他自己的影子,他觉得这影子仿佛是被埋在玻璃碎片下面了。他用巨大的脑袋去撞,等在下一堵墙上看到自己的镜像,他依然没有明白过来。他怒吼着再次发动攻击,头朝那里撞去。他被弹了回来,用愤怒的、发红的牛眼看着自己的镜像,那个镜像也跟他一样,用愤怒的发红的牛眼死盯着他。他又朝那里撞去,更加用力,他被更加用力地弹回来,仰面朝天倒在了地上。月亮依然在迷宫后面,但是月光已经照透了玻璃墙,在那些墙里反射出几乎满月的样子,还没有圆满的那一边,环形山的尖角被奇怪地放大,月亮被反射成许许多多个,弥诺陶洛斯仿佛看到了一个由石头组成的、伤痕累累的宇宙。他瞪着月亮组成的这个世界,害怕自己的敌人会站起来。他翻身趴着,那个叛徒虽然没有站起来,但也趴在那儿朝他窥伺着。弥诺陶洛斯朝自己的镜像滑过去,那个镜像用同样的方式朝他靠近,他已经准备好要突然跳起扑向对方,但是就在他要跳起的时候,他仿佛在对方的眼睛里看到了同样的意图。他记住了那个叛徒的脸,覆盖着皮毛,宽大的额头上盖着乱糟糟的牛毛,上面堆着山一样的碎玻璃,在月光下闪烁着蓝莹莹的光,扭曲的短牛角,弧度柔和的鼻梁,潮湿的鼻尖,浅蓝泛红的长舌头。弥诺陶洛斯喘着粗气,鼻孔中喷出的气凝结在他正靠近的那面镜子上,这样一来,他就看不到自己的镜像了。为了赶走那雾气,他无意间用手抹了一下那片潮湿的地方,被光滑冰冷的表面后突然出现的那个叛徒巨大的牛脸惊了一跳。他下意识地用额头去顶,但是,额头并没有撞在另一个额头上,而是撞在了墙上,另外那个额头是在墙里,不是墙外。他愣了。他从墙边退开一段距离,恨恨地看着自己的镜像,那个镜像也这样看着他,他用右拳去打,镜像用左拳,两个拳头碰在了一起,同样又是那种打非所打的感觉,接下来,他用双拳去打,那个镜像也一样,再后来,他在墙上擂鼓一般,擂出自己的愤怒,擂掉自己的贪婪,擂出复仇的愿望,擂出杀戮的兴趣,擂出自己的恐惧,擂出自己的反抗,擂出自我的确立。面前的这个东西跟他一样,但又背叛了他,因为这个东西不是他,而所有不是他的都是他的敌人,现在他突然发现这个东西抓不到,也攻击不到。虽然他一开始在迷宫中醒来的时候——他依然不知道这是个迷宫——就觉察到自己跟那些弥诺陶洛斯之间有种神秘的东西存在,某种类似墙的东西,但是跟他们一起跳舞的时候,他就仿佛是他们的首领,是他们的王,是他们的神,带着他们舞过弥诺陶洛斯们的世界,所以他并没有在意,但是现在,他已经占有过那个少女,将自己的身体贴在她的身体上,钻进过她的身体;他用自己的角刺透、撕碎过其他那些人的身体,从那些人的身体里涌出的温暖、红色的东西,跟他自己的一样,在这些之后,他感觉到眼前这个东西的不真实,这个东西虽然背叛了他,但跟他一样沾满了碎玻璃片,那么也许,他的脸也跟这个叛徒的脸一样鲜血淋漓。他摸摸自己的脸,又看看自己的手,他的脸上也是鲜血淋漓。他怀疑地看着自己的镜像,装作没有在看的样子,他感到,那个东西似乎是什么它不是的东西。他又恐惧又好奇。他退后,他的镜像也一样,他渐渐明白过来,对面的那个就是他自己。他想逃,但是不管往哪边,他总是面对着自己,他被自己包围了,到处都是他自己,数不清的自己,被迷宫反射成无穷无尽。他发觉并没有很多弥诺陶洛斯,只有一个像他这样的东西,他前面没有,他后面也没有,他是独一个的,既被排除又被包含,这个迷宫就是因他而存在,而这又只是因为他被生出来,因为他这样的东西不可以存在,因为不论是动物之间,还是人与神之间都有界限存在,这是为了维持世界秩序,不至于使世界变成迷宫,并退回它起始时的混沌状态;他感觉到了这一点,虽然感觉到了但是并不明白,虽然认识到了,但并没有领悟,他不是像人那样通过概念理解,而是像个弥诺陶洛斯一样用图像和感觉,感到这一点后,他瘫倒在地,躺在那里,蜷缩成一团,就像曾经在帕西法厄身体里蜷缩成一团那样。弥诺陶洛斯梦见自己变成了人,他梦见了语言,梦见了兄弟情义,梦见了友谊,梦见了安全感,梦见了爱情、亲近和温暖,但是在做梦的时候,他同时也知道自己是个怪物,知道自己永远也不会拥有语言,不会拥有兄弟情义,不会拥有友谊,不会拥有爱情,不会拥有亲近,不会拥有温暖,他就像是人梦见了神,因为有人的哀伤而为人,因为有动物的哀伤而为弥诺陶洛斯。阿里亚德妮看到他的时候,他就那样睡着。她拿着一个毛线团,跳着舞过来,打开线团,跳着舞,温柔地把红毛线的一端系在他的牛角上,沿着毛线又一路跳着舞出去,等弥诺陶洛斯在一个清透的早晨醒来时,他看见一个被反射成无数个的弥诺陶洛斯正朝自己走过来,同时眼睛盯着那条毛线,就好像那是一条血痕。一开始,弥诺陶洛斯以为那是他的镜像,虽然他依然不明白什么是镜像,但之后,他发现另外那个弥诺陶洛斯正朝他走过来,而他自己躺在地上,这把他弄糊涂了。弥诺陶洛斯站起身,并没有发现红毛线的端头缠在自己的牛角上。另外那个走近了。弥诺陶洛斯抬起双臂,另外那个也是,弥诺陶洛斯生气了,因为另外那个可能还是他的镜像,但随后他又觉得,另外那个弥诺陶洛斯并不是跟他同时举起的双臂,而镜像们之前总是跟他保持同步的,但是他也可能是弄错了,因为两个人都有镜像,而另外那个现在又站住了脚。弥诺陶洛斯跳了个舞步,那些镜像也是,但是这一次,他明显感觉到很多镜像跳得慢了一步。弥诺陶洛斯又不动了,他盯着另外那个弥诺陶洛斯,那个也站着不动。弥诺陶洛斯试着思考,他动动右手的小拇指,仔细地看着,又动动那根手指,另外那个动动右手的小拇指,这让弥诺陶洛斯感到不安,他不太确定,因为对面那个动的似乎是另外一只手。另外那个弥诺陶洛斯就站在他面前,但是这也可能是另外那个弥诺陶洛斯的镜像,或者他自己的镜像的镜像。就算是思考也没有用,另外那个,如果真的有另外那个的话,跟他有一样脑袋,一样的身体。弥诺陶洛斯动动右手,这次,另外那个动了动左手,几乎同时,不过,也有可能就是同时。就在弥诺陶洛斯思考各种可能性的时候,他突然看到另外那个弥诺陶洛斯身上,或者另外那个弥诺陶洛斯的镜像身上腰部的位置固定着一个东西,毛茸茸的,弥诺陶洛斯虽然不知道那是什么,但这个东西却向他证明了对面的是另外一个弥诺陶洛斯,或者另外一个弥诺陶洛斯的镜像。弥诺陶洛斯叫起来,虽然那更像是狂吼而不是叫喊,那是长长的嚎叫,喜悦的尖叫和欢呼,因为他不再是独一个,不再是那个既被排除又被包含的一个,还有第二个弥诺陶洛斯,不是只有他这个我,还有一个你。弥诺陶洛斯跳起舞来,他跳的是兄弟情义,跳的是友谊,跳的是安全感,跳的是爱情,跳的是亲近,跳的是温暖。他为自己的幸福而跳,他为自己的不唯一而跳,他为自己的解脱而跳,他为迷宫的毁灭而跳,那轰鸣着陷进地里去的墙和镜子,他角上依然缠着那根红色的线,为两个弥诺陶洛斯、动物、人和神之间的友谊而舞蹈,他围着另外那个弥诺陶洛斯跳舞,那一个则拉直红色的毛线,从毛皮做成的刀鞘中抽出匕首,而弥诺陶洛斯并没有发觉。一个的镜像们围着另外一个的镜像们跳着舞,另外一个的镜像们拉直了一根红色的毛线,从毛皮做成的刀鞘里抽出匕首,当弥诺陶洛斯朝对面那个张开的双臂里扑过去,满心认为自己找到了一个朋友,一个跟自己一样的东西,当他的镜像们扑进另外那些镜像们的怀中时,对面那个刺出匕首,他的镜像们刺出匕首,对面那个沉稳地把匕首插进他的脊背里,弥诺陶洛斯倒在地上的时候,已经死去了。忒休斯从脸上取下公牛面具,他的所有镜像都取下公牛面具,摘掉红色的毛线,离开了迷宫。因为所有他的镜像都摘下红色的毛线,离开了迷宫,迷宫中,除了弥诺陶洛斯数不清的黑色尸体,不再有其他镜像。然后,在太阳升起之前,鸟来了。

委 托

或

一位观察者
对观察者的观察

24 句话的小说

1986 年

顾牧 译

献给夏洛特

会发生什么？未来会带来什么？我不知道,我无法预料。蜘蛛从稳固的点向着自己的命运坠落,眼前只是一片空荡荡,任它再如何挣扎,也抓不到可以落脚的地方。我就是这样的感觉,面前始终是一片空荡荡,驱我朝前的是命运,命运在我的身后。生命正是如此,颠倒、残忍,让人难以忍受。

——克尔凯郭尔

1

奥托·封·兰贝尔特接到警方的通知,称他的妻子缇娜被人强奸杀害,尸体在哈里发哈基姆废墟发现,但警方未能侦破此案件,得到这个消息后,这位因其有关恐怖主义的著作为人所知的心理治疗师让人用直升机将尸体运回,装着尸体的棺木用绳索吊在机身下,摇摇晃晃一路飞过地中海上空,越过阳光普照的广袤平原,穿过破碎的云,飞越阿尔卑斯山的时候碰到了暴风雪,后来又遇上了倾盆大雨,最后,棺木轻轻地被放进围绕着悲伤人群的敞开的墓穴中,墓穴随即覆土合拢,其时,兰贝尔特注意到 F 在拍摄葬礼,虽然正在下雨,兰贝尔特还是合了伞,打量了一下 F,并请她当天晚上带着团队一起来找自己,因为他有个工作要委托给 F,此事刻不容缓。

2

F 因为拍摄人物类纪录片而出名,但她想要有所突破,拍摄一部综合类纪录片,但思路还不是很具体,她希望能够将一些并无关联的场景组合成一个整体,制作一部关于我们这个星球的片子,因此才会拍摄这场奇特的葬礼,这时,她目瞪口呆地看着那个高大男人的背影,跟她搭话的兰贝尔特胡子拉碴,被雨淋得湿漉漉的,敞着黑大衣,没有告辞就离开了,F 决定接受兰贝尔特的要求时很犹豫,因为她觉得有什么地方不对劲,而且这样还有一个风险,她有可能会被卷入某个故事当中,使她偏离自己的计划,所以,她带着团队来到心理治疗师家的时候,实际心里是很不情愿的,她之所以做这件事,完全是好奇,想知道这个人要让自己做什么,不过她决心对任何事情都不发表评论。

3

兰贝尔特在书房接待了他们,他不但要求他们马上开始拍摄,而且愿意配合所有的准备工作,他坐在书桌后,对着摄影机说,妻子的死他负有责任,因为他在治疗这个时常严重抑郁的女人时,越来越把她看作病人,而不是妻子,等到她无意中看到自己做的关于她病情的记录,便突然离家,据女佣的说法,当时她穿着一身牛仔衣,在上面套了一件红色毛皮大衣,拿了手袋就走了,从那之后,他就没有再得到过妻子的消息，不过，他也没有去打听妻子的消息，这一方面是为了给妻子充分的自由，另一方面也是不希望妻子发现自己在寻找她，从而产生还在被自己观察的感觉，但是现在，她死得那么悲惨，这让他看到了自己所犯的错误，他不只错在用心理学规定的那种冷冰冰的方式观察妻子，还错在他忽视了进一步的研究，因此，他认为自己有义务找出真相，并且要将之提供给科学研究使用，他要弄清楚究竟发生了什么，不过他的学科在妻子这件事情上难有用武之地，而且他的健康状况很糟糕，不能亲自去，所以他要委托 F 带着自己的团队到显然就是事件发生地的那个地方，去重构妻子遇害的过程，在这件事里，他这个医生才是始作俑者，那个罪犯不过是个偶然因素，他希望他们记录一切能够记录的内容，并将在此基础上制作而成的影片在专家会议和检察院中放映，作为一个有罪的人，他也跟其他罪犯一样，没有对自己的错误保持沉默的权利，说到这里，兰贝尔特递给他们一张数额巨大的支票，几张死者的照片，死者的日记和他自己的记录，让 F 的团队没有想到的是，F 接受了这个任务。

4

F 告辞离开，她的摄影师问这是什么荒唐事，她没有回答，之后，她用一个晚上的时间读完了日记和那些记录，一直读到天光放亮，稍稍合了一下眼之后，她躺在床上从旅行社订了去 M 的机票，然后坐车进城买了一份小报，报纸头版上有那场奇特葬礼和死者的照片，在按照从日记里找到的一个写得很潦草的地址找过去之前，她先是在一家意大利餐厅吃了早餐，吃早餐的时候，她跟逻辑学家 D 坐在一起，这个人在大学里的课只有两三个学生选修，他是个思维敏锐的怪人，没有人知道他是真的生活能力低下，还是装作生活能力低下的样子，在这家永远满满当当的餐馆里，不管是谁坐到他旁边，他都会向这个人解释自己那些逻辑学的问题,他的解释混乱又详细,任谁也听不懂,F也不例外,但是F觉得这个人很有趣,对他很有好感,所以经常给他讲自己的计划,这次也是,她告诉D心理学家委托自己做的那件奇怪的事,还有他妻子的日记,因为她满脑子里都是那本日记,竟完全没有意识到自己在说那本日记,她说自己从来没有看到过类似的对人的描述,缇娜·封·兰贝尔特把自己的丈夫描述成了一个怪物,不过,这个怪物并不是一下子,而是缓缓地呈现在人面前的,她就像是将这个人的外壳一片片地揭掉,然后放在显微镜下观察,不断放大,不断增加清晰度,她会用好几页写他怎么吃东西,用好几页写他怎样剔牙,用好几页写他如何搔痒,搔的哪里,用好几页写他如何咂舌、清嗓子、咳嗽、打喷嚏,还有其他一些不由自主的行为、动作、抽搐或者奇怪之处,这些行为其他人或多或少也会有,但是她描述这一切的方式让F现在觉得吃饭是件让人难以忍受的事,她现在之所以还没有碰自己的早餐,就是因为她觉得自己吃饭的时候也会那么丑陋,吃饭这件事根本就不会有任何美感,这本日记读起来,就像是一团由观察组成的云雾虬结成了硬邦邦的仇恨与丑陋,她觉得自己仿佛在看一个脚本,里面记录的可以是任何一个人,如果按照这个脚本拍摄,那么被拍摄的任何一个人都会变成这个妻子所描述的兰贝尔特,毫不留情的观察让他失去了所有个性特征,完全不同于她自己对这个心理学家的印象,她觉得这是一个痴迷于心理学,但是又开始对自己的职业产生怀疑的人,他有种许多学者都有的幼稚和笨拙,他以为他爱自己的妻子,而且现在还是这样以为,人是很容易错以为自己爱着别人的,但说到底爱的对象只有自己,那场奇特的葬礼让F很不以为然,那不过是为了遮掩他被损伤的骄傲而已,何乐而不为呢,找人调查妻子的死亡过程,也不过是要给自己树碑立传而已,或许他自己都没有意识到这一点,缇娜对丈夫的描述非常夸张,极尽详细,而兰贝尔特的记录则非常抽象,他并不是在观察,他所记录的是对人的抽象提炼,其中将抑郁解释为一种心身疾病,起因是感到存在没有意义,这种无意义又是存在无法摆脱的,存在的意义就是存在本身,所以,存在从根本上来说是让人无法忍受的,缇娜接受了这种观点,而对于这种观点的接受就是抑郁,记录里长篇大论的都是这类云山雾绕的话,所以她无法相信缇娜是像兰贝尔特推测的那样,因为看到了这些记录才逃走的,虽然她日记的最后面是一句加了双下划线的话:"有人在观察我",但 F 对这句话的解读不一样,让缇娜感觉可怕的是她发现封·兰贝尔特看了自己的日记,而不是因为封·兰贝尔特的笔记,对于一个暗中憎恨某人,突然发现那个被憎恨的人知道这一切的人来说,除了逃跑没有别的出路,所以她才在日记的最后写了这样一句话,这个故事里有些地方不对劲,究竟是什么使缇娜逃到了沙漠里,这点并不清楚,F 觉得自己就像是被发射进太空的探测器,发射的人希望探测器能将一些信息发送回地球,只是这些信息的特性,人们还不清楚。

5

D 听了 F 的一番话,神思恍惚地给自己点了一杯葡萄酒,虽然这会儿才刚十一点,然后,他神思恍惚地将酒一饮而尽,又点了一杯,并说,他总是在思考一些无用的问题,例如 $A = A$ 这种等式是否成立,因为这就意味着有两个一模一样的 A 存在,而事实上 A 只可能跟自己完全一致,不过,这些思考放到现实生活里就没有意义,没有人能够跟自己完全一致,因为人是生存在时间中的,确切地说,一个人每时每刻都在变成跟之前不一样的人,有的时候,他觉得自己每天早上都是一个不一样的人,就好像有另外一个自己挤走了之前的那个自己,占据了他的大脑,也因此占据了他的记忆,所以,他才庆幸自己有逻辑学,这门学问存在于所有的现实之外,不会碰到任何事关生存的问题,因此,他对于F讲给自己的这个故事只有一些泛泛的评论,他认为那个好人封·兰贝尔特不是作为丈夫受到了心灵的冲击,而是作为心理医生,病人从医生那里逃跑了,他将自己个人的失败马上提升为精神病学的失败,现在,这个心理医生就像是没有犯人的看守,他丢掉的是看守的对象,被他当作自己罪责的,不过就是这个看守对象的缺失,他想让F做的,不过是给自己的记录补上缺失的部分,他想要了解自己永远不可能了解的事,而这不过是想把死者带回监狱里,这些内容是荒诞剧作家的素材,这件事后面难道不是隐藏着一个问题,这是让他,D,一直感到不安的问题,他的山中居所里有一台反射望远镜,这东西硕大无比,他偶尔会把望远镜对准一块岩石,同时被那里举着望远镜的人观察,这些用望远镜观察他的人每次只要发现他在用自己的反射望远镜观察他们,就会迅速地收回自己的望远镜,这也就非常符合逻辑地证明了,每一个被观察者都有一个观察者,一旦那个被观察者观察到这个观察者,那么观察者也就成了被观察者,这是一种粗浅而逻辑的相互作用,但是如果运用在现实中,就会带有威胁性,因为一旦发觉被他用反射望远镜观察,那些观察他的人就会有被人逮到的感觉,被人逮到的人会觉得丢脸,觉得丢脸就常常会表现出攻击性,等到他,D,把自己的望远镜收起来,一些已经悄悄溜走的人会折返回来,朝他的房子扔石头,而发生在观察他的那些人与观察自己观察者的他之间的事,对于我们这个时代来说具有典型性,每一个人都觉得自己在被别人观察,同时又在观察每一个人,在今天,人就是被观察的对象,国家用越来越巧妙的方法观察人,而人想要摆脱观察的努力则越来越无望,国家越来越觉得人可疑,人也越来越觉得国家可疑,同样地,每个国家都在观察其他国家,同时感到被其他国家观察,此外,人对自然的观察也达到前所未有的程度,为此,人类创造出越来越意义非凡的仪器,照相机,望远镜,立体镜,射电望远镜,X光望远镜,显微镜,电子显微镜,同步加速器,卫星,宇宙探测器,计算机,人们不断从大自然中探察出新的东西,从距离亿万光年的类星体,到万亿分之一毫米大小的微粒,认识到电磁辐射是质量的辐射,质量是电磁辐射的凝聚,人类还从来没有在大自然中观察到如此之多的东西,大自然几乎已是一丝不挂地站在人类面前,所有的秘密都被揭开,被利用,自然资源被肆意挥霍,所以他,D,觉得大自然现在也在观察它的观察者,并且显露出攻击性,被污染的空气和土地,肮脏的地下水,正在死去的森林,这些都是抗议,是有意识不将有害物质无害化,新的病毒类型,地震,旱灾,洪水,飓风,火山爆发等等则是大自然专门用来对付那些观察自己的人类的方法,就像是他的反射望远镜和扔向他房子的那些石头一样,是对被观察的反抗,再回到之前的话题上,封·兰贝尔特跟他妻子之间也是这样,在他们之间,观察就是一种客体化的过程,每个人都通过将别人变成观察的对象让这些人感到难以忍受,封·兰贝尔特将他的妻子变成了心理治疗的对象,他的妻子将他变成了仇恨的对象,然后她又突然发现,她这个观察者成了那个被观察者的观察对象,于是她抓起一件红大衣套在牛仔衣上,离开了这个观察与被观察的恶性循环,奔向了死亡,但是,D突然大笑了一阵后,重又严肃地补充说,他所推导出的这一切,当然只是一种可能性而已,另外一种可能性与他刚才的推导正好相反,逻辑的结论取决于出发点,如果他在山中居所里越来越少地被人观察,少到当他用反射望远镜对准那些他以为正从岩石上观察自己的人时,这些人用望远镜观察的并不是他,而是别的东西,比如山上奔跑的羚羊,或者正在费力爬山的人,时间一久,这种不被观察的痛苦就会强过之前那种被观察的痛苦,他会怀念那些砸向自己房子的石头,不再被人观察,会让他觉得自己没有被关注的价值,没有被关注的价值因而不被重视,不被重视因而无足轻重,无足轻重因而没有意义,他觉得自己会因此抑郁,这或许会使他将自己本来就不成功的学术生涯当作毫无意义的事情丢弃,他会不自觉地得出结论,认为那些人跟自己一样,深以不被人观察为苦,他们也会觉得不被观察的自己毫无意义,所以,大家才彼此观察,彼此拍照摄像,因为他们害怕自己的存在因为拥有亿万银河系的广漠宇宙而没有意义,或者因为我们所在的银河系,这里的亿万颗星球被遥不可及的距离隔离成孤单的个体,或者我们这个不断有恒星爆炸膨胀后又萎缩的宇宙,在这里,除了人自己,还有谁能够观察他人,并给他存在的意义,面对宇宙这样一个庞然大物,是不可能有具象的神的,不可能有一个能观察每一个人、数清每一个人头发的世界之王或者天父,据说上帝已死,因为他的存在变得不可想象,一个在理性中完全失去根基的信仰假设,可能存在的只有非具象的、作为抽象原则存在的神,一种哲学、文学体系下的思维建构,为的是能够在无比庞大的整体中变出一个意义来,模糊而又含混,感觉就是一切,名称不过是声响和过眼云烟,天空的炽烈光芒四处弥漫,被困囚在人心这个壁炉中,但即便是理性,也没法脱离人捏造一个意义出来,因为所有能够想象和能够做的,包括逻辑学,玄学,数学,自然规律,艺术品,音乐,诗歌,这些只能依靠人获得意义,如果没有了人,它们都会变回不可想象,毫无意义,他说,遵循这个逻辑继续推导,今天发生的很多事情就都能够理解了,人类跌跌撞撞,心烦意乱地希望被人观察,比如军备竞赛就是这样,那些搞军备竞赛的人,当然要彼此观察,所以他们从内心里都希望军备竞赛一直持续下去,这样才能使持续的互相观察变为必须,如果没有军备竞赛,那些搞军备竞赛的人就会陷入毫无意义的境地,假如军备竞赛因为某个故障引起了核武大火,这种事它早就能够做到,这场火也不过就是毫无意义地宣称说,地球上曾经有人居住,这是一场无人观看的烟火表演,除非某个地方还可能有人类存在,或者天狼星附近,或者其他地方有类似的东西,但是他们没法告诉那个非常希望被观察的人,他其实是被观察着的,因为这个人到那时就已经不存在了,包括不断冒出来,或者依然占据统治地位的宗教或者政治极端主义,这些也在告诉我们,大多数人显然都受不了不被观察的自己,他们因此逃进对于具象的神的臆想,或者一个类似的建立在形而上学之上的党派,这个神或者党派能够观察他们,他们也就此认为自己也有权利观察这个世界是否在意这个观察他们的神,或者观察他们的党派所制定的规则;恐怖分子的情况更加复杂一些,他们要的不是被观察,而是一个不被观察的儿童世界,但是正因为他们把自己生活的世界看作监狱,被囚禁在这个监狱中,他们什么权利也没有,只是躺在自己的牢房中,没人观察,没人注意,所以他们才会绝望地想要引起看守的注意,想要摆脱无人观察的境地,来到受人瞩目的聚光灯下,当然,他们这样做的前提是能够随时回到不被人关注的地方,从一个牢房到另一个牢房,他们从来不会到大庭广众之下,这听起来很矛盾,简单来说,就是人类想要回到裹着尿布的阶段,原教旨主义者,唯心主义者,道德主义者,政治基督徒,这些人费尽心力,就是想要让无人观察的人类重新被观察,以此给他们一个意义,因为人现在已经变得很迂腐,没有意义不行,人什么都能够忍受,就是受不了对意义随心所欲的嗤之以鼻,缇娜·封·兰贝尔特也希望能够通过自己的出走引起公众的注意,那句标了双下划线的句子"有人在观察我"或许就是这个意思,是充满成功自信地强调自己的计划,但是,如果接受了这种解读,那才真正是个悲剧,因为她的丈夫并没有把她的出走理解为想要引起关注,而是理解为她要躲开别人的观察,并且没有再关注此事,缇娜的计划失败了,她的出走没有引起观察,依然无人关注,也许就是因为这个,她才会不断冒更大的风险,直到通过自己的死,达到了自己想要达到的目标,现在,所有的报纸上都有她照片,她被人观察,引起了大家的关注,找到了她想要寻找的意义。

6

　　F认真地听着逻辑学家的话,她给自己点了一杯金巴利开胃酒,并说,D会很奇怪自己为什么要接受封·兰贝尔特的委托,这个关于观察与被观察之间区别的说法虽然是很有趣的逻辑推理游戏,但她更感兴趣那些关于人的说法,假如她理解得没错,他说人跟自己也不可能完全一致,人总是不断在改变,被时间带着走,但这也就说明自我是不存在的,或者更确切地说,存在的只是一条由无数自我串成的链条,这些自我产生自未来,在当下猛地亮起,又淹没在过去中,而被人称作自我的那个东西,不过就是对所有沉积在过去中的自我的总称,这些自我的数量不断增长,又被来自未来、穿过现在并落进过去的自我覆盖,这是由经历与记忆碎片组成的集合,就像是一堆树叶,最下面的叶子早已经腐烂,树叶堆却依然因为刚落下或者被风吹来的叶子越堆越高,这个过程造就了一个虚构的自我,每个人都可以在其中捏合一个自我,给自己创造一个相对来说比较得心应手的角色,能不能成为角色,全看个人的演技,越是无意识的本真表演,越是显得真实,现在她明白为什么演员的纪录片那么难拍了,这些人在表演自己的时候太着痕迹,刻意的表演显得很不真实,现在回想一下自己曾经拍过的片子,拍过的那些人,她觉得自己拍的似乎全是演技低劣的演员,那些政客尤其如此,很少有人能够扮演好自己的角色,她已经决定不再拍人物纪录片,但是昨天晚上她看了缇娜·封·兰贝尔特的日记,反反复复地看,同时设想这个年轻女人如何穿着一件红色毛皮大衣跑到沙漠里去,走进那片沙石的海洋,她,F,确定自己要带着团队一起,去寻找这个女人留下的踪迹,不管要付出什么样的代价,她要弄清楚这个女人为什么一定要去哈里发哈基姆遗迹,她意识到,那片沙漠中有一个她必须要面对的现实,就像当时的缇娜一样,缇娜面对的是死亡,而她还不知道自己将要面对的是什么,她喝完了开胃酒,问 D 自己接受这样的工作是不是疯了,D 回答说,她想要到沙漠里去,是因为她要寻找一个新的角色,她以前的角色是观察那些角色,现在她想要反过来,这不是记录,因为记录必须得有一个记录的对象,她要做的是重构,这就像是把四处散落的树叶收集到一处,堆成一堆,她是要将记录的对象重新组装起来,但她不可能知道这些堆在一起的树叶原本是不是一起的,到最后,她重新构建的会不会只是自己,这个计划虽然疯狂,但是又疯狂到不再疯狂,他祝她好运。

7

一大清早,天就闷热得好像夏天,等她准备上车的时候又打起雷来,她刚合上敞篷车的顶篷,一场大雨就倾盆而下,冒着这场雨,她驶过老城区,开到了老城的集市那里,把车停在禁止停车的人行道旁,她是对的,潦草地写在日记中的那个地址就是几周前去世的那位画家的画室,画家多年前就离开了这座城市,画室很有可能已经被人占用,当然前提是房子还在,因为房子的状况之前已经很糟,摇摇欲坠,所以她认为自己肯定是找不到这栋房子的,但这个地方一定跟缇娜有某种联系,否则缇娜也不会把地址写在日记里,所以她还是冒着倾盆大雨从车边走到了房前的大门那里,门没锁,路也没几步,但进到穿廊里时她身上也已经湿透了;穿廊还是以前的样子,院子也没有什么变化,雨点砸在院里的石砖地上,曾经是画家画室的那个简陋的屋子也依然如故,通向楼上的门没有锁,这让她感到很意外,门后的台阶淹没在一片黑暗中,她想找灯的开关,没有找到,她双手摸索着走上楼,摸到了一扇门,随后进到了画室中,大雨从外面冲刷着屋内的两扇窗户,房间笼罩在暗淡的银色光芒中,她没有想到就连这间画室也保持着原来的样子,狭长的房间里依然挂满了那位画家的画,虽然他多年前就已经离开了这座城市,四周全是巨幅的肖像,画的是老城中各种奇特的人物,靠借钱过日子的人,酒鬼,流浪汉,沿街传教的人,拉皮条的,专职失业的人,黑市商人,还有其他一些深谙生活艺术的人,这些人大多已经跟画的作者一样入了土,只不过没有画家那样隆重,画家的葬礼这些人都参加了,而这些人的葬礼上充其量也就是来几个哭哭啼啼的娼妓,或是来几个酒友往墓穴里浇些啤酒,当然前提是他们得有葬礼,并不是被火化了事,她以为大部分肖像画早已进了博物馆,而且也确实在博物馆里看到过;这些如今只活在画里的人脚下堆了些尺寸比较小的画,画上有电车,马桶,平底锅,报废汽车,自行车,雨伞,交通警察,苦艾酒的酒瓶,没什么是这个画家不画的;屋里非常乱,一张巨大的、破破烂烂的扶手皮椅前放着一个箱子,箱子上是满满一盘风干肉,地上放着红酒瓶,一个玻璃水杯里装了半杯酒,还有报纸,鸡蛋皮,颜料管到处都是,就好像画家还在世一样,画笔,调色盘,装松节油和煤油的瓶子,只是缺了一个画架,雨打在屋子长边的两扇窗户上,为了能看得更清楚,F挪开了挂在靠前面那扇窗户处的市长和银行经理,后一位已经在两年前进监狱过上了不太体面的生活,现在,她面前是一个穿红大衣的女人,一开始,F还以为这是缇娜·封·兰贝尔特的画像,但这又不是那个缇娜,画像中的完全有可能是某个跟缇娜有相似之处的女人,她突然一个哆嗦,觉得这个大睁双眼,一脸倔强地站在自己面前的女人就是她自己,这个念头让她打了个寒战,同时听到身后传来脚步声,但她转过身时已经太迟,门已经锁上,等她下午带着团队回到画室的时候,那幅肖像不见了,她看到了另外一个团队正在拍摄画室,导演解释说,他们为了艺术之家的展览,特地将这个画室恢复成了画家还在时的原貌,画家走后这个房间就一直空着,导演的语气有种奇怪的漫不经心,他们翻看了作品目录,没有找到那幅肖像,而且这个画室也根本不可能是没有上锁的。

8

　　这件事让她心烦意乱,她觉得这就像是要告诉自己找错了方向,她差点就要取消航班,但是又犹豫了,准备工作已经开始,他们飞过西班牙上空,下面是瓜达尔基维尔河,看到大西洋了,飞机在 C 降落的时候,她已经很期待开车深入这片陆地,草木应该还绿着,她记得多年前来这里的时候,曾经见过一条全是海枣树的大道,汽车顶着滑雪板,从覆盖着冰雪的阿特拉斯山方向朝她开过来,不过这次在 C,她和自己的团队刚一降落在跑道上,就有警车来接,他们没有办理通关手续,直接和所有的摄影设备一起被装进一架军用运输机,飞到了内陆,在 M,四名摩托车骑警护送他们进城,他们从一队队游客身边疾驰而过,引起游客们好奇的观察,他们前后各有一辆车,坐在车里的摄像团队一直在拍摄,被护送到警察总署之后,F 和她的团队拍摄警察总长时,这个团队就拍 F 和她的团队,穿白色制服的长官非常胖,模样像纳粹头子戈林,他靠在办公桌上,说虽然政府有顾虑,但自己还是很高兴能够允许 F 和她的团队去参观、拍摄这场残忍谋杀案的案发地,当然,责任也要由他来负,让他尤其感到高兴的是,F 在重构案件发生过程的时候,也可以借机证明警方的工作是无可指摘的,警方有最先进的装备,不但能够经得起任何国际标准的检验,甚至还超过了国际标准,如此恬不知耻的要求,更加强了 F 从画室事件之后产生的怀疑,她觉得自己找错了方向,她的计划还没有正式开始,就已经变得毫无意义,因为对于面前这个不断用丝绸手帕擦拭额头汗水的大胖子来说,自己不过是为他和他管辖的警察做宣传的工具而已,但是已经进了这个陷阱,她暂时还没有摆脱的办法,她和她的团队已经被警察监管起来,他们被带到一辆吉普车上,司机是一个裹着头巾的警察,不像其他警察那样戴着白色的警帽,司机打个手势,示意F坐到他旁边,并让摄影师和音响师坐到她身后的座位上,助理带着设备上了另外一辆吉普车,那辆车的司机是个黑人,不光如此,往沙漠方向开去的时候,电视台的人也跟着,让F恼火的是,她本来希望能够先做些调查,但她没办法跟这些警察交流,不知是有意为之还是疏忽大意,警方并没有给他们安排翻译,那些说是陪着他们,实际只是对他们指手画脚的警察不懂法语,按说在这个国家,这些人应该是会这种语言的,让她恼火的还有远远跟在他们车旁边朝戈壁滩疾驰的电视团队,车队的队形已经乱了,包括载着助理和仪器在内的其他车辆仿佛已经散落在远方蒸腾的阳光下,司机们想怎么开就怎么开,全看心情,担任护卫任务的那四个摩托车骑警也从吉普车旁边跑开了,他们的车轰鸣着疾驰而去,相互追赶,又呼啸着回来,划出大大的弧线,而电视台的团队则朝着天际飞驰,突然就看不到了,他们的司机嘴里发出一串奇怪的音,开始追逐一只胡狼,车跟在狼的后面转来转去,狼不停地跑,忽然一个急转弯,掉头朝另外一个方向奔去,吉普车跟在它后面,有几次差点翻车,后来,骑摩托车的警察又呼啸着开了回来,一边大声叫喊,一边做出各种手势,他们紧紧抓着座位,不明白骑警的手势是什么意思,再后来,他们突然就进入了沙漠,这里显然只有他们,看不到其他那些车,就连那四辆摩托车也不见了,他们的吉普车飞驰上一条柏油马路,很奇怪,他们的司机连那头胡狼都追不上,他是怎么找到这条路的,柏油路已经被沙子盖住了一部分,路的两边是沙丘,在这些沙丘中穿行的时候,F觉得他们就像是在沙浪翻滚的大海中破浪前行,太阳在这片大海上投射出的影子已经越来越长,突然间,他们在一片凹陷地中看到了哈里发哈基姆遗迹,他们朝着那片凹陷地猛冲下去,驶向那片古老的遗迹,太阳在它上面投下阴影,黑乎乎的废墟从一堆警察和电视台的工作人员中间伸出来,这些人已经先于他们在这里集合了,这个来自远古时代的神秘遗迹在世纪之交时被发现,巨大的正方形石台被沙子磨得光滑如镜,这是一个立方体的上表面,往下继续挖掘时,人们发现这个立方体十分巨大,但就在大家想要把整个立方体都挖出来的时候,突然来了几个圣者,这些身形干枯、衣衫褴褛的人在立方体的一边坐下,他们裹着黑色的长袍,候在那里等待疯狂的哈里发哈基姆,他们认为哈里发哈基姆就藏在立方体里面,每个月,每天,每分钟,每秒钟,他随时都可能会从里面跳出来,统治这个世界,这些人就像巨大的鸟一样蹲在那儿,谁也不敢撵他们走,考古学家挖开了立方体的另外三个面,他们挖得越来越深,那些黑衣神秘主义者的人已经高高地在他们上方,他们一动不动,就算是刮风,沙子被风卷着撒在他们身上,他们也不动,只有一个身材高大的黑人每周来一次,这个黑人骑着头驴子来到他们身边,往他们嘴里灌满满一勺粥,往他们身上倒水,据说这个黑人是个奴隶,一个年轻警官告诉F,缇娜的尸体是在这些人中间找到的,于是F走近这些人,这个警官突然会说法语了,他满怀崇敬地将这些人称为"圣人",说一定是有人把尸体扔到这些人中间的,但他们不可能从这些人那里打听到什么消息,因为他们将在自己的"麦迪"回来之前一直保持沉默,F久久地看着眼前这些坐成一排,一动不动的人,他们已经与立方体的黑色方石合二为一,就像长在了立方体的侧面,变成木乃伊一样,一绺绺白色的长胡子上挂满了凝结成块的沙子,眼睛深陷在眼窝里看不见,身上密密麻麻爬满了苍蝇,双手握在一起,长长的指甲刺穿了手掌,她轻轻碰了其中的一个,想看看能不能问到什么,这个人却倒了下去,他已经死了,接下来的一个也是,摄影机在她身后嗡嗡作响,直到第三个人那里,她才觉得这似乎是个活人,但她已经放弃了询问的想法,只有摄影师从那一排人前面一直走过去,一只眼睛贴在摄影机的取景器上,她把这件事告诉留在车边的警官,警官说,胡狼会完成剩下的工作,缇娜的尸体发现的时候也已经被撕碎了,就在这时,天黑了下去,太阳应该是落进凹陷地的那一边了,F觉得,朝她袭来的夜色就像是一个心地仁慈的敌人,取人性命的速度很快。

9

第二天,他们还是没法返回,F还没来得及订返程的机票,摄影师带来的一个消息就破坏了她的计划,摄影师说录制的资料不见了,胶卷被人调包了,电视台的人强调说那就是他的资料,摄影师愤怒地说那就把胶片冲出来,好看看是不是这样的,胶片得到晚上才能冲好,那个时间已经不可能再坐飞机走了,警察这时又来带他们,警察的态度让他们觉得配合是比较聪明的做法,哪怕只是装出来的,在警察总署的地下室,一些人被带到他们面前,F被允许跟这些人交谈,拍摄他们,这些男人进来之后就被摘掉了手铐,但他们在小板凳上坐下之后,却有一个警察用冲锋枪抵在他们后背上,这些人胡子拉碴,牙齿残缺不全,贪婪地用颤抖的双手接过F递给他们的香烟,看一眼缇娜的照片,听到问自己是否见过这个女人,点点头,听到问在哪儿,小声回答说在管制区,所有这些人都穿着肮脏的白色麻布裤子和长褂子,没有穿衬衫,这衣服就像制服一样,而且所有人回答也都一样:在管制区,在管制区,在管制区,然后每个人都会说,有人给他们看了这个女人的照片,想雇他们杀掉这个女人,这个女人的丈夫支持阿拉伯抵抗运动,不承认这是个恐怖组织或者类似的东西,他们说自己不知道为什么非得要这个女人的命,他们说自己拒绝了对方的要求,因为酬金太少,在他们的圈子里,酬金的高低是有规定的,这事关面子,那个让他们做这事的男人又矮又胖,可能是个美国人,或者……具体情况他们说自己就不清楚了,他们只见过这个女人一次,身边跟着那个男人,在管制区里,这个已经说过了,每个人都是这样说,语气机械,贪婪地抽着烟,只有一个人看到缇娜的照片时,撇嘴笑笑,一口烟喷在F的脸上,这个人几乎像个侏儒,有一张巨大的,满是皱纹的脸,说英语带着斯堪的纳维亚口音,他说自己从来没有看见过这个女人,根本没有人见过这个女人,说到这里时,警察把他一把揪起,并用枪砸他的脊背,但是被一个警官制止了,突然,房间里又出现了其他警察,那个大脸上满是皱纹的男人被带了出去,又一个犯人从外面被推进来,他坐在聚光灯下,场记板的声音,摄影机的嗡嗡声,男人用颤抖的手接过香烟,看一眼照片,跟其他人讲了相同的故事,讲述中只有一些可以忽略不计的出入,有的时候,他说话的声音也跟其他人一样不清楚,因为他也跟其他人一样几乎没有牙齿了,接着是下一个,然后是最后一个,随后,他们离开了提审这些男人的光秃秃的水泥房间,这个只有一张摇摇晃晃的桌子,一盏聚光灯和几把椅子的房间,他们穿过地下监狱,经过一个个铁栅栏,栅栏后的牢房里,有些白色的东西或躺或蹲,他们乘电梯来到预审法官的办公室,这间办公室很现代,装修得非常舒适,里面的法官温柔又漂亮,戴着并不适合他的无框眼镜,F和她的团队在一张玻璃面圆桌旁舒适的软椅上坐下之后,法官送上各种各样的美食招待他们,甚至还有鱼子酱和伏特加酒,法官殷勤地给大家斟上产自阿尔萨斯地区的白葡萄酒,说这是一位法国同行寄给他的,并且对随时准备录像的摄影师摆手表示拒绝,他滔滔不绝地强调说,自己非常虔诚,……他继续这样天马行空,一直讲到倭马亚王朝征服西班牙的历史,兜了这样一个大圈之后,他仿佛完全无意间提到了缇娜·封·兰贝尔特的案件,他表示很遗憾,他完全理解这个案件在欧洲引起的情绪,欧洲人习惯说悲剧,而这里习惯说宿命,他拿出尸体的照片说:嗯,胡狼,然后他说,尸体是在案发之后才被运到哈里发哈基姆遗迹边上去的,这一点,他很抱歉这样说,说明这是个信仰基督教的……嗯……嫌犯,这件事引起了公愤,法医鉴定显示:强奸,扼死,没有搏斗的痕迹,刚才被带到F面前的那些男人都是外国的特工,究竟是什么人会想搞这场谋杀,他就不明说了,由于封·兰贝尔特在国际反恐怖主义大会上,拒绝将参与阿拉伯自由运动的人称为恐怖分子,某个特工组织于是决定惩罚他以儆效尤,杀人犯可能就是那些特工中的一个,这个国家到处都是间谍,当然也有来自苏联、捷克、东德的,不过主要还是美国、法国、英国、西德、意大利的,无须一一列举,简单说就是各个国家的冒险家,那个特工组织,她知道他说的是哪个,做事奸诈狡猾,他们雇佣其他国家的特工,而狡猾就狡猾在这个雇佣上,通过谋杀缇娜·封·兰贝尔特这件事,他们一方面达到了复仇的目的,另一方面破坏了那个人的国家和欧共体之间良好的贸易关系,特别是使那种商品的出口变得困难,那种产品向欧洲的出口就是……嗯……作案的主要原因,后来,预审法官接了个电话,他沉默地盯着F和她的团队,打开门,挥手示意他们跟着自己,穿过走廊,走下楼梯,又穿过走廊,用钥匙打开一扇铁门,又是一段走廊,比其他走廊狭窄,随后,他们来到一面墙跟前,墙上有一排很小的窥视孔,从这些孔,他们能看到下面一个空荡荡的院子,这个院子显然是被围在警察总署大楼中间的,但他们只看见光光的墙,上面没有窗户,整个院子看上去就像一口井,那个侏儒般的斯堪的纳维亚人正被带进院子,从一排扛着冲锋枪、戴着白色头盔、白色手套的警察面前走过,他手铐着,后面跟着一个警官,刀已经抽出,斯堪的纳维亚人靠在水泥墙上,对着那排警察,警官走回队伍那边,站在一旁,军刀斜斜地举在脸前面,这一幕看上去就像一出轻歌剧,那个大胖子警察总长像个球一样滚进来,更增加了这一幕的戏剧性:他气喘吁吁,满头大汗地滚到那个正撇嘴笑着的侏儒跟前,往他嘴里塞了一根烟,点着,然后又滚出了站在楼上窥视孔后面的那些人的视野,摄影机嗡嗡响着,摄影师还是想出了办法拍摄眼前的这一幕,下面,侏儒抽着烟,警察在等待,冲锋枪已经瞄准,那些枪口上固定着什么东西,看样子是消音器,他们在等待,警官的军刀已经又垂下了,侏儒还在抽烟,像是永远也抽不完,警察们开始不耐烦,警官猛地又举起了军刀,警察们重新瞄准,一阵闷响,侏儒用铐住的双手拿住烟,扔掉,踩灭,然后倒了下去,警察们已经又放下了冲锋枪,侏儒一动不动地躺在地上,鲜血从他身体里流出,他到处都在流血,血朝着院子中央流去,那里有个盖着铁栏杆的下水口,预审法官从窥视孔旁退开,说,这个斯堪的纳维亚人承认自己就是凶手,可惜的是,警察总长操之过急了,他觉得很遗憾,但是国人的愤怒情绪……嗯……他们又走了回去,穿过狭窄的过道,穿过铁门,穿过走廊,不过这次是另外一些走廊,上楼,又下楼,来到一间放映室,总长已经坐在里面,身体把椅子塞得满满的,一脸和气,刚才的处决让他情绪高昂,散发着浓烈香水味的汗水流成了河,他抽着跟刚才递给侏儒的那种差不多的香烟,这个人的供词不管是F还是她的团队都不相信,显然,预审法官也不信,预审法官又"嗯"了一声,就谨慎地退了出去,银幕上是哈里发哈基姆遗迹,那些车,电视台的团队,警察,四个骑摩托车的人,F正和她的团队赶到,摄像师在指挥一脸傻笑的助理,音响师在摆置自己的设备,他们中间是沙漠,一个警察骑着骆驼,那辆吉普,裹头巾的司机握着方向盘,最后是F,她正呆看着某个地方,但是看不到她盯着的地方,她看的是蹲在遗迹脚下的那排人,那些爬满苍蝇的人形的东西已经被沙子淹没了一半,沙子打在他们黑色的外套上,看不到这些人,之后就又是警察,警察培训的画面,教室里,运动中,寝室里,在集体浴室里刷牙,穿白衣的戈林边看边鼓掌,这个片子棒极了,祝贺,听到F抗议说这并不是自己拍的片子,他吃惊地问"真的吗?"随即又自己回答说,那些资料没法用,也不奇怪,因为沙漠里的阳光,但是案件现在已经水落石出,凶手已被正法,他祝她回程顺利,说完,他站起来,非常和气地说"保重,我的孩子"(这让F尤其恼火),然后离开了房间。

10

　　离开警署,那个包着头巾的警察在外面等他们,他握着方向盘,用嘲讽的眼神看着他们,他后面,警察总署和大清真寺中间的一大片空地上全是游客,游客被小孩团团围住,小孩们高高地伸着手,希望能要到钱,清真寺里的讲道声通过扩音器传出来,哇啦哇啦响,出租车和旅游大巴嘀嘀按着喇叭,从人流中挤过,密密麻麻的各国游客互相拍照片、录像,与粉刷成白色的警察总署大楼里发生的事形成了不真实的反差,就好像有两个世界混乱地交织在一起,一个神秘恐怖,一个庸俗乏味,包头巾的警察这时跟F说起了法语,之前他可是不说这个语言的,F这下彻底受够了,她离开了自己的团队,想一个人静静,她觉得自己对那个斯堪的纳维亚小个子的死也负有责任,处决这个人只是为了阻止自己继续调查,那张满是皱纹的脸不断在她眼前晃,薄薄的嘴唇夹着一根烟,还有哈里发哈基姆遗迹旁那些黑衣人爬满了苍蝇的脑袋,她觉得自从来到这个国家,自己就像走进了一个醒不了的噩梦,有生以来第一次,她尝到了失败的滋味,如果继续下去的话,她不单会危及自己的生命,还会连累她的团队,那个警察总长是个危险人物,他天不怕地不怕,缇娜·封·兰贝尔特的死亡后面隐藏着一个秘密,预审法官东拉西扯的那通话意图太明显了,他不高明地想要遮掩什么,掩人耳目,但是他要遮掩的是什么,这个F不知道,她又继续自责地想到,或许有人趁自己看那个穿红色毛皮大衣女人的肖像时,从画室溜走,她记忆中的那个女人模样越来越像是她自己,躲在画室里的是个男人还是个女人,导演是不是对自己隐瞒了什么,从窗帘后面露出的那张床是谁用了的,这些她都没有继续调查,她对自己的疏忽很生气,她被大汗淋漓的游客推挤着来到老城区,在这里,包围住她的那种气味突然让她感觉呼吸困难,那并不是单一的某种味道,而是各种调料混杂的味道,夹杂着血腥味,粪便味,咖啡、蜂蜜和汗水的味道,她穿过隧道一样黑乎乎的巷子,不断有闪光灯亮起,因为人流中随时有人在照相,她经过一堆堆的铜壶,还有碗、锅、地毯、首饰、收音机、电视机、行李箱,卖鱼卖肉的摊子,堆成山一样的蔬菜水果,刺鼻的香味和臭味像烟雾一样包裹着她,突然,有个毛皮样的东西蹭了她一下,她停下脚步,人群从她旁边挤过,推推搡搡,她突然惊讶地发现周围都是当地人,没有游客了,她头顶上方的铁丝衣架上挂着色彩浓艳的廉价女裙,五颜六色的裙子显得很奇怪,因为并没有人穿这样的裙子,蹭了她一下的是一件红色的毛皮外套,她立刻就看出这是缇娜·封·兰贝尔特的外套,这件衣服一定是有魔力,所以将她吸引到这里,她几乎是身不由己地跑进门前挂着这些裙子的那家商店里,这家店铺就像个洞窟,过了很久,她才在黑暗中看到了一个白发老人,她对老人说话,老人没有反应,于是她拉住老人的手,硬把他拉到了外面那些裙子下面,孩子们瞪大眼睛看着F从衣架上扯下挂在那里的大衣,并没有理会旁边聚集起来的小孩,她决心不管这件衣服要多少钱,也要买下它,到这时,她才发现面前站的是个盲人,老人身上穿了一件曾经应该是白色的肮脏长袍,胸前一大摊凝固的血渍半掩在稀稀拉拉的胡子后面,没有瞳孔的淡黄色眼球一动不动,老人似乎耳朵也听不到,她抓起老人的手,摸了摸那件毛皮大衣,老人还是没有反应,孩子们站在那儿,当地人也停下脚步,他们奇怪这里为什么堵住了,老人依然什么也不说,F把手伸进一直背在牛仔衣外面的包里,她对这种事总是大大咧咧,那个包里装着她的护照、首饰、各种用品还有钱,她往老人手里塞了几张钱,穿上那件大衣,从人群中挤了过去,几个孩子跟着她,不断跟她说些什么,但是她一句也听不懂;她离开了老城,她不知道自己是怎么走出来的,也不知道自己在哪儿,她找到一辆出租车,车将她送回了酒店,她的团队闲散地坐在酒店大堂里,看见身穿红大衣的她,大家愣了,她跟音响师要

279

了一根烟,说这件在老城里找到的红大衣是缇娜·封·兰贝尔特进沙漠的时候穿过的,她决定不回去了,直到找出缇娜死亡的真相,虽然这想法听起来很荒唐。

11

这样做理智吗,音响师问,助理尴尬地笑着,摄像师站起身说自己不再参与这件荒唐事了,他说F刚离开,警察就来没收了在警察总署里录制的那些素材,他们回到这里来的时候,门卫已经给他们订好了返程的机票,还订了明天一大清早的出租车,他很高兴终于能够离开这个鬼地方,他们提审的那些人都受过刑,所以才没有牙,还有处决那个矮子的事,之后他在房间里呕吐了一个小时,他们都是傻子,才会搅和进这个国家的政治,事实证明了他的担心,这是调查,名副其实的调查,不但没有可能完成,还得冒生命危险,当然,假使他能在F的计划里看到一丁点希望的话,倒是也不会在意这些,他扑通一声坐回沙发里,补充说,说老实话,整个计划都不清不楚,稀里糊涂,所以他建议F也放弃,没错,她是找到了一件红色的毛皮大衣,但她是否能够确认这就是兰贝尔特夫人的,听到这里,F恼怒地说,她还从来没有半途而废过,热爱和平超过一切的音响师建议她最好还是跟着大家一起走,有些事是永远不会水落石出的,听到这里,她一言不发地回到了自己的房间里,但是在门口,她站住了,落地灯下的靠背椅上赫然坐着那个戴无框眼镜的美男子,预审法官,他沉默地打量着那个沉默地打量着自己的人,然后用手指指另外一把扶手椅,F木然地在那张椅子上坐下,她觉得这个美男子的温柔和敏感背后,隐藏着某种强硬和果决,之前一直被隐藏起来的东西,现在显露了出来,他开口说话,祝贺她找到了缇娜·封·兰贝尔特的大衣,之前那种黏黏糊糊、东拉西扯的说话方式变得坚硬、务实,还透着嘲讽,像是很高兴能骗了别人的样子,他说自己是来道谢的,他们拍的那些资料非常好,那些黑衣圣徒和处决丹麦人的影像对他要做的事来说非常有用,听到这些,她只是默默地点了点头,等到她问起预审法官要做的事是什么,他平静地回答说自己冒昧地在冰箱里那些常见的果汁、汽水和矿泉水旁边放了一瓶夏布利酒,冰箱旁边还有一瓶威士忌,她说自己更愿意喝威士忌,预审法官说自己想到了,坚果也有,他站起身,在冰箱那里忙活了一阵,带回两杯威士忌,还有冰块和坚果,他介绍说自己是秘密警察的头儿,所以清楚她的习惯,并请她原谅自己在警察总署的胡说八道,总长到处安装窃听器,他也到处都安装了自己的窃听器,所以,他随时能够监听到警察总长监听到的东西,随后,他用简短的几句话解释了警察总长想要攫取国家统治权的企图,这个人要改变对外政策,并将缇娜的死推在别国特务的头上,所以他才会处决那个斯堪的纳维亚人,但是警察总长不知道这一切都被拍了下来,也不知道在被他,秘密警察的头儿监视,警察总长根本连秘密警察的头儿是谁都不知道,警察总长希望让人觉得自己是个厉害角色,能支配警察,就好像那是他的私人军队,这样才能在攫取了国家权力之后,保证统治的稳固,而他这个秘密警察的头儿则不一样,他要做的是揭露警察总长的企图,告诉大家这个人是如何败坏警察队伍的,并且证明他的权力已经不稳固,摇摇欲坠,不过,最重要的还是通过缇娜·封·兰贝尔特的案件向大家证明他的无能,就是为此,他才做好了一切的准备,以便 F 能够继续自己的调查,不过是跟另外一个团队一起,这个团队由他来提供,以免引起警察总长的怀疑,她之前的那个团队离开这里,他,秘密警察的头儿,已经做好了所有的准备工作,安排好了必要的人,这个酒店的工作人员也听他调遣,而 F 则会由他自己的一个朋友来顶替,请看,说着他打开了门,一个年轻女人走进来,跟 F 一样穿着牛仔衣,肩上披着红色的毛皮大衣,样式跟缇娜·封·兰贝尔特的那件一模一样,这件事让 F 心生狐疑,她问,自己现在算不算奉命继续调查不幸的缇娜·封·兰贝尔特的案件,听到这个问题,对方回答说,接受封·兰贝尔特任务的是她,而他作为秘密警察的头儿,认为自己有义务提供帮助,然后他又补充说,他会让F住到别处去,她不用害怕,从现在开始,她就在自己的保护之下,不过,她最好还是跟自己的团队说一声,点到为止,说到对她自己来说最合适的程度,随后他告辞,带着那个年轻女人出去了,这个女人跟F的相似程度不过就是从远处看过去的时候,有可能会分不清她们俩。

12

F打电话的时候,摄像师已经上床了,他穿着睡衣来到F的房间,F正在收拾行李,他沉默地听完F的话,F没有任何隐瞒,包括说秘密警察的头儿建议自己只告诉团队成员必须要说的那些话,等她讲完了,摄像师给自己倒了一杯威士忌,但是却忘了喝,他思索着,最后终于说,F这是进了一个圈套,缇娜·封·兰贝尔特的红大衣不会无缘无故地跑到老城一个瞎眼商人的店里,那件红大衣是个诱饵,这样的大衣并不多,也许只有一件,现在却有个女人穿着同样一件出现,说明这是经过精心策划的,有人算到F会去老城,廉价的裙子中间挂一件红色毛皮大衣非常显眼,而且为替身再做一件也需要时间,秘密警察的头儿想除掉警察总长,这一点他能得明白,但是这个人想要F做什么,这一点他不理解,为什么搞得这么复杂,这件事一定另有隐情,缇娜·封·兰贝尔特不是闹脾气才来的这个国家,而是出于某个特定的原因,这个原因也跟她的死有关,他看过兰贝尔特那本讲恐怖主义的书,书中用了两页的篇幅讲阿拉伯的抵抗运动,他拒绝将这些人称为恐怖分子,不过他也强调说,不是恐怖分子的人也会犯罪,例如奥斯维辛集中营就不是恐怖分子的作品,而是一些官员的,不排除封·兰贝尔特的妻子就是因为这一点被谋杀,这个秘密警察的头也没有把最关键的部分告诉她,她这是直接撞在了枪口上,已经没有退路,而且她把事情告诉自己这个摄像师也不谨慎,他不觉得秘密警察的头儿会放走她的团队,她就祝大家好运吧,他也祝她好运,说着,摄像师抱了抱她,走了,那杯威士忌还是没有喝,这种事从来没有过;她觉得自己似乎再也见不到这个人了,她又想到了那间画室,现在,她非常肯定当时从背后传来的是女人的脚步声,她恼火地喝干了那杯威士忌,继续收拾行李,合上箱子,牛仔衣外面套着那件红色毛皮大衣,从酒店的后门走了出去,带她出去的那个服务生一副自己并不是服务生的样子,他提着F的箱子,将她带到一辆路虎跟前,那里有两个穿阿拉伯式连帽斗篷的男人在等她,他们先是沿国道离开了这座城市,然后又沿一条满是尘土的小路经过一个险峻的隘口,她在没有月亮的漆黑夜晚勉强能辨认出这些,他们驶过雪地,满是砾石的山丘,钻下隧道又钻上来,开进山里,在天蒙蒙亮的时候,来到一堵闪着微光的墙跟前,从路虎上下来之后,她看出这是一栋破败的两层楼,大门上方刻着"利奥泰元帅大饭店",门被寒风吹开又合上,走进房子,一楼悬着一个晦暗的灯泡,他们喊了几声,没有人应声,于是其中的一个男人让她去了二楼的一间房,他打开一扇门,把她推进去,箱子放在木地板上,这种粗鲁让她很吃惊,她听见男人踢踢通通地下楼,随后听到路虎开走的声音,显然是回M城了,她闷闷不乐地看看周围,天花板上同样挂着一个灯泡,浴室里的淋浴是坏的,破破烂烂的壁纸在墙上耷拉着,唯一的家具是一把摇摇晃晃的椅子和一张行军床,不过床单是新铺的,楼下的大门乒乒乓乓打开又合上,在睡梦中,她都能听到那扇门的声音。

13

或许是因为大门的乒乒乓乓声停止了,她一觉睡到了中午时分,窗户很脏,日光几乎透不进来,从这扇窗户,她看到了一片乱石横陈、灌木蔓生、沟壑纵横的地方,后面突兀地伸出一个陡峭的山脊,冰雪覆盖的山坡和冰川裂隙之间困囚着一团云,云掩住了山顶,仿佛在阳光下沸腾,这里荒芜一片,她不知道自己被带来的这个饭店以前是做什么用的,现在又是做什么用的,这里显然不再是饭店了,非常冷,她裹着红色毛皮大衣,走下木头楼梯,没有看到人,大堂非常简陋,她站在里面喊了几声,没有人,厨房里也没有人,直到后来,一个老太太突然从旁边一个房间里拖拖沓沓地走出来,在通向大堂的门那儿站住,目瞪口呆地看着F,然后用法语说"她的大衣,她的大衣","她的大衣",手颤抖着指向那件红色的毛皮大衣,不断重复着"她的大衣",一遍又一遍,显然已经完全混乱了,等到F向她走去,她躲回了旁边的那个房间,那里显然以前是个餐厅,老太太背冲着墙,把餐桌和几把旧椅子当作掩护,充满恐惧地等着F,为了让老太太安心,F不再朝前走,她在破败的房间里站下,这个房间里唯一的装饰是一幅镶着框的法国将军画像,画像已经严重泛黄,这显然就是利奥泰元帅,她用法语问自己能不能吃早饭,老太太使劲点头表示可以,她朝F走过来,拉住她的手,把她带到露台上,在那里,贴着屋子外墙有一个破破烂烂的遮阳篷,以前应该是橙色的,下面放着一张已经摆好了餐具的木头桌子,早餐也已经准备好,因为F刚一坐下,老太太就把早餐端出来了,之前从她的房间里,只能看到一片乱糟糟的沟壑、灌木和乱石,还有后面蒸腾的山脊,现在,F眼前是一个平缓向下的山丘,山丘依然是绿色的,在其他那些越来越低的山丘上撞出浪花般的纹路,互相阻住走势,最后在远方的山脚下亮起浅黄的微光,那里是沙漠,她觉得自己在目力所及的最远处看到了某种黑色的东西,哈里发哈基姆遗迹,风很凉,F很庆幸自己裹着那件红色的毛皮大衣,老太太依然盯着那件大衣,她怯怯地、几乎是温柔地用手摸着大衣,待在吃早饭的F旁边,像要守护她一样,当吃早饭的F突然问她是否认识缇娜·封·兰贝尔特的时候,她打了个哆嗦,这个问题似乎又把老太太的心弄乱了,她不断重复着"缇娜","缇娜,缇娜",指着那件大衣,问F是不是她的朋友,听见F说是,她情绪激动得语无伦次,F勉强听明白了,缇娜是独自一人开着租来的车到这里来的,她说的时候重复了好多次"独自一人",含含混混地说到一辆租来的车,她说缇娜租了三个月的房,把周边都转了一遍,一直转到沙漠那里,到黑石那里,她说的显然就是那片遗迹,但是突然就没有再回来,她这个老太太知道……F没听懂她这个老太太知道什么,虽然很努力地听,想弄明白那些开了头,不断重复,又戛然而止的句子里隐藏着什么,老太太总是突然就沉默下来,露出警惕的表情,又盯着那件红色的毛皮大衣,已经吃完早饭的F觉得老太太似乎想问什么,但又不敢问,于是F很坚决,几乎有些粗暴地说,缇娜不会再回来了,她已经死了,听到这个消息,老太太先是无动于衷,好像并没有听懂,随后,她突然讥讽地笑了起来,自顾自地咯咯笑,F慢慢地听出这笑声中的绝望,于是她抓住老太太的肩膀,摇晃她,让她带自己去缇娜租的那个房间,老太太嘟囔了几句,似乎说的是"最上面",似乎,因为她又开始笑起来,等到F上楼时,她突然抽泣起来,不过,F已经不再理会她,她在三楼发现一个房间,或许这就是缇娜·封·兰贝尔特的房间,这个房间比F的那个好,F在屋里看了一圈,发现里面的摆设有种跟这个饭店不太相称的舒适,这让她感到很意外:一张宽大的床上铺着绗缝床罩,陈旧的罩子已经看不出是什么颜色,壁炉显然还从来没有用过,壁炉台上放着几本儒勒·凡尔纳的书,再往上是一张利奥泰元帅泛黄的画像,陈旧的写字台,浴室的瓷砖只剩下部分保持完好,浴缸里有锈迹,天鹅绒窗帘破破烂烂,阳台冲着远方沙漠的方向,走到阳台上之后,她发现朝沙漠那边差不多百米远处的一堵短墙后面,有个东西闪过,她等待着,那个东西又出现了,是一个男人的头顶,那人正在用望远镜观察自己,她不由想起了缇娜那句划了双下划线的句子"有人在观察我",等她回到房间里,老太太已经把她的箱子拎进来了,还有F的浴袍和包,就好像这是理所当然的,她还送来了床单被罩,F看到这个,恼怒地问自己是否能打个电话,按指示走到楼下,她在厨房旁边一条黑暗的走廊里找到了电话机,她固执地决定给逻辑学家D打电话,她坚信电话肯定不通,但是决定就算不可能也要试一试,她从那台旧电话机的叉簧上取下听筒,没有声音,这有可能是秘密警察的头儿为了防备万一,因为是他让人把自己带到缇娜·封·兰贝尔特待过的地方,她突然开始怀疑起这个人说过的理由,她尤其无法想象缇娜为什么会像那个老太太说的,开着车在沙漠里转悠,她先是坐在敞开的阳台门前面的地上,然后又躺在床上呆看着天花板,试图重新拼出缇娜·封·兰贝尔特的遭遇,她又重新从唯一一个比较可靠的地方开始,那就是缇娜的日记,她想象各种可能性,一直推导到比较可靠的那个终点,也就是哈里发哈基姆遗迹旁边被胡狼撕碎的缇娜的尸体,但是,她没法得出令人信服的结论,证明缇娜离开家是像封·兰贝尔特说的那样"匆忙"逃走,她来到这个国家并不像是逃跑,而是有非常明确的目的,她的举动,就像是一个想要揭开某个秘密的记者,但缇娜并不是记者,如果是个爱情故事倒有可能,但没有任何迹象显示这是个爱情故事,她想不出答案;后来,她来到房子外面,山脊那里的云更多了,并且开始朝这边压过来,她顺着来时的路走出去,来到一片乱石横陈的高地,道路在这里分岔,她选了其中一条,半个小时后,这条路也分岔了,她退了回来,在那栋孤零零的房子前站了很久,这栋在这里毫无用处的房子,大门又开始乒乒乓乓地打开合上,上方是写着"利奥泰元帅大饭店"的牌子,牌子上面是一扇黑乎乎的正方形窗子,这是这面墙上唯一的一扇窗,墙曾经应该是白色的,现在上面到处都是灰色的阴影,灰色里又掺杂了各种颜色,就好像在很久很久之前,曾经有巨人呕吐在上面,不仅仅是她这会儿站在这里,看着那栋房子和自己睡觉那间房的窗户,早在几个小时之前刚要离开房子的时候,她就已经知道,而且在那之前也已经知道有人在观察自己,虽然她看不到观察自己的人,圆圆的太阳落进远方的沙漠里时,速度突然快得就像是掉进沙漠里一样,天暗了下来,只剩下巨大云层的最上面还像是燃烧的沙子,她走进屋里,餐厅里元帅的画像下面,餐具已经摆好,饭也摆上了,一碗羊肉,汁是红色的,白面包,还有红葡萄酒,老太太不在,她吃了一点,喝了葡萄酒,然后回到缇娜·封·兰贝尔特曾经住过的那个房间,走到阳台上,刚才吃饭的时候,她仿佛听见远处有雷声,厚厚的云层应该是又退回去了,她的前面和头顶是繁星闪亮的冬日夜空,但是在远远的天际,她看见刺眼的光和闪电,像暴风雨,但又不是,在这一切之上,是从远处传来的模糊的雷声,她再次感觉到,在从下面逼向自己的夜色中,有人正在观察自己,回到房间,换上浴袍,睡觉的时候她也穿这个,她害怕地看着锈迹斑斑的浴缸,这时听见汽车的声音,车没有停,直接开了过去,随后又是一辆,这辆车停了下来,然后是喊声,应该有人走进了房子,那人继续喊着问有没有人,他上到二楼,喊着"有人吗,有人吗",F走下楼,浴袍上面披着那件红色的毛皮大衣,她看见一个浅金发的年轻男人,那个人正准备往楼上走,年轻男人穿着蓝色灯芯绒裤子,运动鞋,棉衣,他瞪大蓝眼睛盯着F,结结巴巴地说"谢天谢地,谢天谢地",她问为什么要谢天谢地,年轻男人冲上楼梯,抱住她喊道,因为她还活着,他跟头儿打赌说她肯定还活着,现在她还活着,说着,他又冲下楼梯,然后又奔下一层,F跟在他后面来到大堂的时候,看见金发男人拖进来个箱子,这让她不由想到,或者这就是那个对自己做出承诺的摄像师,她问他,他回答说"猜对了",车停在门前,透过敞开的门,她看到男人从车里取出了摄像机,那是一辆大众牌的小型巴士,他一边摆弄那台摄像机一边说,这台机器夜里也能用,特殊镜头,用它拍出来的片子棒极了,这句话让她很吃惊,她不由问道,他难道不想介绍一下自己吗,听到这里,男人红着脸结结巴巴地说,自己叫伯恩·奥尔森,她可以跟自己说丹麦语,这又让她想起了那个矮个子、撇嘴笑的男人,那个抽着烟站在墙边,踩灭了烟然后倒下去的人,她回答说自己不会丹麦语,他肯定把自己跟另外一个人搞混了,这下他手里的摄像机差点掉了,他大叫着,脚踩着地,不,不,这不可能,她穿着红色的毛皮大衣,他把摄像机和箱子又扛回小巴车里,爬上车,开走了,但并不是朝着M城的方向,而是朝山那边开去,等她上楼回到房间,房子突然被爆炸的冲击震得直摇晃,但她走到阳台上的时候,一切又都重归寂静,远方沙漠里的闪电和炽烈的光已经消失,只有星星亮得吓人,她于是回到房间里,拉上破破烂烂的天鹅绒窗帘,这时,她的目光落到那个写字台上,写字台没有锁,里面是空的,随后她才看到写字台旁边的字纸篓,里面有一团纸,她把纸展开抻平,上面的笔迹她没有见过,写的话显然是一段摘抄,因为放在引号里,但那是北欧国家的语言,她看不懂,不过她是个执着的人,于是放下写字台上的翻盖,在写字台旁坐下,开始试着翻译这段话,但是像"edderkop"或者"tomt rum"或者"fodfaeste"这样的词让她感到很费解,直到午夜,她才觉得自己已经解读出了那句话的意思:"会发生什么,在异地的时间(fremtiden)会带来什么?我不知道,我猜不透。圆蛛(edderkop?)离开固定的点,跌进这件事的后果中,这时,它看到的永远是一片空荡荡(tomt rum?),使我继续下去的,是我身后(bag)的某个结果。这种人生是错误的(bagvent),神秘的(raedsomt?),让人难以忍受。"

14

　　第二天清早,她裹着红色毛皮大衣下楼,决定吃完早饭就往山那边走,丹麦人离开后的那声爆炸让她心神不宁,昨天那段话也许是个隐秘的信息,而这更增加了她的不安,在露台上,她看见秘密警察的头儿正坐在木头桌旁吃早饭,一身白衣,戴着黑色的围巾,无框眼镜换成了一副巨大的墨镜,他站起身,请 F 在他旁边坐下,给她倒上咖啡,递给她羊角面包,说这是自己去 M 城的欧洲区那里给她买的,他对这里简陋的居住条件表示抱歉,等 F 吃完,他把一张街头小报放在 F 面前,报纸的头版上是容光焕发的缇娜·封·兰贝尔特,挽着她同样容光焕发的丈夫的胳膊,下面写着,引起轰动的葬礼之后,死者又出人意料地回来了,著名心理学家的夫人由于抑郁症,去一位已经去世的画家的画室藏了起来,她的护照和红色毛皮大衣被盗,显然就是因为这一点,造成人们将哈里发哈基姆遗迹旁被谋杀的那个女人误当成了她,如此看来,不光凶手的身份成谜,被害人的身份也成了谜,看到这里,F 将报纸扔在桌子上,气得脸色苍白,这件事不对劲,整件事都很荒唐,她觉得自己被要弄了,陷入了一场毫无意义的冒险之中,她气得眼泪夺眶而出,但是秘密警察头目铁一般的冷静让她也不得不冷静下来,尤其是听他分析说,这件事里不对劲的就是那桩盗窃案,缇娜是丹麦女记者吉特·索伦森的朋友,是她把自己的护照和红色毛皮大衣给了这个记者,这个记者才有可能入境,这个信息让 F 陷入了沉思,秘密警察的头儿给 F 又倒上一杯咖啡,F 问他是怎么知道这些的,他回答说,因为他审问了这个女记者,女记者全都招供了,她问为什么要杀死这个女记者,他往墨镜上呵口气,边擦墨镜边回答说,这个他就不知道了,吉特·索伦森是个性格刚烈的人,他觉得这个人跟 F 很像,他没有弄明白索伦森伪装成别人有什么企图,既然警察总长甘愿上当受骗,他也就不觉得自己有必要插手,所以就让那个女人带着假护照和红色毛皮大衣走了,她死得那么惨,他也觉得很抱歉,假如她把真相告诉自己,那也不至于如此,字纸篓里那张揉成一团的纸 F 肯定也看了,上面的话出自克尔凯郭尔,"不是……就是",他请教了一位专家,一开始,他以为这是某个秘密信息,但他现在确认那是在求救,他跟踪那个胆大包天的丹麦女人一直到这里,但是之后就失去了她的踪迹,他希望那个长得像日耳曼英雄的年轻人比他的同乡运气好,如果同乡这个词用得没错的话,显然,两个人都是接受了某家丹麦私人电视机构的任务到这里来的,这家电视台以推出爆炸性新闻报道著称,如果她,F,现在穿着红色毛皮大衣,装成跟她一开始以为的不一样的另外一个人进山去,或者甚至是进沙漠里去,那他就帮不了她了,他想找的那个团队拒绝跟她合作,而且很遗憾,他也不能让她的团队出境,虽然他警告过,但不幸的是,F 还是把事情讲出去了,这个破旧的酒店还在可控范围之内,出了这里就是三不管地带,国际法也没有用,但是他很愿意把她带回去,听到这话,F 跟他要了一根烟,他给 F 点上烟,然后 F 说,尽管如此,她还是要离开。

15

穿着红色毛皮大衣离开房子的时候,没有任何痕迹能让人看出秘密警察的头儿来找过她,那个老太太也不见踪影,房子看上去像是空的,"利奥泰元帅大饭店"的牌子下面,大门乓乓乓乓打开又合上,她挎着包,拎着箱子,站在荒无人烟的地方找那个丹麦年轻人走的路时,感觉自己就像是在一个不真实的老电影里,她不知道这条路是通向什么地方的,她就这样毫无意义地、执拗地走着,完全不理性地朝着山的方向走去,云依然悬在山的侧面,她想到了自己跟逻辑学家 D

的谈话,当时自己以为缇娜·封·兰贝尔特行动的唯一理由是不想毫无行动,要行动起来,但是现在,她的构想成了臆想,她看到的是一个荒唐的婚姻故事,同时还有另外一个女人的遭遇,她之前根本不知道这个人的存在,却穿着这个人的红色毛皮大衣,而这件大衣又跟缇娜穿过的那件一样,她觉得自己似乎变成了另外的那个人,变成了那个丹麦女记者吉特·索伦森,也许主要是因为克尔凯郭尔的那段话,她也像只掉进无底深渊的圆蛛一样感到无助,她现在走的这条路满是尘土、乱石,道路没遮没拦地暴露在残酷的阳光之下,阳光早已穿透云层,在她脚下蒸腾,道路在山坡上盘旋,从奇形怪状的岩石间钻过,这条路是她宿命,她总是想到什么就做什么,奥托·封·兰贝尔特请她带着自己的团队去找他的时候,那是她一生中第一次感到犹豫,但她还是去了,并且接受了他委托的任务,现在,她虽然不情愿,但却走在这条路上,因为没有办法,她拎着箱子,就像是个要在没有车的路上搭顺风车的人,后来,她突然看到了伯恩·奥尔森赤裸的尸体,尸体出现得太过突然,她来不及收脚,踢到了他,他躺在她脚下,依然带着笑容,跟他们在楼下第一次遇见时一样,他的身体完全被白色的尘土盖住了,他看上去更像一尊雕塑,而不是尸体,灯芯绒裤子、跑鞋还有棉袄跟他带来的那些资料混在一起,资料装在圆形的铁罐子里,大多数罐子都炸裂迸开,里面冒出的电影胶片像黑色的肠子,这片狼藉的后面是那辆大众牌小巴,从里向外碎裂,钢梁铁架奇怪地交错在一起,一堆扭曲断裂的机器零件、车轮、碎玻璃,这一幕让她目瞪口呆,尸体、胶片、被炸碎的行李飞得到处都是,衣服,还有像旗帜一样呼啦啦挂在折断的天线上的内裤……她慢慢地看清了细节,汽车的残躯里,残破的方向盘上还紧紧握着从丹麦人的胳膊上掉下来的一只手,她站在尸体前,虽然看到了这一切,却依然觉得自己看到的画面不真实,有件事扰乱了她,让现实变得不真实,她听到了一个声音,其实,她还没有撞上尸体的时候,那个声音就已经存在了,那是一种轻轻的嗡嗡声,她朝着声音传来的方向看去,看到一个瘦高笨拙的男人,男人穿着一身白色的、脏兮兮的麻布衣服,正在给她录像,他冲F招招手,继续拍摄,然后扛着摄像机,一瘸一拐地朝她走过来,艰难地跨过尸体,站在她旁边拍那个死人,用她看那个死人的角度,边拍边让她把自己的那个破行李箱放下,他一瘸一拐地走到旁边,摄像机又对准了她,她向后退,男人继续跟着她,她厉声呵斥那个人,因为她觉得这个人喝醉了,她问这个人想干什么,是什么人,男人放下摄像机说,大家叫他独眼巨人,至于他的本名是什么,他自己早就忘记了,不过这也不重要,秘密警察为她寻找摄影师的时候,他之所以没有报名,从这个国家政治局势的角度是能够理解的,为她,F,工作风险太大,警察知道的,秘密警察都知道,秘密警察知道的,军方都知道,保密是不可能的,他宁肯偷偷跟着她,他知道她要找的是什么,秘密警察的头儿把这个告诉了所有摄影师,她,F,想找到杀死那个丹麦女人的凶手,可能的话,还想证实他的罪行,所以她才穿上了那个女人的红色毛皮大衣,他觉得这点棒极了,他回头会让她看自己给她拍的片子,不光是从她到了那堆被称作"利奥泰元帅大饭店"的石头废墟之后,不,之前就开始了,从她在老城的瞎子商贩那里找到这件红色毛皮大衣并且买下来就开始了,那一幕也被他拍下来了,对她的行动感兴趣的不只是他,就算是现在,也有远距离镜头从四面八方对着她,这些镜头甚至能够穿透雾气,这些解释像瀑布一样从瘦高个儿的嘴里倾泻而下,从那个长着烂糟糟牙齿、四周围着白胡子楂的窟窿里,从那张小眼睛放着光、沟壑纵横的瘦脸上,从这个穿着脏兮兮、污渍斑驳的麻布长袍的瘸子脸上,他叉开腿站在尸体上面,一直用镜头对着F拍,当F问他到底想要干什么的时候,他回答说,交换,她问这话是什么意思,他解释说,自己一直很欣赏她的人物纪录片,最大的愿望就是能够给她拍一个纪录片,那个丹麦女人索伦森他也拍了,既然她对这个女记者的遭遇感兴趣,那么他就用自己给那个索伦森拍的片子来换取他想要给F拍摄的片子,他可以把录像带加工成普通的影片,那个索伦森想要揭开某个秘密,而她,F,现在有机会重新拾起线索,他愿意跟她一起去沙漠里索伦森遇害的那个地方,在所有观察她的人中,到现在还没有人敢到那个地方去,但是她能够信任他,他在某些圈子里被认为是最无所畏惧的摄影师,虽然熟悉他的那些圈子不能提,他的片子也不能让人看,这既有经济方面的,也有政治方面的原因,出于对死者的尊敬,他不想对着这个丹麦人的尸体解释那些原因,这个人也是那些原因的牺牲品。

16

没等她回答,男人就一瘸一拐地回到大众巴士那里,她现在更加觉得这个人是喝醉了,等他的身影消失在车后面,她就知道自己又要继续犯错误了,但是如果要弄清那个丹麦女人的遭遇,就得选择相信这个被称为独眼巨人的人,哪怕他不能信任,他显然跟自己一样也被人观察着,也没准他们观察自己,就是因为要观察这个人,她觉得自己就像一枚棋子,被人挪来摆去,从尸体身上跨过去的时候,她实际是不情愿的,绕过车辆残骸后,她来到一部山地车前,把行李塞到载货的平板上后,她在男人旁边坐下,男人身上散发着威士忌的臭味,他让她系上安全带,这个要求不是没有原因的,因为他们的车接下来沿着山脊冲进了下面蒸腾的云层中,卷起一片尘土,惊险万分,车经常紧贴着路的边缘,石头扑簌簌地掉进下面的深渊中,后来,弯愈加急,坡也更加陡,有时候,那个喝醉的人没看到拐弯,巨大的车直直地向下冲去,F被安全带紧紧地缚在座椅靠背上,腿使劲蹬着前面,她看不见正在飞驰而下的山脊,也看不见他们俯冲上去的草地,他们穿过草地朝沙漠飞驰,惊起羚羊和兔子,蛇像箭一样射向一边,还有其他一些动物,他们冲进戈壁,四周是嘎嘎叫的一团黑云,她觉得像是过了好几个小时,才甩掉了那些鸟,他们被笼罩在刺眼的阳光中,越野车卷起一团灰云,猛地在一堆不太高的瓦砾前停下来,他们所在的这片地方,四周仿佛火星的表面,会有这样的想法,也可能是因为这片地方放射出的光线的缘故,这里被一种奇特的,又像生锈的金属又像岩石的物质覆盖,里面有巨大的扭曲的金属物体,奇形怪状的钢质碎片和刺,就像是被人使劲插在里面的,等到灰云散去,F 刚要看清眼前的东西,越野车就突然朝下陷进去,一个盖子在他们头顶合拢,他们来到了一个地下车库,她问这是在哪里,他含混地回答了几句,一扇铁门无声地滑开,他一瘸一拐地走在她前面,穿过一扇扇滑开的铁门,穿过一个个像地下室又像画室的房间,墙上密密地挂满了小幅的照片,就好像冲好的电影胶片被切割成了奇怪的一幅幅单帧照片,桌子和椅子上乱七八糟堆着摄影相册,其中夹杂着被打成马蜂窝的装甲车的大幅照片,此外还有一沓沓涂写满了的纸,山一样的电影胶片,架子上挂着剪下来的影片片段,篮子里放满剪剩下的胶片,然后是冲照片的暗室,装满底片的盒子,放映室,走廊,他已经醉得很厉害,一瘸一拐,腿不断打软,从走廊把她带到了一个没有窗户的房间里,房间的墙上挂满了照片,里面放着一张青春艺术风格的床,相同风格的一张小桌子,这是一个奇特的房间,里面还连着厕所和浴室,他费劲地说了声客房,身体撞在走廊的墙上,留下闷闷不乐走进房间的 F,等 F 转过身,门已经关上了。

17

又过了一会儿她才意识到,自己从走进这个地下设施,就已经被恐惧笼罩了,现在意识到这一点,阻止了她做不理智的事,她做出了最理智的选择:不去管那扇打不开的门,不理会自己的恐惧,躺在那张青春艺术风格的床上,思索这个独眼巨人可能是个什么人,她还从来没有听说过用这个化名的摄影师,这个地方的用途也同样神秘莫测,建造这里肯定是花费了巨资的,但是建造者是什么人,四周的那些巨大的废墟又是什么意思,这里正在酝酿什么,那个用记录她的片子交换吉特·索伦森片子的奇怪建议又是什么意思,她想着这些问题,慢慢睡着了,等突然醒来时,她觉得墙刚才似乎在颤抖,床也在跳动,但这一定是个梦,她不由得端详起那些照片,越看越害怕,照片拍的是伯恩·奥尔森被炸死的过程,这些照片应该是用清晰度非常高的相机拍摄的,第一张上只能看见那辆大众牌巴士的轮廓,第二张上,大概是汽车离合器的位置上出现了一个白色的小球,在接下来的照片上,小球越变越大,车似乎随着一张张的照片变成了透明的,并且变形,四分五裂,奥尔森从他的座位上被炸飞,这个过程分成了好几个阶段,因而显得尤其恐怖,奥尔森从座位被抛向空中,他的右手依然紧握着方向盘,已经跟胳膊分开,而他似乎还在开心地吹着口哨,这些恐怖的照片让她非常害怕,她从床上跳起来,下意识地来到门前,让她没有想到的是门开了,她高兴地走出了这个被她看作牢房的房间,来到走廊里,走廊空荡荡的,她觉得会有陷阱,于是停下脚步,从某个地方传来敲击铁门的声音,她循着声音过去,走到一扇扇门跟前的时候,门自动滑开,她穿过自己之前看到过的那些房间,步子很迟疑,她不断穿过走廊,卧室,工作室,那里面的装置她不知道是做什么的,这个地方应该是给许多人设计的,这些人在哪儿,她每走一步,都感到更大的威胁,留下她一个人肯定是个陷阱,她确信那个独眼巨人正在观察自己,她离敲门声越来越近,那声音忽而非常近,然后又变得远一些,突然,她来到一个走廊尽头的一扇铁门前面,这扇门上的是普通门锁,里面插着一把钥匙,敲门声就是从这里传来的,有时候听上去,就好像有人在里面用肩膀撞门,她正想去拧那把钥匙,突然想到,铁门后的应该是那个独眼巨人,他喝醉了,告辞的时候举止奇怪,肯定是想到了什么,他当时呆呆盯着自己,但又不是盯着自己，就好像她并不存在一样，他可能是一个不小心，把自己关在了里面，锁卡住了，不过也有可能是另外一个人把他锁进去的，这个地方大极了，也许并不像看上去那样空无一人，为什么突然所有的门都能自动打开了，里面的撞击声和敲击声还在继续，她喊着独眼巨人，独眼巨人，回答她的只有敲击声和撞击声，也许在铁门里面什么也听不见，也许这一切并不是什么诡计，也许并没有人在观察她，也许她是自由的，她想跑回自己的牢房，却找不到在哪儿，她走错了路，一开始误以为回到了自己的房间，但那并不是她的房间，最后她终于找到了自己的房间，背上包，重新穿过地下的一个个房间跑回去，敲击声和撞击声还在继续，她终于找到了地下车库的门，门滑向一边，越野车放在那里，她坐到驾驶座上，看了看仪表盘，一些常见的仪表旁边还多出两个按钮，里面嵌着两个箭头，一个朝上，一个朝下，按下那个箭头朝上的按钮后，顶盖打开了，越野车被朝上推出，她到了外面，头顶是天空，废墟像伸进天空的一个个矛尖，一片刺眼的亮光抛下长长的影子，亮光熄灭，大地突然向后倾覆，天边那条红色的光带开始合拢，世界这个巨大怪物将她吞进嘴里，它现在正合上嘴巴，夜在她眼前降临，光变成阴影，阴影变成黑暗，星星突然出现，这让她觉得自己寻到的自由才是陷阱，她让越野车重新沉入地下，盖子又在她头顶合拢，撞击声和敲击声已经听不见了，她跑回自己的牢房，迅速躺到床上，她觉得有什么东西号叫着靠近，击中，爆裂，很远，但又仿佛很近，一阵颤抖，床和桌子都跳动起来，她合上眼睛，不知道过了多久，也不知道自己是不是昏了过去，这些她都不关心，等她再次睁开眼睛时，看见独眼巨人站在她的面前。

18

他把箱子放在她床边，他很清醒，刚刮了胡子，穿着一套干净的西装,黑色衬衫,他说已经十点半了,他找了她很久,她不在自己的房间里,肯定是昨天夜里跑错地方了,她显然是被地震吓到了,他等她吃早餐,说完就一瘸一拐地走了出去,门在他身后合上,她站起身,这张床是个沙发,墙上的照片展示的是一辆坦克车爆炸的过程,一个被困在坦克车炮塔里的人浑身是火,被烧成了焦炭,扭曲着望向天空,她打开箱子,脱掉衣服,洗澡,换上一件干净的蓝色牛仔裙,打开门,又听见了敲击声和撞击声,然后是寂静,她先是走错了路,后来经过的房间她还记得,在一个房间里,桌上的照片和纸已经被清理开,面包,一块案板上放着切成片的罐装腌牛肉,茶,一壶水,一个小罐子,水杯,独眼巨人从走廊里一瘸一拐走过来,手里拿着一个空的铁皮碗,就像是要喂动物一样,他从一堆摄影相册下面腾出一把椅子,然后又腾出一把,她坐下,他用一把折叠刀把面包切成片,请她自己拿,她给自己倒了一杯茶,拿起一片面包,腌牛肉,她突然觉得饿了,他往一个玻璃杯里倒了一种白色的粉末,加上水,说自己早上只喝奶粉冲的奶,他为昨天的酩酊大醉道歉,说自己过去这段时间总喝酒,这种牛奶真难喝,她说那不是地震,不,不是的,他回答说,给自己又加了次水,并说自己有义务告诉她无意中卷入的是什么事,她显然并不知道这个国家正在发生什么,他继续说道,态度里带着些嘲讽和傲娇,跟她在爆炸的大众车旁边看到的那个人完全不一样了,仿佛换了一个人似的,关于警察的头儿和秘密警察的头儿之间的权力斗争,她已经有所了解,前者的确是在酝酿暴力政变,后者试图阻止他,但是这件事里还有其他利益相关者,他认为她踏上这片土地非常轻率,这个国家的收入来源并不仅仅是旅游或者出口可用于软垫填充料的植物原料,更主要的是来自一场与邻国为争夺大沙漠中某块地方而爆发的战争,生活在那里的除了个把满身虱子的阿拉伯人,只有沙漠里的跳蚤,就连旅游的人都不敢去那里,十年来,这场战争不温不火地进行着,唯一的功能早就变成了为各个武器出口国测试产品,不光有法国、德国、英国、意大利、瑞典、以色列、瑞士的坦克打苏联和捷克的坦克,也有苏联的打苏联的,美国的打美国的,德国的打德国的,瑞士的打瑞士的,沙漠里到处都是被废弃的坦克战战场,战争不断寻找新的地点,这很合逻辑,因为只有通过武器出口才能让经济保持相对稳定的繁荣,当然前提是武器有竞争力,真正的战争不断爆发,例如两伊战争,他就不一一列举了,在那种战争里,没有时间测试武器,所以武器商们就更需要这个国家的这场无足轻重的战争,这里的战争早就没有了政治意义,不过就是看上去是战争,那些提供武器的工业国找的顾问主要都是当地人,柏柏尔人,摩尔人,阿拉伯人,犹太人,黑人,一些从战争中捞好处的可怜虫,他们还行,但是战争让国家变得动荡,原教旨主义者把这场战争看作西方人搞的丑陋行径,事实也的确如此,如果把华沙条约集团也算在内的话,秘密警察的头儿想把这场战争搞成一场国际丑闻,索伦森的案件对他来说是个好由头,政府想停止战争,只是这样想,但经济情况却不允许,总参谋长还在摇摆,沙特人拿不定主意,警察总长想继续推进战争,他被那些制造武器的国家收买了,大家私下里传说他收了以色列和伊朗的贿赂,想要推翻政府,平常无事可做的摄像师和摄影师从四面八方赶来助阵,这场战争就是他们的饭碗,因为战争的意义就在于得有人在旁观察,只有这样才能测试武器,找到武器的弱点和结构缺陷并改进,至于他自己——他笑了,又用水冲了些奶粉,她这时早已经吃完了早饭——那他可得扯得远了,每个人都有自己的故事,她有她的,他也有他的,他不知道她的故事是如何开始的,也不想知道,他自己的故事是一个星期一晚上,在纽约布朗克斯区开始的,他父亲有个小照相馆,给婚礼和所有想拍照的人拍照,一次,他摆出了一位绅士的照片,他不知道自己不应该摆出这张照片,后来黑社会的一个成员用冲锋枪让他明白了这一点,他父亲被打成了筛子,在柜台后面倒在他的身上,当时他正趴在地上做作业,恰恰就是在那个周一晚上,父亲刚刚下定决心,要让他接受更好的教育,当父亲的总是希望自己的儿子能有大出息,过了一会儿,等到没有人再射击之后,他从父亲的身体下面挣扎着爬出来,看到被枪打得千疮百孔的照相馆,他明白了,真正的教育是学会如何利用自己想要立足的这个世界,并在其中立足,他带着唯一没有像父亲一样被打成筛子的一台照相机,潜入了罪犯的世界,一个小大人,他先是专瞄掏包贼,警方为他收集到的线索提供很少的酬劳,并且也没有逮捕几个人,所以也就没什么人注意到他,他的胆子因此越来越大,开始瞄那些入室盗窃犯,他的装备一部分是偷来的,一部分是自己组装的,他学得像老鼠那样狡猾,要拍入室盗窃犯,就得像这些人一样思维,这些人非常警觉,而且害怕光,曾经有几个爬墙盗窃的人被他的闪光灯晃得从楼上掉了下来,直到今天,他还觉得心里过意不去,警察付的钱依然很少,如果把照片给报社,又会引起罪犯们的注意,他的运气还不错,没有人想到这个瘦弱的胡同少年是摄影师,就这样,他开始自我膨胀,瞄准了那些杀人犯,实际他并不清楚自己会面对什么,警方慷慨起来,一个接一个杀人犯在监狱上了电椅,或者被他的雇主们出于谨慎起见乱枪打死,有一次,他在中央公园无意间拍到了一张至关重要的照片,因此毁了某位议员的前程,并引出了雪崩一样的一系列丑闻,警方因此不得不向议会的调查委员会报告他的存在,之前还没有任何人知道这个人的存在,FBI找到了他,委员会对他进行了详细的调查,他的照片上了报纸,等回到自己的工作室后,他发现那里就跟当年父亲的照相馆一样千疮百孔,他靠把杀人犯的照片卖给警方,或者把侦探的照片卖给杀手,又维持了一段时间的生活,但是很快,警方和杀手就都开始抓他,他没有办法,只得到军队里寻求保护,军方也需要摄影师,合法的,不合法的,但要说自己找到了安全的地方,他朝后靠在椅子上,脚搭在桌子上继续说道,要说安全了也有些夸张,战争虽然被说成是行政措施,但并不招人喜欢,如果那些众议员、上议员、外交官和记者意见不同的话,那就得说服他们,得贿赂他们,如果他们刚正不阿,那就得恐吓他们,他可以利用高级妓院达到这个目的,他在那里拍的照片就像政治炸药,他是被逼无奈,因为军方随时可能让他回家,想到在家里等着他的一切,他就屈服了,这样做的成果就是,当又有调查委员会介入的时候,他从陆军逃到了空军,由于没有任何东西能敌得过政客的报复心,他又从空军逃向了军火商,在这里,各方的利益汇集一处,他可以斗胆认为自己安全了,就这样,他搁浅在了这个地方,生活条件简陋,一个被人追踪的猎人,一个他这个圈子里的人眼中的传奇人物,这些人推选他做头领,接受这些人的推举是他这辈子做过的最糊涂的事,因为从那之后,他就成了非法组织的头领,从这个组织,人们可以获得所有被使用武器的任何信息,他们的任务使得所有的间谍活动都变得多余,要是有人想了解敌方的某种坦克,或者某种反坦克炮弹的效力,找他们就够了,就是因为他们,战争继续勉力维持,因为他的重要地位,政府又注意到了他,为了能够消灭这个组织,他们找到了他,他被视为他那个领域最大的专家,他们不想强迫他,但是其中有几个上议员,后来,他接受了这些人的委托,这个组织开始分崩离析,战争是否还会继续是个问题,现在,他以前的那些伙伴也开始跟踪他,他只要一出现就会被人盯上,这也很正常,特别是在他承认自己手里还留有一些非常微妙的信息之后。

19

他沉默了,之前他一直说一直说,她觉得他是非说不可,他告诉自己的那些事估计还从来没有讲给人听过,但她也感觉到,他还有些事没有告诉自己,这些隐瞒跟他把自己的生活讲给她听的原因有关系,他坐在那儿,靠在椅背上,腿架在桌子上,定定看着前方,好像在等什么,又有呼啸声传来,撞击、爆裂,天花板上的灰扑簌簌落下,然后是寂静,她问刚才是什么,他回答说,那就是没人敢来这里的原因,他一瘸一拐走进实验室,从上面垂下一个梯子,他们爬上去,来到一个小房间里,平缓的穹顶下面是一圈小窗户,在他旁边坐下后,她才看出那些窗户其实是显示屏,其中一个显示屏上,太阳正在落下,沙漠向两边打开,出现了一辆越野车,她自己就坐在越野车上,然后,她看见红黄色的光带合拢,夜色降临,越野车又沉了下去,星星冒出,有东西飞过来,刺眼的光,显示屏黑了,现在用特殊慢镜头再看一遍,他说,夜色一抖一抖地降临,越野车一抖一抖地下沉,星星一抖一抖地冒出,一个东西一抖一抖地变大,它一抖一抖地变得像彗星一样,闪着炽烈白光的长条形的东西一抖一抖地钻进沙地里,一抖一抖地爆炸,一抖一抖地甩出碎石,像火山喷发一样,然后只剩下光,黑暗,这是第一个,之前那是第二个,爆炸的地方更近,独眼巨人说,精度越来越高,F问自己看到的是什么,他回答说,一颗洲际导弹,另一个显示屏上出现了沙漠的画面,山脉,然后是城市,沙漠越来越近,画面上出现了十字线,这里就是他们,他和F,现在所在的地方,这些都是卫星图片,卫星的运转速度保持跟地球同步,这样它就一直悬在他们头顶上方,说着,他又打开了一个显示屏,全都是自动的,他说道,还是沙漠,画面的左边界处有一个小小的黑色正方形,那是哈里发哈基姆遗迹,右上方是那座城市,画面右边界处是山,云还在那儿,像白得耀眼的棉花球,画面正中是一个带天线的小球,前面那个卫星被另外一个卫星监视着,为的是观察它在观察什么,说着,他关掉了监视器,一瘸一拐走到楼梯前,径直走下去,没有管她,他回到刚才的房间里,用手捏起罐头牛肉,坐下,向后靠到椅子背上,把脚放在桌子上,并说下一个很快就要来了,他边吃边解释说,沙漠战争中测试的是现代的常规武器,但对于双方的战略部署来说,必须检验的有洲际导弹、中近程导弹和从核潜艇上发射的导弹的精度,还有装载原子弹、氢弹等的武器系统的使用效果,这些东西一方面可以维持地球上的和平,但是其中也存在一个风险,就是和平和地球可能全都因为这些军备而灭亡,因为人们会太过相信别人的恐惧、电脑、某种主义,甚或是上帝,但人可能会在丧失理智的状态下采取行动,计算机可能会出问题,主义可能会是错的,上帝可能会失去兴趣,另一方面,恰恰是那些只有常规武器、本应夹起尾巴的国家更容易在通过恐吓制造的世界和平照耀不到的地方发动常规战争,这种战争因此比核战争更大行其道,常规武器的制造更加活跃,沙漠里的战争也名正言顺了,这是个妙极了的循环,让武器制造业和世界经济飞速发展,他们所在的这个基地,就是为了加速这个过程,建造的基础是一个秘密协议,并且花费了巨资,为了地下建筑的供电,山里还专门修建了水坝和水电站,这片沙漠会成为打击目标也并不是偶然,每年耗费在这里的资金都高达五亿,这里离那些靠石油发家的国家不远,这些国家总是不断想要对发达国家施压,在这个监测基地里工作的专家曾经有超过五十人,全都是技术人员,他是其中唯一一个摄影师,他用的依然是从父亲照相馆里带来的那台旧柯达,直到最近,他才开始用摄像机,他自己倒从来没有想着要到这个监测站来,虽然说是报酬很高,他在这里成功地拍到了一些很震撼的照片,后来,他被一块弹片打碎了左腿,但是等他被缝好回来的时候,发现这个监测站已经快空了,这个地方完全自动化,那些还留在这里的技术人员工作的时候用的都是电脑,其实这里也已经不需要他,他已经被自动摄像机取代,后来,监测站的上空又安置了一个卫星,但是根本没有人告诉他们这件事,这颗卫星的地面站在加纳利群岛,一个偶然的机会,一个影视方面的专家发现了他们头顶的这颗卫星,后来又发现了第二颗,那是对方的卫星,不久后就有命令来,让他们离开监测站,说这个地方已经可以完全自动工作,但这不是真的,否则那颗卫星又是做什么用的,只有他,独眼巨人,留了下来,他对这里的设备都一窍不通,只会检查录像设备是不是还在运转,那些设备目前还在运转,但是不知道能撑多久,监测站的电力现在全靠电池供应,因为发电站今天早上就停止供电了,等到电池用光,这个监测站也就没有用了,现在,洲际导弹上虽然不一定配备了核弹头,但是也已经开始装爆炸威力强大的常规弹头,他曾经认为双方的目标并不是监测站,而是他自己,因为他手里有各种录像片和底片,这些东西会让某些外交官感到异常尴尬,他虽然觉得自己的这个想法有些夸张,但是自从有了这个想法,他就开始喝酒了,以前他从来不喝酒,听到这里,F问道,是不是就因为他手里的这些资料,他才杀死了伯恩·奥尔森。

20

他把脚从桌子上拿下来,站起身,从电影胶片中间摸出一瓶威士忌,给冲奶粉的那个玻璃杯里倒上威士忌,晃了晃,一饮而尽,问她信不信上帝,给自己又倒了一杯威士忌,回到她对面坐下,她被这个问题弄糊涂了,一开始,她想顶回去,但是又觉得如果自己认真回答他的问题,就能从他那里得到更多的信息,于是回答说,自己没法相信上帝,因为一方面,她不知道应该怎样去设想这个上帝,她没法相信一个自己无法设想的东西,另一方面,她也不知道他问的那个自己信不信的上帝,他是如何理解的,这时他回答说,如果真有上帝的话,那么这个作为纯粹精神存在的上帝就是纯粹的观察,它不可能介入物质发展进化的过程,而这个过程的终点是纯粹的一无所有,因为就算是质子,最终也会分解,在这个进化的过程中,地球、植物、动物和人类产生又消亡,只有上帝是纯粹的观察时,才不会被自己的造物玷污,这一点对于摄影师来说也一样,他的任务就是观察,如果不是这样的话,他早就一枪打在自己脑袋上了,所有的情感,例如恐惧、爱情、同情、愤怒、蔑视、仇恨、内疚,不但会让纯粹的观察变得不纯粹,更有甚者,还会让纯粹的观察变成不可能,让它带上感情色彩,使他和这个令人作呕的世界混在一处,而不是摆脱它,现实只有在镜头下才能够是客观的、没有被细菌感染的,只有镜头才能够将时间和空间固定下来,使经历重现,如果没有镜头,经历转瞬而逝,刚刚经历过的事,马上就变成过去,只剩下回忆,而所有的回忆都会被矫饰,被虚构,所以他才觉得自己不再是个人,因为人的存在中就是得有假象,想象自己能够有直接的经历,而他更像是那个独眼的怪人,他用摄影机看世界,就像怪人用额头正中那只圆圆的独眼看世界,所以他把那辆大众车炸上了天,以防止奥尔森因为追查丹麦女记者的遭遇,陷入跟她,F,一样的境地,又是一阵的呼啸、撞击、爆裂、颤抖,不过这次离得比较远,强度比较小,他漫不经心地说"偏得多",之后又补充说,对他来说最重要的是录下爆炸的画面——请她不要误解——这件事非常不幸,没错,但是就因为摄像机,这件事被永久记录了下来,世界毁灭的象征,因为摄像机能够固定下十分之一秒,百分之一,甚至千分之一秒的时间,通过消灭时间,可以让时间停住,放片子的时候,片子对现实的再现也不过是个假象而已,录像只是假装事情正在发生,它是连在一起的一帧帧图片,他拍了片子之后,会把片子再剪开,其中每一帧单独的图像都是提炼出来的一个现实,异常珍贵,但是现在,他头顶悬着两个卫星,他拿着自己的摄影机,感觉自己就像个上帝,但是现在,他所观察的也被人观察,而且不光是他观察的,据他的观察,他自己也在被人观察,他知道卫星图片的分辨率,一个成为观察对象的上帝不再是上帝,上帝没有人观察,上帝的自由就在于它是一个看不见的、隐藏的上帝,他因为被观察而不自由,而观察他的那个东西才更加可怕,也让他更加成为一个笑话,因为那是一个计算机系统,是连在两台计算机上的两台摄影机,这些又被另外两台计算机监视着,这两台计算机也被计算机监视着,然后又被与它们相连的计算机吞噬、摸索、转换、重组,被计算机继续处理,在实验室里冲洗、放大、筛选、分析,他不知道做这些的是谁,在哪儿,或者最后是不是还会交在人手里，现在计算机也会解读卫星图片并发出信号，只要给它们设定好寻找某些细节或者变化，他，独眼巨人，是失势的上帝，他的位置已经被计算机取代，这台计算机被另外一台监视着，一个上帝监视着另一个，世界正朝着自己的本源旋转前进。

21

他一杯接一杯地喝威士忌，也不怎么往里面加水，他又变成了她在丹麦人扭曲的尸体旁边看到的那个人，醉醺醺的脸上布满皱纹，小眼睛闪闪发光，但依然显得很呆滞，就好像已经看了太久的冷酷残忍，她随口问这个独眼巨人的名字是谁给取的，问完自己也一愣，她刚问出口，他就把威士忌连瓶放在嘴边，慢吞吞地说，她有两次险些丧命，一次是她冒着导弹轰炸到外面去之前，还有一次是在那扇铁门前，假如她打开了那扇门，那现在就已经不在人世了，因为独眼巨人这个名字是在小鹰航母上得的，当时，政府已经决定从越南南部撤军，他跟一个红头发大块头住在同一个舱房，这个古怪的智者是某个乡巴佬大学的希腊语教授，在不用干活的时候，他看的是《荷马史诗》，喜欢大声朗诵《伊利亚特》里的诗句，同时，他又是一个狡猾透顶的轰炸机飞行员，人称阿喀琉斯，这一方面是为了拿他打趣，一方面也是因为佩服他的大胆，这个人总是独来独往，他经常给这个阿喀琉斯拍照片、录像，那是他最成功的作品，因为阿喀琉斯对此从来不在意，最多就是跟他说几句无关紧要的话，直到有一次，他们当时接到任务，要驾驶一种新型轰炸机对河内发起夜间袭击，他们两个人都觉得这次计划会失败，就在任务开始前几个小时，他正用镜头对准阿喀琉斯，阿喀琉斯突然从《荷马史诗》上抬起头盯着他，你是独眼巨人，他说，你是独眼巨人，然后笑了起来，这是他唯一的一次笑，后来就再没有过，笑完他开始说了起来，那也是第一次，他说，希腊人有战神阿瑞斯，司战争中的混乱，不同于司战争秩序的女神帕拉斯·雅典娜，在近身搏斗的时候，任何思索都是危险的，只能用闪电般的速度做出反应，躲开扎来的矛，用盾牌挡住砍来的剑，刺扎，击打，敌人就在眼前，身体挨着身体，他的愤怒，他的喘息，他的汗水，他的鲜血都跟自己的混在一起，自己的愤怒，自己的喘息，自己的汗水，自己的鲜血是乱麻般缠在一起的恐惧与仇恨，人和人紧紧扭在一起，咬在一起，撕碎他，剁烂他，扎死他，人变成动物，撕烂的也是动物，阿喀琉斯就是这样在特洛伊城前战斗的，那是充满仇恨的杀戮，他因为愤怒而大吼，在敌人死后欢呼，但是，同样被人称为阿喀琉斯的他多么丢脸，战争的技术含量越高，敌人就会变得越抽象，对于有远距离瞄准镜的狙击手来说，不过就是正在朝远处移动的目标，炮兵只能大概猜测，而作为轰炸机飞行员，他充其量能说得出自己轰炸了多少城市和村庄，但是说不出自己杀了多少人，也不知道自己是怎么杀掉的这些人，如何把他们撕碎、碾烂、烧死，他不知道，他只是看着自己的仪器，听着话务员提供的数据，然后把飞机飞到指定地点，那个在几何坐标中用经度、纬度和高度标出的抽象的点，要考虑的是自己的速度，还有风向，然后是全自动的投弹，攻击完成后，他并不觉得自己是个英雄，反倒像个胆小鬼，他心中有个不好的想法，觉得就算是奥斯维辛的纳粹刽子手干的事都比自己道德，那些人是直接面对被自己杀害的人，即便他们是将这些人视为劣等人，流氓无赖，但是在他，阿喀琉斯和被他杀害的那些人之间并没有这样的面对面，这些被害者连劣等人都算不上，他们只是些看不见摸不着的东西，就好像他要消灭的不过是昆虫而已，就像是播撒杀虫剂的飞机看不见蚊子一样，夷为平地，毁灭，抹掉，清除，不管用什么样的词，都是抽象的，纯技术的，简明扼要，最好是用财政数字说话，每死一个越南人需要花费超过十万美元，道德就像是被切除的恶性肿瘤，对敌人的仇恨像注入体内的兴奋剂，敌人就是恶魔，但是如果看到了被俘的真正的敌人，他又恨不起来,当然,他这是在反对一个体系,这个体系不符合他的政治理念,但即便是最丑恶的体系,也是由那些有罪的人和无罪的人共同编织起来的,每一个体系中,包括他隶属的这个战争机器,都包含着罪恶,像杂草一样漫过任何体系产生的原因,使其窒息,他觉得自己不像是人,他只是盯着指针和钟表而已,特别是在他们今天夜里打算展开的袭击中,他们的飞机就是一架会飞的计算机,启动,飞向目标,扔下炸弹,所有的一切都自动完成,他们两个人的功能就是监视而已,有的时候,他真希望自己是个真正的罪犯,做一些不人道的事,一个强奸、勒死妇女的畜生,人只是一个想象,他要么成为一个没有灵魂的机器,一台摄像机,一台计算机,要么是一个动物,这番话是阿喀琉斯说过的最长的一段话,说完后,他就不吭声了,几个小时后,他们用双倍音速低空飞向河内上空,飞向高射炮的炮口,中央情报局向河内发出了警告,测试的内容里也包括防御体系,尽管如此,他还是拍了一些非常成功的作品,就在他们的飞机投下炸弹之后,他们被击中了,自动控制系统失灵,阿喀琉斯头部受伤,满身鲜血,把损伤严重的飞机连他一起又飞了回去,他不再像是个人,仿佛自己也变成了一台计算机,他们降落在小鹰号航母上,熄灭了发动机之后,呆望着他的是一张血淋淋的、傻瓜一样毫无表情的脸,他再也没法忘记这个阿喀琉斯,只要活着一天,他就欠他这个人情,他读了《伊利亚特》,为的是更好地理解这个救了自己性命的乡巴佬教授,这个人是因为他才变成了傻瓜,他一直在找阿喀琉斯,很多年后才在部队医院的精神科找到他,在那里,他,独眼巨人的腿被重新缝起来,他找到了被人关在小房间里、已经变成傻子的那个上帝,把他关起来是因为他之前从医院里逃跑过几次,并且强奸杀害了妇女,说到这里,他又呆看着前方,她问铁门后面的那个东西是不是阿喀琉斯,他回答说,她得理解,他必须满足这个东西唯一能够感觉到的那个愿望,只要有机会,此外,他答应给她吉特·索伦森的片子的。

22

  他费了很大劲才让投影仪转起来,之前找胶片也找了很久,终于弄好了,她坐在一张电影院里的那种沙发椅上,跷着二郎腿,第一次看到了吉特·索伦森,一个穿着红色毛皮大衣的苗条女人正往大沙漠里走去,一开始,她还以为那个走路的人是她自己,从女人的走路方式上,她发觉这个人是被人驱赶着的,每次停下来,她就会被什么东西吓一跳,她始终没有看到这个女人的脸,但是从偶尔会出现的阴影,她猜到那个强迫索伦森往沙漠里走的是独眼巨人的越野车,吉特·索伦森不停地走,沙石地,沙地,不过,她并不是毫无目的地走,虽然是被人驱赶着的,F觉得这个丹麦女人在朝某个她想去的目的地走,突然,她顺着一个陡峭的斜坡跑了下去,摔了个跟头,画面中出现了哈里发哈基姆遗迹,还有像黑色大鸟一样蹲在边上的圣徒们,她站起来,朝那些人跑过去,抱住第一个人的膝盖,想求助,这个人倒了下去,就像是被F碰倒时一样,丹麦女人从尸体上爬过去,又抱住了第二个人的膝盖,但这也是一具尸体,一架飞机的影子出现,漆黑,然后是一个巨人一样的东西,那个东西朝她扑过去,女人突然像丧失了意志,任其摆布,她被强奸,杀害,所有的一切都非常清楚,脸部的特写,这是第一次出现她的脸部特写,然后是那个东西的脸,呻吟,贪婪,肥胖,空洞,接下来的画面应该是夜里用特殊镜头拍摄的,尸体躺在圣徒中间,那两个死人又坐了起来,胡狼来了,用鼻子嗅着,开始撕扯吉特·索伦森,直到现在,她才发现放映室里只有自己一个人,她站起身,离开放映室,站下,从包里取出一根烟,点着,抽烟,独眼巨人坐在桌子旁边,正在剪一卷胶片,他旁边的架子上放着剪下来的胶片,桌子上,从胶片上剪下来的单帧照片旁放着一把枪,桌子端头坐着一个光头的大个子,正在抑扬顿挫地朗诵诗句,希腊语的六音步诗行,《荷马史诗》,他随着诗的节奏来回晃动,闭着眼睛,独眼巨人说,他给他吃了大量的安眠药,然后,一边又剪下一张照片,一边问她是否喜欢自己拍的素材,他要把录像转成16毫米胶片,她不知道该怎样回答这个问题,他看着她,漠然,冷淡,他所谓的现实是设计出来的,她说,听到这话,他边看从胶片上剪下来的那张照片,边回答说,游戏可以设计,现实不能,只是让人看到而已,他让人看到索伦森,就像空间探测器让人看到木星卫星上还在活动的火山,她说,这是诡辩,他说,现实不容诡辩,然后,周围的一切又颤抖起来,天花板上扑簌簌落下灰尘,她想知道他为什么把阿喀琉斯称为变成傻子的上帝,对这个问题,他回答说,他之所以这样称呼他,是因为阿喀琉斯就像一个被自己的造物感染了,又毁灭了自己造物的上帝,那个丹麦女人不是这个傻子的造物,她愤怒地打断他说,对于上帝来说这更可怕,他平静地说,听到她问,是不是要在这里,他说,不是,也不是在哈里发哈基姆遗迹旁边,这些地方都在卫星的监视之下,记录那个丹麦女人的片子有缺陷,记录她的片子才将是他的杰作,他已经选好了地方,现在,她应该留下他和阿喀琉斯独自待着,阿喀琉斯可能会醒过来,他要收拾行李,他们夜里出发,他要带上她,还有为他招来追杀者的那些录像片和照片,他要永远地离开这个监测站,说完,他又重新开始弄那个胶片,她没有意识到自己在按照他的指示做,她回到自己的房间,躺在那张青春艺术风格的床上,或者沙发上,具体做什么她自己已经都无所谓了,逃跑是不可能的,他已经恢复了清醒,而且还有武器,阿喀琉斯可能会醒来,监测站不断颤抖,就算她想过要逃,也不知道现在是否还有这个想法,她眼前又出现了吉特·索伦森的脸,在欲望之下扭曲,然后,一双大手扣住了她的喉咙,在脸扭曲之前,那上面露出的是自豪,得意,心甘情愿,对于自己所遭遇的事,强奸,死亡,都是丹麦女人希望的,其他的一切都是借口而已,而她,她要把自己选择的这条路走完,为了自己的选择,为了自己的骄傲,为了自己,这是责任的循环,可笑,但又毫不容情,只是,这是她寻找的真相吗,关于自己的真相,她想到了与封·兰贝尔特的相遇,她没有听从自己的直觉,接受了他委托的任务,从一个模糊的计划逃进另一个更模糊的计划,就是为了有所行动,因为她处在危机之中,她想到了自己跟 D 的对话,他太过客气,没有建议她放弃,也可能是因为他好奇一切会如何结束,封·兰贝尔特可以再派一架直升机来,他会再次成为罪人,她想着,不禁笑了,然后,她看见自己在画室里,站在画像前,那的确是吉特·索伦森的画像,但她转身太晚,离开房间的应该就是缇娜,导演肯定是她的情人,她离真相已经很近,却没有继续追查下去,去 M 城的诱惑太大,或许坐飞机去那里也是一种逃避,不过,是要躲避谁呢,她问自己,是要躲避自己吗,有可能,也许是因为她无法忍受自己,之所以说是逃避,是因为她随波逐流,她仿佛看见还是小姑娘的自己,站在山里的小溪边,看着小溪从悬崖上流进深渊,她离开了宿营地,将一艘纸船放进溪水中,跟着小船,小船一会儿被这块石头挡一下,一会儿又被那块石头挡一下,但总是能够脱困,现在,它一往无前地朝着瀑布过去,她就在旁边看着,那个小姑娘,难以克制的兴奋,因为她把自己所有的朋友都装到了船上,还有她的姐姐,她的母亲和她的父亲,班上那个长雀斑的男孩儿,后来这个男孩儿死于小儿麻痹,那上面有所有爱她的人,她爱的人,小船的速度突然变得像飞一样,越过悬崖边,朝下面冲去,她大声欢呼起来,突然间,小船变成了大船,小溪变成了大河,大河朝瀑布奔流而去,她自己就坐在船上,船的速度越来越快,朝着瀑布的方向,在瀑布上方,两块礁石之上,蹲着独眼巨人,正在用摄影机拍她,那机器就像巨人的眼睛,阿喀琉斯在笑,赤裸的上身上下晃动着。

23

　　袭击之后不久,他们就出发了,这次轰炸非常猛烈,她一度以为监测站要塌了,所有的一切都不再正常运转,他们不得不把越野车用撬杠弄到地面上,终于到了外面,她被独眼巨人用手铐铐在行军床的一根杆上,躺在堆成山一样的电影胶片中间,车飞驰起来,但是没有导弹再飞过来,他们整个晚上没有碰到什么麻烦,不断朝南边开去,头顶的星星,名字她已经不记得了,除了一颗,老人星①,D说过她能看到这颗星,但是现在她不确定自己是不是看到了这颗星,这件事让她感到莫名的折磨,她觉得如果自己能够认出这颗星,它将会帮助自己,后来,星光变淡,只剩下最后的一颗,那也许就是老人星,这是黑夜与白昼之间唯一闪着银光的东西,她很冷,圆球般的太阳升起,独眼巨人放开了她,将穿着红色毛皮大衣的她朝大沙漠里面赶,这是一片沙石组成的地方,坑坑洼洼仿佛月球表面,沿着干涸的河床,从沙丘和奇形怪状的岩石中间穿过,这是光与影、尘土与干旱组成的地狱,就像被驱赶的吉特·索伦森一样,在她的身后,有时几乎要碰到她,有时又离得远一些,有时几乎听不到声音,有时又带着轰鸣声冲过来,那个怪兽在耍弄自己的猎物,独眼巨人驾驶着越野车,旁边是阿喀琉斯,依然处在半麻醉状态,晃来晃去地背诵《伊利亚特》中的诗句,这是击中他的弹片唯一没能够破坏掉的东西,但是,独眼巨人不需要指挥她,她一直走一直走,裹着那件毛皮大衣,朝着太阳的方向,太阳越升越高,从她身后传来笑声,越野车就像当时裹着白头巾的警察追赶胡狼一样追赶着她,也许她就是那只胡狼,她停下来,越野车也停下来,她已经大汗淋漓,她脱掉衣服,根本不在意有人看着,

---

　　① 南半球最亮的恒星,船底座 α 星。

然后只裹着那件毛皮大衣继续走,越野车跟在后面,她一直走一直走,太阳烧光了天空,越野车停在她身后的时候,她能听见摄影机的声音,拍摄被谋杀者的计划开始进行了,只不过这次,她自己就是那个被谋杀者,不是她在拍摄,而是她被拍摄,她不知道记录自己的这个片子会被怎么处理,独眼巨人会不会接着把它给其他受害者看,就像是他给自己看丹麦女人的片子一样,然后,她就什么都不想了,因为想没有任何意义,在晃动的远方,出现了一些形状奇怪的低矮岩石,她想,这也许是海市蜃楼,她一直梦想着能看到海市蜃楼,但是等她靠近的时候,脚步已经踉踉跄跄,她发现那是被打坏的坦克的墓地,这些庞然大物像乌龟一样围在她四周,已经烧毁的巨大探照灯杆刺向闪着光的虚空之中,这些灯曾经为坦克战照亮,还没等她看清楚自己来的是个什么地方,越野车的阴影就像一件外套一样盖在了她的身上,阿喀琉斯出现在她面前,半裸着身体,满身灰尘,就像是刚从战场上下来的人,旧军裤破破烂烂,光脚上沾着沙子,那双傻子的眼睛睁得大大的,这时,她突然被眼前的一切狠狠地撞击,生出了从来没有过的想要过下去的欲望,一直活下去,她要扑向这个巨人,这个傻子上帝,用牙狠狠咬住他的脖子,她突然变成了一只猛兽,毫无人性,跟这个想要强奸并杀死自己的人合二为一,跟这个世界可怕的愚蠢合二为一,但他似乎在躲,转着圈,她不明白他为什么要躲开自己,转圈,摔倒,重新站起,瞪着那些美国的、德国的、法国的、苏联的、捷克的、以色列的、瑞士的、意大利的钢铁残骸,现在,这些残骸从里面活了起来,从已经生锈的战斗坦克,千疮百孔的侦察坦克里,摄影师就像神话动物一样冒了出来,离开宇宙中沸腾的银色,秘密警察的头儿从一辆苏式SU100坦克的残骸中爬了出来,从一辆被烧毁的指挥车的指挥塔中,穿着白色制服的警察总长挤了出来,看上去就像是溢出锅的牛奶,每一个人都在盯着独眼巨人,每个人都在互相盯着,现在,到处都是摄影师了,他们站在坦克的炮塔上,装甲上,履带上录像,音响师的杆子横七竖八、长长地伸出,这时,阿喀琉斯又被一颗子弹击中,他无比愤怒地朝一个又一个坦克发起攻击,被脚狠狠踹开,不断仰面摔倒,翻滚,挣扎着爬起,冲着越野车喘着粗气,两只手按在胸口上,鲜血从指缝中流出,落下,又中了一枪,又仰面躺倒,朝正在拍摄他的独眼巨人怒吼,那是《伊利亚特》中的诗句,然后再次站起来,被一阵冲锋枪的扫射打成了筛子,再次倒下,就在大家都在拍摄他,并互相拍摄的时候,独眼巨人开着越野车绕着坦克的残骸兜个圈子,狂奔而去,甩掉了跟着他的那些人,这些人只需要跟着车痕走就行,不过这样也没有什么用,因为他们临近午夜来到离监测站只有几公里的地方时,一声爆炸仿佛地震一样摇动了沙漠,一个火球腾空而起。

24

几个星期后,她跟她的团队已经返回国内,电视台拒绝了她的片子,但是没有解释为什么,在意大利餐馆吃早餐的时候,逻辑学家 D 给她念了早报上的新闻:在 M 城,总参谋长下令枪毙了秘密警察的长官和警察总长,其中一个是因为叛国,另外一个是因为意图推翻政府,现在,总参谋长自己成了政府的领导人,他乘飞机去国家的南部继续边境上的战争,他正式否认了沙漠中的部分地方是外国导弹打击目标的传言,并说他的国家是中立的,看到下一页时,D 更觉得这个消息很有趣,在那里写着,奥托和缇娜·封·兰贝尔特多年的愿望终于成真,曾经被人误以为已经死亡并被埋葬的人生下了一个健康的男孩,D 看到这里,折起报纸,对 F 说:我的天,你运气可真是好。

D